读诗札记
——夏目漱石的汉诗

王广生 著

北京大学出版社
PEKING UNIVERSITY PRESS

图书在版编目 (CIP) 数据

读诗札记：夏目漱石的汉诗 / 王广生著. —北京：北京大学出版社，2020.8

ISBN 978-7-301-31144-8

Ⅰ.①读… Ⅱ.①王… Ⅲ.①夏目漱石 (1867—1916) – 汉诗 – 诗歌研究 Ⅳ.① I313.072

中国版本图书馆 CIP 数据核字 (2020) 第 013865 号

本书为国家社会科学基金重大项目"多卷本中国文化域外传播百年史"阶段性成果。（项目批准号 17ZDA195）

书　　名	读诗札记——夏目漱石的汉诗 DUSHI ZHAJI——XIAMUSHUSHI DE HANSHI
著作责任者	王广生　著
责任编辑	兰　婷
标准书号	ISBN 978-7-301-31144-8
出版发行	北京大学出版社
地　　址	北京市海淀区成府路 205 号　100871
网　　址	http://www.pup.cn　新浪微博：@北京大学出版社
电子信箱	lanting371@163.com
电　　话	邮购部 010-62752015　发行部 010-62750672 编辑部 010-62759634
印　刷　者	大厂回族自治县彩虹印刷有限公司
经　销　者	新华书店 650 毫米 ×980 毫米　16 开本　21.5 印张　390 千字 2020 年 8 月第 1 版　2020 年 8 月第 1 次印刷
定　　价	69.00 元

未经许可，不得以任何方式复制或抄袭本书之部分或全部内容。
版权所有，侵权必究
举报电话：010-62752024　电子信箱：fd@pup.pku.edu.cn
图书如有印装质量问题，请与出版部联系，电话：010-62756370

夏目漱石汉诗的三个维度
——读王广生《读诗札记——夏目漱石的汉诗》

钱婉约

（一）作为生命对话者的夏目汉诗

广生是个诗歌创作的爱好者与实践者，近七八年来，常常在微信朋友圈里，赏读到他的格律诗和新诗作品。因为与他曾有三年的师生因缘，此后也一直有联系。知人读诗，所以，就常常为他诗歌的切近自身、探究人性而触动，为他诗中意象的独到、情致的绵密、浩叹的深广而赞叹。

2017年4月11日起，他突然在微信上抛出"夏目漱石汉诗读析"，一日一诗，启动连载。初读之下，我毫不掩饰对它的喜欢。记得曾经点赞和鼓励他说，"写诗的王生，解读夏目漱石汉诗，出入中日，瞻顾古今，以诗心赏会诗心，期待继续。"但也没有想到，他就

读诗札记——夏目漱石的汉诗

真的隔三差五地不断连载贴出，经过两度春秋，修改整理成了这部解析夏目汉诗的书稿——《读诗札记——夏目漱石的汉诗》。

以我对广生当时工作与生活状况的了解，2017年、2018年之际，正是他事业发展遇到瓶颈的时候，与其说他是在写作书稿，不如说他是在借读诗以排遣。放下凡俗的困扰，进入文学的世界，解读夏目漱石晚年那些充溢情与理、苦闷与超越、冲淡与凝重的汉诗，埋头写作一篇篇思辨与情感交织、评论与抒怀间杂的美文，一定在很大程度上，慰勉与展拓了作者的心胸，甚至促成了他生命体验与学术境界的双向升华吧。书中有一段说：

> 每个人的存在都应该是独一无二、无可替代的，这是生而为人的尊严和价值，正如每个人都怀揣着一个孤独的灵魂来到这个世界上，诸多体验只能自己内省、感悟，正是基于这样的独特性和不可替代性，每个人才有了存在的必要性和生命的意义。反顾自身，平凡的人，也应拥有诗和远方，也应怀揣不灭的理想，在日常的修行中，磨砺身心、寻找归宿！

这是对8月20日夏目汉诗的品鉴，也是作者对话夏目汉诗而产生的心灵共鸣，因为这样的对话与共鸣，作者现实的心境，升华为超越愁闷与孤独、信守人间美好的诗心。当他"不忮不求"埋头写完这本书稿时，他的工作与生活恰好也迎来了转机，可以开始他内心一直向往的读书、教书、著书的高校教师生涯。

（二）作为审美对象的夏目汉诗

近年来，我个人常常疑惑，人文学术研究不知从何时起，越来越变成所谓实证的"科学"，强调研究者要超越个人立场与情感，这几乎成为毋庸反思的学术原则和研究前提，在这样的原则与前提下，研究者主体意识和个性特色不免被遮蔽，渐至弥漫出一种习焉不察的学术八股。在"科学"旗号的震慑下，加之近年来项目制、团队作战以及量化考评风气等的催化，一派繁荣的学术界，不能不说，也出现不少堆积、肤浅、平面、僵硬的所谓学术研究成果。

然而，不用说，文学是最关乎人类情感方式、价值取向的艺术范畴，诗歌更是关乎最复杂、最丰富的个人精神世界的，属于高度心性、灵性的范畴，解析和研究它，最需要具体而微、体贴入里的心性与灵性，绝非科学实证所能完成。因此，当初赞许他微信"一日一诗"的解读，一方面是呼应他这种感性的、赏析式的文字，赞许他这种无功利目的、并非板起面孔的"科学考据与说教"，另一方面，其实也是契合了我对于上述"学术八股"的厌倦心理。

在书中，作者也多处提及自己立足于鉴赏、感受与联想的感性研究方法，表明对于前人"理性论断"的警惕与反思：

> 对于夏目漱石汉诗的解读，没有实证与出典，亦无考辨与佐证，基本上是感发性和联想式的赏析。之所以如此，在有意尝试之外，实则也出于对所谓实证与出典，甚至所谓研究立场的警惕与怀疑。在笔者看来，真正的关系是内在的，可证明的影响是浅层的，世间万物在流转时空的本质联系非考证、训诂所得，即便科学也无法解答所有奥秘，而诗性的联系、灵性的顿悟，有时候恰恰可以抵达世界的本心。

必须指出，书中这种所谓感性的研究，其实恰恰是作者理性反思后的一种有意识选择。

正如作者在自序中指出的那样，目前夏目漱石汉诗研究存在两个问题：

> 其一，忽视其汉诗作为审美本体的本质，放弃或轻视对其形式与内容的读解，多以非文学性的视角方式进入。

> 其二，将之视为中国传统文学之余声抑或中国文学传播与影响的产物。换言之，目前为止，对夏目漱石汉诗的研究在立场和

方向上普遍存在两种错位或误区，即忽视文学（汉诗）审美性与文学属性之疑虑。

当夏目漱石的汉诗，成为学者们研究夏目漱石这位伟大小说家的思想素材、个人史料时，其文学审美的本质意义被旁置了。广生解析夏目汉诗，在于超越理性，回归感性，追求诗歌审美本身。既能秉承西方阐释学和东方"反求诸己"的原则，又能将自身的人生体悟、诗词修养、审美意识融入读解过程中，揭示夏目汉诗属于文学作品的审美意义。如此解析，见山是山，见水是水，一篇篇行云流水般的赏析文字中，就常常可见精辟中肯、令人耳目一新的句子：

夏目漱石使用这些词语的目的，实则在于克服自己内心面对人之生死、人情对错、世俗得失等对立和矛盾时的焦虑与不安。

生活在当下的我们，对于夏目漱石的焦虑与不安，应该都不会感到陌生。

普通种田的人家，少有访客，一位村翁，即一家农户的主人离去时就虚掩了柴门。

该联描写——想象和勾勒——出了农村和谐闲散的状态，这也正是夏目漱石所向往的幽居的生活状态吧。

这就是广生自述中追求的"以'我'入诗，以'诗'入我"吧。信矣，诗心呼唤诗心的解读，文学还需文学性的研究。

当然，作为审美对象的夏目汉诗，其诗歌艺术的完成度如何，不乏值得批评讨论的地方，书中对其中"平仄失和""用词生硬""形象干枯"等问题，也是时有针砭，显示出研究者诗人的素养与追求。

（三）作为文学变异体的夏目汉诗

关于夏目漱石汉诗中的中国因素，是相关研究者此前比较集中的研究课题。说起来，解索日本文学中的中国因素，几乎是中日比较文学研究领域中最为常见的风景。迄今为止众多的研究能否一一令人信服,以及其意义到底何在?鲜有人追问深究。日本汉诗,作为一种汉字写就的诗歌艺术,其本身发生于中国古代格律诗,在形式、内容、审美趣味上沿袭、蕴含中国文化的因素,自不在话下。那种通过遣词造句、意境风格等等的比对,说明夏目受到某某中国诗人的影响或者与中国文化的关系这样的研究,难免有似是而非、隔靴搔痒之讥。

比较文学,比之于"求同",更有意义的无疑是"见异",是在看似相同的文学现象下,探寻出不同文化语境下的相异之处,还有那种同中见异的"关系"。比如,面对"爱情""生死""苦闷""超越""隐居""出世"等人类共同的命运主题,在基于人类情感"人同此心"的高度可比性基础上,如何探究与揭示各民族的差异性和丰富性,才是更有意义的事情吧。这让我想起日本诗歌研究者的一个论断:

> 美这种东西,必定不会仅仅通过清晰表现在外观上的色彩与形状来决定,而更应该通过不能简单测量的深度、高度和渗透度等尺度来测量。[①]

大冈信说的主要是针对日本的和歌与俳句,除了视觉与听觉之外,味觉、嗅觉、触觉等,也被充分地调动起来,参与创作和欣赏。借用此语,我想说,一个好的比较文学研究者,就是要去发现隐藏在跨民族、跨文化的文学文本内部的"隐形尺度"。具体到夏目汉诗,就是要透过"汉诗"这种中国的形式,去发现不同于中国古代诗歌的特异性来——它的遣词造句,它的抒情方式,它同样的汉字词汇与意项所蕴含的不同的"和习""和臭"的意境等等。本书中再三致意、致力辨析的所谓"变异体"文学文本的意义,就是这样的思路。

[①] 大冈信著,尤海燕译:《日本的诗歌——其骨骼和肌肤》,合肥:安徽大学出版社,2010年,第105页。

读诗札记——夏目漱石的汉诗

夏目漱石的汉诗是东亚汉文学、汉文化的一部分，而不能说是在日本的中国传统汉诗。……日本文化从来不仅仅是中国传统文化的接受者和继承者，传统中国文化也未曾仅仅以影响的姿态凌驾于别的文化之上。

辨析、揭示"和习""和臭"的诗意特征，是体会日本汉诗这种文学"变异体"的重要途径之一。举个书中的具体例子来说，8月29日的夏目诗：

不愛帝城車馬喧，故山歸臥掩柴門
紅桃碧水春雲寺，暖日和風野靄村
人到渡頭垂柳尽，鳥來樹杪落花繁
前塘昨夜蕭蕭雨，促得細鱗入小園

诗中用了"车马""柴门""霭村""垂柳""落花""渡头""小园"等中国古典诗歌的意项，编织出一幅意念中的归隐图。中国读者一眼看去，很容易见到陶渊明、王维等人隐逸诗、田园诗的影子，而作者把这首诗与陶渊明《归园田居之一》《饮酒·其五》、王维《辋川闲居赠裴秀才迪》等著名文本比对分析，深层挖掘，<u>丝丝入扣</u>地指出了中日三位诗人在归隐的境界、写作的姿态和文学的表现力等方面的同中之"异"，读来可谓诗心馥郁而意趣迭出。这里不一一赘述，有识诸君可从书中读取。

以诗心求索诗心，还原夏目汉诗的文学性，阐释夏目汉诗作为"文学变异体"的特质，向着这个目标，作者的努力贯穿全书，跃然纸上，或许还将继续。

最后，必须说，对于中国古典诗歌与日本文学，我只是一个阅读者和爱好者，广生以他的书稿索序于我，我将读后感写出，借此就教于作者和读者诸君。

自　序

日本文化可看作一个纵横立体的动态系统，内含纵向的"古今之变"和横向的"对异文化的接受与变异及作为其结果的多元文化共生"等多个"跨越性"的内容。夏目漱石汉诗亦是如此，故这一课题虽日趋温热，至今尚有足够的讨论空间与可能。如若考虑到接受者一方，我们尚可关注到研究者处于不同的文化语境和知识视野、读者拥有千差万别的人生体验与经历等诸多不可忽略的侧面。因此，记得大约三年前，我第一次接触到夏目漱石的汉诗，感叹其文字与情思的同时，也猜想夏目漱石汉诗的读解若非精彩纷呈，也应该是见仁见智、各抒己见的吧。但后来发现，实际情况却并非如此。

目前而言，对于夏目漱石汉诗的研究和理解，虽非百喙如一，但也大同小异，给人以偏执一端抑或隔靴搔痒之感。其中最突出的问题有两个：

其一，忽视其汉诗作为审美本体的本质，放弃或轻视对其形式与内容的读解，多从非文学性的视角进入。

读诗札记——夏目漱石的汉诗

其二,将之视为中国传统文学之余声抑或中国文学传播与影响的产物。换言之,目前为止,对夏目漱石汉诗的研究在立场和方向上普遍存在两种错位或误区,即忽视文学(汉诗)审美性与文学属性之疑虑。

若将汉诗解读的话题放大,本书还关注到了以下两个层面的问题:

将汉诗的解读放大至古今中外之诗歌的赏析与理解。聪明的读者,或许会困惑于评判诗歌好坏的标准是否唯一?是否统一?换言之,我们如何辨别和赏析诗歌的优劣呢?我在本书正文以"日读汉诗"的方式进行了具体的阐发,并对夏目漱石汉诗的解读方式与立场做了专题性说明。而此处我想强调的是,当今文学批评界受制于学科分界的局限及影响,诗歌,乃至文学的解读过分依赖文本或语境分析,抑或侧重于站在接受者、阅读者的立场去理解或诠释,由此缺乏了从创作者角度去感受和分析的丰富与可能。

加入创作角度(引入作者立场),便会理解"文学和诗歌需要设定和虚构"这一概念至少包含两个层面,即写作和聆听的双重维度构造。第一层面,更多的是依靠感性形象和意象、意境的营造,这是进入诗歌的基本途径和层面。此外,最为优秀的少数诗歌,还担负着感觉以外的东西——类似于纯粹理性的意念。这个视角会把第一层面延展成一种三维立体的结构,成就一个独立而自由的诗歌王国。

当然,一首优秀诗歌的使命的彻底完成,最终还需要优秀读者的参与。因为,在最优秀的读者那里,他才会进而感受、理解、怀疑并批判这个三维立体的纯粹精神世界,并将之与其自身的深邃生命展开对话与交流,从而让彼此获得新的感悟与体验。要之,古今中外的诗歌,或生于世俗生活之间、经由历史和各色人生,或面向哲学而进,或穿越哲学的王国继续前行,孤独地寻求哲学亦未曾抵达之地。

如果将诗歌解读统摄于人文学术研究领域,我想说明的是,人文学术研究,涉及价值判断,形形色色的方法里面牵连着各异的立场与

自 序

目的,而目的和立场的背后则多半是被隐藏和装饰的人类欲望和想象。因此,人文学术的科学性、客观性于我而言,更多的可能在一种虚设之辞(极少数优秀诗歌涉及的纯粹理念之真实性以及优秀诗歌内在情感的真诚则是另外一个话题)。在这样的观念前提之下,我阅读人文著述(包括文学作品以及相应的批评研究)时,不会只关注其表述的方式与内容,还习惯思考文字背后的那些观念立场和情感形态。

因此,具体到本书,我进入夏目漱石汉诗的路径和方法,多是在跨文化视野中,逐字、逐句、逐篇地考辨分解,对夏目漱石的汉诗进行文学性的解析与审视,强调将之视为日本近代文学的一部分,将之视为文学变异体来读解。

需要特别说明的是,上述提及的作为一个包涵纯粹理念的三维立体结构、独立王国之诗歌境界,在夏目漱石汉诗上也有较为明显的体现,只是限于能力与精力,本书实践的文学性,更多的还是据文学(诗歌)抒情本体之论。

在西方阐释学和东方"反求诸己"的双重启发下,本书无心也无力追求格物致知的知识性探寻,而希望将自身的人生体悟和审美意识融入读解过程,尝试与作为欣赏对象,同时也作为审视辨析之主体的文学文本构建、展开文学性的交流与对话。

对我而言,诗歌,首先乃情思所系。研读夏目漱石汉诗的这几年,恰是我人生的低谷。有段日子,身心陷入泥沼,绝望与愤怒如影随形,甚至夜不能寐。正是在这样的情境下,夏目漱石汉诗不经意间进入我的世界,我的心境也因夏目漱石汉诗而悄然改变。或是在研读过程中,调换了生活的焦距,分散与转移了内心的不安与焦虑;或是在撰写读诗札记的过程中,情思付诸文字,也随之更换了色彩与温度。

概言之,夏目漱石汉诗入我耳目,亦入我的内心。而随着时间的推移,我的内心与眼界自然也改变着我旧日所存夏目漱石汉诗之形象。这是否也属于比较文学中双向阐发、阐释循环情形的一种呢?不

读诗札记——夏目漱石的汉诗

得而知,更不敢妄言。至于实践效果,目前看来却是确凿的、近乎令人失望的事实——距离理想实现何其渺渺!但这样的方向和路径,则是我想要坚持的,也关乎迄今为止我所摸索、体悟出来的人生心得。换言之,以"我"入诗,以"诗"入我,或正是本书解读夏目漱石汉诗的方法论之一。

诚如陈永正先生在《独抱诗心——诗歌之解读与创作》中提到:

> 章学诚《文史通义·史注》云:"古人专门之学,必有法外传心。"故史注可明述作之本旨,其为用甚巨。诗歌注释也是专门之学,所传者唯诗人之心志而已。诗,是很奇妙的文体,即使能认识每一个字,弄通每一个典故,考证出每一个有关史实,还是不一定能真正理解诗意。……勃兰兑斯《十九世纪文学主流》云:"文学史,就其最深层的意义来说,研究人的灵魂,是灵魂的历史。"然而企图"用学术的方法来复活那个已逝的世界",已是奢望;企图返回历史的原点,"还原"古人的真实生活及思想,更属妄作。

故,本书虽并不侧重诗人思想和生活的还原,但本书的解读方法与策略的合理性及有效性还有待大家的教示。

另,本书解读的对象,主要集中于夏目漱石于1916年8月14日以来创作的汉诗作品。在时间上,因与未完稿的小说《明暗》创作同步,在学界被称为夏目漱石汉诗创作的"《明暗》期"。这一时期的汉诗创作是夏目漱石汉诗创作的高峰,在本书具体解读过程中也将青年夏目漱石的部分汉诗引入作为参照,但毕竟未能将其创作的208首汉诗全部涵盖,副标题冠以"夏目漱石的汉诗"之名,实有不妥。特此说明,并向大家致以十分的歉意。

目　次

八月十四日 …………………………………………………… 1
八月十五日其一 ……………………………………………… 7
八月十五日其二 ……………………………………………… 11
八月十六日其一 ……………………………………………… 16
八月十六日其二 ……………………………………………… 22
八月十九日 …………………………………………………… 29
八月二十日 …………………………………………………… 37
八月二十一日其一 …………………………………………… 44
八月二十一日其二 …………………………………………… 48
八月二十二日 ………………………………………………… 53
八月二十三日 ………………………………………………… 60
八月二十六日 ………………………………………………… 66
八月二十八日 ………………………………………………… 72
八月二十九日 ………………………………………………… 78

读诗札记——夏目漱石的汉诗

八月三十日其一	85
八月三十日其二	91
九月一日其一	97
九月一日其二	103
九月二日其一	110
九月二日其二	116
九月三日	120
九月四日其一	127
九月四日其二	133
九月五日	140
九月六日	146
九月九日	152
九月十日	159
九月十一日	165
九月十二日	170
九月十三日其一	176
九月十三日其二	182
九月十五日	187
九月十六日	195
九月十七日	202
九月十八日	209
九月十九日	217
九月二十日	222
九月二十二日	228
九月二十三日	234
九月二十四日至三十日汉诗通读之一	243
九月二十四日至三十日汉诗通读之二	250
十月一日	257

十月二日	262
十月三日	268
十月四日	273
十月六日	280
十月七日	286
十月九日	293
十月十日	300
代　跋	309
后　记	324

八月十四日

幽居正解酒中忙，華髮何須住醉鄉。
座有詩僧閑拈句，門無俗客靜焚香。
花間宿鳥振朝露，柳外帰牛帯夕陽。
随所随縁清興足，江村日月老來長。

训读：
幽居(ゆうきょ)　正(まさ)に解(かい)す酒中(しゅちゅう)の忙(ぼう)
華髪(かはつ)　何(な)んぞ須(もち)いん酔郷(すいきょう)に住(す)むを
座(ざ)に詩僧(しそう)ありて　閑(かん)に句(く)を拈(ねん)し
門(もん)に俗客(ぞくきゃく)無(な)くして　静(しず)かに香(こう)を焚(た)く
花間(かかん)の宿鳥(しゅくちょう)　朝露(ちょうろ)を振(ふ)るい
柳外(りゅうがい)の帰牛(きぎゅう)　夕陽(せきよう)を帯(お)ぶ

读诗札记——夏目漱石的汉诗

所_{ところ}に随_{したが}い縁_{えん}に随_{したが}いて清興_{せいきょう}足_たり
江村_{こうそん}の日月_{じつげつ}　老来長_{ろうらいなが}し

　　以此诗为开端，夏目漱石的汉诗，抵达其生涯最后一个创作高峰。从时间上讲，自大正五年（1916）8月14日开始，直到11月20日，夏目漱石在大约一百天的时间内，基本上每日一首，创作了75首汉诗，其中66首是七律。11月21日夏目漱石因胃溃疡再次犯病，住院治疗，不久病情恶化，于同年12月9日过世，时年50岁。

　　在这一年的8月21日，夏目漱石给其弟子久米正雄和芥川龙之介写信："我还是在上午创作《明暗》。其间的心境苦痛、快乐、机械三者兼而有之。意外的爽意是最幸福的事。尽管如此，每天要写近百个段落，心情会变得庸俗不堪，所以，从三四天前，创作汉诗就成了下午的课业。每天一首，大都是七律。"[①]

　　该诗语言虽时有生硬之处，但结构完整，过渡自然，诗意流畅，比之其晚年后期的七律汉诗，包括这首诗在内的几首汉诗还是比较富有生活气息的，能够让人读诗之时被文字带入一个活泼的世界，想象夏目漱石踱步捻须的样子。

　　幽居正解酒中忙，華髮何須住醉鄉。

　　首联就让人有些费解。但根据汉诗的对照与互文结构，大概意指：幽居恰恰注解了酒中之忙，已生华发，何须居于醉乡。"幽居"与"酒中忙"、"华发"与"醉乡"构成了对照，两句又形成了互文。解读的核心还是看关键词，即句眼。本句的关键词是"幽居"和"醉乡"。

　　"幽居"一词很好理解，隐居之意。唐代诗人韦应物以此为名，撰写了五言古体《幽居》，诗曰：

[①]『漱石全集第十五卷』，東京：岩波書店，1967年，第575頁。

八月十四日

> 贵贱虽异等，出门皆有营。
> 独无外物牵，遂此幽居情。
> 微雨夜来过，不知春草生。
> 青山忽已曙，鸟雀绕舍鸣。
> ……

这是一幅独处平和、悠闲自得的生活画卷，描述了一种愉快安闲的高士隐居状态。没有人心险恶，没有名利争夺，没有虚伪假面和诡计阴谋。中国式的分裂综合焦虑征，似乎很早就开始了。读书人一方面万里觅封侯，一方面又低吟逍遥与归隐，如此徘徊于儒道之间，内心充满了矛盾与分裂：一面是渴望建功立业、扬名万古的野心和欲求；一面是退隐江湖、厌倦纷争的避世情怀。我们很好地继承了这一优秀的分裂—焦虑综合征的文化传统，生活在当下的我们，群居或集体生活时，积极进取、眷恋红尘；独处时，又发现自己竟然每日疲惫于觥筹得失，苍白无趣、毫无意义。

和我们一样，夏目漱石也是普通人。这一点很重要，否则他的诗歌就失去了与当下的我们对话的可能，这不仅是设论的前提，也是对夏目漱石作为人而非超人的假定。换言之，本书依然没有摆脱相对的人文主义立场，但却在时刻提醒进化论式的人文主义之危险。

夏目漱石生于1867年，在他出生的第二年日本开启了明治维新的近代化进程。对于当时所有的日本人而言，这是一个崭新的时代，也是一个难以割裂过去的时代。终其一生，夏目漱石都在新与旧、东与西、进与退、国家与个体之间犹疑而痛苦。在这样一个分裂的时代，晚年的夏目漱石由于疾病和家庭的缘故，更是加剧了他内心原本存在的焦虑与不安。病死之外，生之苦闷，是他欲以超越和挣脱的重要对象，这些都在他《明暗》期的汉诗中有着较为集中和突出的表现。

"幽居"与"酒中忙"显然是矛盾与对立的。而"酒中忙"是夏目漱石自造的词语，无论中国汉语还是日本汉字中均无惯用之例。汉

读诗札记——夏目漱石的汉诗

字体系是一个视觉符号系统,因此,"酒中忙"之意还是一眼即可看出的。吉川幸次郎在《漱石诗注》①中曾推测"酒中忙"和"醉乡"指的是小说的世界,这样的说法还是比较可靠的。进而推之,与此相对的"幽居"则指夏目漱石在这段时间,每日下午的汉诗创作了。

需指出的是,同年春日,夏目漱石曾作《闲居偶成》绝句一首:"幽居人不到,独坐觉衣宽。偶解春风意,来吹竹与兰。"

但"幽居"与"酒中忙"是如何统一于诗句之内的呢?

中村宏在《漱石汉诗的世界》中,作了如下解读:

> 安静生活的人更加懂得对于饮酒狂欢的厌恶,年老的人就没有必要居住在如此世俗的地方。②

中村宏的理解显然和吉川幸次郎的看法有些差异,而差异的原因或在于对"正解"的理解不同。汉语中的"正解",出自南朝沈约《为齐竟陵王发讲疏》:"竟陵王殿下,神超上地,道冠生和,树宝业于冥津,凝正解于冲念。""正解"即正确的见解。而现代汉语中的"正解"则受到现代日语中"正解(せいかい)"的影响,最近开始出现在网络用语之中,即"正确答案"之意。

夏目漱石汉诗中的"正解"之意就有至少上述两种可能。有意思的是,吉川幸次郎和中村宏都把"正解"训读成了"正に解す",即"正确无误地解释了"之意。与沈约使用的"正解"相比,词语的内在结构虽然不同,但其指向性还是较为接近的。那么"正解"在夏目漱石汉诗中到底是哪种意义和用法呢?比照下一句的"何须","正解"在此意指"正确地解释和理解"还是比较合适的。也就是说,夏目漱石汉诗中的汉语词汇使用,比较接近汉语词汇的本义而非日式

---

① 吉川幸次郎:『漱石詩注』,東京:岩波書店,1967年。
② 『漱石漢詩の世界』(東京:第一書店,1983年)原文:静かに暮らしてみると酒を飲んで騒ぐような煩忙のいとわしさがよくわかる。年老いてからこんな世俗の中に住む必要はない。

词汇。

"醉乡"一词也很好理解，即饮酒而醉的非清醒状态，表现的是对现实的疏离、逃避抑或洒脱、失落等状态。

该诗首联就表现出了"华发幽居"与"酒饮醉乡"两种不同生活状态的对立及融合，这也正是夏目漱石上午创作小说，书写人世纷扰与苦闷，以此满足生存需求、挣钱养家糊口；而下午写诗，尤其是有意选择近体诗中要求最为严格的七律，在遣词造句、押韵对仗的文字游戏中放下俗念、调节心境，内化他对于生命和道的思考。

座有詩僧閑拈句，門無俗客靜焚香。

这一句，对仗工整，语意通达，轻松自然，表达了作者对于雅趣生活的追求和向往，较为明显地流露出传统文人雅士的风流意识，也可以看出夏目漱石当时颇为自得的心理状态。

花間宿鳥振朝露，柳外歸牛帶夕陽。

这一句，对仗也较工整，诗歌视角由陈述转向了描绘，增强了诗歌的兴发情趣和生动意向。可以说这一句是由两幅画组成的，前半句是近景：早晨宿鸟惊飞、扇动翅膀，震动空气，树叶微颤，抖落晨露（有人说是抖落自身的羽毛，其隐微之姿，转瞬之景难以为人耳目所捕捉，即便是想象画面的再造，也不大合理）之画面；后半句则是远景：夕阳沉落之际，落日余晖之中，杨柳堤外，响起一曲悠悠牧笛，随声转目，牧童在余晖中缓缓走来，又带着一抹夕阳远去。一小一大，一近一远，一早一晚，一快一慢，充满情趣与活力。不过这两幅画面，非实际场景的白描，而是源于作者的构思与想象。另外，这一句还存在一个问题，即"振"字的使用。在汉语中，"振"字在时间和空间上给人以用力之感，在情感上给人以紧张的张力。如"气振长平瓦"（李白）、"郑氏才振古"（杜甫）、"岛屿疑摇振"（柳宗元）等。而日语中的"振るう"，还写作"奮う、揮う"等，作为自动词的时候，意指生命物体自身活力的发挥与震动。作为他动词使用

读诗札记——夏目漱石的汉诗

时也有用力、充分的意向。

随所随緣清興足，江村日月老來長。

以此句作为尾联结句，诗意承接自然，且有余韵。只是"随所"一词乃夏目自造词语，不同于唐诗中"此生随所遭"（杜甫《避地》）、"冷热随所欲"（白居易《春日闲居三首》）等诗句中出现的"随所"。在夏目漱石这首诗中，"所"乃是"ところ"居住之地、生活之地的意思，那"随所"可理解为"ところに従う"。

一般意义上，一首诗歌的好坏，至少一半要归结于读者本身的视野和感知，甚至是阅读的具体场景和氛围，这样的情况千差万别，无法一一描述。但一首诗是否经典，则首先在于诗本身的艺术效果是否有着超越时间和个体感受差别的东西，是什么东西呢？千百年来，很多人都在寻找、探讨诗歌的意义和情趣，结论不一而足，至今尚未统一。在此，我们暂且以人作比拟：肉身之美、权谋之用，让许多人着迷并为之前赴后继，但在坚持灵魂之美的人那里，朴素与简洁的自然、行云与流水的自在，安然于喧嚣与世俗之界而保持内心的淡然与灵魂之从容，或才是生而为人的尊严和美好。

诗，亦应如是。

夏目漱石的诗恰如其人。我们将在未来的日子里，与他的汉诗为伴，走进他丰富而复杂的内心世界，探寻百年前日本汉诗在近代激流中的变异与喻义。

八月十五日其一

　　双鬢有糸無限情，春秋幾度読還耕。
　　風吹弱柳枝枝動，雨打高桐葉葉鳴。
　　遙見半峰吐月色，長聴一水落雲聲。
　　幽居樂道狐裘古，欲買縕袍時入城。

訓読：

双鬢に糸有りて無限の情
春秋幾度か読んで還耕す
風は弱柳を吹いて枝枝動き
雨は高桐を打って葉葉鳴る
遥かに見る半峰月を吐く色
長えに聴く一水雲より落つる声

读诗札记——夏目漱石的汉诗

幽居道を楽しみて狐裘古りたり
　　ゆうきょみち　たの　　　　こきゅうふ
　　　　　　　　　　　　　　　　　　
褞袍を買わんと欲して時に城に入る
おんぽう　か　　　　　　ほっ　　とき　まち　い

　　夏目漱石的汉诗，不仅在一首诗的内部形成互文，而且在他的许多汉诗之间也形成了相互参照的关系。在1916年，他的日记基本以汉诗代替，每日一首七律，其心境的延续也带来了汉诗主题的表达和遣词的趋同性，最后两首汉诗甚至可以说是孪生篇。

　　8月15日创作的这首汉诗和8月14日汉诗之间的内在关联亦是如此，我们暂可统一将之命名为《幽居·二首》。

　　汉字的魅力，在于一眼就能够感受到一个世界；汉诗的美，在于一个词就足以绽放一场春天。

　　"幽居"一词，就如美人的眸子，有心的人一眼就看到了眸子里的一潭湖水，湖水中的一片涟漪。

　　雙鬢有糸無限情，春秋幾度讀還耕。

　　年华老去，双鬓发白，给人几多感慨和无奈，情思悠远而人生有限；年华虽非虚度，春秋更迭，四季轮转，在流动的时间内"我"过着晴耕雨读的日子。

　　風吹弱柳枝枝動，雨打高桐葉葉鳴。

　　此句对仗，情景融合，富有诗意。承接首联，对晴耕雨读的岁月进行具象的呈现与描绘：晴朗的日子看风吹草木，柳枝摇曳，宛如柔弱的少女，需人搀扶；下雨的日子，冷雨淅沥，从天而落，拍打着高高的梧桐，树叶发出声响，自然界演奏着雨中的曲目。

　　遙見半峰吐月色，長聽一水落雲聲。

　　虚真各半，光色隐幽，给人以寂寞幽深之感（与中国传统禅诗中的"月"之审美意象不同，这是一个十分有趣的话题，笔者在本书别处已有相对集中的论述，此不赘言）。夜深人静，了无睡意，推窗望月，然而明月藏于山峰之后，照得山色更加幽深而显得遥远，如真似幻，月色悄然照进屋内，才发现月亮已经在山峰间探出头来，如暗夜不眠之眼；欲卧床而眠，却又听到远处山间流水不息不倦，似云落渺渺，在隐约之间。

幽居樂道狐裘古，欲買縕袍時入城。

尾联中的"狐裘"与"缊袍"在形象上形成鲜明对比，藏有深意。

《论语·子罕》子曰："衣敝缊袍，与衣狐貉者立，而不耻者，其由也与？'不忮不求，何用不臧？'"子路终身诵之。子曰："是道也，何足以臧？"

译文：《论语·子罕》，孔子说："穿破旧丝棉袍子，而与穿名贵皮裘的人站在一起，却不感到耻辱者，大概只有仲由能做到吧。《诗经》上说：'不嫉恨，不贪求，哪能不善好呢？'"子路听说后，很是得意，以后总是反复念叨这句诗。被孔子发现，就批评道："你离真正的道，还差得很远，怎能就此知足呢？"

古人的优雅与从容，还植根于文化上的守持与自得。在孔子的众多弟子中，子路之形象是给人最为生动可爱印象的那一个。《说苑》中记载了他第一次见孔子的时候，欲"凌暴孔子"，想必准备用拳脚"教育"一下孔子吧。然而孔子毕竟是个有修养的人，面对这个蛮野的年轻人，并不计较，而是以文化武，"设礼，稍诱子路"。子路感佩而拜师（此处让笔者感慨再三！）。可见，无论是流浪如丧家犬的孔子，还是勇敢耿直、破衣蔽体的子路，其儒雅包容，其不忮不求，支撑他们面对荣华富贵而自尊自立，是文人的理想与精神。淡泊以明志，宁静以致远也。且莫说遥远的战国，不过百年的蔡元培、傅斯年等一生的守持和风骨，在当下的知识分子身上所剩无几。既然灵魂难以被科学证明，何不在灯红酒绿中耗尽快乐的肉身？！

回到夏目漱石的汉诗本身。可以说，尾联中的"幽居乐道"是他自己的主动选择，家里原有的狐裘已经破旧，沾染了许多灰尘，暗示他对于早年追求世俗功名的反思与否定。岁月匆匆，两鬓斑白，功名

读诗札记——夏目漱石的汉诗

犹如尘土，莫如晴耕雨读，追求内心的一份充盈与诗意。

如我们所知，夏目漱石一生历经坎坷，被生父遗弃，遭养父敲诈，受尽人事之累，曾经十分厌倦身边的一切，这种情绪还导致妻子自杀。因此，夏目漱石之所以产生"幽居"情怀，应是对于之前自己身陷世俗囹圄、追逐名利之苦的反思和觉悟。

至今，教科书上似乎仍把夏目漱石看作是超越自然主义与浪漫主义之争的"余裕派"或"高蹈派"，实则谬也。夏目漱石从来不是超凡脱俗之人，并无半点仙风道骨。也有很多人认为夏目漱石是一个批判现实主义作家，中国的研究者还将之比于鲁迅，在笔者看来，这也不过是一厢情愿的误读。这种误读，就如同夏目漱石说自己极其喜欢和欣赏日本僧人良宽所作汉诗之风流与洒脱，于是就有人从夏目漱石汉诗中寻找诸多良宽的影子，力图证实夏目漱石汉诗的风流与洒脱。此种行为，犹如水中捞月，不得其辙也。

本篇对于夏目漱石汉诗的解读，没有实证与出典，亦无考辨与佐证，基本上是感发性和联想式的赏析。之所以如此，在有意尝试之外，实则也出于对所谓实证与出典，甚至所谓研究立场的警惕与怀疑。在笔者看来，真正的关系是内在的，可证明的影响是浅层的，世间万物在流转时空的本质联系非考证、训诂所得，即便科学也无法解答所有奥秘，而诗性的联系、灵性的顿悟，有时候恰恰可以抵达世界的本心。只不过，这样的方式并不适用于每一个人，因为在这背后有着更为复杂而难解的隐喻。

八月十五日其二

五十年來処士分，豈期高踏自離群。
華門不杜貧如道，茅屋偶空交似雲。
天日蒼茫誰有賦，太虛寥廓我無文。
慇懃寄語寒山子，饒舌松風独待君。

训读：

五十年来　処士の分
豈に高踏を期せんや　自ずと群を離れる
華門杜ざさず貧しきは道なるが如く
茅屋偶々空しくて交わりは雲に似たり
天日　蒼茫　誰か賦有る
太虚　寥廓　我に文無し

读诗札记——夏目漱石的汉诗

<ruby>慇懃<rt>いんぎん</rt></ruby>に<ruby>語<rt>ご</rt></ruby>を<ruby>寄<rt>よ</rt></ruby>す寒<ruby>山子<rt>かんざんし</rt></ruby>
<ruby>饒舌<rt>じょうぜつ</rt></ruby>の<ruby>松風<rt>しょうふう</rt></ruby> <ruby>独<rt>ひと</rt></ruby>り<ruby>君<rt>きみ</rt></ruby>を<ruby>待<rt>ま</rt></ruby>つ

落款为8月15日的有两首七律汉诗，这是其中第2首。

五十年來処士分，豈期高踏自離群。

处士，在中日语境中，都指有德才却不做官的人。分，身份职责之意，如"名分""身分"等。不过，"分"有两种发音，入韵也有两种：十二文（平），十三问（仄）。"分"作"名分""职责"之意时发为入声，故，此处应是作者之误。

五十年来，"我"选择了自己的道路，但并非自认为是超越世俗的高踏之人，而有意识地避开世俗、远离人群。

華門不杜貧如道，茅屋偶空交似雲。

上一句是总体概述，这一句则是画面的呈现，以画面言情志，是汉诗的传统和特点，夏目漱石深得其味。但"華門"指简陋的门庭和住所，或是吉川幸次郎所说的日本式花布垂帘，以此为门。"不杜"之语也十分生僻，在日语、汉语中极为少见。吉川幸次郎认为"杜"通"堵"。"贫如道"一语双关，既指门庭客人稀少，也指主人的精神和心理以及生活状态。

"偶空"之语亦显生硬，应该是夏目漱石让步于对仗和格律要求而牺牲了语言的自然，自造词语，且平仄有误，"偶"应平而仄。

李白《月下独酌》有名句"永结无情游，相期邈云汉"。在笔者狭隘的理解下，这种情调与夏目漱石所要表达的"交似云"有着近似的味道。

天日蒼茫誰有賦，太虛寥廓我無文。

天日，即太阳。《全唐诗》中仅有几例，如"落尽高天日，幽人未遣回"（杜甫）、"持戒如天日，能明本有躯"（傅翕）等，但"苍茫"无法形容太阳。或许天日在此处乃是昏黄而辽远的日光之意。寥廓，在汉语中语义丰富，表现力很强。《素问·天元纪大论》："太虚寥廓，肇基化元，万物资始，五运终天。"以寥廓表现宇宙的本元状态。《楚辞·远游》："下峥嵘而无地兮，上寥廓而无天。"以寥廓表现空阔辽远。陆机《叹逝赋》："或冥邈而既尽，或寥廓而仅半。"以寥廓表现虚空之境。此处夏目漱石则概以寥廓表现世界苍茫、宇宙辽阔而虚空的情状。面对辽远而虚空的宇宙，谁来为此吟诗作赋，描述无法把握的人生命运以及藏匿其间的"道心"？

慇懃寄語寒山子，饒舌松風獨待君。

"我"殷切地希望寒山子再世，风吹松木而不停息，似乎和"我"一样也在等待知晓它心思的诗人。

就寒山诗歌的题材而论，多有吟咏自然草木的句子，在夏目漱石眼中，寒山无疑是最知草木本心的人了吧。寒山诗歌的自然情怀，也是他为日本大众和学界接受和理解的原因之一。如寒山诗云：

泣露千般草，吟风一样松。此时迷径处，形问影何从。
天生百尺树，剪作长条木。可惜栋梁材，抛之在幽谷。
欲得安身处，寒山可长保。微风吹幽松，近听声逾好。

另，关于"饶舌"，寒山、拾得似有如下传说：时任台州太守的闾丘胤，受丰干指引，慕名来访寒山、拾得二人，寺里大众正纳闷着，"何以一位大官却来礼拜这等疯狂的人？"这时，寒山、拾得突然喝道："丰干饶舌！弥陀不识，礼我为何？"两人挽臂笑傲，跨出寺门，走向寒岩，从此再也不曾出现在国清寺。

如果说8月14日和15日创作的两首汉诗可以命名为《幽居·二首》，那么，接下来的这首则可命名为《幽居续篇》，大意依然是回首过去，自述胸怀，表达内心的情志与渴望。这首诗所表达的渴求与目标指向了中国的诗僧寒山，即诗眼"寒山子"。

寒山（约691—793），唐代长安人，出身官宦，数考不第，被迫出家，30岁后隐居浙东天台山。他生前寂寂无名，身后却声誉日

读诗札记——夏目漱石的汉诗

隆,并绵延千年,今日犹然。白居易、王安石仿写其诗,苏轼、黄庭坚、朱熹、陆游也对他推崇备至。他未曾剃度,苏州著名寺庙(寒山寺)却以他的号命名。唐人将其看作成仙的道士,宋人认为他乃文殊再世,元代其诗流传到朝鲜和日本。明代其诗被收入《全唐诗》,清朝皇帝雍正甚至把他与其好友拾得封为"和合二圣",成了婚姻神和爱神。

20世纪以来,寒山又持续受到欧美、日本学者的喜爱和推崇。明治以降,寒山诗就在日本一版再版。森鸥外(1862—1922)根据《寒山诗集》闾丘胤的序言(有学者已证伪作),创作了小说《寒山拾得》,颇受好评。20世纪50年代,美国"垮掉的一代"(The Beat Generation)将寒山奉为偶像,其诗也风靡欧洲,造就"寒山热潮"。其作品被翻译成多国语言,在世界范围内赢得了比李白、杜甫还要响亮的声誉。然而,他却连真实姓名也未曾留下,只是以号行世——寒山子。

《四库全书总目提要·寒山诗集提要》中指出,寒山诗"其诗有工语,有率语,有庄语,有谐语"。项楚在《寒山诗注·前言》中认为"不拘格律,直写胸臆,或俗或雅,涉笔成趣"是寒山诗的总体风格。与其诗风相应,其诗歌的思想,有人说是豁达、超然与洒脱。因此,寒山诗以语言的质朴、境界的幽玄、不入世浊的隐者情怀赢得了众多读者的喜爱。此言不虚,却非寒山的全部。

据传,寒山也曾是热衷功名之士,数次落第,原因离奇。究根问底,竟因相貌之故,受尽世俗与制度的羞辱;兄弟不理,妻子离弃,在世俗的人世,原有的价值体系崩溃,世界已经坍塌,他也失去了存在的价值和意义,人生陷入绝境而无人相助。最终他选择了流浪和隐居,期间要经历多少心理煎熬和自我超越,才能摆脱世俗的爱恨,跳出原有的价值体系,独自为自己寻找一个活下去的理由和依凭!可幸的是,一个热衷功名和世俗人情的人,终于蜕变成了独自拥抱自己的寒山子。然而,又有多少这样的人在寻找皈依的路途中,困顿于孤独绝望而悄无声息地死去！因此，在洒脱文字的背后，笔者依然可以读出一个阅尽人世悲凉，历经痛苦磨难而绝望的寒山道士。

要之，夏目漱石未曾有过寒山之绝望而生的经历，思想尚未悟道，尚未看破红尘的虚妄，因此，他们两者的诗风和思想迥然有别，甚至有所对立。

众所周知，夏目漱石最为欣赏的诗僧一个是寒山，一个是良宽。两者均运用白话写作，诗风率直、朴素，且不拘格律，谐趣而富有生机，诗意浑然洒脱。

然而夏目漱石却与之相对，其汉诗，尤其是晚年作品表现出的是另一面的特点，即遵循格律，用雅语、时而生硬，诗意不时阻塞，意境多见寂寥而幽暗。不过，这首汉诗，尚未陷入苦闷的悟道地步，用语虽见生硬，但是诗意相对流畅，尤其结句，富有余韵和想象力。

还有一个悬而未决的疑问在笔者心头，无论是夏目漱石还是寒山，他们为何要让汉诗留存呢？寒山在绝望重生之后，并非完全变成了另外一个人，而是不再以原有的价值方式而存在，但他依然保有与人沟通的愿望。或许与这个世界诉说是人类的本能，夏目漱石创作并把这些汉诗保留在自己的日记当中，也是持有这样的愿望吧。此番推论之存在前提，则是人与生俱来的孤独，如果要问夏目漱石和寒山在差异之外，有无共通之处的话，或许就在这里。

八月十六日其一

無心禮仏見霊台，山寺対僧詩趣催。
松柏百年回壁去，薜蘿一日上墻來。
道書誰点窟前燭，法偈難磨石面苔。
借問参禅寒衲子，翠嵐何処着塵埃。

训读：

心無しこそ　仏に礼して　霊台を見る
山寺　僧に対すれば　詩趣催す
松柏　百年にして　壁を回りて去り
薜蘿　一日にして　墻に上り来たる
道書　誰か点ず　窟前の燭
法偈　磨し難し　石面の苔

八月十六日其一

借問す　参禅の寒衲子
　_{しゃもん}　_{さんぜん}　_{かんのっす}
翠嵐　何処か　塵埃を着けん
_{すいらん}　_{どこ}　_{じんあい}　_つ

　　该诗格律基本无误，但首联次句中的"对"应该用平声字，颈联次句中的"窟"应平而仄，以现在的读音来看"窟"为平声，但其古音为入声。

　　对于这首诗，中日学者均有解读，虽不尽相同，但解读的意思和方向并无二致。笔者不揣浅陋，力图在前辈的基础上，尝试给出一点新的理解和思考。

　　而思考的关键就在于夏目漱石汉诗中"道"和"心"的理解。值得注意的是，本诗中出现的"道"与"灵台"（即，心），其语义所指均源自老庄哲学。

　　"灵台"语出庄子《庄子·庚桑楚》"不可内于灵台"。在禅宗的话语体系中，即是所谓的"心""真心"。"心"抑或"真心"，并不是我们所说的肉体之心，而是接近于无限时空和自由逍遥的状态，它处于人类原初的、最自然、最深层的心灵之内，拥有它也就拥有了禅宗所谓的绝对理念，即"佛性"。换言之，从心出发，修行者可以抵达禅宗的"梵我合一"境界，而"梵我合一"，即"我心就是一切"。

　　在追求无限与自由的旨趣上，庄禅互通而相合。更准确地说，禅宗是在以老庄哲学等为主导的中国思想哲学的影响下对佛教加以本土化的结果。

　　在老庄哲学体系中，"道"与上述禅宗的"心"十分近似，指向宇宙的本体："道"生万物，"道"即终极。

　　要之，老庄之"道"博大而无边，无限而神秘，但它又具有极大的魅力和诱惑力，可以使人获得终极意义上的幸福与价值。如若得"道"，不仅可以不以物喜、不以己悲，甚至可以超然绝外，逍遥于

读诗札记——夏目漱石的汉诗

天地。

　　由此可知，禅宗的"心"和道家的"道"，在概念的生成过程中前者直接受到后者的影响。而禅宗的"心"这一概念生成之后，在一般大众甚至知识分子的观念里，老庄之"道"与禅宗之"心"并没有十分严格的区别与分离。这样的情况在夏目漱石的汉诗中亦是如此。将此看作认知和理解夏目漱石汉诗的重要前提，是一点也不为过的。

　　据此，我们可以假定如下推论过程：

　　在夏目漱石汉诗中多次出现的"道""心""佛"，以及次级概念"真踪""虚怀"等，实际上并不是经由严密论证的哲学用语；在夏目漱石那里，这些词语更多是用作一种诗意的符号和喻义的象征。而夏目漱石使用这些词语的目的，实则在于克服自己内心面对人之生死、人情对错、世俗得失等对立和矛盾时的焦虑与不安。

　　生活在当下的我们，对于夏目漱石的焦虑与不安，应该都不会感到陌生。

　　消弭我们眼、耳、口、鼻、身以及万物之中的对错、是非、得失、生死等紧张与对立，并在混沌的世界和错乱的秩序中发现生机，正是参禅悟道的本义。

無心禮仏見靈台，山寺対僧詩趣催。

　　怀着没有功利和实用目的的心态去参禅修行却看见了本心，在寺庙中面对僧人而产生了写诗的趣味和想法。

　　无和有、禅与诗相互之间保持着互通及差异的微妙关系。正如修行者所悟，人的一切问题是心制造的，修行者若能直下无心，便是一了百了。若人能够一直保持无心之心，这便是真修行，再无其他修行。诸佛说过的一切方法、道理，只为去除我们的种种多余之心。

　　反观自身，我们中国人有着悠久的现实主义传统，世俗而致用，注重实用和现实的利害关系，对待宗教和神灵亦是如此。正所谓"无事不登三宝殿""平日不烧香，临时抱佛脚"。而真正有信仰的人不持"利用"之心，真正悟道的人也不膜拜"有求必应"之神。

众所周知，禅宗主张"自性具足""见性成佛"，只有放弃利害之心、消弭矛盾对立，才能见得佛性与本心，这无疑涵盖了中国传统道家哲学的"自足其性""无为而无不为""任性逍遥"等观念意识和思辨精神。

松柏百年回壁去，薜蘿一日上墙来。

（山寺之中的）百年、千年古木松柏，历经悠悠岁月才慢慢长大，成为参天大树，将枝叶伸展开来。而薜萝（薜荔或女萝，野生植物，常攀缘于山野林木或屋壁之上，后喻隐者）却生长得很快，只消一日即可伸展爬到墙壁上来。

在"回"字的理解上，以笔者个人的想象来说，是否也包含了松柏自身作为植物生命体以及作为艺术象征品留存于画壁的不同命运呢？即松柏和薜萝已经不再是山寺之中的具体形象，而是带有普遍喻义的象征。进而推论，松柏虽死犹生，而薜萝却少见于人类的抽象世界，这就是它们命运的差异？

颔联继续以形象的方式展开上述普遍存在于万事万物之中的对立互通联系。同时也暗含着对两种不同生命状态的描述：活泼与内敛、长久与短暂、快速与缓慢。

道書誰点窟前燭，法偈難磨石面苔。

颈联再次深化首联之探问，以思辨的形态继续追问并回答"无心礼佛见灵台"的议题。

一般而言，这一句是对于"不立文字，见性成佛"之教化场面的诗化再现。

据《坛经》（敦煌写本）所载，五祖弘忍一日唤人尽来，要大家各作一偈，并说若悟大意者，即付汝衣法，禀为六代。

神秀写偈道："身是菩提树，心如明镜台。时时勤拂拭，勿使惹尘埃。"

慧能作偈曰："菩提本无树，明镜亦非台，本来无一物，何处惹尘埃。"

读诗札记——夏目漱石的汉诗

　　上述文字，在中国文化思想史上广为传颂，并随禅宗文化一起传播到周边国家和地区，业已成为中外佛教文化交流中具有里程碑性质的大事件之一。然而，其真实性也一直饱受学者的质疑，至今尚无定论。它到底是真实的抑或只是一个故事，我们暂不论及，至于夏目漱石此诗颈联的理解，多数学者认为应该据此故事的精义来解读则是一个确凿无疑的事实。

　　的确如此，夏目漱石自己也写过"风月只须看直下，不依文字道初清"（大正五年9月10日诗）之类的诗句。

　　因此，从这一角度切入，这两句诗可以解释为：只是阅读佛教经典并不能代表真正的修行，也不能让人悟道；反之，光诵读法偈也不能磨去砖石上的苔藓。

　　吉川幸次郎即持上述意见，只是他未能指出此处暗含一个典故，磨砖成镜。宋·释道原《景德传灯录》："磨砖岂能成镜邪？"

　　马祖道一禅师，幼年出家，开元时，来到南岳山，在一个草庵里修习禅定。南岳般若寺的怀让禅师见马祖天天关起门来用功，就来敲门探问。

　　怀让禅师问道："天天枯坐此处，如不修止观功夫，怎么能成佛？"

　　马祖未理解怀让禅师的话，反而觉得厌烦，就又关起门来坐禅。怀让禅师于是拿起砖石，在马祖草庵前用力磨起来，一连磨了很多天，声音非常刺耳。马祖静不下心，开门一看原来是敲门的和尚在磨一块砖石，就反问道："禅师，磨砖何意？"

　　怀让禅师哈哈一笑，说："磨砖做镜。"

　　马祖奇怪地问："磨砖焉能做镜？"

　　怀让禅师说："磨砖不能成镜，枯坐即可成佛？"

　　马祖闻之，猛然顿悟。遂拜怀让为师，终成一代宗师。

　　除此之外，颈联的诗句是否也包含着对有用与无用、表象与本质、途径与目的的辨析呢？

"道书"和"法偈"都是无形无相之佛法的表象而非本心,故,不可过于膜拜之,而应通过它们,以其为途径,进而抵达佛法的本心与世界的本相。

借问参禅寒衲子,翠岚何处着尘埃。

"寒衲",单薄的僧衣或指代贫苦的僧人。如寒山诗句:"不学白云岩下客,一条寒衲是生涯。"

"翠岚",指山林雾气及其腾升之态。如皮日休在《虎丘寺西小溪闲泛》中写道:"鼓子花明白石岸,桃枝竹覆翠岚溪。"苏轼在《过岭》中也写有如下诗句:"波生濯足鸣空涧,雾绕征衣滴翠岚。"

首联提问,点明议题,颔联和颈联承接这一思路相继以形象和思辨的形式深化所问。最后一联,又以反问的方式结句,并回应了首联的"无心礼佛见灵台,山寺对僧诗趣催",留有余韵,饶有诗意。

笔者注:

本篇解读较为拖沓、艰涩。问题主要在于如何解释禅与道之间的关系,以及两者在夏目漱石汉诗中的放置方式等难以把握和处理。而夏目漱石晚年的汉诗倾向于以诗求道,道心甚浓,笔者不得不对"道"和"心"进行辨析和梳理。故本次赏析也只好对"道""心"等内涵及关联进行简单论述后,再进入诗歌本身的解读。

昨日又去潭柘寺和戒台寺,在古木松风中,聆听幽幽古意,并受教良多。内心安静少许,但返程后又困钢筋水泥,心境渐扰。遂登高远眺,看西山日落,赏余晖未尽、黑鸦飞迟。自然之景,因无"心"而美哉!

八月十六日其二

行到天涯易白頭，故園何処得帰休。
驚残楚夢雲猶暗，聴尽呉歌月始愁。
遶郭青山三面合，抱城春水一方流。
眼前風物也堪喜，欲見桃花独上樓。

训读：

行きて天涯に到りて　白頭なり易し
故園　何処か　帰休するを得ん
楚夢を驚残して　雲猶暗く
呉歌を聴尽して　月始めて愁う
郭を遶る青山　三面に合し
城を抱く　春水　一方に流る

八月十六日其二

眼前の風物　也た喜ぶに堪えたり
桃花を見んと欲して　独り楼に上る

　　8月16日的两首汉诗，前者以参禅说道为主，后者以情景为主。就诗歌本身而言，第一首更像是法偈，第二首文学的审美完成度要高一些。

　　两者看似主题和情趣迥然，却有着内在的关联。夏目漱石此前创作的三首七律与今日要讲的这首汉诗，在情绪和主题上也有着密切联系：前两首以"幽居"呈现情志，第三首虽被笔者称为"幽居续篇"，但已出现"道"的思考（其后"道"字频繁出现在79首汉诗内，多达29次）。而自今日第一首汉诗开始，夏目漱石开始陷入以七律汉诗为主要途径和手段的对于"道"的追求和思索，其过程曲折反复，其复杂性从同为8月16日落款的这两首汉诗之间的差异中即可直观地感觉一二。

　　本诗亦是七律诗体，"也"应平而仄，除此之外合乎七律要求。

　　如上一篇解读所述，8月16日的第一首汉诗追寻"道"与"心"，与其说是汉诗，不若说是法偈，思辨幽深，禅意甚浓。而第二首汉诗（即本诗）则由"幽思"转向"幽情"："思"转向"情"是一种逆转的承接；"幽"之风格的延续则表明夏目晚年精神状态的内在统一，有人以同时期创作的小说书名"明暗"为关键词来概括夏目晚年的内心世界，还是较为恰当的。

　　夏目漱石曾在大正五年8月21日给久米正雄和芥川龙之介的书信中，附赠一首汉诗，云："寻仙未向碧山行，住在人间足道情。明暗双双三万字，抚摩石印自由成。"表明自己在世俗间寻求佛性、日常进行修行的立场和决心，也表明自己幽深隐晦、错综复杂的内心世界。

　　吉川幸次郎先生认为《明暗》期的汉诗创作中，前四首体现了一

读诗札记——夏目漱石的汉诗

种隐士姿态,自这首汉诗起,夏目漱石作为"放浪者"形象的一面便日渐显露。

日文中的"放浪者",意思是流浪汉。而在汉语中,"放浪",则是指放纵,不受拘束。语概出晋·郭璞《客傲》:"不恢心而形遗,不外累而智丧,无岩穴而冥寂,无江湖而放浪"。王羲之在《兰亭集序》中有言:"或因寄所托,放浪形骸之外。"虽然夏目漱石这首诗中也有"游子情怀",但吉川幸次郎所言"放浪"应是指夏目漱石的汉诗非苦吟道思,而是具有了超拔世俗、恣意纵容的风骨和情趣。

如前所述,夏目漱石这一时期创作的汉诗风格的变化有着内在的逻辑与承接关系,即与同日写作(以"落款"表述更为准确)的第一首汉诗相比,可以说,本诗较为明显地体现了思绪受阻之后的一种诗意的流畅与游离的情绪。

诗歌,并非总要从中寻找出一种意义不可。很多事情需要无意义的姿态。正如前一首汉诗所要表达的那样:无心才能寻见佛性,见得真心。放弃执着和杂念,才能获得人间真意和世界本心。

人生亦是如此。一个人的身心投射到物象之中,与之连接的往往并非是"意义"的方式。笔者至今记得多年前在京都清水寺参禅,端坐陋室一隅,望山品月,静听松风,云影过时偶闻几处蛙声,须臾又消解在体内时光的流动之中。彼时彼刻,年近而立的我,方才放下稍许执念,不再以固有的俗情思考这个世界,心灵深处初次萌生若有顿悟之感。

本诗亦如山涛风月,在那时那刻连接着夏目漱石与他所面向的世界,在追思道心、苦觅佛性而不得开悟之后,这首诗缓和了他内心与这个世界的紧张与对立,消弭了部分矛盾与焦虑。换言之,本诗,不以求道为目的,反而指向了禅宗和庄周所指向的自由而无限的广袤天地。正所谓:放下执着,自见本心也。

八月十六日其二

行到天涯易白頭，故園何処得帰休。

在异乡追求着成功与幸福、个人的名利与自由，但世事艰辛，游子最易白头；然而往昔难以回首，故园不再是故园，此生飘零，内心何时祥和自在？灵魂何处得以安息？

这里面有着诗人切身的人生体验和阅历。原名金之助的漱石，被父母遗弃，从小未曾尝到家庭的温暖。结婚之后，日常生活的表层之下，也潜藏着种种不安与焦虑。去英国留学，却又难以融入西方社会而引发神经衰弱，不得不提前回国接受治疗。此或"天涯"之原意。

一生行走，多有坎坷，中年成名，又放弃东京帝国大学教职，成为专栏作家，日日劳作不息。晚年之后，又陷入疾病和生死之间，关涉人的内心与灵魂，加之日本全面西化之后，追随西方列强逐步走向帝国主义与殖民扩张的道路，原有的日本传统文化和道德在西学东渐的背景下，也已被冲击得面目全非，今非昔矣！

驚殘楚夢雲猶暗，聽盡吳歌月始愁。

如今的"我"呀，犹如楚梦之中被惊醒，而心情依旧在梦中；吴歌听尽，月亮也开始变得忧愁起来。

颔联两句，写得隐晦而富有诗意，颇有李商隐之幽情。从"易白头"和"故园何处"之感慨，很自然地过渡到对如今心理状态的描写，发出人生如梦的唏嘘。

楚梦，包括吉川幸次郎先生在内都认为是楚王梦遇巫山神女之典。据《昭明文选》卷十九《赋癸·情·神女赋并序》记载："楚襄王与宋玉游于云梦之浦，使玉赋高唐之事。其夜王寝，果梦与神女遇，其状甚丽。王异之，明日以白玉。"后人以此来表示美梦，或男女短暂之欢爱。

如王勃诗云："江南弄，巫山连楚梦，行雨行云几相送"，贺铸《侍香金童》词云："楚梦方回，翠被寒如水"；传统诗词多以"楚梦"描绘男女之幽情与分离。

吴歌，指古代吴语方言地区广泛流行的口头文学创作，口口相

读诗札记——夏目漱石的汉诗

传,代代相袭,活泼而热烈,尤以表现男女爱情为主。吴歌,后也泛指江南地区的民歌。文学史上也有吴体之称,其流行与杜甫关系密切。"杜公篇什既众,时出变调;凡集中拗律,皆属此体"(《杜诗详注》仇兆鳌注引)。李白、皮日休、黄庭坚等也都受到吴歌的影响而创作了许多吴体诗词。李白《子夜吴歌·秋歌》诗云:"长安一片月,万户捣衣声。秋风吹不尽,总是玉关情。"

楚梦与吴歌,云暗与月愁,实乃内心难以明言之心理状态。用词文雅、意象丰富、情思幽深,且延展了诗歌的内在生命喻义和诗意空间,是夏目漱石少有的汉诗美文。

云月之词,楚梦之喻,实乃诗歌最为本质的东西,也蕴含着传统汉文学的特色与魅力:含蕴而浪漫,情深而意幽。[①]有则轶事,说夏目漱石在东京大学授课时,教学生如何翻译"I love you",众口不一,而他给出的答案则是"今夜は月が绮丽ですね"——今夜月色撩人!

遶郭青山三面合,抱城春水一方流。

城郭周边的青山三面相合,环抱城市的春水向一方流淌。

描述由内转向外面的世界。"我"在上述的思考中,暗愁袭来,内心奔涌。而"我"所生活的世界——这座城市一如千年之前的平静,不曾随岁月的流逝而改变了面容。

青山依在,绿水长流。这个世界并不关心个体命运的枯荣盛衰、离别伤痛。

青山三面合,春水一方流,也暗喻世间万物的差异和生命状态的参差。这是一个充满差异却又众生平等的自然世界,也是一个婆娑苦

[①] 就吴歌与楚梦历史的关系而言,似乎尚未止步于此。战国吴、越两国均在江南接土邻境,"习俗同,言语通","同音共律"。楚破越后,吴、越之地大部分为楚所占,称为"吴楚"。故,这一时期的吴歌,难用现存的区域划分来说明。因此之故,"四面楚歌",实乃"四面吴歌"也。楚霸王项羽之雄霸天下、统一宇内之"楚梦",却经不起四面的"吴歌"最后一击,引颈自刎,爱妃也香消玉殒,世事无常在,人生犹如梦也。

难的人为世界。但比之人世，大自然何其简单，富有禅意和情趣。

就个体而言，如何度过短暂的一生？或应顺时顺命、随遇而安，过着看花花开、闭目花眠的日子吧。

颈联很容易让人想到李白《送友人》的诗句：

> 青山横北郭，白水绕东城。
> 此地一为别，孤蓬万里征。
> 浮云游子意，落日故人情。
> 挥手自兹去，萧萧班马鸣。

首联"青山横北郭，白水绕东城"之句，色彩鲜丽，用笔传神。为游子孤蓬之别离做铺垫，渲染了氛围。挥手别城，回望此句，足见情深。而夏目漱石此句，比之李白为"情"，更多的是为了阐发"理"。

眼前風物也堪喜，欲見桃花獨上樓。

眼前的世界也充满了风景和诗意，不过，若要懂得桃花这般风景的真意，还得是独自一人的时候。

如上指出的那样，由观照外面亘古不变的世界，再次转向作者隐痛孤愁的内心，引出对个体如何存活的思考。夏目漱石也终于找到了一个生命的平衡点——热爱这个不完整的世界，在孤独中发现美和诗意。

突然想起海子（1964—1989）的诗句：

> 从明天起，做一个幸福的人
> 喂马，劈柴，周游世界
> 从明天起，关心粮食和蔬菜
> 我有一所房子，
> 面朝大海，春暖花开
> 从明天起，和每一个亲人通信

读诗札记——夏目漱石的汉诗

告诉他们我的幸福
那幸福的闪电告诉我的
我将告诉每一个人
给每一条河
每一座山
取一个温暖的名字
陌生人,我也为你祝福
愿你有一个灿烂的前程
愿你有情人终成眷属
愿你在尘世获得幸福
我只愿面朝大海,春暖花开

八月十九日

老去帰來臥故丘，蕭然環堵意悠悠。
透過藻色魚眠穏，落尽梅花鳥語愁。
空翠山遙蔵古寺，平蕪路遠没春流。
林塘日日教吾楽，富貴功名曷肯留。

训读：

老い去って帰来し　故丘に臥す
蕭然たる環堵　意悠々
藻色を透過して　魚眠穏やかに
梅花を落とし尽くして　鳥語愁う
空翠　山は遥かにして　古寺を蔵し
平蕪　路遠くして　春流を没す

读诗札记——夏目漱石的汉诗

林塘　日日　吾を教て楽しましむ
富貴功名　曷んぞ肯て留まらん
<small>ふうきこうみょう　な　あえ　と</small>

落款为8月19日的七律诗，也是夏目漱石在《明暗》期连续创作的第6首七律诗。诗风素朴，富有禅味和道气，颇具陶渊明之风。

在比较文学研究领域，通常会有平行研究与影响研究之说，张哲俊教授也曾撰文指出在此之外还存在第三种现象，既不属于交流关系，也不属于平行关系，即文学发展过程之中都存在着的一种介于有无关系之间的现象。诚如他所言，比较文学之关系研究的难题之一正在于此。不过，在笔者看来，换个思路，第三种关系其实也就是影响关系的一种，即便是作为平行研究的立论前提，无影响关系之关系也只是影响关系的一种而已。

夏目漱石汉诗研究，对于我们中国学者而言，无疑极具吸引力，似乎一眼就能让人看到众多影响关系的可能性。事实也正是如此，截至目前，国内的相关研究，绝大多数依然停留在影响研究层面。如台湾学者郑清茂在《中国文学在日本》（纯文学月刊社，1969年）一书中，认为夏目漱石的汉诗就是"中国文学"在域外的自然延伸。而大陆仅有的一些研究成果，如《夏目漱石的汉诗和中国文化思想》（祝振媛，中国书籍出版社，2003年），《例说夏目漱石汉诗中的中国典故》（赵海涛、赖晶玲，《文学界（理论版）》2012年第9期），《中国古代文学观照下的夏目漱石汉诗解读》[赵海涛，《甘肃联合大学学报（社会科学版）》2013年第1期]等，更是从题名即可知其研究的立场与倾向性。

希望出现的同时，也往往藏匿着危险。此处的危险，主要是指我们的研究方法问题，过分关注中国文学的影响而忽视了其属于日本文学抑或汉字文化圈文学的现实，以及在关注中国文学影响力的时候，常常过于简单地加以判断，却少有令人信服的分析过程与文本解读等。

　　举例言之，有人曾简单地指出夏目漱石汉诗中散发着阮籍诗歌的味道，而少有实证。实际上，上述论断主要是阅读者或研究者一种主观心理的审美性投射，从而找到了两者在某些层面的相似性罢了，据此以影响而立论求证多少有些乖离，甚至有反向求之的危险。

　　夏目漱石汉诗有陶渊明之风，似乎是一个凭借主观感受和经验即可获得的事实，但也需要真实而充分的材料予以论证和补充。如可以列举夏目漱石自己曾数次以作者或作品中的人物口吻，表达对陶渊明的追慕和喜爱：

　　夏目漱石曾在小说《草枕》（1906年）中描写"我"避开世俗的喧嚣，来到偏远之地，只为寻求一个类似于陶渊明汉诗中的"非人情"世界。所谓"非人情"，是一种超越道德或人情的境界，是超脱世俗的出世境地，也是一种艺术审美观。

　　又及，1916年9月30日，夏目漱石曾作一首七律汉诗，结句写道"描到西风辞不足，看云采菊在东篱"，清楚地表露了夏目漱石对以陶渊明诗歌为代表的传统汉诗的追慕情怀以及在此参照下自惭形秽的艺术自觉。

　　不过，值得注意的是，想要论及夏目漱石受到陶渊明之整体影响，则需要严密而详实的论证过程。上述例证尚不足以说明这个过程的复杂。而若要论证夏目漱石汉诗中"吠犬鸡鸣共好音"之句是否受到陶渊明所作"狗吠深巷中，鸡鸣桑树颠"之影响，也不能在上述课题即夏目漱石受到陶渊明影响得到实证后，简单推论。在笔者看来，这里存在数种可能：

　　一、夏目漱石受到了包括陶渊明在内的众多诗人相关诗作的影响，而陶渊明的影响更为直接。

　　二、夏目漱石受到了包括陶渊明在内的众多诗人相关诗作的影响，而陶渊明的影响更为重要。

　　三、夏目漱石受到了包括陶渊明在内的众多诗人相关诗作的影响，但是陶渊明的影响是显性的，而其他诗人的影响则是隐性的，只是研究者尚未发觉。

四、夏目漱石受到了包括陶渊明在内的众多诗人相关诗作的影响，而陶渊明的影响更为重要但却是间接的影响，就此诗句而言，是受到了其他诗人的直接影响。

五、夏目漱石受到了包括陶渊明在内的众多诗人相关诗作的影响，而陶渊明的影响重要与否、直接与否并不重要，就此诗句而言，仅仅是一种暗合。乃是夏目漱石基于自身的渴求，化情为景，变成诗句。

……

就此句之考察，之前笔者也曾撰写文章，指出唐代诗人皇甫冉曾作诗《送郑二之茅山》云："水流绝涧终日，草长深山暮春。犬吠鸡鸣几处，条桑种杏何人。"夏目漱石之"吠犬鸡鸣共好音"，无论在写法上还是在意境上，抑或在用词风格及审美取向等方面，似乎更接近于皇甫冉之诗。当然，这也只是一种难付诸实证的推测罢了。

不过，日本学者长于考据细微，或可参照。不过，现有实证研究之"影响"也多半在于偶然，深层之必然性或才是学问的本质吧。

老去歸來臥故丘，蕭然環堵意悠悠。

年纪大了，回归故土；即便生活简陋，清茶淡饭，房间狭小，"我"心依然悠然自得。

老来归去也。卧，非生病而卧，乃是生活、居住之意。故丘，同前日汉诗中的"故园"之意。环堵萧然，乃一成语，形容室中空无所有，极为贫困，也有空寂之意。语出晋·陶渊明《五柳先生传》："环堵萧然，不蔽风日。"此处，受陶渊明影响确凿无疑。然而，问题在于虽有陶渊明之风，却少有陶渊明诗歌之或昂扬、或清淡、或优雅、或从容的诗意，这样的影响转化，反而容易让读者感到落入创作的窠臼。

学习老师固然可以，值得赞扬，但要活出自己，青出于蓝而胜之，却不能以模仿为目的。超越与否定，是一个人活出自我，寻找属于自己天地的唯一办法，这也是生而为人的目的之一，如若平凡，也不应平庸，仅仅活在别人的概念、言辞与规矩里。

自然，超越和否定是带有冒险的行为，极可能遭受为人师表者的反驳与打击，更有甚者，自我意识过强，在背后捅你刀子也在所不惜，尤其在需要的首先不是人才而是家臣与奴隶的时代。但生活、生存的价值也与其所需承受的风险、甚至是所付出的代价呈正比例关系。孟子是个聪明人，他把残酷的现实说得极富诗意："天将降大任于斯人也，必先苦其心志，劳其筋骨，饿其体肤，空乏其身，行拂乱其所为也，所以动心忍性，增益其所不能。"

可是，谁愿意遭受苦难呢？己所不欲勿施于人，己所欲之，也勿施于人也。

透過藻色魚眠穩，落盡梅花鳥語愁。

透过生长着水藻的河水，鱼儿安静地进入梦乡；梅花落尽的风中，鸟儿的歌声如此忧愁。

此联对仗，描写出彩。一来，画面感强，富于想象力和表现力。睡着的鱼儿，鸣叫的飞鸟，动静结合、一张一弛。二来，陌生化的写法，不落窠臼。文学性书写的原则之一就在于陌生化的处理。因此，该联既生动形象，也兼具陌生化的距离美，可谓名言佳句。

然而，汉诗作为高级的语言艺术形式，也具有其他文学形态所没有的特色。

就此联而言，到底是鱼儿透过水藻之色可以安静入睡，安然入梦呢，还是安睡的鱼儿是被观察的对象而非行为主体？即诗人透过微动之水藻波痕看到了安睡的鱼儿，抑或是透过微暗微明之藻色，诗人似乎看到了鱼儿的梦境？以上解读皆有其合理性，且不能据此一端而排斥其他的可能。"落尽梅花鸟语愁"句同理。这就是中国语言的魅力，也是汉诗的精神所在。这也是为何在中国文化史上，最具风采的往往是诗人的原因所在。温文尔雅，风流自在，和而不同也哉！

读诗札记——夏目漱石的汉诗

　　此外,诗歌的节奏与格律,吟咏起来抑扬顿挫,极具美感。将文字之美化为声音之美,在吟诵中玩味情思与深意,这是其他文学体裁所不具备的。这两句诗无论从意义、视觉还是听觉上,都富有艺术感染力,读之诵之,口若含饴,津津有味。但随着时代的变迁,普通话和简体字的推行,这些美感也渐渐远离我们的生活。近年来,叶嘉莹先生致力于诗歌的吟诵文化,身体力行、孜孜不倦,然诗歌的吟诵已成明日黄花,只能是少数人的高雅文化体验却难以普及。这也涉及汉字本身内在的等级秩序,题外之语,恕难展开。

空翠山遥藏古寺,平芜路远没春流。

　　氤氲雾起,山色迷离而遥远,古寺山庙或在其间藏匿;平原望野,雨过之后涓涓细流或汇入河流,或在遥远的路途之中被自然草木汲取。

　　空翠,有多个义项:1.绿色的草木;2.绿叶;3.青色的、潮湿的雾气;4.苍天、碧空;5.清澈的泉水。

　　如"夕阳连雨足,空翠落庭阴"(孟浩然《题大禹寺义公禅房》)中的"空翠"属义项二;"山路元无雨,空翠湿人衣"(王维《山中》)中的"空翠"属义项三;"苍茫生海色,渺漫连空翠"(白居易《大水》)中的"空翠"属义项四。

　　因此,"空翠"在此至少有四种解读的可能,而颈联第一句也就至少有四种解读角度及其样态。如,我们也可以这样重新解读该诗句:

　　湛蓝的天空,映衬着山色的遥远,而遥远的山色又似乎暗含一种古寺禅意。

　　平芜,草木丛生的平旷原野。语出南朝梁文人江淹的《去故乡赋》:"穷阴匝海,平芜带天。"该词在唐诗中的出镜频率很高。此句中的"春流"亦是唐代诗人所钟爱之词,在《全唐诗》中出现近三十次,一般意义上是指"河流"。但《全唐诗》未见"没春流"之用法。这也是为何笔者更倾向于将"春流"解读为兼具雨水细流与河流的原因之一。

不过，上面种种解读，其实都不过是字面的理解和把握不同。虽然文字理解的差异会导致想象与画面的内容发生变化，但多数情况下，并不会改变原本的诗意和氛围。

于日常之中发现美与诗意，在世俗之内寻求禅意与心安，这才是夏目漱石真正想要说的话。换言之，夏目漱石费心遣词，严格遵循汉诗格律，建构画面和风景，实乃在束缚之中寻求美与自由也！以陶渊明"采菊东篱下，悠然见南山"之风流为追慕的人生状态与心境情怀，才是夏目漱石的心声！

汉诗之美也正在于此，在于叙述的含蓄与情感的节制。

林塘日日教吾楽，富贵功名曷肯留。

草木山林之趣，让"我"在清贫中快乐知足；富贵功名，这些俗情杂念，比之于"幽居乐道"（夏目漱石8月15日诗）有何值得为之付出、为之留恋的呢？

七律汉诗，从结构上讲，一般首联点明主题，或开启议题，而颔联和颈联，承接此意，并将其转化为形象与画面，以景言志、以情化理，逐步深入，而尾联又回归主题，并点明主旨。好的诗篇注重言外之意，不过分暴露"自我"行迹。汉诗之行文与机理，犹如禅宗之顿悟、点拨，在乎山水，而情意犹在山水之外也。

此诗亦然。首句点明岁月老去，虽清贫而乐道之主题。颔颈两联以素描笔法，描述了道持心安者眼中的世俗诗意，即"透过藻色鱼眠稳"，也即"空翠山遥藏古寺"也！

尾联又回到本题主旨，表明了作者以主动放弃富贵功名、清淡自然，却又充满生机与诗意的陶渊明式理想为方向的高远情怀。

总之，今日之诗，是夏目漱石内心情怀与心绪的诗化，情理皆在内心，与之相随的还有相应的画面与风景。将平常的日子与日常的心境，置换成文字，将俗世生活，过成一首诗，且在显隐之间加以表现，极具美感和想象力，这对于生活在一百多年前的日本人夏目漱石

读诗札记——夏目漱石的汉诗

而言，实属不易。借此，夏目漱石经由苦难的人世而留下了独特的生命轨迹，并给予我们诸多层面的思考，令人钦佩。

诚如诗人李暮兄所言，所有的诗都是在理解人的处境。对这一处境体味愈深刻，诗境也就愈易引起普通人的共鸣。真正的好诗，是具有普适性的（以人性的普适性为前提），而于其幽微之处，需要处于同等高度抑或拥有类似境遇的人才能体味和理解，诗，说到底是人与人在心灵层面的对话，而最为精彩的部分，也恰在诗歌的隐微之处和言外之意。

八月二十日

兩鬢衰來白幾莖，年華始識一朝傾。
薫猶臭裡求何物，蝴蝶夢中寄此生。
下履空階凄露散，移牀廃砌乱蟬驚。
清風滿地芭蕉影，搖曳午眠葉葉輕。

訓読：

両鬢 衰え来たりて 白きこと幾茎
年華 始めて識る 一朝にして傾くを
薫猶臭裡 何物をか求めん
胡蝶夢中 此の生を寄す
履を下せば 空階に 凄露散じ
牀を移せば 廃砌に 乱蟬驚く

读诗札记——夏目漱石的汉诗

<ruby>清風<rt>せいふう</rt></ruby> <ruby>満地<rt>まんち</rt></ruby> <ruby>芭蕉<rt>ばしょう</rt></ruby>の<ruby>影<rt>かげ</rt></ruby>
<ruby>午眠<rt>ごみん</rt></ruby>を<ruby>揺曳<rt>ようえい</rt></ruby>して <ruby>葉葉軽<rt>ようようかる</rt></ruby>し

落款为8月20日的七律汉诗,延续了之前伤怀和求道的思绪与主题,并引出了藏匿在夏目漱石晚年汉诗中的关键人物之一,即庄子。

其实,作为逍遥派的代表——庄子,也是我们理解东亚传统汉文学和汉文化不可或缺的一个重要人物。众所周知,对于传统文化的体悟,儒、释、道缺一不可。甚而在陈鼓应等学者看来,中国传统哲学思想的主流并非儒家,而是以老庄为首的道家一派。

今天讲诗,我们先从庄子《齐物论》中的一个故事讲起:

> 南郭子綦隐机而坐,仰天而嘘,嗒焉似丧其耦。颜成子游立侍乎前,曰:"何居乎?形固可使如槁木,而心固可使如死灰乎?今之隐几者,非昔之隐几者也?"子綦曰:"偃,不亦善乎,而问之也!今者吾丧我,汝知之乎?

译文:南郭子綦依案而坐,仰天而长嘘,目光恍惚,神色似已脱离了躯体。颜成、子游侍立在旁,问道:"这是什么情况呢?我以前知道形体可如枯木,但心灵可如死灰吗?眼前这个依靠案几的人,难道不是原来的你,变成了另外的一个人?"子綦说:"子游,问得好!现在我忘了自我,你知道吗?"

在这里,庄子以惯用的故事讲述方式提出了一个"吾丧我"的命题,这是一个十分有趣也十分重要的中国式哲学议题。

对这一句的解读见仁见智,难以一一厘清。我们暂且可以理解为:作为整体的"我",遗忘——放弃了"我执"的固念,或曰"小我";也可以理解为灵魂之"我",脱离了肉身的"我"获得了无垠的自由。总之,外物纷繁渐欲迷人眼,"我"也可以遗忘我自身。

夏目漱石晚年提出了著名的"则天去私"思想命题,与此汉诗中的意识相通而融合。可以说自创作《三四郎》《从此以后》等小说以来，夏目漱石对"自我本位"之反省，对于"则天去私"这一命题之思考，贯穿了他的余生。

在矛盾对立的世界中，何以安心持正，获得生存的趣味与意义，是该诗的内在心路与主题，可以说这首汉诗也延续了前几日七律汉诗中的思考方向和内在情绪。

兩鬢衰來白幾莖，年華始識一朝傾。

岁月悄然流逝，某日站在镜子前，我们可能会惊讶地感叹认不出镜中那个不再年轻的自己。白发出现是早已知道的，但意识到两鬓如此斑白、青春仓促而年华似在一夜之间老去，却是生平第一次。

人们对于时光和岁月的感觉，通常较为迟钝，表面是为生活所累，忙于各种琐事和杂务之中，但潜意识中或许也是一种自我的麻痹和保护。每个人都是向死而活的，对于死亡的拒绝、排斥和恐惧，终究是一场徒劳而绝望的抵抗，这是人类最为悲哀的故事结局。于是，人类发明了故事，开始虚构来世，宗教应运而生。但在没有宗教的世界，在尼采宣布上帝死亡之后，人们也发明了种种类似宗教的东西，让无意义的时间和人生变得有趣和有意义，这也是在潜意识中对死亡和虚无的对抗与疏离。但是，在面对自己的时候，在一个人的时候，在感到孤独的时候——在面对镜子的时候，时间和岁月似乎突然加速，拉近了你和死亡的距离，内心建构起来的平衡感被瞬间打破，你又开始反思过去，开始新的思考，去面对生命和死亡这样的终极问题，并热切地去寻找新的理由和精神凭借，从而试图让自己心安理得地、甚至幸福地继续活下去。这是人类的本能，也是人类的宿命。

薰蕕臭裡求何物，蝴蝶夢中寄此生。

在光明与暗黑、真实与虚幻、美好与丑恶、芳香与臭气等混杂对立的现实世界中，日复一日地奔波劳累、默默耕耘，但所求何物？终极目的又是什么？我们害怕苦痛，而喜于欢愉；我们安抚肉身，而不关心日落和云起，我们将远方种植在稻谷里。我们远离孤独，而喜欢

读诗札记——夏目漱石的汉诗

群居,我们学会幸福,成功让所有人着迷,我们努力生活,但却遗忘了真正的目的。"臭"若为"嗅"之误,此诗则作他解。"薰蕕"释为香草与臭草则从之。

第一句话,按字面意思可产生上述理解,但若是透过文字发现其言外之意就是另外一回事儿了。庄子有"不落言筌"之名句:"筌者所以在鱼,得鱼而忘筌……言者所以在意,得意而忘言。"(《庄子·外物》)。

"不落言筌",内涵丰富。以"不落言筌"的思路去理解更会凸显其不确定性。但其中的指向之一即是讨论"言与意"的关系问题,提醒人们不要被字面意思所干扰,主动寻找文字背后的深意。

近代以降,人们多陷入理性主义的窠臼之中,以"逻辑思维"为主导,辨别进步与落后,高级与低级,陷入偏执与自我、矛盾与对立的困境。所谓善,其实不知包含了多少的恶;所谓恶,又不知蕴藏着多少的美。而这些又绝非单纯的逻辑思维可以辩解和区别。从根源讲,人们陷入纷争与困惑,实乃"自我意识"膨胀、进而丧失自我所导致的结果(这里面也有人文主义和自由主义的负面影响,基于这些学说人们习惯以"人性"和所谓的"自由意志"作为判断和衡量一切的标准,过分凸显作为人类的主体地位以及人类"自身"的欲望和利益)。

回到夏目漱石汉诗本身,经过上述思想层面的梳理,反观"薰蕕臭里求何物,蝴蝶梦中寄此生"一句,我们可以据此提出新的也是更为合理的解读方式。换言之,这一句其实是夏目漱石的自问自答。面对镜中突然老去的面容,恍若隔世,竟差一点未能认出镜中之人正是自己(今之隐几者,非昔之隐几者也?)。于是,夏目漱石由此情绪波动转入深度思考(与之前连作的六首七律汉诗的结构不同,颔联不再以形象化的描述出现,而是用思辨与典故的方式叙述,反映了夏目漱石内心的细微变化,而这一细微变化对夏目漱石却可能是致命的——意识到两鬓如此斑白、青春仓促而年华似在一夜之间老去,却是

八月二十日

生平第一次）。

该联第一句自问，究竟是为了什么而在这个芳香与臭气等混杂对立的现实世界中存活？也许，眼中的矛盾与对立，丑恶与善美的混杂原本是自己的欲望和意识过于凸显而造成的？自我意识的强烈，反倒丧失了自我，认不清这个世界的本相与自己的真面目？此刻，想起庄子之物我两忘，是多么深邃而独具魅力！几经困苦、挣扎人世，如今临近晚岁的自己，安身安心于何处？今后也唯有放弃"我执"和"固念"，通过庄子而悟道，聊度余生了。

"蝴蝶梦"，语亦出庄子的《齐物论》：

> 昔者庄周梦为蝴蝶，栩栩然胡蝶也，自喻适志与！不知周也。俄然觉，则蘧蘧然周也。不知周之梦为胡蝶与？胡蝶之梦为周与？周与胡蝶，则必有分矣。此之谓物化。

夏目漱石在1898年，时年31岁创作的汉诗《春兴》中写道："逍遥随物化，悠然对芳菲。"彼时的他，虽也惆怅，但尚不至于此时心境之困苦。

下履空阶凄露散，移牀废砌乱蝉惊。

夜已深沉，却无睡意，独自一人走下台阶，碰触青草上的露珠，散落脚面，已是凉凉的秋意；返回卧室，辗转依然，毫无睡意，移动床榻而弄出声响，又惊起一阵秋蝉乱鸣，"床"若为"胡床"则作他解。

该联写实，与尾联的白描形成对比和参照，主要描写了作者深夜沉思而难以入眠的情状，但用语生硬，欠缺诗意。虽然使用了诗歌中较为常见的意象，如空阶、乱蝉等，但"凄露""下履""废砌"等词较为生僻，前两者还属自造，加之"惊"字的使用较为突兀，在"蝴蝶梦中寄此生"与"芭蕉影，叶叶轻"之间，稍显情绪及意境的失衡。

"废砌"之词，《全唐诗》仅一首使用。温庭筠的五绝《题贺知

读诗札记——夏目漱石的汉诗

章故居叠韵作》:"废砌翳薜荔,枯湖无菰蒲;老媪饱藜草,愚儒输逋租。"而该诗也是泛泛之作,尚不能算作中流水准。

清風滿地芭蕉影,搖曳午眠葉葉輕。

清风吹来,满院的芭蕉在阳光的照射下,光影斑驳,形成的倒影在地上摇摆不停;午休之时,风力减弱少许,院子里草木摇曳,树叶轻轻。

该诗首联伤感,颔联迷离,颈联凄婉伤情,尾联又转向清淡自然之风。虽然诗歌在用词、融合意象及营造意境等方面缺陷明显,站在审美立场上观察,它在夏目漱石汉诗中至多算作中等,但最为可贵的是,我们从中感受到了一个因困苦而求解脱的真实生命。

这些日子,并没有按照每日一篇的进度创作,其间自然有种种缘由。最为重要的是,笔者发现若以唐诗为参照,夏目漱石汉诗存在审美完成度不高,艺术水准欠缺,想象力和感染力整体匮乏等诸多问题。开始明白为何至今为止的大多数研究者只将其看作思想史的参考材料,而少有审美层面的关注和解析,也由此开始怀疑自己研究和赏析夏目漱石汉诗的意义所在。

前日与向辉兄漫谈,也谈及此虑。向兄曰:再伟大的哲学家也不能替代别人的思考!此言犹如棒喝,让笔者若有顿悟:每个人的存在都应该是独一无二、无可替代的,这是生而为人的尊严和价值,正如每个人都怀揣着一个孤独的灵魂来到这个世界上,诸多体验只能自己内省、感悟,正是基于这样的独特性和不可替代性,每个人才有了存在的必要性和生命的意义。反顾自身,平凡的人,也应拥有诗和远方,也应怀揣不灭的理想,在日常的修行中,磨砺身心、寻找归宿!

恰如2017年秋分之际笔者自己写的一首五律:

秋夜

秋分惊冷雨,自此不贪凉。
性命关天地,修行在日常。

八月二十日

> 夜阑温古意，晨晓沐黎光。
> 不枉三生事，留存一段香。

在平凡的生命中寻找独特的价值，亦如在夏目漱石的汉诗中发现跳动的真心和带有温度的呼吸。

在这一如往常的寂静之夜，我也毫无睡意，但这个世界需要赋予这夜以温暖的名字，好在不息的夜色里寻觅闪烁星光的诗意。

八月二十一日其一

尋仙未向碧山行，住在人間足道情。
明暗双双三萬字，撫摩石印自由成。

训读：

仙を尋ねんと　未だ碧山に向かって行かず
　せん　たず　　　　　いま　へきざん　む　　　　　ゆ

住みて人間に在れども　道情足る
　す　　　　　　あ　　　　　　　　みちじょうた

明暗双双三万字
めいあんそうそうさんまんじ

石印を撫摩して　自由になる
　　　　ぶま　　　　　じゆう

　　这是夏目漱石晚年少有的七绝之作。此诗写在落款为1916年8月21日夏目漱石给久米正雄和芥川龙之介的一封信中[①]：

[①]『漱石全集第十五卷』，東京：岩波書店，1967年，第577頁。

八月二十一日其一

因收到你们的明信片，我也奋起写了这封信。还是老样子，我一上午都在写《明暗》。心情是痛苦、快乐与机械盲目这三者的交织。最近意外的凉爽，真叫人幸福。但即使如此，每天像这样写上近百次，心境难免染上陈俗。所以，三四天前起，作汉诗就成了我每天下午必做的功课。每天大约作一首，七言律诗，但老是作不出。一旦厌烦就马上放弃了，所以到底作了多少自己也不知道。看见你们的来信上有石印什么的，突发奇想要作一首，便得了这七言绝句。久米君可能完全没兴趣，不过芥川君谈论过诗的事情，也许会有兴趣，所以我写在这里。

寻仙未向碧山行，住在人间足道情。明暗双双三万字，抚摩石印自由成。

光是字的话不合适，所以加上了标点。"明暗双双"是禅家的常用字。三万字是随便说的。按原稿纸算的话，一份报纸大概一千八百字，所以看一百份的话是十八万字。可是"明暗双双十八万字"就太多了，不合平仄。所以写成三万字，请别见怪。结句的"自由成"有点王婆卖瓜了，但请当作是文章上的不得已吧。

……

这段文字较为清楚地为我们解释了这首诗的来历和含义，可以说这首诗实乃夏目漱石的应酬之作，并无多少文学审美的价值。

但上述判断却只是限于此诗本体的片语，作为夏目漱石汉诗的一部分，无论从思想、情感还是审美的脉络上，都有值得玩味的地方。世间万物，皆在明暗之间，生与死、好与坏、得与失、高与低，未来与过去，岁月与空间在此刻累积，并在与世间对话的过程中，塑造着意义和自己。因此，不必以此刻立足高峰，便否定之前曾经攀爬过的谷底，反之亦然，我们也不应过于计较今日的暗云压低，而忘却亦曾晴朗的日子或明日太阳照常的升起。

读诗札记——夏目漱石的汉诗

　　此诗的诗眼乃"明暗双双"无疑。如夏目漱石所说,"明暗双双"是禅家的常用语,出自《碧岩录·第二七》。

　　"明暗"之语更是禅家的常用语。六祖慧能曾对武则天的使臣薛简说法:

　　　　道无明暗,明暗是代谢之义;
　　　　明明无尽,亦是有尽,相待立名故。

　　相传武则天称帝之后,招神秀和六祖慧能进宫教授佛法,目的是为了建立以佛学为国家形象的国家文化形态。六祖深知此意,所以婉言谢绝。帝不能甘,遂派薛简再去请慧能前往帝都讲经。

　　薛简面问慧能:"如果您不和我回京,陛下一定会问我的罪的。希望您能到京师去,您去了就好比一盏明灯到了京城,能点亮无数人的心灯,令佛光普照,连懵懂浑噩的冥顽之人都会向善,我们的国家也会清明智慧、蒸蒸日上直至千秋万代的。"

　　六祖回答他说:"世上的人各行其道,是各有各的缘法,不能说谁明谁暗,明或暗都是一种说辞而已。佛法即便能令我们的国家清明智慧、蒸蒸日上,可是一个国家必然是有尽头的。所以《净名经》上说'法无有比,无相待故'。"

　　十一祖富那夜奢尊者亦有偈颂曰:

　　　　迷悟如隐显,明暗不相离。今付隐显法,非一亦非二。

　　要之,所谓"明暗"之"明",本义指明亮、白天。因为在明朗光亮的地方,才能看清现象界的各相与差别,所以,喻指有差别的现象界、色、偏位及省悟的作用。

　　"暗",本义指黑暗、夜晚。在黑暗中,相不明确也看不出差别,故而喻指平等的绝对界、空、正位、省悟的本体。

　　而所谓"双双",表示"明"与"暗"二者互为表里,并非对立,是互相融合的关系与状态。因此,"明暗双双"即是指明中有暗、暗中有明，二者互相渗透融合的情状与事实，暗喻世间万物和现象之间的差别与平等、现象与本体、色与空实乃一体之真相。

寻仙未向碧山行，住在人間足道情。

求得人生之"道"，寻找解脱与超越的"仙人"之路，不一定非去世外桃源、隐遁修行不可。即便住在喧闹的人世间，虽不免苦痛、烦恼甚至绝望，但只要加以修持并持之以恒地坚守下去，也可以拥有悠然的禅定心境。

明暗双双三萬字，撫摩石印自由成。

而"我"正是这样，居于世俗生活之内，被各种现实利害所纠缠，每日背负着作家的名目，为了挣钱和生活，不断地撰写，构思、创作小说《明暗》，痛苦、快乐与机械盲目三者交织，心情复杂。每天像这样写上近百次，心境难免染上陈俗。最终"我"还是由此穿过了内心的困苦，小说也不断被刊载，自己的内心也逐渐感受到了一份自然和安宁。

该诗与前几首七律的内在脉络一致，表达了作者晚年对于人生的内在思考，表明了作者的生活态度，也就是其自我内省的人生立场，暗指小说创作本身就是其选择的悟道途径。

《明暗》是夏目漱石去世前的未完之作。作者以极其细腻的心理描绘手法，展示了人们复杂而孤独的内心世界：丈夫津田是个理智得有些过头，遇事不论大小都想探明对方内心，而且自尊心极强且不愿认错的男人；妻子阿延是一位具有独立意识却又被情感支配的敏感女性形象……具有陀思妥耶夫斯基的风格。

阿秀和哥哥津田（男一号）发生争执，说哥哥虽然结婚了但心里想着另一个女人（清子），恰巧被津田的妻子阿延（女一号）听到，故事便由此展开……

八月二十一日其二

不作文章不論経，漫走東西似泛萍。
故國無花思竹徑，他郷有酒上旗亭。
愁中片月三更白，夢裡連山半夜青。
到処縋錢堪買石，傭誰大字撰碑文。

训读：

<ruby>文章<rt>ぶんしょう</rt></ruby>を<ruby>作<rt>つく</rt></ruby>らず <ruby>経<rt>けい</rt></ruby>を<ruby>論<rt>ろん</rt></ruby>ぜず
<ruby>漫<rt>みだ</rt></ruby>りに<ruby>東西<rt>とうざい</rt></ruby>に<ruby>走<rt>はし</rt></ruby>りて <ruby>泛萍<rt>はんぴょう</rt></ruby>に<ruby>似<rt>に</rt></ruby>たり
<ruby>故国<rt>ここく</rt></ruby><ruby>花<rt>はな</rt></ruby><ruby>無<rt>な</rt></ruby>くして <ruby>竹径<rt>ちくけい</rt></ruby>を<ruby>思<rt>おも</rt></ruby>い
<ruby>他郷<rt>たきょう</rt></ruby><ruby>酒<rt>さけ</rt></ruby><ruby>有<rt>あ</rt></ruby>りて <ruby>旗亭<rt>きてい</rt></ruby>に<ruby>上<rt>のぼ</rt></ruby>る
<ruby>愁中<rt>しゅうちゅう</rt></ruby>の<ruby>片月<rt>へんげつ</rt></ruby> <ruby>三更<rt>さんこう</rt></ruby>に<ruby>白<rt>しろ</rt></ruby>く
<ruby>夢裏<rt>むり</rt></ruby>の<ruby>連山<rt>れんざん</rt></ruby> <ruby>半夜<rt>はんや</rt></ruby>に<ruby>青<rt>あお</rt></ruby>し

八月二十一日其二

到　処　緡銭石を買うに　堪えたり
　いたるどころ　びんせんせきうか　た
誰を雇て　大字もて　碑銘を撰せしめん
たれ やとい　　ひめい せん

　这是夏目漱石在《明暗》期连续创作的第8首七律。
　该诗诙谐、诡谲，带有自嘲笔风。这样的笔法在《我是猫》等小说中较为典型。中国读者亦可从中轻易发现鲁迅诗歌中经常出现的幽默与冷峻相交织的线条。
　不作文章不論経，漫走東西似泛萍。
　无心致力于作文而成为文学者，也不深入研究（儒学、汉学及日本之国学等）古代经典，漫步东西，犹如顺水游走的浮萍。
　其后的诗作中也多处出现"文章"，如"不入青山亦故乡，春秋几作好文章"（1916年9月1日）、"绝好文章天地大，四时寒暑不曾违"（1916年9月5日）等，与"欲弄言辞坠俗机"（1916年9月5日）、"不依文字道初清"（1916年9月10日）结合在一起透露出夏目漱石参禅体悟以及关于人生至境与文字关系的深度哲理思考，同时也显现了夏目漱石尚处于以"理"思辨的参禅悟道之误区，以及基于知识论而产生的具有普遍意义的知识分子的自负与傲慢。
　所谓"东西"，应如吉川幸次郎所推论的那样，夏目漱石兼有东西方的文化与修养，因而指的是东洋和西洋的文化。夏目漱石在1899年的一首汉诗[①]中写道："眼识东西字，心抱古今忧；廿年愧昏浊，而立才回头；静坐观复剥，虚怀役刚柔；鸟入云无迹，鱼行水自流；人闲固无事，白云自悠悠。"
　"漫走"以及"泛萍"之语，带有自嘲的意味，与夏目漱石研习英文并留洋英国伦敦的失败经历有关。1900年，夏目漱石奉文部省之命前往英国留学两年。留学时期，因经费不足，妻子怀孕而极少来信，以及内心的封闭与自卑等心理问题，夏目漱石脆弱的神经变得

---

① 『漱石全集第十八巻』，東京：岩波書店，1995年，第25頁。

读诗札记——夏目漱石的汉诗

更加衰弱，并出现抑郁症状。当时日本国内甚至谣传夏目漱石已经疯了。

故國無花思竹徑，他鄉有酒上旗亭。

吉川幸次郎先生认为，"故国"喻指日本，"他乡"言指西方。具体来说，就是日本没有如西洋文学那样华丽的文字，但是却有西洋文明所没有的以禅为中心的文明形态，即没有竹之风雅。日本没有西方浓烈的芳醇之酒，但却有独特的居酒屋之清酒。

上述解读基本无误，只是细节处尚待商榷。"旗亭"在《全唐诗》中出现二十余次，"竹径"出现的频率更高，这是其一。其二，从汉诗的结构上讲，该诗承接"漫走东西"，不应该单纯指向日本与欧洲的对立与区别。

实际上，无论是"竹径"，还是"旗亭"，抑或是作为表达之本体的汉诗自身，更多的是彰显一种东洋（以中国传统汉文化为核心）文化中的"风流"与"风雅"审美。

无须提及"竹径"，"旗亭"本身就是具有强烈文化意象的象征符号。而且对于读唐诗的人来说，"旗亭画壁"可谓是家喻户晓。

> 集异记云：开元中，之涣与王昌龄、高适齐名，共诣旗亭，贳酒小饮，有梨园伶官十数人会燕。三人因避席隈映，拥炉以观焉。俄有妙妓四辈奏乐，皆当时名部，昌龄等私相约曰：我辈各擅诗名，每不自定甲乙，今者可以密观诸伶所讴，若诗入歌词之多者为优。初讴昌龄诗，次讴适诗，又次复讴昌龄诗。之涣自以得名已久，因指诸妓中最佳者曰：待此子所唱，如非我诗，即终身不敢与子争衡，次至双鬟发声，果讴黄河云云。因大谐笑，诸伶诣问，语其事，乃竞拜乞就筵席，三人从之，饮醉竟日。（《唐诗镜》卷十六，明陆时雍编，四库本，第267页）

愁中片月三更白，夢裡連山半夜青。

愁苦的人难以入睡，夜半临窗望月，看到的月也是苍白而残缺的；在梦中，连绵起伏的山脉在月色的照映下，发出暗青之色。《全唐诗》中有"半夜青崖吐明月"之句。

此联转入（内心构想之）景色描述，与带有调侃和自嘲意味的首联、颔联不同，甚至在尾联的比照下有些突兀，却恰恰是该诗尚可被称为诗的句子。

但是该联却难以融合上下以"理"和"论"为主的诗句，造成该诗整体的不相协调与意境的支离破碎，难以统一。

吉川幸次郎先生在注解时特别指出，夏目漱石在其《文学论》第一编第二章中曾经指出中国诗歌在色彩运用方面的特色。仅从这两句诗的实践效果而言，尚可。但诗歌的好坏却如人的气质与风采，绝非仅仅拥有美好的手或脸就可以被叫做美人，最致命的就是缺乏整体的协调与统一。看似美人胚子，一张嘴原形毕露，粗俗浅薄，毫无美感。自然也有喜欢的人，但笔者敢肯定，无论喜欢者还是被喜欢者，他们都不会喜欢诗歌，因为喜欢诗歌的人，才能懂得真正的风流。

这也是夏目漱石晚年耗费精力创作汉诗的原因之一，那里有西方和日本时下流行文学和文化所缺乏的东西，那里有不为世俗文化和时代所能接纳的东西，这个东西近似于夏目漱石的精神故乡，也是夏目漱石自觉疏离时代和世俗的心灵家园，自然汉诗也可以被认为是文人清高与骄傲的庇护所，但那里也有夏目漱石的惶恐、不安和懦弱……

到処繙錢堪買石，傭誰大字撰碑文。

寂静独处的时候，总能让我们学会与自己相处，"我"也在这样独处的时候，开始思考人生的真实面目：想"我"这些年到处奔波游走，甚至跑到万里之遥的伦敦感受人生苦闷与孤独，辗转许多地方、更换数份工作，驱动"我"的似乎是要想尽办法挣更多的钱，这些钱虽然可以让家人料理自己的后事，买一块好的墓地和墓碑，但即便如此，谁能为我们自己撰写碑文，揭示生之意义呢？

有人认为该句的理解存在歧义，抑或说存在多重解读的可能。历史上"库钱买石"最有名的故事，是宋朝的"花石纲"。宋徽宗可以

读诗札记——夏目漱石的汉诗

说是最具文艺范儿的皇帝了,他的才气比起李世民和乾隆自不必说,与李煜相比也还要高一些。这样的人却偏偏当上了皇帝——女怕嫁错郎,男怕入错行。普通人疯狂玩石头,顶多弄个家破人亡。皇帝喜欢石头,整个国家就得迎合着高呼皇帝英明,征收赋税、劳役百姓,官员们乘机发财晋爵,这就引出了一场"花石纲"。"花石纲"可谓亡宋的开始。如果这样考虑,该联就由个人化的情思描述再次转入社会层面的批评与嘲讽。表面上与颈联毫无关联、完全割裂,造成整首诗在意境和意象上的不统一和不协调。但联系上下文可知该句与"花石纲"无关,与历史无关,与社会无关,而是仅仅与作者自己有关。其实,不论一个人多渴望在历史或国家叙事中展现波澜的命运,到最后会发现世界是自己的,与国家、社会和时代并无太多的瓜葛。

同样,诗歌中的时代与社会,乃至可以实证考据的人世关系与知识关联等,在某种意义上都容易变得肤浅。诗歌最核心的东西,归根结底,或许仅仅与诚实的人性有关。

八月二十二日

香煙一炷道心濃，趺坐何処古仏逢。
終日無為雲出岫，夕陽多事鶴帰松。
寒黄點綴籬間菊，暗碧衝開牖外峰。
欲拂胡床遺塵尾，上堂回首復呼童。

训读：

<ruby>香煙一炷<rt>こうえんいっしゅ</rt></ruby>　<ruby>道心濃<rt>どうしんこ</rt></ruby>し
<ruby>趺坐<rt>ふざ</rt></ruby>　<ruby>何処<rt>いずこ</rt></ruby>か　<ruby>古仏<rt>こぶつ</rt></ruby>に<ruby>逢<rt>あ</rt></ruby>わん
<ruby>終日無為<rt>しゅうじつむい</rt></ruby>　<ruby>雲<rt>くも</rt></ruby>　<ruby>岫<rt>しゅう</rt></ruby>を<ruby>出<rt>い</rt></ruby>で
<ruby>夕陽多事<rt>ぜきようたじ</rt></ruby><ruby>鶴松<rt>つるまつ</rt></ruby>に<ruby>帰<rt>かえ</rt></ruby>る
<ruby>寒黄点綴<rt>かんこうてんてい</rt></ruby>す<ruby>籬間<rt>りかん</rt></ruby>の<ruby>菊<rt>きく</rt></ruby>
<ruby>暗碧衝<rt>あんぺきしょう</rt></ruby>　<ruby>開牖外<rt>かいようがい</rt></ruby>の<ruby>峰<rt>みね</rt></ruby>

读诗札记——夏目漱石的汉诗

胡床^{こしょう}を払^{はら}わんと欲^{ほっ}して塵尾^{しゅび}を遺^{わす}れ
堂^{どう}に上り　首^{こうべ}を回^{めぐ}らして　復た童を呼ぶ

　　该诗是夏目漱石在《明暗》期连续创作的第9首七律。以近体诗的格律来看，有几处失误。其一，处，平仄有误，应平而仄；其二，尘，平仄有误，应仄而平，由此也导致失粘；其三，最后一个字"童"为东韵，非冬韵，押韵有误。另，颔联对仗不工整，"终日"与"夕阳"、"无为"与"多事"的词性、结构不对称。

　　该诗描写了寺庙里的日常场景，除尾联之外，这首诗可以看作是一位游客或参禅者去寺庙烧香拜佛、参禅修行，日落黄昏时分才离去的回忆之作。尾联稍显突兀，无论从情调、笔法还是内容上看，都似乎无法与前面的内容形成衔接和连贯。而这种不和谐，恰恰准确地反映了作者未能圆融的内心。

　　香煙一炷道心濃，趺坐何处古仏逢。

　　此处描写了参禅、坐禅的场景：点燃一炷香火，微风轻抚，青烟缭绕，林鸣飞鸟，山流水声，参禅者坐定肉身、内敛意念，呼吸渐缓，禅心渐浓。向佛学禅者以趺坐之姿，看似入定，但真能凭借此种方式和途径见得本心、领悟佛性吗？

　　道心，吉川幸次郎先生解释为"宗教之心情"，在笔者看来，此处应是禅心，求佛之心。趺坐，是指求佛者、初入佛门的僧侣常用的打坐方式。毕业于东京帝国大学东洋史专业（东洋史学界大咖加藤繁、和田清的弟子）的著名学者黄现璠（1899—1982）曾撰《印度佛教坐俗之研究》，其中对此介绍说：

　　　　结跏趺坐，意义极多，归纳言之，大概不外"五因缘"。《瑜伽师论》卷三十中云："诸佛所许大小绳床草叶座等，结跏趺坐，乃至广说。何因缘故结跏趺坐，谓正观见五因缘故。一由身摄敛速发轻安。如是威侧顺生轻安，最为胜故。二由此宴坐，

八月二十二日

能经久时。如是威仪不极，令身速疲倦故。三由此宴坐，是不共法。如是威仪，外道他论，皆无有故。四由此宴坐，形相端严。如是威仪，令他见己，极信敬故。五由此宴坐，佛佛弟子，共所开许。如是威仪，一切贤圣同称赞故。"换言之，即结跏趺坐，第一摄身轻安；第二能经久不倦；第三外道皆无；第四形相端严；第五为佛门正坐。此即所谓"五因缘"也。（载《扫荡报》文史地周刊版第二十六期，1941年7月23日）

終日無為雲出岫，夕陽多事鶴歸松。

寺庙一整天都显得静谧、安详，时间也变得迟缓、漫长，日光倦怠，云朵漫步晴空，在群山峰峦间时而出现、时而隐没。夕阳日暮，对光线明暗变化敏感的飞鹤，开始从远处飞来，停落在寺院内外的松林中。

岫，山或山之洞穴。我国早期辞典《尔雅》解释道：山有穴曰岫。陶渊明写有"云无心以出岫，鸟倦飞而知还"（《归去来辞》），从用法和诗意、志趣，以及接下来的几首汉诗中显见的陶渊明影响等方面来推论，该句多半化用此意。

吉川幸次郎先生认为"终日无为云出岫"一句的主语是云，而"夕阳多事鹤归松"一句的主语是夕阳。窃以为这一联存在一个共同的隐藏着的大主语，即寺庙的世界。终日与夕阳相对，是指时间变化的顺序，白天云悠静谧，日落时分唯一的变化——多事——多出的这件事似乎就是飞鹤来归。

鹤归松，在《全唐诗》中有两处，即"还入九霄成沉灪，夕岚生处鹤归松"（李绅《庆云见》）、"阅世数思僧并院，忆山长羡鹤归松"（雍陶《忆山寄僧》）。唐诗所见均有超凡脱俗之风。夏目漱石作此句时显然也有类似考虑，只是"多事"一语造成了日语中所谓的"违和感"，即便"多事"不被理解成"惹是生非"，按照上述"多了一事"似乎也不大顺畅。

读诗札记——夏目漱石的汉诗

但无论是哪种解读,这一联都存在对仗不工整的问题,"终日"与"夕阳"、"无为"与"多事"的词性、结构等都不对称。

寒黃點綴籬間菊,暗碧衝開牖外峰。

在寒意袭来的时节,不时发现黄色的菊花生长在寺庙的各个角落;山峰日落,光色明暗之间,山峰与天空的色彩对比强烈,透过窗户,望峰峦青色凸显,耸立于光色暗淡的晚空,似有压迫之感。

该联精妙,独具美感。视角一俯一仰、一小一大,色彩对比强烈,很好地表现了作为寺庙里的人——参禅者内心感受到的时间流动和光影变化。

"寒黄""暗碧"这两个词或是夏目漱石自造,也可能是日本汉诗中已有的特殊词,由于缺乏考证,在此无法详述。然,在《全唐诗》中未见"暗碧"连用的情况,到了宋代,似乎才出现,如宋代诗人陈师道(1053—1101)《酒户献花以奉先圣戏作》:

　　蕭蕭竹雨亂鳴鴉,嫋嫋風窗暗碧紗。
　　玉座塵埃香火冷,酒家來獻一枝花。

黄庭坚(1045—1105)的《宋夫人挽词》也有如下诗句:"往岁涂宫暗碧纱,倾城出祖路人嗟。"但黄诗与陈诗中的"暗碧"并非同一个词。

因为在汉语的构词法中,暗与碧都是描述性质、状态及属性的形容词,"寒"属于触觉,有时间指向性,"黄"乃视觉;"暗"乃视觉,亦有时间指向性,"碧"亦是"视觉",它们的连用必定造成描述的不确定性。

放眼古代汉字文化圈,我们似乎可以将上述现象界定为日本汉诗的"和习"抑或"和臭"现象。苏州大学的吴雨平女士认为,日本汉诗中的"和习"是日本人最初尝试汉诗文创作时不可避免的现象,而经过对中国文学长期吸收、消化之后,日本人在创作汉诗时为了体现民族文学特色,有时故意在诗文中表现日本语的特点即"和习",这应该看成是汉诗日语化（本土化）的表现之一，而且在某种程度上促使日本汉诗内容与形式趋于和谐统一。

"和习"抑或"和臭"之说，实际上就是我们之前一直强调的观察和解读日本汉诗的视角和立场问题，即确立跨文化研究立场和文学变异体视角之必要。夏目漱石的汉诗是东亚汉文学、汉文化的一部分，而不能说是在日本的中国传统汉诗。对待日本汉诗如此，对待日本文化也应如此，日本文化从来不仅仅是中国传统文化的接受者和继承者，中国传统文化也未曾仅仅以影响的姿态凌驾于别的文化之上。况且所谓日本文化、中国文化，从历史事实上讲，从来也不是单一而纯粹的作为固定名词之文化形态。

然而，"暗碧""寒黄"等用法，确也给我们以新的启示，即在汉字这种古老的文字体系内，必定保存着人类远古语言起源时期的信息，每一个单词都是一个独立的世界，单个词语也近乎随意的组合，可以传达一种能被接受的信息，如孩童学语，看似缺少合乎规则的语序，实际上却可以被我们理解和接受，达到沟通的目的。

欲拂胡床遺麈尾，上堂回首復呼童。

想要扫去胡床上的灰尘，却遗留下了麈尾（的毫毛），主持上堂讲法，正要入座，回头又唤来童僧（交代事情）。

胡床，亦称"交床""交椅""绳床"，是古时一种可以折叠的轻便坐具，类似马扎功能的小板凳，但坐面用料非木板，而是可卷折的布或类似物，两边腿可合起来。《静夜思》："床前明月光，疑是地上霜"之"床"历来有多重解释，最多的是作"井栏"解。《辞海》里有明确注释，床是"井上围栏"。湖北安陆现在仍然把"有井水处"称为故乡。也有学者将"床"作井台之解，但是在笔者看来，"床"或为"胡床"之意，唐时，"床"多作"胡床"之用。

麈（zhǔ）尾，非尘尾，即拂尘，是掸扫尘土和驱赶蚊蝇的用具，用麈尾或马尾捆扎而成。麈，是一种鹿类动物，叫麋鹿，也称之为驼鹿，也就是俗称的"四不像"：其头类鹿，脚类牛，尾类驴，颈

读诗札记——夏目漱石的汉诗

背类骆驼,而观其全体,皆不完全相似。据说,它的尾巴能避尘,古人就用它的尾巴做拂尘用具。

上堂,指禅宗中,住持上堂说法。住持上堂升座时,大众皆应站立听法。如《百丈清规》卷二"住持章"谓:挂上堂牌报众。粥罢不鸣下堂钟三下。俟铺法座毕,堂司行者覆首座,鸣众寮前板,大众坐堂,方丈行者覆住持,次覆侍者鸣鼓,两序领僧行,至座前问讯,分班对立,侍者请住持出,登座拈香祝寿,跌坐开发学者,激扬此道。(中略)五参上堂,两序至座下,径归班立。

可惜的是,我们弄明白胡床、麈尾、上堂等这些生癖词语了,对这句诗的意思,似乎依然是一头雾水,不知所云。

我们还是需要反过头来看看前面的诗句,注意偶数句,即第二句的"何处",第四句的"多事",第六句的"冲开",这些词所包含的指向和意义都与它们前一句设定的情景有所不同,而这种差异却于最后一联同时展现在一个句子的内部,而不是相对的句子之间。

这样的布局,比较清楚地以诗歌这样寓意隐微的方式说明了夏目漱石参禅失败的体验以及当下内心的困顿与不安。

"欲拂胡床遗麈尾,上堂回首复呼童",人生不正是如此吗?人们往往与内心想要追求的东西擦肩而过,有时柳暗花明又一村,有时终其一生而不得,这是命中注定还是无形之"道"?人类自从学会思考以来,就受困于这一问题:禅佛教导人们,世事无常,因缘随定,日日修行;老庄告诉人们要学会无为自然、安时顺命。然而,世间又有几人能够超凡尘世、逍遥自在?人生命运不得论说,看似偶然,或其中自有定数,只是我们常人难以体悟和把握。人生如此,诗歌亦是如此。夏目漱石参禅却以失败告终,想要通过写作汉诗抵达内心的平静(将汉诗作为修行之手段与途径而非目的,这也是其汉诗审美让位于格律规则而致使汉诗境界未能有进一步提升的主要原因)也不甚顺利。要之,正如诗中所描述的那样,人生充满了错位与歧路。

最近读到李浩先生在《社会科学论坛》(2016年第10期)上发表

的一篇很有意思的文章，即《陶渊明生平与创作新证——基于"社会医疗史"视角的考察》。此文向我们提示了观察创作者的身体和疾病在其文学创作风格中扮演的重要角色。陶渊明"少而贫病"（《陶征士诔》），这是他避不出仕而选择归隐的重要原因，而菊花和酒作为他调理身体的药引，被陶引入诗文后，又被后来者进一步审美化。这不是否定陶渊明这位高踏之隐者的伟大，相反却是更加利于还原一个更加真实而丰富的、有血有肉的陶渊明形象。

夏目漱石喜爱陶渊明，他的情况亦可如此观之。无疑，夏目漱石是一个有血有肉的、内心常常处于苦闷甚至挣扎的人，具有分裂的性格，其精神状态与肠胃疾病密切相关，终其一生，虽以参禅、南画、汉诗等方式疏解和排遣内心的焦虑与不安，但直到死亡也未曾解脱。但有意思的是，日本政府以及知识界在其死后进行了一系列默契的偶像化的运作，将之界定为"国民大作家"，夏目漱石成了批判现实主义"斗士"，文学创作上超越流派之争的余裕"高踏派"。20世纪80年代初其头像被印制在1000日元（84版）的纸币上，这场偶像制造运动达到高潮。因此，还原夏目漱石及其作品的真实面目，或应是学术界当下的要务和责任之一，而还原的第一个层面我们或许应该从其疾病和身体入手。现代医学常识告诉我们，最了解人心情的不是大脑而是肠胃，因此肠胃发病和虚弱，与其心境密切相关。

或是题外之话，固知愚笨，力所不逮，但且允许在下斗胆妄言。真正的学术也应该回归人的身体，回归到人性。面对当下纷繁复杂的社会与文化现象、多元文明的冲突与对话，以及人类难以揣测的未来与走向，学术研究的发展路径抑或重点方向，应回溯到一个最初的原点，即人类（语言）的起源与分裂之际。这个最初的原点，与人类的起源一元论有关，也与人性的普遍性有关，而这个问题的解决与否，又与能否找到一条通往人类未来的光明之路有关。

八月二十三日

寂寞光陰五十年，蕭条老去逐塵縁。
無他愛竹三更韻，与眾栽松百丈禅。
淡月微雲魚楽道，落花芳草鳥思天。
春城日日東風好，欲賦帰來未買田。

训读：
<ruby>寂寞<rt>せきばく</rt></ruby>たり <ruby>光陰五十年<rt>こういんごじゅうねん</rt></ruby>
<ruby>蕭条<rt>しょじょう</rt></ruby>と<ruby>老<rt>お</rt></ruby>い<ruby>去<rt>さ</rt></ruby>って <ruby>塵縁<rt>じんえん</rt></ruby>を逐う
<ruby>他<rt>た</rt></ruby><ruby>無<rt>な</rt></ruby>し <ruby>竹<rt>たけ</rt></ruby>を<ruby>愛<rt>あい</rt></ruby>す <ruby>三更<rt>さんこう</rt></ruby>の<ruby>韻<rt>いん</rt></ruby>
<ruby>衆<rt>しゅう</rt></ruby>と<ruby>与<rt>とも</rt></ruby>に <ruby>松<rt>まつ</rt></ruby>を<ruby>栽<rt>う</rt></ruby>う <ruby>百丈<rt>ひゃくじょう</rt></ruby>の<ruby>禅<rt>ぜん</rt></ruby>
<ruby>淡月微雲<rt>たんげつびうん</rt></ruby> <ruby>魚<rt>うお</rt></ruby>は<ruby>道<rt>どう</rt></ruby>を<ruby>楽<rt>たの</rt></ruby>しみ
<ruby>落花芳草<rt>らっかほうそう</rt></ruby> <ruby>鳥<rt>とり</rt></ruby>は<ruby>天<rt>てん</rt></ruby>を<ruby>思<rt>おも</rt></ruby>う

八月二十三日

春城 日日 東風好ろしく
帰来を賦せんと欲して 未だ田を買わず

　　这是夏目漱石在《明暗》期连续创作的第10首七律。仄起入韵，押韵正确，平仄无误，只是颔联对仗不工整。此诗落款之日正逢夏目漱石五十岁的生日。

寂寞光陰五十年，蕭条老去逐塵縁。

　　人生如白驹过隙，转眼已是五十岁的年纪，而这五十年的岁月里都做了些什么，又留下了哪些东西？除了光阴的寂寞、内心的苍然，以及未能割舍的世俗利害之羁绊。

　　这两句无疑是夏目漱石内心的总体写照，可谓夏目漱石汉诗之诗心。所谓诗心，乃作诗之心、诗人之心。钱锺书（1910—1998）曾有"诗心论"，多讲史之诗心。清代学者魏源（1794—1857）在《诗古微·齐鲁韩毛异同论》（王先谦辑《续皇清经解》，江阴南菁书院1888年刊刻）中提及诗心有创作者诗心也有采集者诗心。不过在笔者看来，诗心，更应是激起作者创作的原发性情感、体认及判断。在这首诗中，最能体现诗心的就是首联，整首诗皆由首联所表达的情感触发而生成。

　　小村定吉在《夏目漱石名诗百选》一书中，对此诗评价甚高。在小村定吉看来，此诗首联二句，描写老之将至的悲哀和寂寞，其艺术感染力在日本汉诗中实属罕见，或许在近代诗歌中唯有三好达治（1900—1964）[1]等诗人的作品才可与之匹敌。[2]

無他愛竹三更韻，与眾栽松百丈禅。

　　"我"这一生，没有什么特别的爱好和兴趣，只是比较喜欢类似

---

[1] 日本现代著名作家、诗人。主要的作品有《日本现代诗大系》《现代日本诗人全集》《测量船》《骆驼的瘤或者门路》《夜晚沈々》《风萧萧》《路旁的秋天》等多种诗集和随笔。

[2] 小村定吉：『夏目漱石名詩百選』，東京：古川書房，1989年，第128—130頁。

读诗札记——夏目漱石的汉诗

于暗夜之竹的那份幽静和韵味罢了,这种私人化的狭隘心境和情怀仍然比不上宗教普度众生的教义和精神,以百丈禅师为代表的禅宗表现得尤为经典,足以垂范千古,启迪后世。

此联对仗并不工整,基本的情感和思路虽然比较清晰,但从逻辑上看似乎缺乏思维和诗意的连贯。不过,在笔者看来,将这首汉诗的整体情绪与夏目漱石一生的精神历程联系起来考察,夏目漱石在这里是拿自己的精神层次比照禅宗的圣者和隐遁高洁的陶渊明,凸显了夏目漱石自身的悲哀之情、忧伤之感,即本诗首联所言:寂寞光阴五十年,萧条老去逐尘缘。

欲了解其中的要义,必须提及百丈禅师。"栽松"一词,让人联想到著名的"临济栽松"公案,吉川幸次郎先生在对该诗的注解中也曾提到此段公案,但回顾上下文,"临济栽松"之典所喻机理与此诗不尽相符。因为"栽松"之前尚有"与众"二字,我们也知道寺庙有"集众栽松钁茶"的习俗,且"与众栽松"在结构上也是一并从属于修饰"百丈禅"的。

"百丈禅",有的学者如小村定吉和陈明顺等人将之解读为百丈禅师,这在笔者看来也是有偏差的。据汉诗的对称性原则,这里的"百丈禅"应是指代禅宗整体及其普度众生、让世人解脱悟道的佛性。

百丈禅师(750—814),又称怀海禅师,师承马祖,其禅法不完全同于当时禅家的精妙高义,更多地体现了修行平易的亲近、种种方便开化世间众生的用心。可以说是以朴实无华、循序渐进的禅风教人,后创制《百丈清规》,最终促使禅宗别于律宗,走上独立发展的道路。百丈禅师自身也践行其规,"一日不作,一日不食",亲领众人修道,每次劳动,怀海"凡日给执劳,必先于众"。因此,此处理解为百丈禅师率众"栽松钁茶"一起劳作也是可以的。

淡月微雲魚楽道,落花芳草鳥思天。

清月高悬,微云浮动,鱼儿在水中欢快地游走;残花落瓣,萋萋芳草，鸟儿倏忽高飞天际。

该联采用全景化描述，寄情寓理，又将内视化的思考转向对外在世界的描绘，形式上接近"写生文"①的风格。

不过此联中的"道"和"天"兼具具象和抽象的双重意义。淡月微云，落花芳草，是自然界最常见的景色，鱼儿在水中游走，鸟儿飞向天空，也属日常所见，但在这些自然日常之中，也蕴藏着禅机和规律。正所谓道藏无迹，大象无形也。亦有禅语如是：来而不迎，去而不留。鸟飞无迹，鱼过无痕。念而无念，念过既忘。②

该联正是借助禅理对自然界和日常景象进行观察的结果，在此意义上，世界并非是纯粹的客观存在，也未给每一个人呈现出毫无差别的景象。我们的眼界和内心影响了我们对待世界的立场，从而也影响了世界对我们的态度。这样的道理，还可以用王守仁的话来理解，即你未看花时，花与汝同归于寂；你来看花时，花与你同开。

以禅宗之语言之，就是要勿忘初心，回归到真性的本来面目。若是具体到百丈禅师本人的思想，我们可以看到其深得马祖道一真传，主张众生心性本来圆满，只要不被妄想所系缚，就和诸佛无异。认为禅的要求在于"去住自由"，既要求精神主体的自由，也要求将"本心"落实在日用之中，具有一种朴素自然的生活味。在百丈禅师看来，禅在生活中无所不在，因此，他总是在一些细微的事物上获得"禅机"。

春城日日東風好，欲賦歸來未買田。

春风徐来，连日吹送，给人暖意、令人愉快；想要效仿陶渊明作《归去来辞》，可是"我"还没有买田。

东风，即春风之意。在传统诗词里，常有相关用法。如"相见时

---

① 写生，原为美术史上的一个概念。而写生文，则是正冈子规创作俳句时所倡导的一种写实主义文体，后被夏目漱石运用于小说的创作。
② 有趣的是，在《庄子》中，"鱼"占有十分重要的地位，多达43处。此外，还有"鲲""鲋"等鱼的别名，鱼之意象遍及全篇。

读诗札记——夏目漱石的汉诗

难别亦难,东风无力百花残""东风随春归,发我枝上花""等闲识得东风面,万紫千红总是春"等。其地理原因在于春天季风从东面或东南来,秋天季风从西面或西南来,因此中国人(中原文化为主体的视角和立场)把春风叫东风,把西风叫秋风。另,春风或东风在古诗文中时有皇恩(浩荡)的意味。

夏目漱石在同年9月12日的诗作中有"我将归处地无田,我未死时人有缘"之表述。一方面表现了夏目漱石内心始终存在的矛盾——隐遁与世俗之间的焦虑与不安——难以割舍的人世羁绊以及闲适无为的田园憧憬。陶渊明尚有归处,以《归去来辞》彰显其高踏之姿,而夏目漱石所处的时代,已是经过工业革命之后的现代化社会,社会分工日益精细,从人类社会整体发展的角度来说固然提升了效率和合作的程度,加之科技和管理的进步,极大地提高了生产力,但对具体的个人而言,则是另一番图景。面对组织日益强大,权力和资本对人越加精致的掌控力,个体似乎只能作为符号的存在,被命运摆布,受制于外在力量,辛苦数十载,白发苍苍,内心却是空洞得无所慰藉和依靠,存活的仅仅是人类堕落而速朽的肉身。夏目漱石亦是如此,身为东京帝国大学教师的他感到拘束和苦恼,身为相对自由的专栏作家,也感到生之压力和心之受缚,"归而无田",如何回归"日出而作、日落而息"的耕读生活?

想昔日怀揣理想的少年,寒窗苦读数十年,终得一份工作、一个饭碗,努力拼搏,却发现社会壁垒、资本压迫、人心叵测,如若主动谄媚与之同流合污,或可从利益集团中分得一羹,但内心必然也是残破不堪的。可面对这样的残酷现实,众人只能在口头上表达"回家种田"的自嘲和无奈,因为无论肉身被社会定义得多么高贵,加持着多么高等的职业,在一个充满不确定和分裂的时代,内心必然是失序的。

面对社会的价值崩塌、内心的失序纷乱,我们应该如何面对这个世界,与这个世界共存,或许我们要做的不是从中找出所谓的价值和

八月二十三日

意义，从而给自己树立一个追求目标。在禅宗看来，寻找意义也是一种迷途，色即是空，空即是色，诸法皆空者也。我们要做的无非是回归本心，不去追随任何外在的东西，诸如权力、地位和金钱等，而是在日常中禅定、修道，远离颠倒梦想的是非之地，发现你我真正清净的本心和本性，不依附于外物，自在存活吧。

八月二十六日

題丙辰泼墨

結社東台近市廛，黃塵自有買山錢。
幽懷寫竹雲生硯，高興畫蘭香滿箋。
添雨突如驚鷺起，点睛忽地破龍眠。
縱橫落墨誰爭霸，健筆会中第一仙。

训读：

　　　しゃ　ひがしだい　むす　　　　してん　ちか
　　社を 東 台 に結びて　市廛に近し
　　こうじんおの　あ　　　　　　　　　ぜに
　　黄塵自ずと有り　山を買うの銭
　　ゆうかい　たけ うつ　　　　くも　　すずり　しょう
　　幽懷　竹を写せば　雲は 硯 に 生 じ
　　こうきょう　らん　　　　　　　　せん
　　高 興　蘭を画がけば　箋に満つ
　　あめ　そ　　　　とつじょ　さぎ　おどろ
　　雨を添えては　突如　鷺を驚かして起たしめ

八月二十六日

睛_{ひとみ}を点_{てん}じては　忽地_{こつち}に　竜_{りゅう}の眠_{ねむ}りを破_{やぶ}る
縦横_{じゅうおう}の落墨_{らくぼく}　誰_{たれ}か覇_はを争_{あらそ}わん
健筆会中_{けんぴつかいちゅう}　第一仙_{だいちせん}

这是夏目漱石在《明暗》期连续创作的第12首汉诗，即第11首七律。仄起入韵，"画""香""会"三处平仄有误。很明显，这是一首交际应酬之作，不同于夏目漱石的大多"无题"诗篇，看题目就可明白。在《漱石全集第十一卷》[①]中，也刊载了《题丙辰泼墨——不折山人著〈丙辰泼墨〉第一集序》之文。丙辰，即当时大正五年的年号，即1916年。赠送的对象是不折山人，即中村不折（1868—1943）。

中村不折，既是美术家也是收藏家，同时也是一位汉学家。与康有为、徐悲鸿、郭沫若等人皆有交往。他年轻时赴法留学，学习油画，回国后又学南画。1895年，获得一册《淳化阁法帖》，由此开始对收集中国书画文物产生浓厚兴趣。1936年，他以自家私宅为基地在东京创建书道博物馆，后被改造成中村不折氏纪念馆。现更名为台东区立书道博物馆（位于东京书道博物馆馆内），长期展览中村不折的书法作品及其收藏品，藏品中有不少中日历史上重要的书法作品以及青铜器、敦煌吐鲁番写本等，如颜真卿《自书告身帖》等。曾有中国学者在《近代中日绘画交流史比较研究》（陈振濂，安徽美术出版社，2000年）中介绍说，这个私人博物馆的藏品堪比一个中国省属博物馆的丰厚程度。另，中村不折还曾译介过康有为的《广艺舟双楫》，著有《禹域出土墨宝书法源流考》（李德范译，中华书局，2003年），与小鹿青云合著《中国绘画史》（浙江人民美术出版社，2013年）等。在日本国立国会图书馆藏书目录检索系统内，以"中村

[①] 『漱石全集第十一卷』，東京：岩波書店，1917年。

不折"为关键词检索，可以得到100条书目信息，大多是中村不折的著、书、译等作品。

据此可知，中村不折无疑是当时日本社会成功的知识分子代表，也是一位成功的商人，既从事出版也进行收藏，既钻研学术又经商，还赢得了不少社会名声和地位。放在今天来看，当属社会所褒扬和赞赏的一位模范和标杆，这当然也离不开分享整个国家发展的红利，且需要与社会名流处理好关系。

夏目漱石作为当时的社会名流之一，与之交往不足为奇，况且他也有创作南画的经历。或许基于精明的交际所需，中村先生赠予其书画集，并乞汉诗一首。不过，由于夏目漱石创作立场的变化，汉诗的风格也随之发生了较大的改变，内向的私人化写作转向了交际上的应酬之作。

結社東台近市廛，黃塵自有買山錢。

中村先生在繁华的上野（东台）开办公司，从事书画创作和文物收藏，声名远播，令人敬仰，最让人佩服的是先生竟能在这繁杂的世俗和日常中从事这样文雅的高尚事业，还能从中赚取经营，甚至还有传闻说先生赚取的利润可以买下一座山头，以此过上逍遥自在的生活。

东台，位于东京都上野一带，是较为繁华的地区。市廛，商店、店铺，在此指公司或社团。黄尘，黄色的尘土，即尘世。《后汉书·马融传》曾云："风行云转，匈礚隐訇，黄尘勃滃，闇若雾昏。"买山钱，为隐居而购买山林所需的资费，喻指归隐山林。刘禹锡在《酬乐天闲卧见忆》中写道："同年未同隐，缘欠买山钱。"

首联之用，在于先给中村不折戴个高帽，称赞其才华和能力，抑或有暗指自己为生存所迫的潦倒与苦境，只能徒然羡慕他人之自嘲意。

幽懷寫竹雲生硯，高興畫蘭香滿箋。

中村先生将满腹的才华和雅趣淋漓尽致地展现在赠予在下的书画

作品之中，拿出砚台，细细研磨，气运笔端，内心升起云烟之意；高雅的兴致，隐蔽的情绪，经由您的笔墨，由无形转化成形象的草木花朵，栩栩如生，仿佛可以嗅到花朵的香气。

该联对仗，结构和意思互文。由泛泛而谈，转向了对其书画本身的赞美和肯定。笔墨精当、生动。

幽怀，幽静、隐蔽的情感和内心世界，这是文人共有的气质，也是艺术产生的根源之一。不过，幽怀也是人人都有的一份情感，只不过对于内省的人来说这份情感和感受更加强烈，而对于外向型的人来说，本属于这部分的感受往往会被外在的世界所牵引，而忽略内心较为隐蔽的世界。

高兴，高雅的兴致和情趣。不同于我们汉语日常所用的形容词性用法，倒是在古代汉语中有类似的表达，如晋殷仲文《南州桓公九井作》诗："独有清秋日，能使高兴尽。"

吉川幸次郎先生将"幽怀"解释为"爱自然的安静心情"（自然を愛する静かな気持ち），将"高兴"理解为"好的情绪和心情"（よい機嫌で）则显得有些狭隘了[①]。

添雨突如驚鷺起，点睛忽地破龍眠。

添加雨点，似疾风骤雨，突如其来，惊起安睡在水边草丛中的鸟鹭；运笔如神，在点睛处，轻轻一点，纸上的睡龙就被唤醒，整幅画立即活泼生动起来，近乎真物！

惊鹭起，让人联想到李清照的名句"争渡，争渡，惊起一滩鸥鹭"（《如梦令》）。而"点睛忽地破龙眠"无疑是化用了"画龙点睛"的故事。

这一联，接着前面对中村书画的整体观赏，又特别点出了其艺术特色和画风，更加具体地称赞了中村的艺术成就，这一切都是夏目漱石在想象中村创作的场景与风采，所谓艺术，多半也是在想象中完成

[①] 吉川幸次郎：『漱石詩注』，東京：岩波書店，1967年，第131页。

读诗札记——夏目漱石的汉诗

未能完成的人生。虽然有些夸大其词，但这在社交上是必不可少的，也是一首应酬诗的必备素质和内在要求。

縱橫落墨誰爭霸，健筆会中第一仙。

当今书画界，虽然名家众多，派系纷杂，"我"鄙陋寡闻，也不认识几个，但是在您组织的"健笔会"中，谁能表现出自由奔放之气魄？谁能称王称霸？不就是中村先生您吗？您就是第一仙人呀！

纵横，自由奔放，此处指风流气度。落墨，原指中国传统的绘画技法。该技法始于南唐著名画家徐熙（？—975），用墨笔把整个花卉连钩带染地描绘出来，然后略加颜色，使枝、叶、蕊、萼，既有生态象，又有立体感。代表作有《雪竹图》《玉堂富贵图》《雏鸽药苗图》等。此处与"纵横"连用，代指中村作画的非凡气势和旷世才华。

健笔会，是当时以中村不折为首的一个书画团体的名字，因此，"健笔"一词不单独使用，但是夏目漱石私下里也曾说过，中村这个家伙，笔头勤奋，不分良莠地创作了大量作品，赚了很多钱。[①]

概言之，这是一首成功的交际应酬诗作，但也是一首在艺术上的失败之作。夏目漱石言不由衷的话里还带着羡慕和嫉妒，这也是人之常情。他在其后的文字中提及此事，说这首诗并非是对中村不折的画作一个完全贴切的评介。[②]

记得某次，去北外食堂就餐，碰到了周有光先生的弟子张教授，上海人，已经八十几岁了，是北外退休的老教师。之前他去国图借书查阅资料，而我当时在典藏阅览部工作，因而认识对方，但是并不熟悉。不过，我是一个不懂得交际的人，就直接请教下午学校面试的事宜，并问了几个学术的问题。张教授不以为然，抿着嘴说："学问这东西吧，我不大懂得，年轻人，我觉得你还是想办法挣点钱吧，MONEY，这才是王道！"

[①] 中村宏：『漱石漢詩の世界』，東京：第一書店，1983年，第234頁。
[②] 『漱石全集第十一卷』，東京：岩波書店，1917年，第633頁。

八月二十六日

之后的事情，虽有所预料，但过程之周折，近乎我所不能想象。不过，近来我却越来越感到，作为凡胎肉身，红尘中人，学问的高雅抑或艺术的人生，多半由不得不面对的艰辛与磨难而来。要想取得一份成绩，需要自己艰苦的付出与家人的牺牲方可。其中，金钱的问题，犹如被诅咒的命运，至于由此带来的苦恼，夏目漱石和我们一样，都是深有体会的。日本文学评论家小森阳一以其本名"金之助"为中心，对此问题就进行过较为深入的分析。夏目漱石一生饱受困苦现实的折磨，虽在文学创作上收获颇多，但在生活上，在金钱问题上，他还是一个彻底的失败者，终其一生也未能有所超脱。

八月二十八日

何須漫說布衣尊，數卷好書吾道存。
陰尽始開芳草戸，春來独杜落花門。
蕭条古仏風流寺，寂寞先生日渉園。
村巷路深無過客，一庭修竹掩南軒。

训读：

何ぞ須いん　漫りに布衣の尊きを説くを
数巻の好書　吾が道存す
陰尽きて　初めて開く　芳草の戸
春来　独り杜ざす　落花の門
蕭条たり　古仏　風流の寺
寂寞たり　先生　日渉園

八月二十八日

村巷 路深くして 過客無く
一庭の修竹 南軒を掩う

　这是夏目漱石在《明暗》期连续创作的第12首七律汉诗。

　在笔者看来，这首诗隐含着一个较为重大的议题，即夏目漱石具有文人气质的内向化世界观以及对于社会变革的冷漠和排斥。这也为我们提供了一条或可窥视夏目漱石内心世界的路径。这样的判断又是建立在对夏目漱石作品的体悟以及对该诗首联的冒险性解读基础之上的。

　要想讨论上述议题，则有必要对于日本明治维新以来的社会思潮进行一个整体性的把握和认知。明治维新后，日本作为亚洲第一个迈向近代化的国家，日渐走上强国道路，国力突进，民族意识抬头，而国内的思想状况却相对较为复杂，既有民主主义思潮、社会主义思潮，也有皇权主义保守派；既有个人主义，也有与之相对的国家主义，这不仅发生在整个社会的某一个时期，也发生在具体个人的精神内部（夏目漱石本人就是很好的例子，一生都在国家主义和个人主义之间徘徊）。对于国家而言，它的任务是如何统一思想，组织和动员社会力量，对于个人而言则是如何安定身心，不虚度年华。于是，有人奋斗，基于自由与民主；有人努力，为了寻求成功与幸福。而纵观人类历史，迄今为止都是少数人在统治、管理、指导绝大多数人，因此，面对这样的现实，站在个体生命的角度，如何与这个复杂的社会相融合，有价值、有意义地存活几十年，的确需要不少智慧和勇气。

　何須漫說布衣尊，數卷好書吾道存。

　何必狂妄地说平民就是尊贵的，"我"倒觉得努力好学，做一个有教养的人，并从中学得乐趣和道理，才是真正的人生道路。

　漫说，在日本著述中，基本沿袭吉川幸次郎先生的观点，将之训读为"みだりに"。"みだりに"有两种解释，一是不必要，二是狂

妄。因"漫说"前已有"何须"一词，故此处解读为"狂妄，自以为是"为好。

布衣尊，是整首诗的关键词，甚至可以说也是打开夏目漱石精神世界的一把钥匙。与"数卷好书吾道存"相对照的"布衣"，应指无时间读书或不爱读书的劳动阶级和平民阶层。而"布衣尊"则有着深刻的社会根源，并与影响重大的"幸德秋水事件"有关。

幸德秋水（1871—1911），日本明治时期的社会主义者。聪明好学，能读中国古籍，创作诗文。1898年参加社会问题研究会。1901年与片山潜（1859—1933）一起创立社会民主党。1903年与堺利彦（1870—1933）创办《平民新闻》周刊，宣传反战和社会主义思想。1904年合译刊出《共产党宣言》，另著有《二十世纪之怪物——帝国主义》《社会主义神髓》等。1910年在"大逆事件"中被逮捕，次年1月被杀害。这就是日本思想史上的"幸德秋水事件"。

幸德秋水最后在狱中完成了《基督抹杀论》，得知判决的当天，写下了绝笔："区区成败且休论，千秋唯应意气存，如是而生如是死，罪人又觉布衣尊。"

"布衣尊"，是幸德秋水一贯的立场，也是社会主义变革的基本立场，而夏目漱石的世界观却与此不同，其一生都是反对激进和改革的，对于劳动阶级和平民百姓，他也是刻意与之保持距离的。

夏目漱石所关注和认同的是在其作品中多次出现的"高等游民"之形象和立场，在某种意义上讲，是夏目漱石让"高等游民"变得"高等"起来。在此之前，这一称呼仅仅是对人形垃圾的戏称。借助夏目漱石文学作品的影响，"高等游民"得以凌驾于普通游民之上，不需要为了生存挣扎，他们追求和在意的是"高尚"的精神。而这种精神层面的追求，又导致对实践活动的进一步排斥。

"幸德秋水"事件对日本思想界和知识界影响巨大，诗人石川啄木（1886—1912）、与谢野晶子（1878—1942）等连连发声指责。一向保守的森鸥外（1862—1962）也发表了《沉默之塔》和《游戏》，借以对"大逆事件"表达了隐约的不满。相比之下，夏目漱石的态度确实要苍白许多。高宁先生甚至指出，夏目漱石在《从此以后》中借主人公代助之口表达了对此事的反应，认为这是"现代滑稽戏"，并没有表现出什么兴趣。（《虚像与反差——夏目漱石精神世界探微》，《外国文学评论》2001年第2期）。

陰盡始開芳草戶，春來独杜落花門。

阴冷的冬日结束，才打开了春天的门户，藏匿了多日的草木从里面探出。春天短暂，来去匆匆，只顾闭门在家读书，尚未细细品赏，某日豁然发觉，春日已是落花的景象。

该联的"始开"与"独杜"并不对称，但整体意象还是很富有诗意的。《日本汉诗选评》（程千帆、孙望选评，江苏古籍出版社，1988年，第401页）对此评注：有杜门吟读，乐在其中之概。[①]

萧条古仏風流寺，寂寞先生日涉園。

寺庙里供奉的佛像，由于年代日久，已经显得萧条，但也因此让人联想其昔日的荣光与禅宗的韵味。正如当年寂寞的陶渊明，隐遁于世，不辞劳耕，闲暇片刻踱步于庭院而思考人生，想来也是别有诗意。

该联也未能遵循结构的对称，但我们也不能按照字面死读：即风流寺，理解为风在寺庙中吹拂流走，日涉园，理解为太阳每日照射庭院。诗歌的语言和理解，需会其意而忘其形，这就好比一个人学禅悟道，要努力做到得其味而忘其踪。

日涉园，或源于陶渊明《归去来兮辞·并序》中的"园日涉以成

[①] 对于首联不揣浅陋之推测，也决定了对于下面诗句的理解和把握。其实若将"漫说"理解为"胡乱地、泛泛而言"，那么整首诗的解读方向就会发生巨大的逆转，与上述解读产生巨大的反差，受限于能力与材料，姑且按照之前缺少足够实证材料支撑的大胆推论进行。

读诗札记——夏目漱石的汉诗

趣",此处也用来比拟自己的生活态度和方式。[①]

村巷路深無過客,一庭修竹掩南軒。

村巷狭窄幽深,少见过客和行人,一庭院的修竹,茂密青郁,将南亭遮蔽起来。

该联精巧,以景结句,富有余情余韵,显示了夏目漱石的幽情雅趣,也让我们不由得赞叹夏目漱石已达深得汉诗要义和精髓的境地。

轩,指古代一种有围棚或帷幕的车;有窗的长廊或小屋等。《说文》记载有:轩,曲辀藩车。吉川幸次郎作了如下解读:のきば、あるいはベランダ。屋檐或是阳台、凉台。这也是可以的。《日本汉诗选评》则认为是南窗。不过,以上解读均可接受,无关宏旨。

整体而言,这首诗描述了文人的风流雅趣和孤独幽深的内心世界,与其晚年小说内向化的写作路径一致,较为形象地展现了作者晚年的寂寞和孤独的内心。

这首诗的解读,如上所述,有很高的风险,其关键在于本文将"布衣"理解成了劳动阶级和一般大众。其缺陷在于缺乏详细缜密的论证过程和足够的实证材料,不过也如笔者所申明的立场和方法那样,本文更多地侧重于文本的细读和赏析,站在开放多元的立场上,

---

[①] 按:诗歌的形式与内容、文字与精神,恰如人之身与心。无此速朽易失之肉身,其心魄何以存焉?然,肉身之重于寄存高贵可爱之灵魂,亦如生命之贵于超越性命意义之探寻。此亦吾之谓"性感美学"之核心。唯有超越死亡(或辅藉以宗教或理性哲学)之审美,超越现实肉身(利害贪嗔)之自律,才能抵达美学的历史终点。故,文学之美,诗歌之美,绝非仅在于文字艺术之美,而更在于不满足于现实的自由之美,不贪恋于今世的灵魂之美。以统摄之立场,纵观千年诗文,无关于体裁之百变,激越读者(能玩味此情怀者)的必是文字之间与背后的不羁之心与浪漫情怀。而柔美奇崛之想象与文字,以方法论之视角,不过是一种必不可少的手段与途径,轻视之可称之为奇淫技巧也(历史上权力者主导下的审美多导向于审美之表层,正如无论其内心如何虚弱与卑微,也要努力让众人臣服于外在的暴力武装一样。此中妙意也)。故也以诗意之眼,所见万物皆生诗意情怀:你看花时,花与你同开者也。赏析如此,为诗更是如此,无此自由之灵魂,强运其才,必也空洞,其形徒然。反言之,美人之美,虽决定于气质与精神,但肉色形体,岂能忽焉。两者相俱,尤甚。唐诗之美,恰在于游牧自由灵魂之外,又得汉诗形体日臻,故而大放异彩是也。

八月二十八日

力图从中寻觅诗人丰富而隐秘的内在精神世界。且从夏目漱石的一生,尤其是与《矿工》原型的纷争等事件也可管窥一斑。另,布衣在中文中虽有"布衣将相""布衣精神"之用,但其实际上指向古代平民知识分子坚守的一种信念。他们不畏于势,不惑于神,不弃尊严,孤守怀疑、叛逆独立、自由旷达。如李白在《与韩荆州书》中,自称"陇西布衣,流落楚汉",自有一种潇洒从容的气息隐约其间,不卑不亢,傲骨洒落。布衣之道,首先就是心怀以天下为己任的责任感,而这一点,恰恰是夏目漱石所没有的。

八月二十九日

不愛帝城車馬喧，故山帰臥掩柴門。
紅桃碧水春雲寺，暖日和風野靄村。
人到渡頭垂柳尽，鳥來樹杪落花繁。
前塘昨夜蕭蕭雨，促得細鱗入小園。

訓読：

　　あい　　　ていしょうしゃば　かまびす
愛せず　帝城車馬の喧しきを
　こざん　　きが　　　　さいもん　おお
故山に　帰臥して　柴門を掩わん
　こうとう　へきすい　しゅんうん　てら
紅桃　碧水　春雲の寺
　だんじつ　わふう　やあい　むら
暖日　和風　野靄の村
　ひと　ととう　いた　　　　すいりゅうつ
人は　渡頭に到りて　垂柳尽き
　とり　　じゅびょう　き　　　　らっかしげ
鳥は　樹杪に来たりて　落花繁し

八月二十九日

前塘　昨夜　蕭々の雨
細鱗を促し得て　小園に入らしむ

　　这是夏目漱石在1916年《明暗》期连续创作的第13首七律。正如前一首"数卷好书吾道存"所言，那段时间，夏目漱石经常阅读陶渊明的诗词，作品中也多次出现陶渊明的韵味和《归去来辞》的意象，本诗第一句就化用了陶渊明《饮酒二十首》之第五首《饮酒·其五》中的"车马喧"之语。陶诗如下：

　　　　结庐在人境，而无车马喧。
　　　　问君何能尔？心远地自偏。
　　　　采菊东篱下，悠然见南山。
　　　　山气日夕佳，飞鸟相与还。
　　　　此中有真意，欲辨已忘言。

　　夏目漱石这首诗的情趣和风格也多有陶渊明《饮酒》诗中的影子，虽然与陶渊明"结庐在人境，而无车马喧。问君何能尔？心远地自偏"的归隐方式及层次并不相同，也无法比拟"采菊东篱下，悠然见南山"的诗意与境界，但就夏目漱石自身而言，相比其晚年言禅说理的汉诗整体风格，这一首还是较为朴素闲淡、富有情趣的。下面我们就以陶渊明的《饮酒·其五》为主要参照，来赏析品味夏目漱石的这首汉诗。

　　不愛帝城車馬喧，故山歸臥掩柴門。
　　不喜欢东京的热闹和嘈杂，车马喧天更是令人不适，真想回归故乡（的山林），搭建一座自己的庭院，篱笆为墙，柴门闭院。
　　爱，日语中有多种读法，吉川幸次郎先生训读为：あい，不爱，即愛せず；而小村定吉训读为：このむ，不爱，即好まず。
　　车马喧，车马喧天的街道、川流不息的人群，皆为何来？又为何

读诗札记——夏目漱石的汉诗

去？概多为世俗名利和物质欲望所驱使。君不见，今日社会依然如此（尤其年末节日的帝都，各地人马纷纷前往），社会的分裂和阶层的固化，使得底层的人们更加拼命地向城市奔涌，而自视为中产的人们又拼命把孩子送到国外，人世婆娑，弥漫着各种因得失利害而造成的种种焦虑与不安。哲学和宗教，虽然教导我们如何安定身心，告诉我们作为完整的人而生活是每个人的责任和义务，但人们却几乎未经思考，就缴械投降，做了固有法则的奴隶。一代代的良民，乖巧而听话，在千兵万马中、在嘈杂喧闹中愉快、痛苦、冷漠地活着。陶渊明的时代亦是如此，追求的也无非是权力、地位、名誉等时至今日依然作为人生价值主要尺度的东西，若要获得这些身外之功名利禄，费尽心机、殚精竭虑，左右逢源、巧言令色自然都是少不了的。可是，人在这追求过程中哪有什么尊严可言？

故山，又称旧山，故乡的山林，意指故乡。汉应场《别诗》之一："朝云浮四海，日暮归故山。"唐司空图《漫书》之一："逢人渐觉乡音异，却恨莺声似故山。"宋秦观《吕与叔挽章》之一："追惟献岁发春间，和我新诗忆故山。"

结庐在人境，而无车马喧。陶渊明之诗意是选择在人间繁华的闹市中归隐，构筑自得其乐的内心，来消解名利纷争、勾心斗角等世俗的喧杂和丑恶，而夏目漱石在本诗中的志趣，却是身体的退却和内心的逃避，选择"小隐"之道。"故山归卧掩柴门"，特别是一个"掩"字，向世人揭示了夏目漱石内心的退缩与自闭。

紅桃碧水春雲寺，暖日和風野靄村。

粉红的桃花，碧绿的江水，春日云光下的古寺，暖暖的日光，和风吹拂，深山野径几无人至，转弯处，薄雾轻绕，却见几处住户。

该诗首联，讲到厌恶都市生活，想要归隐故乡的山林。接下来诗人就构想了归隐山林的种种美妙和谐的场景。整首诗，是诗人的一次想象，一份寄托，一个白日梦。文人寄托于文字来实现自己内心想要度过的一生，换言之，诗歌，在本质上是诗人来放置、收藏未完成的梦之空间。古今中外，概莫能外，即便是陶渊明这位"诗人中的诗人"。

虽然陶渊明在隐居初期的诗中多写清贫生活，但还没有到为生计发愁的程度，写得也比较清新俊雅、豁达洒脱，然而后经火灾，又历天旱蝗灾，身体罹患多日，诸多因素下，陶渊明诗文中的贫寒愁苦之气愈发沉重，但陶渊明安时顺命，以菊酒为伴，寄托诗文，内心怀揣着乌托邦之梦的桃花源，尚能抵达内心的平和，即"采菊东篱下，悠然见南山"。此文之妙不在写实而在于写内心的超脱，心与天地自然的契合以及契合之中的宁静与诗意。

而夏目漱石的汉诗则未能抵达上述境界，无论是艺术上还是思想上。夏目漱石此诗，结构相对单一，后面三联基本上都是在注解首联提出的归隐生活（分为晨、午和夜三个时间段，构思不同的场景与情节，这一点则是独具匠心的），语言相较其以说理为主的汉诗，自然素朴，长于抒情，尤其此联，语言简洁而意象单纯，色彩感极为强烈，只是由于用词因袭太多，未见新意，故而，并未达到理想的艺术效果。相比而言，陶渊明的《饮酒·其五》在结构上层层推进，起承转合，浑然一体，且富余韵；在语言上清新隽雅、又不失自然本色，情理交融、寓意深刻。

人到渡頭垂柳尽，鳥來樹杪落花繁。

行至渡口，尽过一路垂柳，鸟儿在枝头嬉闹，一地落花。

渡头，即渡口，指过河的地方。语出南朝梁简文帝《乌栖曲》之一："采莲渡头拟黄河，郎今欲渡畏风波。"

渡头，或渡口，作为交通流动之所，往往寓意着离别和分手，不仅是古典诗词中多次出现的意象，也为当代的流行歌曲所青睐，当代流行的低音女歌手蔡琴的代表作之一就叫做《渡口》，这也是著名的煲机音乐曲目之一。由此可见，古今中日，人们的情感世界共享着相通不变的"渡口"情结。而"人到渡头垂柳尽"整体又是"垂柳送别"这一古典意象的别化，也从侧面暗示了日本汉诗自身的演化路径

读诗札记——夏目漱石的汉诗

和特色。

在唐诗中，跟"渡口"有关，也跟陶渊明有关的诗歌，概非《辋川闲居赠裴秀才迪》莫属：

> 寒山转苍翠，秋水日潺湲。
> 倚杖柴门外，临风听暮蝉。
> 渡头馀落日，墟里上孤烟。
> 复值接舆醉，狂歌五柳前。

"墟里上孤烟"，从陶渊明"暧暧远人村，依依墟里烟"（《归田园居之一》）化用而来，且有意举杯遥呼陶渊明之诗风，有恨不能与之相逢，邀约对酒之意——复值接舆醉，狂歌五柳前。

如果说夏目漱石这首汉诗与王维的《辋川闲居赠裴秀才迪》都受到了陶渊明诗歌的影响，三者相互比照来看，也必定会产生很多有意思的话题。限于文字及能力，难以展开，但有如下心得不妨一说：

其一，陶诗以《饮酒·其五》为例，古朴自然，内有苍然的情怀和力度，直接面对的天地自然，对话的生死与归宿。王诗乃音乐、绘画、诗歌之完美结合，舒张有度，清新流畅又不失古朴，比之于陶渊明这位身着青衫，不修边幅却自有一股气魄的老者，王维更像是一位修行的道家或居士，衣着朴素却清新高雅。而夏目漱石这首诗歌所见——渡口垂柳尽，树杪落花繁，在传统诗词中多半是离别和落寞之景象，虽是着意描写归隐之闲雅，但却未能掩盖住笔端之外的寂寞，故而在想象中，夏目漱石蹙眉而沉思，多少有些力不从心。简言之，陶渊明自然超绝，王维布局精巧，夏目漱石用心良苦而稍显吃力。

其二，三位诗人，都寄情于文字，去寻找诗意和人性的完美。而人自身的那份对抗世俗与丑恶的情感力量，也经由他们的文字，让我们得以感受，这也正是传统文化、文学的力量和魅力，我们也可以说诗歌尤其是汉诗的阅读和创作是符合人性的传承优秀文化最好的途径之一。

其三，陶渊明、王维诗歌的艺术成就固然非夏目漱石所能及，但这样单纯的比较并无太大意义。我们所关注的，是陶渊明、王维代表的中国传统文学和文化的形象和精神如何在夏目漱石的文字中得以接纳和转化，却是一个可以讨论且值得研究的问题。

前塘昨夜蕭蕭雨，促得細鱗入小園。

昨夜萧萧风雨，住所前面的池塘都被灌满了，池塘与庭院相通，雨水倒灌庭院，数尾小鱼也趁机游来。

该联极富动感和想象力，并在时间和场景的设定上与前面三联相呼应：首联写归隐之意，颔联写晨起一个人在山寺周边信步，颈联写下午送别友人抑或自己出行，尾联则写深夜闻雨，次日晨起之景色。

整首诗歌，除了夏目漱石本人，没有其他人物出现（即便渡口送别或出现），陶渊明的《饮酒·其五》（问君何能尔，自问自答，内心独语）、王维的《辋川闲居赠裴秀才迪》中倒是出现了四个人物：陶渊明与接舆——王维与裴迪，他们性情迥然，可是内心的狷狂与对世俗丑陋的轻蔑却是相通的。"相看两不厌，唯有敬亭山"（李白《独坐敬亭山》），他们对世俗浸染之丑恶的厌恶，和他们热爱山水、向往归隐的情志是相通的。

无怪乎有人说，只看见山水、飞鸟，而不见人，是最好的生活。现实却是：有人的地方就有江湖，而江湖多有险恶风波——"江湖多风波，舟楫恐失坠"（杜甫《梦李白》）。

当年，王维为劝慰裴迪而创作了《酌酒与裴迪》，此诗用愤慨之语对友人进行劝解，道尽世间不平，将王维欲出世而未能的愤激之情表现得淋漓尽致，是王维这样的居士少有的诗篇，形式上也顺从波动的情绪，突破规则，采用了拗体。

酌酒与君君自宽，人情翻覆似波澜。
白首相知犹按剑，朱门先达笑弹冠。
草色全经细雨湿，花枝欲动春风寒。

读诗札记——夏目漱石的汉诗

> 世事浮云何足问，不如高卧且加餐。

夏目漱石一生创作汉诗208首，其中有如今日所解的抒写归隐情趣的诗篇，也有类似于《酌酒与裴迪》的悲愤诗篇，但情感的力度和艺术的水准，均未能抵达王维代表的中国传统诗歌艺术表现清淡与悲愤的任何一端。不过，夏目漱石汉诗却也是别具一格而富有艺术魅力的，尤其在日本汉诗的脉络中，在欧风西雨的明治时代，在鸣鹿馆内日本名流显贵为跳交际舞而争得耳红面赤的时候，夏目漱石能够安静地用汉语写诗，这本身就极具特殊的意义。

另外，有意思的是，王维不曾为他的妻子写过一首诗歌，却给他的诗友裴迪写了数十首赠诗，夏目漱石也未曾给自己的妻子镜子写过一首汉诗，赠诗则多给了正冈子规。就此问题，难以展开，不过有一点，我们应该看到，即汉诗这种超越血脉和现实关系的艺术形式，也超越了时代和狭隘的民族限定与隔离，让夏目漱石和陶渊明，让王维和裴迪在文字中相聚，让此刻追寻永恒，让时间认知人性，让情感叩问历史。

最后，想要得到夏目漱石汉诗的整体性相位，除了拿王维和陶渊明的诗歌作参照之外，我们还需要将之放在日本汉诗自身的脉络里进行梳理，并与同时代的日本作家正冈子规（1868—1902）、森鸥外（1862—1922）的汉诗进行比较。现谨录其一，以供参考。

> 漱石的诗注重自我表现，与日本近代诗的正统精神吻合，漱石汉诗所追求的境界是远离俗世的白云乡，他的诗是出世的诗。而鸥外的诗与社会现实密切相关，与中国诗的正统精神颇为接近。

——（严绍璗、中西进主编，《中日文化交流史大系·文学卷》，浙江人民出版社，1996年，第92页）。

八月三十日其一

經來世故漫爲憂，胸次欲攄不自由。
誰道文章千古事，曾思質素百年謀。
小才幾度行新境，大悟何時臥故丘。
昨日閒庭風雨惡，芭蕉葉上復知秋。

訓読：

世故を経来たりて　漫に憂いを為す
胸次　攄べんと欲して　自由ならず
誰か道う　文章は千古の事と
曽て思う　質素百年の謀と
小才　幾度か　新境を行く
大悟　何の時か　故丘に臥せん

读诗札记——夏目漱石的汉诗

昨日(さくじつ) 閑庭(かんてい) 風雨悪(あ)しく
芭蕉(ばしょう)の葉上(ようじょう)に 復秋(またあき)を知(し)る

　　落款为8月30日的汉诗，是夏目漱石在《明暗》期连续创作的第14首七律。"忧"和"欲"平仄有误，对仗不太工整。

　　夏目漱石在这首诗的后记里写道，黄兴（1874—1916）赠给他一幅书法作品，题写"文章千古事"，这首汉诗就借用了黄兴的题词。

　　黄兴，中国近代民主革命的先驱，中华民国的主要缔造者之一，与孙中山（1866—1925）并称"孙黄"。有日本学者声称中国的近代以及近代的中国，实乃多拜日本所赐。此话刺耳，过分强调了外在因素，却也在某种程度上说明了近代以来中日互动与往来的频繁和密切程度。以辛亥革命为例，在上海闭门写出《日本改造法案大纲》的北一辉（1883—1937）曾说，日本是中国辛亥革命的"助产妇"。事实上，日本也的确是辛亥革命的大本营，诸多外部因素之中，日本的影响首当其冲。想当年，孙中山周转大半个世界后，最终是在日本聚集了宫崎寅藏、犬养毅等日本实力派，并联合了中国留日学生的精神领袖黄兴等人，才得到了持续而有力的联盟与支持。

　　由于笔者尚未查询《黄兴年谱》以及《夏目漱石日记》，故难以描述夏目漱石和黄兴二人交往的具体情况。两人的交集应该是在1916年的6、7月份，被孙中山"劝退静养两年"的黄兴曾在这段时间于日本短暂停留。其详情未知，不过，两人见面以及题字相赠事件本身，就是一个十分有趣而有意义的话题，两人在相见当年（1916）的年末相继因胃病死去，这一年，夏目漱石50岁，黄兴42岁。

　　經來世故漫爲憂，胸次欲攄不自由。

　　生而为人，在这个世俗世界生存，要经历许多让人操心的事情，想要疏散心中的不快和烦闷，却又受到阻碍，难以自由。

　　该联对仗不工整，"忧"和"欲"平仄有误。形式的问题关乎审美和思想境界。尤其是"忧"和"欲"在全诗体系中相对比较直白而显露，过分暴露了自我的内在世界。在禅学的体系内，则可据此判断文字背后的自我执着的心态和精神状态。

经来，应是一个自造词，不见于汉语与日语的日常表达。这也可以被称为"和臭"抑或"和习"？笔者倒觉得基于汉字象形和相对独立、自成一体的特点，这更应该看成是作者自由化的表述，虽生硬，也有创造性的一面。

胸次，《全唐诗》中只见一例，"璇玑盘胸次，灿烂皆文章"（《贺州思九疑作》李郃）。

摅，抒发表达，义同抒。在中国知网上全文检索，夏目漱石的这首诗仅被引用过一次，但这个"摅"字还写错了。

誰道文章千古事，曾思質素百年謀。

谁说文章是千古之大事，"我"觉得能够平凡而自然地过一辈子，就已经是一件幸福的事情了。

魏武帝曹丕（187—226）曾说"文章经国之大业，不朽之盛事"。杜甫《偶题》诗云："文章千古事，得失寸心知。"

质素，非汉语词汇，在日语中"質素"（shituso）有两个意思：1．飾りけがないこと。質朴なこと。また、そのさま（没有修饰的事物、朴素的事物，以及上述的样态）。2．生活などがぜいたくでなく、つつましくて倹約なこと。また、そのさま（生活等不奢侈，勤勉、简约）。

与千古事相对的，应该是人生之百年，与经国伟业相对的，是我们日常的生活和平凡的人生。黑格尔曾说过，创造历史、推动历史发展的是人的欲望，而欲望无所谓善与恶。历史上那些野心家也多给人以自我膨胀之印象，道德在他们那里只是手段和言辞的表演。人类历史的不堪恰恰在于，历史多由这些野心家和欲望强烈的英雄创造，而非一般的民众。这是历史的宿命，而自人类社会诞生以来，绝大多数人的命运往往受制于少数者也似成为了我们命运的一部分。

读诗札记——夏目漱石的汉诗

毋庸置疑，人类进入现代社会以来，一个重大的改变是依附于权力的"臣民"变成了相对独立的"公民"，人与人之间基于权力分配资源的不平等丧失了经济基础。不过，也正如《21世纪资本论》等著作和现实所警示的那样，基于资本运作又产生了更为深刻的穷人与富人、上层人与下层人的划分和区别，少数人掌控和垄断社会财富与资源的现象并未从根本上改变，美国社会近年似乎出现了整体性的"倒退"，甚至连教育都成为了富有阶层强化已有成果的手段、固化阶层的推动力，借助教育改变命运成为了社会大众的白日梦。

一个普通人，依靠文字能够获得什么？这才是笔者想要提出的问题。千古大业，名垂千古？不！当前的状态下，普通大众甚至不能通过文字或教育获得改变命运的机会。余秀华和范雨素依靠文字，先后成为这个新媒体时代的网红和名人，但接下来如何？谈资褪色之后，社会又将寻找下一个兴奋点，忘却是社会的本能，也是人们逃避现实的主要途径。那么，作为普通人，面对残酷的现实，我们应该如何保留作为人的资格和尊严活着，是我们必须面对的人生命题。

我也无法回答这样的问题，此处，我只想提及前几日发生的一件小事。6月初的上午9时，尚是暖日和风，我沿南长河千古游走，巧遇柯马凯在"跳河"。只见他穿着短裤从河里爬上岸，又在几个孩子们的欢呼声中，走至桥的中央，伸手示意后，便跃入河里，溅起浪花和细小的粼光，一圈一圈向外扩散。跟他在桥上打了个照面，他边抖落身上的水珠边满脸笑意地说："我带我妈妈来的！"这才注意到，102岁的伊莎白女士也在河边坐着，饶有兴致地看着她将近七十岁的儿子如此调皮捣蛋，一次又一次从桥上跃下。鸟儿飞向天际，逆光而寻，阳光有些刺眼。或许水面上闪烁的是老者追忆的童年，溅起的浪花是日常生活中人性的平凡与温暖，生而为人的幸福，就在每个人的心里面。

小才幾度行新境，大悟何時臥故丘。

"我"不辞辛苦，以文字为生，虽然也有过几次突破并有所创造，但这似乎还不是我所要抵达的理想境界，或许真正的觉悟是醉卧（退隐）故丘，不再与这个世界纠缠下去，可是这要到什么时候啊？

"小才"与"大悟"相对，是一种自我嘲讽与戏谑，表明自己在小说创作上略有成绩和创新，并由此获得社会反响和名声，但这也只是区区小才，身陷红尘之中，尚未超凡脱俗，抵达彻悟之境。而夏目漱石所言的大悟即是"卧故丘"，归隐。综合前面十几首在《明暗》期创作的汉诗，可以明显地看到夏目漱石内心的倦怠和疲惫，以及内心寻求安静和平的追求，而归隐，也成为了他这一阶段汉诗创作的重要主题之一。

有意思的是，"故丘"一词虽然在《全唐诗》里出现过七次，但未见"卧故丘"之说法，归故丘和藏故丘倒是有的。"归"字最为自然，从意义上说更为合适，但以平仄而论，似乎"卧"更好一些。

人之肉身注定了要在尘世中度过，所谓归隐更多的是一种心灵求索和自我安慰，试看历史上有多少扬言归隐的文人骚客能够真正耐住寂寞，归卧山林？孟浩然这样的隐者高人，也曾热衷功名，最后无奈离开京城。况人即便位高权重，生活富足，凡有所思者，也必定伴随着精神的困苦。看今日花好月圆，良辰美景，又思去者如斯，逝水流年，其奈天何？更无须提及身陷现实泥沼者了。顾随在《中国古典诗词感发》（北京大学出版社，2012年，第56页）中说，古今诗人之中，安于困苦而又能出乎其外者，唯陶渊明一人而已。

夏目漱石没有做到安于困苦又出乎其外，但他至少做到了直面这些世俗的烦闷和痛苦，并将之化作文字，成为后来者眼中夏目漱石形象的一个重要组成部分，让我们看到了一个更为丰富、鲜明、立体的夏目漱石。

昨日閒庭風雨惡，芭蕉葉上復知秋。

昨夜，恶风骤雨，庭院遭袭，一片狼藉。次日清晨看到庭院里芭蕉等植物渐趋萧瑟，不由得感叹，又一个秋天的到来。

尾联是本诗的一个亮点。将先前较为抽象的叙述和言志回归到抒

读诗札记——夏目漱石的汉诗

情层次，其情绪也未脱离之前的本题，以"叶知秋"之典型意象收尾，富有余情和想象的留白。

风雨之恶，寓意人间险阻和世事无常，此乃经世之苦，叶上知秋，则是将愁苦化作诗歌的审美，原有的理性思考和辨析未能化解痛苦和矛盾，便在日常的感官与具象的感受中试图抵达内心世界的一种平衡。

最后两句减缓了前三联之"忧"与"不自由"的断语，归结为一个"秋"字，而"秋"在心上，实乃"愁"也。诗歌的整体色调还是比较偏暗的。

整体观之，夏目漱石的汉诗，尤其是晚年汉诗少有欢喜，缺乏光明和热情。对于这一问题，笔者认为至少需要从两方面看。

一则，虽然缺乏热情和光明，却绝非消极与悲观，或是给人以绝望的悲歌。其晚年汉诗，色调偏暗，是公认的事实。但其诗句背后藏匿着一颗勇敢而困苦的心，虽不活泼，却是真实的生命。这也是其汉诗具有生命力和艺术感染力的内在前提。二则，诗歌的本质是人性层面相爱相杀的体悟与思索，是残酷的温柔和富于想象的伤害。诗歌在某种意义上就起源于人性的觉醒和由此带来的挣扎与痛苦。故而，诗歌必须面对人性的复杂与真实，而这掺杂善恶与美丑的真实令人印象深刻的恰恰是苦难中的救赎，以爱和勇气面对人生悲苦。换言之，诗歌源自痛苦，而面对痛苦又是诗歌之义务。只是，在表现风格上，有的诗人将痛苦置换成超越的禅机，如寒山和王维（也只是部分的王维和寒山，王维的《酌酒与裴迪》和寒山的"行到伤心处，松风愁杀人"或悲或愤，文字直露）；有的诗人将痛苦代入宗教进行自我救赎，如泰戈尔（Rabindranath Tagore，1861—1941）与T.S.艾略特（Thomas Stearns Eliot，1888—1965）；有的诗人则将痛苦融于山水、悲喜江湖，如李白和高适；而夏目漱石晚年的汉诗则基本处于"情理之间"，越到晚期，理性的叙述越为明显。

八月三十日其二

詩思杳在野橋東，景物多横淡靄中。
緗水映辺帆露白，翠雲流処塔餘紅。
桃花赫灼皆依日，柳色模糊不厭風。
縹緲孤愁春欲盡，還令一鳥入虚空。

训读：

詩思杳かにあり　野橋の東
景物多く横たわる　淡靄の中
緗　水映ずる辺り　帆は白きを露し
翠雲流る処　塔は紅を余す
桃花赫灼として皆日により
柳色　模糊として風を厭わず

读诗札记——夏目漱石的汉诗

縹 渺たる孤愁春尽きんと欲し
又一 鳥を令て虚空に入らしむ

  这是夏目漱石《明暗》期连续创作的第15首七律汉诗。该诗描述了作者内心难以名状的情绪，将诗人内心的世界寓意山水而道出，一定程度上突破了过分集中于自我的狭隘视野，将个人的情感投射在自然日常之中，客观上描述了人生普遍的孤独。因此，该诗不仅是夏目漱石个人情感的承载物，对于读者而言，也可以领略到一种接近真实人性的普遍意义上的描述，进而产生共鸣。

  就格式而言，上平声东韵，七律平起，首句入韵。格律完整，对仗尚可。较于晚年汉诗整体禅理性的凸显，该诗抒情多于议论，描述替代直白，且最后一联描写颇具神韵。

  詩思杳在野橋東，景物多横淡靄中。

  引发诗情，唤起诗心之景物，在东方遥远而偏僻的桥头河边，那里的景色幽静而微玄，在淡淡的雾霭之中，更显画意诗情。

  诗思，诗之心也。钟嵘（468—518）在《诗品》序言中，起句云："气之动物，物之感人，故摇荡性情，行诸舞咏。照烛三才，晖丽万有，灵祇待之以致飨，幽微藉之以昭告，动天地，感鬼神，莫近於诗。"野桥乃幽微之处，足发幽情；而所谓"东"字，不仅是为合乎音韵，也是照应后面的"春"字，前面的文章中曾经提及"东风"实乃"春风"之渊源，此处亦然。因此，此处之"东"非实际方位，翻译时可以灵活处理（所见译本基本将其直译为桥之东面）。可以说，首联较为准确地诠释了"气之动物，物之感人"。

  作为中国古代第一部"系统的自觉的文学批评著作"——《诗品》，钟嵘在该书中提出了文学审美中的"气"这一概念，主张诗是由"气"所引起的宇宙运动变化作用于人心而产生的情感涤荡。"气"与"情"的抒发难以分开。他认为诗人喜悦、哀怨之情激荡于胸时，可用诗歌"吟咏情性"，以得到感情上的平静。他尤其重视诗歌抒发仕途失意、离家远戍等哀怨之情的作用。这些真知灼见，也可在夏目漱石的汉诗中得到印证。就艺术的创作动机及疏离功用而言，夏目漱石的汉诗创作也带有明确的安抚内心、消弭焦虑与缓解不安的目的。

所谓诗情与诗心，是上天赋予每个人的礼物，只是有的人日渐成长丧失了对自然和人生的感受力，被现有的知识系统压抑着天生审美的灵性，被世俗的尘埃蒙蔽了真实的自己，于是，那颗天生具备与天地通感、与他人共情的"初心"和"童心"被丢弃了，作为天地之灵杰的人类，区别于动植物的灵魂的东西也日渐枯萎。失去了原本用以抵抗世俗痛苦和岁月磨难的诗心，内心的家园也必然会变成粗糙破败、野草丛生的荒芜之地。仅剩下理性"独自美丽"，开始举起大旗，并随着科技的发展强大和现代科学知识体系的建立，日益统治和监控着地球上的人类。精神的萎缩，人文的匮乏，成为每个思考者必须深思的问题。

緗水映辺帆露白，翠雲流処塔餘紅。

嫩黄色的江水流淌，水面映出附近行船显露的一角——白色的帆，碧云漂游，游云之下远眺可见寺庙之塔，却也只是红色塔楼的一部分。

缃水，浅黄色的水，此处意译为嫩黄之水。缃，古代借指书卷，义为浅黄色，如《乐府诗集·陌上桑》：缃绮为下裙。此处的"缃水"应为夏目漱石自造词语。

翠云，碧云或形容妇女头发乌黑浓密。如东汉·冯衍《显志赋》："驷素虬而驰骋兮，乘翠云而相伴。"南唐·李煜在《菩萨蛮》中写有"抛枕翠云光，绣衣闻异香"之句。

小村定吉在《夏目漱石名诗百选》中曾对此联作过较高评价，认为照顾到了对仗的需要，描绘还比较生动。但在笔者看来该联就其艺术效果而言较为一般，用语生硬、意象不够明确，语义不太自然。对仗也是差强人意。

桃花赫灼皆依日，柳色模糊不厭風。

在阳光的照射下，桃花闪着耀人的光泽；柳叶尚未完全长出，柳色尚不清楚，任凭柔风轻抚。

赫灼，かくしゃく，属日语词汇，无论其来源是否与《诗经·周南·桃夭》有关，但其用意确与"桃之夭夭，灼灼其华"相通相近。

模糊，或是"糢糊"，因为原文手稿收藏在日本东北大学图书馆，而其他注释和研究著述中均未附上原典文献，且以上两种写法都有，故，笔者猜测夏目漱石的手稿本身比较"模糊"而难以辨别，更何况两者在古代汉语的体系内是通用的。唐代诗人崔珏《道林寺》曾有诗云"潭州城郭在何处，东边一片青模糊"。

柳绿桃红，这是人间三月之美景，也是春日河边的一般印象。公园布局，如圆明园、紫竹公园等北方的大小景点都会照此种植和配置，其意象虽典型、易接受，但若就此写出新意却十分困难，毕竟这样的意象暗含着"审美疲劳"之危险。夏目漱石在此处构思尚可：桃花已经光耀世人，而柳叶尚未装点人间，原有的"桃红"和"柳绿"之间产生了一个时间差，而非此前的同时出现，因此，景象对照较为新鲜，色彩感和层次感的丰富性也随之显现。

不过，颈联和颔联的对仗从用语和结构上都不大工整，其景象也是作者在想象中构思和完成的，而非实景的描述。

縹緲孤愁春欲盡，還令一鳥入虛空。

春日即尽，孤愁缥缈；是什么又让鸟入虚空而不见影踪。

缥缈，在汉语中语义丰富。此处为隐约高远、空虚渺茫之意。与此意相近，杜甫作有"城尖径昃旌旆愁，独立缥缈之飞楼"（《白帝城最高楼》），苏轼曾写"缺月挂疏桐，漏断人初静。谁见幽人独往来，缥渺孤鸿影"（《卜算子·黄州定慧院寓居作》）。

孤愁，孤独之愁苦也。"断梦不妨寻枕上，孤愁还似客天涯"（陆游《九月二十五日鸡鸣前起待旦》），孤愁之心亦是诗歌之心，心灵的漂泊感，精神的游离与焦灼，都是孤独的原因，也是诗歌产生的沃土和家园。

欲，将。春欲尽，春日即将结束，是古代文学中的常用词。五代宋初时期，词人欧阳炯曾创作《三字令·春欲尽》之词："春欲尽，日迟迟。牡丹时。"唐崔国辅曾写有"桃花春欲尽，谷雨夜来收"（《奉和圣制上巳祓禊应制》）之名句。

令，在训读中为日语中的使役助动词。"～をして、～（未然形）しむ"，"をして"表示使役的对象，相当于"に"，"しむ"是使役助动词，相当于"せる/させる"。在现代日语中，"しむ"演变成了"しめる"。

虚空，佛教和道教用语，意指一种永恒的时空和存在，也是绝对真理之所。在此处，与"缥缈"对应，夏目漱石也指向自身尚未着落的内心世界和空虚的感觉。

诗歌解读的可能性，在可解与不可解之间，太过直白容易肤浅且破坏诗意的丰富性，过于模糊又会陷入模棱两可的境地。尾联的解读就是如此。

诗歌是感性与理性交合之产物，如人之生命，具有丰富而危险的情愫、想象乃至建构力，其诗意也往往在文字之外，这也是人们常说"功夫在诗外"。理解诗歌，如同理解人一般简单，也恰似理解人一般困难。

如前所述，尾联是本诗的一大亮点，将作者之前的所思所想融入景物描写，留有余音和余韵。晚唐著名诗人杜牧，曾作七绝《登游乐原》：

　　长空澹澹孤鸟没，万古销沉向此中。
　　看取汉家何事业，五陵无树起秋风。

以登游乐原为题，却写下悲伤的诗句，乐而生悲也。但正如顾随先生在《中国古典诗词感发》（北京大学出版社，2012年）中所言，

读诗札记——夏目漱石的汉诗

其所写之悲哀，系为全人类说话。

敏感而孤独的人，望孤鸟没于澹澹长空，不禁想起人的一生又何尝不是如此？在世人眼中，这是一种近乎不可救药的绝望，不可消解的痛苦，这是一种彻底的悲念。后两句将汉朝伟业与皇族坟墓相比照，在意义和情感上深化了"万古销沉向此中"。

回到尾联"缥缈孤愁春欲尽，还令一鸟入虚空"。虽然夏目漱石的本意并非扩展到全人类的立场和视野，他没有这样的气魄也没有这样的能力，但在客观上，却与杜牧的"长空澹澹孤鸟没"有着异曲同工之妙，表现了一种人类普遍的孤独情感以及对此的体认。当然，这样的结论是需要前提的，其中一个较为重要的前提就是阅读者本身有无"诗感"，即"诗心"，若无此心，这个世上再美好的诗句也毫无生趣和价值。

反观，从"长空澹澹孤鸟没"或也可知，真正的诗，不是简单的闲情雅致，也不是玩弄文字，而是基于人性的自觉，以文字为途，穿越狭隘人生和现实磨难的努力及过程，是一次伟大的精神之旅，是不甘沉沦的高贵与自觉承受人之尊严的痛苦……

诗歌对于很多人来说变得陌生而无趣，并非诗歌自身的缘故，恰恰相反，是这个时代在"理性主义"的旗帜下，人类精神变得越来越狭隘而萎靡的原因。

九月一日其一

不入青山亦故郷，春秋幾作好文章。
託心雲水道機盡，結夢風塵世味長。
坐到初更亡所思，起終三昧望夫蒼。
鳥聲閑処人應靜，寂室薫來一炷香。

訓読：

青山(せいざん)に入(い)らざるも　亦故郷(またこきょう)
春秋幾度(しゅんじゅういくたび)か　作(つく)る好文章
心(こころ)を雲水(うんすい)に託(たく)して　道機(どうき)尽(つ)き
夢(ゆめ)を風塵(ふうじん)に結(むす)びて　世味(せいみ)長(なが)し
坐(ざ)して初更(はつこう)に到(いた)りて　思(おも)う所(ところ)亡(な)く
起(た)ちて三昧(さんまい)を終(お)えて　夫(か)の蒼(そう)を望(のぞ)む

读诗札记——夏目漱石的汉诗

<ruby>鳥<rt>とり</rt></ruby>の<ruby>声<rt>こえ</rt></ruby>の<ruby>閑<rt>のど</rt></ruby>かなる<ruby>処<rt>ところ</rt></ruby>　<ruby>人<rt>ひと</rt></ruby>も応に静かなるべく
<ruby>寂室<rt>せきしつ</rt></ruby>　<ruby>薫<rt>くん</rt></ruby>じ<ruby>来<rt>きた</rt></ruby>る　<ruby>一炷<rt>いっしゅ</rt></ruby>の<ruby>香<rt>こう</rt></ruby>

　　这是自1916年8月14日以来夏目漱石连续创作的第17首汉诗（第16首七律）。其核心意念仍是"幽居"的退隐心绪和对解脱之"道"的思考，较为清晰地表露了夏目漱石内心入世与出世的矛盾与对立，以及夏目漱石寻觅自然之道的执着与苦思，但云水和鸟鸣等意象的出现及处理，也使得汉诗的整体情绪抵达了某种意义上的平衡，因而诗风比较平和与恬静。

　　就格律而言，押平水韵、阳韵。平仄基本无误，"道"字应平而仄，颈联对仗精巧，颔联对仗勉强。

不入青山亦故乡，春秋幾作好文章。

　　不需要特意归卧青山隐居，内心安好，故乡便在此时此地。宇宙之内，"春"与"秋"自然会做出很多华彩的篇章。

　　青山，诗词文人常用的意象之一，近似夏目漱石汉诗里经常出现的"碧山"。不仅是古人向往的青山绿水、闲淡自若的生活之处，还是文人骚客的理想墓地。苏轼留有名句"是处青山可埋骨，他年夜雨独伤神"（《狱中寄子由二首》）。毛泽东当年离开家乡，辞别父亲时就曾写下"孩儿立志出乡关，学不成名誓不还。埋骨何须桑梓地，人生何处不青山"的诗句，洋溢着青春理想和远大抱负。日本明治维新的传奇人物西乡隆盛（1828—1877）也曾有诗云："男儿立志出乡关，学不成名死不还。埋骨何须桑梓地，人生无处不青山。"两首诗几乎如出一辙，而其原作应是宋代诗僧月性的《题壁诗》，其诗云：

　　　　男儿立志出乡关，学若不成死不还。
　　　　埋骨何期坟墓地，人间到处有青山。

　　故乡，心灵的家园和精神的归宿，同夏目漱石汉诗里出现的"故丘""故园"等。既与《明暗》期的第一首汉诗，即8月14日汉诗首句"幽居正解酒中忙，华发何须住醉乡"，以及8月21日汉诗"寻仙未向碧山行，住在人间足道情"等主题呼应，也充分说明了夏目漱石近期汉诗里的一个主题即归隐之心和现实之欲的矛盾对立。

文章，原指错杂的色彩、花纹，后来也用以指称大自然中各种美好的形象、色彩、声音等。中国南朝文学理论家刘勰（约465—520）在《文心雕龙·原道》中指出，天上日月，地上山川，以及动物、植物等，均有文采，"故形立则章成矣，声发则文生矣"。因此，在本诗中，"文章"之意也在于此，而非单纯而狭隘的概念。

託心雲水道機盡，結夢風塵世味長。

将心托付给游云流水，尽随道的机缘，在世俗中怀抱梦想，品味世间的悲喜之味。

云水，实乃喻义。流云在天，静水在地，流云易逝，静水恒止，然云犹有静时，而水亦有动时，云影在水，水映云影，动静相谐，相对相生，蕴含诗心、禅思和哲理。另有"云水禅心"之语，为古筝名曲专辑，收录有同名之曲《云水禅心》，清逸逍遥，尽在云水，禅思之境，亦在云。该曲配词曰：

> 桂花飘落兮，禅房月影栖，云水苍茫钱塘远，海潮一线袭；清风伴月移，禅茶飘香兮，六合涛声动地摇，我心似菩提。抚一曲高山兮，谁人能解析；叹一段流水兮，何人知我意。

人法地，地法天，天法道，道法自然。道亦尽在自然云水之间也。故，托心云水道机尽也。何为自然，自然就是承认世界普遍的价值，并在此前提下展开对话。就艺术而言，尊重普遍的人性才是美的；就社会而言，尊重普遍的人性才是善的，与之相对，只能带来虚伪和伤害。

此处还需特别关注一下"道"字。本诗为何会出现这唯一一处平仄之误？若是考虑平仄，更换一个"禅"字即可，也完全与本题契合，还呼应了后面的"三昧"和"一炷香"，似乎更为自然。那么原因在于"道机"和"禅机"用法的区别吗？

何为"禅机"？一般而言，佛教禅宗和尚谈禅说法时，用含有机要秘诀的言辞、动作或事物来暗示教义，使人得以触机领悟，故命名之。而"道机"，谓出尘修道的因缘抑或触发其憬悟某一道理的机缘。两者在意义上都可以与云水相应相合，但在用法上，禅机主要是得道高僧对于欲入而未入佛门者的开悟，是人与人之间的对话和思想的交锋，反观"道机"，因道藏匿于日常万物，对其觉悟也是自我的觉醒，是人与自然日常的对话。因此，从用法的角度上讲，"道机"更与"云水"相配。

笔者不揣浅陋、斗胆论说，似也勉强，因为"道机"又与"坐（禅）""三昧""一炷香"等意象有所错位（固然禅与道的内在机理十分相似，从历史发生学的角度上讲，两者也是相互融合、学习而共生）。具有特别意义的"道"字，其平仄之误，对于十分在意格律的夏目漱石来说，不会无所察觉，可究竟出于怎样的考量促使作者没有使用"禅"而以"道"代之，也着实是一个有意思的话题。

结梦，与托心相对，义为怀抱梦想。与面朝云水、情寄八荒的道心相比，肉身之躯的我们还需要脚踏实地地努力生活和工作，但即便如此，也不可忘却身体之内尚有灵魂、尚有理想，唯有如此，才能摆脱眼前的困苦，看淡世俗的纷扰，找到走下去的勇气和希望。也唯有如此，才能拥有更为远大和开阔的胸怀及视野，不计较一时之短长，才能风物长宜放眼量，才能寻得悠闲的姿态去品味人世的苦痛和烦恼，将苦难磨砺成芬芳。

要之，颔联承接并深化了首联"不入青山亦故乡"之意，主要是讲述具体的方法与路径，即在山水中陶冶情操，寻求生命的开悟。在现实的日常中怀抱梦想，以超越的姿态看待得失和无常，品味人世的暖意和孤独。纵浪大化中，无喜亦无惧也。

九月一日其一

坐到初更亡所思，起終三昧望夫蒼。

打坐禅定到晚上八九点钟，几近忘我，感受到了杂念消停、心神专注却终无所思的三昧之境，抬头望见大空，空旷而安宁。

坐，打坐，坐禅之意。旧时夜分五更，初更指晚7时至9时。亡所思，丧失自我执念，即忘我之意。

"起"和"终"分开解读，起，即打坐完毕，起身之意。终，结束、完成，在此引申为抵达（三昧）。

三昧，由梵语samadhi音译而来，意思是止息杂念，使心神平静，是佛教的重要修行方法，也借指事物的要领和真谛。关于"三昧"的解释也存在多种，概分两类：一是与生俱来的能力，即"生得定"，另一种是因后天的努力而使集中力增加，即"后得定"。前者靠积德，后者靠修行。《智度论》云："善心一处住不动，是名三昧"。又"一切禅定亦名定，亦名三昧"。又"诸行和合，皆名为三昧"。"一切禅定摄心，皆名为三摩提，秦言正心行处。"

夫，指称代词，没有实际的意义。吉川幸次郎将之训读为"か"，而中村宏将之训读为"ふ"。

苍，大空。中村宏曾指出，出于平仄的考虑，夏目漱石使用了"夫苍"，而没有使用之前汉诗中出现的"彼苍"[①]。

颈联与颔联相近，都提到了"不入青山亦故乡"的修行手段和途径，颔联比较抽象，颈联则相对具体，讲到了具体的实践和方法，即打坐静思，并涉及修行的效果——起终三昧望夫苍。

为何禅坐，为何静思？概因现实之困苦和内心之焦灼也。而困苦之际，静思、禅定，抛开世俗纠葛，省察内心，必有所悟。这是一切宗教的必经之路，也是人生修心养性的必经之路。

[①] 中村宏：『漱石漢詩の世界』，東京：第一書店，1983年，第241頁。

读诗札记——夏目漱石的汉诗

鳥聲閑処人應靜，寂室薰來一炷香。

鸟声停顿之处，人更应该安静聆听，幽寂的室内更适合点燃一炷香火。

该句或是点化王维《鸟鸣涧》而作，且具有诗意的创造性。虽然学界曾对"人闲桂花落，夜静春山空"中的"桂花"到底是"桂花"还是"月光"有过比较激烈的争论（见《名家讲唐诗》，中华书局，2013年），但这丝毫不影响该诗在读者心中的位置。两句互文，人声闲寂，才可以听得见桂花落下来的声音，因为鸟鸣所以才显得夜里春山之空谷幽深。

鸟声闲处，意为鸟声闲时，不用"时"而用"处"，一则平仄所需，二来也兼具通感之美，甚好。王维诗中禅意、佛理甚深，而又兼得陶渊明之高踏，故为夏目漱石所推崇，其诗也多有模仿。只是有些影响难以得到确凿的实证，如夏目漱石汉诗虽多有陶渊明、王维之味，然而如何辨析出这不是受两者共同影响或诗风近似的第三者的影响，抑或基于普遍人性的前提下，主张其是一种超乎直接或间接影响之事实？

一首汉诗，自成一个起承转合的完整世界，犹若一部微型的但丁《神曲》，历经人间、地狱、炼狱和天堂。夏目漱石的这首诗亦复如是，是一次内心精神世界的游历：首联以"不入青山亦故乡"提纲挈领，颔联抽象论述"托心云水和结梦风尘"之途径，颈联则具体到实践的路径，如致知格物，即打坐静思，并提及其过程和程度，即亡所思和抵达三昧之境。尾联则暗示自我修炼的效果，寂室闻香，静听于鸟声闲处。心神笃定，万念归一，从而可以领略到自然的美妙与和谐。夏目漱石追寻的人生之"道"——精神的家园和心灵的故乡——也正在这里。

九月一日其二

石門路遠不容尋，曈日高懸雲外林。
獨與青松同素志，終令白鶴解丹心。
空山有影梅花冷，春澗無風藥草深。
黃髩老漢憐無事，復坐虛堂獨撫琴。

训读：

石門　路遠くして　尋ぬるを容さず
曈日高く懸かる　雲外の林
独り青松と　素志を同じくし
終に白鶴をして　丹心を解せしむ
空山影有りて　梅花冷ややかに
春澗風なくして　薬草深し

读诗札记——夏目漱石的汉诗

　　黄髯の老漢　無事を憐れみ
　　復た虚堂に坐して　独り琴を撫す

　　与上一首汉诗"不入青山亦故乡"同为落款于9月1日的作品，是自8月14日以来，夏目漱石连续创作的第18首汉诗。这首诗形式是七律（平起入韵），却并不完整，存在多处平仄之误。创作的旨趣上与"不入青山亦故乡"相对相通，写了"石门路远不容寻"之"云外之林"。上一首写在世俗生活中保持禅的修行，而这首诗则在想象中构想了一幅"石门道远"之画卷（夏目漱石有画作《孤客入石门图》），描述了近乎世外桃源的景象，只是最后一切比拟的幻想消失，又回归自身并不平静的内心，感叹这首汉诗的创作本意，乃是"黄髯老汉怜无事，复坐虚堂独抚琴"。汉诗，在夏目漱石看来实乃"虚堂独抚琴"之行为，也暗喻内心深刻的孤独。

　　众所周知，律诗是中国近体诗的一种，因其格律严密，故名。这种诗体，源于南北朝，发展于唐初，成熟于盛唐，学界对此已达成共识。但我们也不应该遗忘胡应麟在《诗薮》中所言："唐七言律自杜审言、沈佺期首创工密。至崔颢、李白时出古意，一变也。高、岑、王、李，风格大备，又一变也。杜陵雄深浩荡，超忽纵横，又一变也。"（内编卷五）

　　就七律而言，共有四种具体格式，或称模本，即"平起不入韵""平起入韵""仄起不入韵""仄起入韵"。其中"平起入韵"的基本格式如下（○表示可平可仄）：

　　○平○仄仄平平，○仄平平仄仄平。
　　○仄○平平仄仄，○平○仄仄平平。
　　○平○仄平平仄，○仄平平仄仄平。
　　○仄○平平仄仄，○平○仄仄平平。

　　对照此规则，我们再回头看看夏目漱石的这首"七律"，会发现，该诗存在如下格律问题：

第12字"云"，应仄；第23字"令"，应平；第44字"髯"，应仄；第46字"汉"，应平；第48字"无"，应仄；第51字"坐"，应平；第53字"堂"，应仄；第55字"抚"，应平。

由此就可以判断夏目漱石汉诗的优劣了吗？自然不是。因为，诗歌不是为了追求平仄，诗歌之美也不在于格律的完成。顾随先生有言："可见平仄格律是助我们完成音乐美的，而诗歌的音乐之美还不尽在平仄。"（《中国古典诗词感发》，北京大学出版社，2012年，第109页）可以说，古诗虽以近体诗为代表，讲究平仄韵律，内含多种规则，与自由化相对，可称之为定型化诗歌。究其历史发展自有其必然的演化脉络：发端于南朝阀门沈约、经后与科举取仕相依（如及第者沈、宋），于唐朝日臻完善并发展至顶峰。就形体而言，后人叹而观止，不得不开创它途，宋以词、元以曲。但其定型后之格律为后人所遵循，诗人唱和也往往以此为必须手段，不过，这也限于以科举为中心的文人雅士之间，与一般民众干系不大。而且，需要关注两点：其一，与格律相应，遣词多文雅；与现代相对，用句多文言。其二，在儒学功名制约下，灵魂不羁者亦有不拘一格、呈现自由化、口语化之名篇。君不见上述李白、高适之古风活泼或苍劲有力、超绝一时。换言之，我们有时会过分重视手段和途径，忽视甚至忘却手段和途径背后的目的，即诗歌的格律作为手段必须服从于诗歌的内在精神与审美。过分坚持格律，甚至崇拜，堪入世俗信仰的迷途。

回到诗歌本身。夏目漱石汉诗的格律虽然并不完整，但作为诗歌整体还是比较成功的，准确而不失情、韵地诠释了诗歌之美——言辞、音乐、形象和意境。

石門路遠不容尋，曈日高懸雲外林。

修行归隐之处路途遥远难以寻觅，那里应该是明日高悬、云雾相生的景象吧。

石门，せきもん，石头材质制作的门，或是自然界中天然形成的

读诗札记——夏目漱石的汉诗

石门。此处应该是指第二种意思，结合上下文，可以理解为修行之所或隐退之山林。如上所述，夏目漱石曾创作一幅南画《孤客入石门图》，该画描绘了怀有归隐之心的行人身披青袍，独自骑行一头驴，沿着山路缓缓拾级而上的画面。中间部分是云雾缭绕的山涧和峭壁，壁立百尺，间生松木，再往上则是山腰平地，长满草木，两间茅草房屋安然于此。最上端则是缥缈的峰峦，千尺耸立蓝天之际。

虽曰难寻，但在此处作者是抵达了"石门"之所的，但所谓抵达我们可以理解为精神的游历和想象的完成。因为，从本质意义上，文学诗歌本质贴近于虚构的精神和自我完成的内心，将外在的物质世界内心化、精神化、想象化和艺术化。

獨與青松同素志，終令白鶴解丹心。

虽为凡胎肉身，但却独有与青松相同的志趣，这样的高洁情操难以为世俗算计者所了解和体会，但"我"相信终有一天会有人能够明白，污浊世间也有人心的高贵与纯洁，犹如赤子之心终会被白鹤所理解。

该联并不对仗，平仄也不合乎格律。但意思还是比较清楚的，承接"石门路遥不容寻，华日高悬云外林"之整体意象（不过，整体观之，该联的承接功能较弱，有脱离之感），即来到"石门"后，可以与青松、白鹤度日修行，锤炼内心，找到原本的宁静与淡泊，寻找到一条可以从世俗利害相加、偏执自我而忽略他人的狭隘生活走出来的道路。

日本有一句古语"千年之鹤与云松相伴"（千年の鶴は雲松と老ゆ）。云、松、鹤均表示超脱之意象，也表明了夏目漱石内心的高傲和坚守。无人信高洁，谁为表予心。在这个世界上走这么一遭，总会遇到许多误解，有的误解倒也罢了，有的误解却带来深深的伤害，甚至让一代人付出惨烈的代价。况且，那些误解别人的人，多半独断而缺乏同情之心，不会从对方的立场考虑问题，想当然地认为事实即使如此，甚而"我"觉得事实如此便应如此，"你"跟"我"的看法不同就是错的。在日语中有"思いやり"（从对方立场着想，为对方考虑）一词，日本人以及学习日语的外国人也都会不自觉地受此影响，为人做事，总会想到对方的心情和需要，由此出发，日本的产品也具有人性化、体贴化的特点，这也是日本产品为世界所接受和认可的重要原因。在日本生活，你会更加深刻地体会到日本人"思いやり"的特点，细致入微的服务和态度，完善的公共设施和设置，甚至很多外国男人以娶一个温柔体贴的日本女人而感到骄傲。

空山有影梅花冷，春澗無風藥草深。

幽静而阴凉的空山深处梅花静悄悄地开放，春日山涧无风，药草生长繁盛。

空山，有的是什么？是影子，是虚的，空山什么也没有，唯有梅花悄然探出。或是腊梅，在深山开放之时，已是春日，而春日的山涧幽静亦然，唯见药草幽深茂盛。小村定吉指出夏目漱石或仿照了绝海中津（1336—1405）的诗作。绝海是日本土佐（高知县）人，镰仓古寺祖元禅师的第四代法师。曾经在1368年至1378年间前往中国悟禅。之后又在灵隐寺、万寿寺与当世高僧学习佛法。1376年曾被明太祖朱元璋召见，当被寻问日本熊野徐福祠之事时，他赋诗《应制三山》一首作答："熊野峰前徐福祠，满山药草雨余肥，只今海上波涛稳，万里好风须早归。"

世界上存在以西方字母文字为代表的文化思维，也存在以汉字象形会意为代表的文化思维，汉诗的魅力之一就在于汉字本身的元思维特质，即如前所述，每一个汉字近乎一个独立而完整的世界，音、形、意兼备，一望可知，不知也可意会其美感，怪不得庞德（Ezra Pound，1885—1972）如此迷恋汉字。

时间和空间，在这首汉诗中都是虚构的存在，是作者构想的画面和场景，因此，我们不必过分拘泥于平仄与对仗，不必拘泥于构词与结构，从空山、梅花、冷、春涧等词语本身，就可感受作者艺术的想象和情绪的流淌，不过，从接受美学的角度上讲，每个艺术品的解读

读诗札记——夏目漱石的汉诗

者都会赋予它独特的生命和想象。依笔者看来，颔联描写作者自身的青松白鹤之心，颈联则将视角切换到外部世界，以青松白鹤之眼看到了一个"空山有影梅花冷，春涧无风药草深"的世界。而上述汉字如空、冷、梅花等的出现，也暗喻作者内心无人理解的寂寞和面对近乎永恒的山水的孤独和脆弱。

黃髯老漢憐無事，復坐虛堂獨撫琴。

无聊的黄髯老汉，又回到空空的房间，独自抚琴而坐。

小村定吉认为"黄髯老汉"是指老道人，而其他注解本则直译成"老汉"，即年老的男子。[①]在此处，笔者倒觉得既可以理解为第三人称，也可以理解为第一人称，甚至作者本意就是复指。

尾联表达和上面几联一样，没有特别突出的地方，可说是平淡之作。但这首诗却在前三联铺陈的基础上，点出了一个重大的人生问题，即人生的有限性和归宿的问题。

人，生而百年，白驹过隙尔，匆匆而去，来自尘土，也终归尘土。对于整个喧哗的世界，一个人的来去是那么悄无声息，不留痕迹，纵然生前名重一时，死后也不过一堆白骨，墓碑几存，存而何意？如此说来，人生的价值和归宿在哪里呢？这就自然引出了本诗的结题。

可以说，人生最大的问题就在于如何面对和克服自身的有限性，沉痛而速朽的肉身，渴望永恒的内心精神，构成了人生最基本的一对矛盾，而对于此问题的自觉和认知程度，也决定了一个人的高贵的尺度。在此矛盾之中，也产生了许多人类的思考和艺术，诗歌和哲学（诗歌之极是哲学，哲学之极是诗歌）最具代表性。

且来欣赏一首孟浩然的诗歌：

> 山光忽西落，池月渐东上。
> 散发乘夕凉，开轩卧闲敞。

[①] 小村定吉：『夏目漱石名詩百選』，東京：古川書房，1989年，第138頁。

> 荷风送香气，竹露滴清响。
> 欲取鸣琴弹，恨无知音赏。
> 感此怀故人，中宵劳梦想。

一首简单的诗歌，写尽了人的一生：匆匆的时光、白昼与暗夜、暗夜里的明月、夏日的烦躁与闲适、人世的喧闹、草木的芬芳、人世的孤独与渴望、诗人的高洁和世俗的荣光、现在与故去、此处与远方……

琴，是一个极具中国传统特色的文化情感符号，正如"窈窕淑女，琴瑟友之"（《诗·周南·关雎》）；"妻子好合，如鼓琴瑟"（《诗·小雅·常棣》）；高山流水遇知音，琴挑文君……

孟浩然在此诗中最想说的也应是"欲取鸣琴弹，恨无知音赏"吧，读之，可以咀嚼出多么诗意的爱恨与感伤！这首诗就是孟浩然的一首心灵的琴曲，让我们藉此感受他人与自己共通的情感与想象。

夏目漱石的这首汉诗及"复坐虚堂独抚琴"之句，与孟浩然之句异曲而同工也。

九月二日其一

滿目江山夢裡移，指頭明月了吾痴。
曾參石仏聴無法，漫作佯狂冒世規。
白首南軒帰臥日，青衫北斗遠征時。
先生不解降龍術，閉戸空為閒適詩。

訓読：

満目の江山　夢裡に移り
指頭の明月　吾が痴を了す
曾て石仏に参して　無法を聴き
漫りに　佯狂を作して　世規を冒す
白首　南軒　帰臥の日
青衫　北斗　遠征の時

九月二日其一

<ruby>先生<rt>せんせい</rt></ruby> <ruby>解<rt>かい</rt></ruby>せず <ruby>降竜<rt>こうりゅう</rt></ruby>の<ruby>術<rt>じゅつ</rt></ruby>
<ruby>戸<rt>と</rt></ruby>を<ruby>閉<rt>と</rt></ruby>ざして <ruby>空<rt>むな</rt></ruby>しく<ruby>為<rt>つく</rt></ruby>る <ruby>閑適<rt>かんてき</rt></ruby>の<ruby>詩<rt>し</rt></ruby>

　　落款为9月2日的诗作之一，本日创作两首七律，该诗为《明暗》期连续创作的第18首七律。

　　首句入韵。衫，闲二字平仄不对，颔联对仗不严谨。

　　自此诗以降，夏目漱石晚年汉诗的求道意识更加浓郁，说理与抒情的比例失衡。这样导致其后的汉诗明显地朝着内心化、哲理化方向深入，汉诗的风格及汉诗的解读也日趋艰涩。诗如其人，从中我们也可看到夏目漱石于晚年苦境中不断求索的独特人格。

　　满目江山梦里移，指头明月了吾痴。

　　经历的千山万水，过去的喜怒哀乐，甚而生离死别，如今入梦中来，犹如再生，混淆了现在与过去，梦境与现实。然而所经过的一切，眼睛所见的世界（时间与空间及人生过往），都不过是留存于内心的影像，相由心生，故而，从"指头明月"这样的禅机中"我"也感到了自己的愚昧和无知，体悟到了以往过分拘泥于世界的规则与人生的困苦，而忘却了困苦却非人生的现实本意。

　　首联至少涉及两个禅语典故。

　　其一，"心外无法，满目青山"。语出《人天眼目》卷四，唐末高僧天台山德韶国师（891—972）偈云："通玄顶峰，不是人间，心外无法，满目青山。"据说，德韶历经数十位高僧的指点，但尚未彻悟。最后来到临川拜谒法眼禅师（885—958），即五代时南京清凉寺法眼文益禅师，是南禅法眼宗之开祖。法眼见面就感觉此人不凡，甚为器重。一日法眼上堂，僧问："如何是曹源一滴水？"眼云："是曹源一滴水。"僧惘然而退。德韶于坐侧，豁然开悟。后来他作了一偈呈给法眼：通玄峰顶，不是人间。心外无法，满目青山。

　　法眼说："只这一偈，可以承继我的宗风。你后来自有王侯敬

读诗札记——夏目漱石的汉诗

重,我不如你。"

一切诸法,只是自心现量所生。能取和所取的两种境界,都无非是此心的流转现象。此中既没有我,更没有我所作的依存。三界之中,上至梵天,乃至万有一切诸法,皆是心外无法,都是自心之显现。

不过,"青山"和"江山"语感还是有差别的,"满目江山"更多带有一种沧桑之感,而"满目青山"则更接近一种悟道的开示和精神的领悟。中村宏在《漱石汉诗的世界》[①]中也提及语感之不同,却并未解释差异之因。

其二,"指头明月"之禅语。

《楞严经》有云:"如人以手指月示人,彼人因指应当看月。若复观指以为月体,此人岂唯亡失月轮,亦亡失其指。何以故?以所标指为明月故。岂唯亡指,亦复不识明之与暗,何以故?即以指体为明月性,明暗二性,无所了故。"

大意就是说,手指明月让人去赏月及天上美景,但人却只看到指月的手指而不望明月。如人所云,手所指所示,语所言所说,皆属于工具性的,是一种开示和引导,唯有脱开,才能静心观月。众人苦求香车宝马,迷失途中,而拥有者则寻求刺激和快感。此二者,只看到手指而忘却了手指所指向的明月。两者皆深陷世俗之苦,而遗忘了世俗的一生也不是自己的,我们也只是带着臭皮囊来此一遭,何必为世俗的名利荣辱而奔波劳命,内居于皮囊之中,好好体味悲喜和日程的生命过程,才是真正的人生之路。而如今追逐明星者,将其演戏的角色和光彩误作真实的状态,只看到他人之所得,而忽略他人之所苦等等,其谬误亦复如是也。

寒山有诗云"因指见其月,月是心枢要",即与指相比,月才是目的和意义。

---

① 中村宏:『漱石漢詩の世界』,東京:第一書店,1983年,第244頁。

九月二日其一

良宽亦有诗云"指因其月见，月因其指并"，即指月相依，世间万事皆是手段和目的的统一。

曾參石仏聽無法，漫作佯狂冒世規。

曾经去拜谒石佛聆听无法之法，也曾不合情理地装作不懂得世间的规则和礼节，而多有冒犯。

该句，承接"指头明月了吾痴"，"我"觉悟甚迟，虽然也去寺庙参禅坐定，想要聆听石佛的无上之法，获得人生的智慧，可经历了那么多事情之后，才发现自己曾经佯狂不懂人情世故的固执和浅薄。

石佛，乃是无语，不会说话的，但石佛却有无法之法，即法不外物，法在万物之中，能否领悟全在参禅修行者自己，亦即"心外无法，满目青山"也。夏目漱石在其后10月6日的汉诗中有"无法界中法解苏"之句。

无法，非普通之法，乃超越之法。最高的法，不是作为知识可以被传授的，而是一种基于深层生命体验之上的参悟和领会。故，参拜石佛而听无上之法，可也。

夏目漱石曾以不近情理的态度对待妻子，辞去东京帝国大学的教职而去报社，拒绝领受政府颁发的博士称号等，都是冒犯世规的事情。只是在写这首汉诗的时候，夏目漱石以过来人的眼光看，似乎以上诸多事端都是佯狂之举，都是过分执着于自我偏执的念头所导致。如若把人生看成一场修行，我们所烦恼的不过是并不重要的具体路径罢了。

陈明顺在《漱石汉诗与禅的思想》[①]中指出此诗中参拜石佛的无分别心，比其之前汉诗中的"铁牛"之单纯心（明治二十年5月作）已经多有进益。

白首南軒歸臥日，青衫北斗遠征時。

如今"我"已苍苍白发，到了归卧山丘、隐退之日，往事不堪回

[①] 陳明順：『漱石漢詩と禅の思想』，東京：勉誠社，1997年。

读诗札记——夏目漱石的汉诗

首,却也不禁想起年少赴东京读书、去伦敦访学的时光。

此联对仗工整,语意通畅,一句涵盖一生,且情感充足。据此我们也可了解,此诗"道心虽浓",却也并不完全同于夏目漱石晚年有些汉诗整体向偈语的滑落,而是相对保持了汉诗在情理之间的平衡。

人生一世,不过早晚之间。

往前看似乎路途漫漫,等到老了,回头而望,却是如梦一场。故而此句也呼应了汉诗的第一句"满目江山梦里移"。

人生也充满了诡辩抑或称之为两难之境。年少总以自己的是非之眼,观察周围的世界,陷入黑白的二元对立,备尝人生执着之苦。等肉身衰老,看到了生死界限,也就明白了之前自身的无知与愚昧,尤其是看到了自己的差别之心,迷恋于手段和表层的差异,而忽略了生活本来的目的,手指明月,但见其指,不见其月也。

先生不解降龍術,閉戶空為閒適詩。

进入暮年的"我"没有降龙的本事,只能闭户写闲暇无用的文字。

先生,作者自称。不解,不懂得,不明白,没有掌握。

降龙,根据道藏《性命圭指》记载,降龙指离日为汞,中有己土,强名曰龙。其形狰恶,主生人杀人之权,专成佛成仙之道,威能变化,感而遂通,云行雨施,品物流行,乾之九二,见龙在田,利见大人。而降龙之说,在古代道家养生法中,也指提炼仙药、抑制情欲之术。《佛本行集经·迦叶三兄弟品》还记载了如来降龙的故事:

> 如来化迦叶三兄弟,至优娄频螺村,求一止息处,彼有一草堂,迦叶一弟子病下痢,秽草堂,故以恨摈出之,死为毒龙,在此草堂害人畜,迦叶欲伏之,祭祝火神,火神之力不及。如来住堂内,寂然入禅室。尔时,毒龙吐火焰逼如来,如来亦入火光三昧,身出大火,草堂炽燃,如大火聚。时毒龙见如来所坐处独寂然无火,自至佛所,踊身入佛钵中。

闭户,断绝社会来往,专心学习或修行,且多指后一种意思。

九月二日其一

《文选·任昉》:"闭户自精,开卷独得。"李善注引《楚国先贤传》:"孙敬入学,闭户牖,精力过人,太学谓曰'闭户生'。"南朝梁王僧孺《太常敬子任府君传》"下帷闭户,投斧悬梁"。

空为,无聊而为之,无意义之事,表示自谦和自嘲。

闲适诗。白居易曾将其定义为:又或公退独处,或移病闲居,知足保和,吟玩性情者一百首,谓之闲适诗。在白居易的眼里,闲适诗是讽喻诗的补充。个人情感的需要被放在了重要的位置,注重诗歌的精神愉悦和心灵超越,以满足对个人心灵空间的追求,满足对人生的形而上学思考。

有人曾指出夏目漱石汉诗不怎么擅长用典,这似乎是可以说明其汉诗水平不高的一个表现。对此,笔者并不认同。固然,适当的典故会增加诗歌在言志与情感层面的力度和深度,给人以诗意和历史感,借此可以丰富而含蓄地表达有关的内容和思想。但用典的好与坏,还要看是否适合表现的主题,是否可以融入诗人的风格。刘勰在《文心雕龙》里诠释"用典",说是"据事以类义,援古以证今"。表示不露痕迹,所谓"水中着盐,饮水乃知盐味",方为佳作。而钟嵘在《诗品序》中则表示要"自然英旨","直寻"而得。其对"用典"也并不认可。此处,且不说用典好坏之分,夏目漱石汉诗一般意义的用典的确不多,但其汉诗用禅语却十分卖力。若依据用典之意:重修辞手法,指引用古籍中的故事,或词句,为用典。夏目漱石汉诗中的禅学典故还是比较丰富的,但若论及其使用效果的好坏,则喜忧参半,整体观之,在增加禅理的同时,也减少了抒情的诗意。

九月二日其二

大地從來日月長，普天何處不文章。
雲黏閑葉雪前靜，風逐飛花雨後忙。
三伏點愁惟泫露，四時關意是重陽。
詩人自有公平眼，春夏秋冬尽故郷。

训读：

大地（だいち）　従来（じゅうらい）　日月長（じつげつなが）し
普天（ふてん）　何処（いずく）か　文章（ぶんしょう）ならざらん
雲（くも）は閑葉（かんよう）を黏（てん）して　雪前（せつまえ）に静（しず）かに
風（かぜ）は飛花（ひか）を逐（お）いて　雨後（うご）に忙（いそが）し
三伏（さんぷく）　愁（うれ）いを点（てん）ずるは　惟泫露（これげんろ）
四時（いかん）意に関するは　是重陽（これちょうよう）

九月二日其二

詩人自(しじんおの)ずから有(あ)り　公平(こうへい)の眼(め)
春夏秋冬(しゅんかしゅうとう)　尽(ことごと)く故郷(こきょう)

　　落款为9月2日的第2首汉诗，是夏目漱石在《明暗》期连续创作的第19首七律。

　　首句仄起入韵，对仗工整，雪，应平而仄，基本合乎格律。

　　夏目漱石在同日的第一首汉诗中写道"曾参石佛听无法"，主张用觉性而非眼、耳、口、鼻、身之五官去认知和把握这个世界，体悟这个世界的真相和诗意，从而领悟世间的无上之法。接下来的这首汉诗，就描述了诗人持有无法之禅心后的精神世界：诗人自有公平眼，春夏秋冬尽故乡。

　　换言之，以自然本心看待人生短暂而日月永恒，或可随处发现这个世界的诗意及其本来面目。诗人也只有将自身放入更大的宇宙和世界之内，以赏析的姿态，甚至以旁观者的姿态，以万物无差别的意识——公平之眼，看待自己所遭受的苦难和不公平，才会有创作的可能及高度。倘若沉迷于痛苦和不幸，自己无法脱离，身陷泥沼而心灰意懒，也不会有文学和艺术产生的可能。

　　大地從來日月長，普天何處不文章。

　　天地无垠，日月亘古。在悠悠时空之中，到处都有可以欣赏的诗意与风光。

　　天地广阔绵延，日月亘古而常新。面对时间和空间的浩荡无边，个人之生命显得何其渺小、微不足道。而对于生命的自觉和思考，是人性觉醒的必经之地，也是一切文学艺术包括宗教哲学的起点。《古诗十九首》所展现的生命的意识，令人扼腕而同情：人生天地间，忽如远行客。建安时代的文学自觉，源发于文人个体生命意识的觉醒：人生苦短，为欢几何？譬如朝露，去日苦多。日本汉学家铃木虎雄（1878—1963）和鲁迅（1881—1936）先后指出魏晋南北朝是一个

读诗札记——夏目漱石的汉诗

文学自觉的时代[1]，亦是根据创作者对于生命意识的深刻思考和对人性的探索：放浪大化中，无喜亦无惧。

文章，在9月1日的汉诗中有"春秋几作好文章"之"文章"同义，泛指天地自然在禅心观照之下的风景与诗意。整首诗也与9月1日的汉诗旨趣和结构都比较相近。

雲黏閑葉雪前靜，風逐飛花雨後忙。

冬日雪落树叶，如白云停落枝头，姿态安静。春日狂风吹落繁华（概为樱花），暴雨突来，呈现一片热闹景象。

首联统领全诗之意，以下则是对"文章"具体状态的描述和展开：依次为冬、春、夏、秋四季，结句引入"公平眼"和"故乡"收尾，点明要旨和心灵之归依。颔联描述了日本这个国度冬日和春日两个季节具有代表性的场景，以此诠释了"普天何处不文章"之意。

三伏點愁惟泫露，四時關意是重陽。

炎炎夏日点燃愁绪的唯有晨露，四季关涉诗意、引发遥思最深的还是秋日登高望远的重阳。

三伏，旧历初伏、中伏和末伏的统称，是一年中最热的时节。每年出现在阳历7月中旬到8月中旬。

点，同日语"点ずる"（てんずる），此处乃是点燃愁绪之意。中村宏、吉川幸次郎等将之均训读为"点ずる"（てんずる），但解读为"一点"、"分散"（散らばす）等，据我所知，尚无学者注解为点燃之意。根据诗歌对仗词性相同及通感原则，笔者此处的解读或也是一种不错的选择。

泫露，滴露、降露、露水之意。唐舒元舆《牡丹赋》有"或带风如吟，或泫露如悲"之句，宋王安石《秋夜》诗之二有"浮烟暝绿

---

[1] 1924年，日本学者铃木虎雄在他的《中国文学史》，提出魏晋是文学自觉的时代。1927年，鲁迅在《魏晋风度及文章与药及酒之关系》中说："用近代的文学眼光来看，曹丕的一个时代可说是'文学的自觉时代'，或如近代所说是'为艺术而艺术'的一派"，不过，两种论断之间是否存在影响尚无定论。

草，泫露冷黄花"之句。

四时，四季之意。关意，关涉、引发、牵动之意。宋司马光（1019—1086）有诗句："人生荣遇有早晚，视此锱铢勿关意"（《和胜之雪霁借马入局偶书》）。夏目漱石诗中的"关意"乃是"人生要意、大义"，和夏目漱石关涉的"诗意"不同，但用法近似。

重阳，农历九月九日，又称九九重阳、重九节、晒秋节、"踏秋"，与除夕、清明节、中元节三节统称中国传统四大祭祖的节日，在诗文中具有极高的出现频率。故而，"四时关意（最）是重阳"。

詩人自有公平眼，春夏秋冬尽故乡。

诗人持有万物无差别的平等意识，持有公平之眼，春夏秋冬、天地万物、悲喜人生之中尽可找到心灵的归宿和精神的故乡。

公平眼，即佛眼，佛眼即佛。佛教主张的是众生万物皆平等，众生本就具有自性清净心，所有的生命都能够通过修炼达到觉悟者的境界，和圣贤本无差别，而差别只在迷悟之间，迷失自性是众生，体悟自性即是佛也。

故乡，心灵归宿抑或精神的家园。夏目漱石在8月16日有"故园何处得归休"之诗句，8月30日有"大悟何时卧故丘"之诗句，既说明了夏目漱石在近期日感年华衰老，内心倦怠而寻求归隐之情思，也反映了由"何处""何时"之自问到"春夏秋冬尽故乡"、由执着自我到宽容公平看待世界和人生的精神成长历程。不过，据此陈明顺在《漱石汉詩与禅的思想》就断言夏目漱石放弃"小我"而以"大我"审视观察天地自然，抵达了开悟境地却也仓促，其后的汉诗也证明了这一点。[①] 毕竟，一个人的修行和悟道，需要一个反复砥砺的过程，犹如炼狱，并非一蹴而就，确需一个长期而艰苦的过程。

[①] 陳明順：『漱石漢詩と禅の思想』，東京：勉誠社，1997年，第263頁。

九月三日

獨往孤來俗不齊，山居悠久沒東西。
岩頭昼靜桂花落，檻外月明澗鳥啼。
道到無心天自合，時如有意節將迷。
空山寂寂人閑處，幽草芊芊滿古蹊。

训读：

独往孤来　俗と斉しからず
山居　悠久　東西没し
岩頭　昼静かにして　桂花落ち
檻外　月明きらかにして　澗鳥啼く
道は無心に到りて　天自のずと合し
時に若し意有らば　節将に迷わんとす

九月三日

<ruby>空山<rt>くうざん</rt></ruby><ruby>寂々<rt>せきせき</rt></ruby>として　<ruby>人<rt>ひと</rt></ruby><ruby>閑<rt>のど</rt></ruby>かなる<ruby>処<rt>ところ</rt></ruby>
<ruby>幽草<rt>ゆうそう</rt></ruby>　<ruby>芊芊<rt>せんせん</rt></ruby>として　<ruby>古磎<rt>こけい</rt></ruby>に<ruby>満<rt>み</rt></ruby>ち

9月3日没有标注题目的汉诗，是夏目漱石在《明暗》期连续创作的第20首七律。

"月""桂"二字平仄有误，其余平仄无误，平水韵，齐韵。对仗工整，用词准确但诗意稍缺，在中日学界为数不多的夏目漱石汉诗研究者中，几乎都认为这首诗是其"则天去私"的诗意表达和勇敢尝试。而笔者在此"道心"之外，更多的是感受到了文辞里面的幽情古意，孤独之心尤甚！

孤独，是人性高贵的命运，对此的自觉和体悟，是一切艺术的源泉，更是诗歌的出发点。孤独，不是一种简单的心理状态和精神活动，不是心灰意懒，不是寂寞滋生，不是闲适无聊，却是诗意的精神对于肉身藩篱的挣脱，是灵魂对于无限的渴望，是对人世过往的一种反思和醒悟，是基于他所经历的时间和空间，基于其逻辑和慎思之后，甚至类似宗教或与之诀别的某种生命境地：自得其乐，万物皆备于我。

孤独，在另外一个层面，亦如李暮兄在《你好，孤独》（长江文艺出版社，2017年）一书的序言中所言是无解的，除非信仰。孤独，是一个人只能是他自己，而无法成为别人，因此，很多时候，挣脱和渴望是徒劳的，反思和觉悟之后，又坠虚空。

用心者会发现，世界上真正有价值的事物并不会受到人们的关注，被关注的往往缺乏真正的价值。因此，具备审视人类真正价值的人物都具有一颗隐退之心。有一句现代诗云：美好的生活，是没有人，只有山水和白鹭。在我们前面篇章中阅读的二十首夏目漱石晚年汉诗作品中，其哀叹年华老去、归隐之情和求道挣脱世俗之心相辅相成，实乃其孤独之心在上述这几个方面投射的暗喻和影像。因此，孤

读诗札记——夏目漱石的汉诗

独，或才是夏目漱石及其汉诗最深刻的美学意义。站在诗歌本身的立场，恰如伽达默尔（1900—2002）所言：诗，是一种保证，一种许诺，诗人在现实的一切无序之中，在生存世界的所有不满、厄运、偏激、片面和灾难性建设中，与遥远的不可企及的真实意义相遇。

笔者也早想写一篇有关夏目漱石汉诗中孤独之心的文字，还委托在东京大学进修的边明江师弟复制了高木文雄的《漱石汉诗研究资料集：用字用语索引·训读校合》（名古屋大学出版社，1987年）一书。不过，如书名所示，高木先生以汉诗的研究为名，行统计学之实，虽佩服其严谨的态度和用意，但笔者实在不敢恭维，也懒得参阅其中"孤独"出现之频率等，就放置一边不再过问。只是劳烦明江，实有愧意。

换言之，夏目漱石汉诗的精神内核及审美价值归结为孤独，并非从我们所见"孤独"两字多次出现的事实出发的，而是基于我们对其汉诗的文本细读和以心观心、将自我人生与之相印合的发现与感悟。

獨往孤來俗不齊，山居悠久沒東西。

独自往来，走自己的路而不迁就周遭的世俗，久居山林，长期隐退之中也渐渐不再固执于黑与白，对与错，东与西。

独、孤、俗，在夏目漱石汉诗中出现频繁，"独与青松同素质""碧落孤云尽"（大正三年11月《题自画：孤客入石门图》：碧落孤云尽，虚明鸟道通。迟迟驴背客，独入石门中）……

俗不齐，与俗不合。前日汉诗中有"漫作佯狂冒世规"之句，"冒世规"与此同旨。

山居悠久，喻义作者洁身自好，不随波逐流，始终保持一颗避世隐退之心。

没，汉语读音为"mò"，入声，如此也符合平仄要求。按照字意，则对应日语"没する"。但包括吉川幸次郎在内都训读为"なし"，或将"没"理解为没有的"没"，读音为"méi"，平声，既不符合平仄，其意也有不通。

东西，站在人类的视角，立于地球可分东西，但若在一个更高的视角上，放入宇宙之内，在浩渺的星空之中，何来东与西？对与错、得与失，黑与白、生与死这些在人类自我中心主义眼中的差异，实际上并非完全的对立，并非不可消解和弥合的紧张。持有无差别之心，怀抱孤独之意，才可于滚滚红尘、利害纠缠的世界，寻得真义，安定灵魂。

岩頭昼靜桂花落，檻外月明澗鳥啼。

山中岩石之上桂花悄然开落，岁月静谧。窗栏之外明月高悬，山鸟鸣远，其声悠扬、情幽而近古意。

与后面几联相同，此联具体描写了与俗不齐、久居山林者之所闻所见，隐居者所面向的丰富的精神世界。

王维有一首名闻天下的诗篇"人闲桂花落，夜静春山空。月出惊山鸟，时鸣春涧中"。人与世界的对立与矛盾，在诗的文字中消融与和解。动静间，明暗间，耳鼻心目皆有所触发，整个生命于此停留，有个人的孤独也有天地的暖意。

很明显，此联用词及诗意皆由王维之诗演化而来。有意思的是，王诗虽寥寥数语，在当今学界，对其解读却也不尽相同，或曰春桂，或曰秋桂，或曰非桂花乃是月华，论者数种，各执一词。但论证者似乎误入"指头明月"之迷途，未能体味诗之真意，恰恰在于一种超越时空的闲适与孤独，以及在此感受的虚空——无时间无空间之本相中，玩赏生命之内最美的诗意。

道到無心天自合，時如有意節將迷。

无心寻道，你、我、他（她）的精神才能与天道契合，若是有意识地感受和把握时间的流动和变化，你、我、他（她）所看到的春夏秋冬之别，并没有那么明显而清晰。

吉川幸次郎、中村宏、陈明顺、小村定吉等学者皆认为"道到无心天自合"一句，是"则天去私"一句的诗化表达，无心，即"去私"，则天即"天自合"也。一海知义则认为非既定的事实，故此句

读诗札记——夏目漱石的汉诗

训读为"道無心に至らば天自ずから合し",是假定语态。

因为夏目漱石提出"则天去私"这一概念后,并未进一步对此解读和阐发,只是这一概念被后来者所"发掘"和"利用",用以命名夏目漱石的思想。但如我们所知,当一个人的思想被某些概念命名的时候,也往往存在被固化和误读的危险,或也脱离了其概念提出时的本意。这也正是此联后一句"时如有意节将迷"的喻义。

夏日繁华,枝叶茂密,但繁华之下,茂林之中,我们也可随处见到落花枯叶;冬日严寒,但也有暖日和温风拂面。且不论这是在四季分明的国度,如何脱离狭小的生存的土地,在一个没有寒暑之别的地区,你也会发现岁月会以不同的面目呈献给世界。

因此,该联却也提醒人们放下小我和固念,放下偏执和狭隘,用一种宽容和广阔的眼光去发现这个世界。不过,持此觉悟者,亦乃孤独者也。

空山寂寂人閑處,幽草芊芊滿古蹊。

空山寂寂,人在闲处,看那幽草茂密,铺满了山中曾经的山径小路。

空寂,是山也是人的状态,更是人与山相互的交融和对话。唯有人闲,才能看到山空,唯有怀有诗意,才能看到幽草古蹊。山与人,幽草与古蹊,相悦相合也。陶渊明有诗云"采菊东篱下,悠然见南山",李白有诗云"相看两不厌,唯有敬亭山",诗人之高洁超脱世俗,藐视人间,世无知音,唯有寄情山水和云月。某种意义上讲,歌咏山岳,实乃言自身之理想与孤独。

不过,值得注意的是"满"字,窃以为"没"(入声、埋没、掩盖、隐藏之意)字更有诗味,且符合平仄,更能表达出一种历史的沧桑与时空的孤寂,也更能映照诗人孤独的内心世界吧。虽然,这与"道到无心天自合"表达出的任其自然的态度和超脱姿态,有所抵触,但诗人情感的复杂也于此间显现。这也从一个侧面告诉我们:诗人文字中所吟诵的"道心",或正源发于未能安定的现实吧。

九月三日

而夏目漱石选择"满"字，或是首联"山居悠久没东西"中已有"没"字，为避免重复而采取的权宜之计吧。且如前所述，8月19日漱石汉诗有句"空翠山遥藏古寺，平芜路远没春流"，其"没"即隐藏之意。

孤独，不是夏目漱石独有的体验和表述，它也几乎是所有伟大艺术家共有的特性。彼特拉克（1304—1374）就对孤独有着强烈的、永恒不变的爱：

> 我一直在寻求孤独的生活，河流、田野和森林可以告诉你们，我在逃避那些渺小、浑噩的灵魂，我不可以透过他们找到那条光明之路。

夏目漱石的汉诗中也剔除了那些只出现在其小说中的自私渺小、浑浑噩噩的灵魂，汉诗，对于夏目漱石而言，山水和白云，实乃他理想的自己，寄情于外物，涤荡其心胸也。

且将笔者所作现代诗《论孤独·二首》放于文末，或在近体诗与现代诗之间，精神互通之处也恰在于两者基于凡尘俗世而渴求自由的精神世界，在通往自由的道路上，孤独是我们最忠实的伴侣和导师。

论孤独

之一：

我们存在而虚无

年少出发

中年赶路

途经多少欢喜，多少悲苦

死生悠悠

爱恨迷途

有人收获着成功，及幸福

虽为智者

读诗札记——夏目漱石的汉诗

终也明白
人人都将成为自己命运的囚徒
五月花开
一夜麦熟
途经三月的觉醒,四月的霾雾
谁守望星辰
从人类的梦里爬出
慢慢长大并在孤独中养育孤独

之二:
孤独
是忘却
是永驻
是暗流涌动
是红日喷出
是不期的欢愉
是未有的错误
是荒诞言辞之路
是黎明前的寒露
是微尘里曾骄傲的痛苦
是五月在麦芒上的舞步
是最后一束光亮发暗的尾部
是离别在孩子眼睛里的啼哭
是连接并分隔着你与我的疆土
是故园摇曳在虚实静穆里的青竹
是曲尽人散后不眠的人依偎的火烛
是暴雨即来、人世浩渺而无船舟可渡
是神思俊逸、构想《孤独者》的诗人李暮
是远隔天涯的惠广问我,兄弟,尚能饭否?

九月四日其一

散來華髮老魂驚，林下何曾賦不平。
無復江梅追帽點，空令野菊映衣明。
蕭蕭鳥入秋天意，瑟瑟風吹落日情。
遙望斷雲還躑躅，閒愁尽処暗愁生。

訓读：

華髪を散じ来たりて　老魂驚く
林下　何ぞ曽て不平を賦せん
復江梅の帽を追うて　点ずる無く
空しく野菊をして　衣に映じて明らかならしむ
蕭蕭として　鳥の秋天に入る意
瑟瑟として　風の落日を吹く情

读诗札记——夏目漱石的汉诗

<ruby>遥<rt>はる</rt></ruby>かに<ruby>断雲<rt>だんうん</rt></ruby>を<ruby>望<rt>のぞ</rt></ruby>みて　<ruby>還<rt>ま</rt></ruby>た<ruby>躑躅<rt>てきちょく</rt></ruby>す
閑愁　尽くる<ruby>処<rt>ところ</rt></ruby>　<ruby>暗愁<rt>あんしゅう</rt></ruby><ruby>生<rt>しょう</rt></ruby>ず

　　夏目漱石在其生命的最后一年，即1916年8月14日以来连续创作的第21首七律汉诗。

　　平起入韵，平水庚韵。格律准确，对仗工整。或正源于对平仄的恪守，造成诗歌整体意象不够鲜明，语意不够流畅。但诗歌最后一句"闲愁尽处暗愁生"点明主题，此诗可当作真正的"无题"之题材的诗作。

　　写诗和读诗，都需要一颗诗心，无诗心者写诗，强运其才，文字必然干涩而无活泼的情感。无诗心者读诗，至多仅会其意，而难以抵达语意背后的情感力度，感触灵魂的气息。陈永正先生曾撰《独抱诗心——诗歌之解读与创作》一文，指出：

> 解诗之难，有"主"与"客"两因素。所谓"客"，是指学者自身所具的客观条件。所谓"主"，是指对诗歌文本的主观理解。理解，是注释的首要之义。如陈寅恪《读哀江南赋》所云"其所感之较深者，其所通解亦必较多"，这种感受能力，既源于天赋，亦有赖于后天的勤勉，志存高雅，博览玄思，方得养成。顾随《驼庵诗话》谓"人可以不作诗，但不可无诗心，此不仅与文学修养有关，与人格修养也有关系。"不少专家教授，极其聪明，读书也多，自身所具的条件似乎甚好，但偏偏就缺乏"诗心"，对诗歌不敏感，无法领悟独特的诗性语言，无法判断其文字的优劣美恶，可称之为"诗盲"。

　　夏目漱石的部分汉诗缺乏诗心，唯有禅心和机理，有的却也留存一颗诗心，足见明月天地。此诗尚有，只是创作过于紧迫，虽有才气，但未经打磨和沉淀，犹如酿酒功夫不深，产品香味固有，只是口感还是较为干涩，不醇厚。

散來華髮老魂驚，林下何曾賦不平。

披散花白的头发，在镜中看到陌生人一般的面孔，内心惊恐年华匆匆，岁月无情。人生易老，或将很快结束此生，向来希望做一个与世无争的人，所以也未曾为自己所遭受的冤屈和不平而发泄不满或愤怒。

由华发而惊老魂，由身体而到精神，人生的诸多悲喜，其实正源自肉身。弗洛伊德的性学说，所强调的即是作为情欲本体的身体。

林下，幽静之处，引申为隐居抑或隐退、超脱之意。南朝梁任昉《求为刘瓛立馆启》："瑚琏废泗上之容，樽俎恣林下之适。"李白有诗《安陆白兆山桃花岩寄刘侍御绾》："独此林下意，杳无区中缘。"唐灵澈《东林寺酬韦丹刺史》诗："相逢尽道休官好，林下何曾见一人。"宋文天祥《遣兴》诗："何从林下寻元亮，只向尘中作鲁连。"

现实华发散落之窘迫，与"何曾赋不平"的超脱与隐遁，两者之间的平衡全系"林下之心"来支撑？在笔者看来，除此之外，更多的是身心存活在缺乏正义与理想的人世间，在岁月无情的流逝中衰老下去，再无争执与辨别所谓黑白与对错之动力与精神。

無復江梅追帽點，空令野菊映衣明。

不再有江边寻梅之闲情雅致，想当年峥嵘岁月，在梅林间信步，疾风骤来，花瓣如雨拍打衣帽，真是享受那一时刻的快乐呀。如今仅存野菊映衬衣服光泽的场景，却也唤不起内心的一点兴致。

此句不好理解。诗人游走在过去和现在、现实与幻想之间，将具体化的生活经验转换成诗句，却未能触发读者心中诗意的想象，尤其对于中国的读者而言，更显得晦涩难解。

不过，若持一份诗心，曾在赏花之时，看风吹花落，如雨纷纷，有过打在自己头上、身上的经验，或许第一句话是比较容易理解的。只是与此相对的"空令野菊映衣明"一句，语义隐晦。但近体诗歌的

读诗札记——夏目漱石的汉诗

结构性特征以及汉字本身自带的文化心理特点一目了然,也可大致体会作者想要表达的语意和文字之内在情绪。

无复,此二字给人一种"逝者如斯"——年华如东逝之水去而不返——之感叹。追,是一种动态的呈现,梅花与赏花人之关系是活泼的、有生机的关联。而"映",则是静,是物与物的关系呈现,表达了作者去"强烈之欲望"、去执着之心的心理状态。且,"空"字,更是将这份逝者如斯的情绪强化,也为后面的"萧萧""瑟瑟"这类字眼和情绪做了铺垫和准备。

那么,"空令野菊映衣明",到底是什么意思呢?在野菊丛中行走?手持野菊?还是衣服上装饰的菊花纹章?现有的注解基本上都将菊花理解为类似于诗人隐者陶渊明笔下的"采菊东篱"之"菊",在笔者看来或许是日本服饰上的菊花纹章更为合适。不过,这里涉及一个理解诗歌的核心问题,诗的本意是否可知?

陈永正在《独抱诗心——诗歌之解读与创作》中提到:

> 章学诚《文史通义·史注》云:"古人专门之学,必有法外传心。"故史注可明述作之本旨,其为用甚巨。诗歌注释也是专门之学,所传者唯诗人之心志而已。诗,是很奇妙的文体,即使能认识每一个字,弄通每一个典故,考证出每一个有关史实,还是不一定能真正理解诗意。……勃兰兑斯《十九世纪文学主流》云:"文学史,就其最深层的意义来说,研究人的灵魂,是灵魂的历史。"然而企图"用学术的方法来复活那个已逝的世界",已是奢望;企图返回历史的原点,"还原"古人的真实生活及思想,更属妄作。

另外,有趣的是,即便作者本人,对于写作时的种种念想也不一定可以回忆起来,自己解读自己的诗作,有时候想要寻找原本之意,也属枉然。

九月四日其一

萧萧鸟入秋天意，瑟瑟风吹落日情。

萧萧秋日，鸟入高空而没，凉风瑟瑟，日落而见悲意。

颈联两句，意象鲜明，对仗精妙。画面感和音乐感极好，颇有点化之功，极易触发传统诗歌阅读者的想象。

但比之于杜牧《登乐游原》："长空澹澹孤鸟没，万古销沉向此中。看取汉家何事业，五陵无树起秋风。""萧萧"与"瑟瑟"两句却因为这两组对称的叠音字的存在，明确诗意的同时，也使读者丧失了想象的空间和余地，即这两句还是写得太满而失去余韵。

吉川幸次郎先生认为"意"的主体是"鸟"，而"情"的发出者是"风"，如此解读还是太过偏狭了，这无疑也是过分按照句式的逻辑结构思考的结果。汉诗自有自身的逻辑和语句，并不同于单向的解读与理解，而是具有多重性和不确定性的特点，这也是汉诗的魅力与价值。可以说，"萧萧"修饰的不仅是鸟，而且对应秋日的天空以及秋意，"瑟瑟"不仅是风之"瑟瑟"，也正是落日之情。

遥望断云还踯躅，闲愁尽处暗愁生。

西山红日即落，孤鸟隐没天际，登高望远，空中唯有几片飞霞与断云，除此之外，天地间似乎只剩下"我"惆怅与孤独的内心。夜幕即来，暗夜聚拢，渐渐成形，大地万物即将被黑夜笼罩其中，而"我"的内心的愁绪，却是没有尽头，追随暗夜来袭，一次比一次凶猛。

遥望之姿，乃是对现实不满，或对远方和将来之期待所致，只是登高远望，极目所及却是断云落日之景象，内心何等怅然！"断云当极目，不尽远峰青"（宋·陈师道《夜句三首》）。愁如暗夜，亦如猛兽，一次次来袭，一波未平一波又起，生而为人者，如《悲剧的诞生》中昔勒尼之寓言，活着，在某种意义上是何其不幸与痛苦的事情。因此，首联所说"林下何曾赋不平"之语，实乃反义。《楞伽经》训诫："世间言论，应当远离，以能招致苦生因故，慎勿习近。"这人世间的是非论说与争执，莫不起于私欲及妄想，但却都有

读诗札记——夏目漱石的汉诗

美好的外包装，也有冠冕堂皇的道义。你我皆是凡夫俗子，皆在其间沉浮各自的人生戏剧，一切的言说与念想皆不出于此，只要不过分执着于自身的贪念就算是不错的了。我们看到更多的却是满口仁义道德的人，假以师友亲朋之名目，干尽吃人而不沾血的龌龊勾当。

鲁迅在《狂人日记》中借狂人之口，道出了圣贤经典中唯有"吃人"二字的残酷真相。在这一点上，古今中外概莫能外，夏目漱石汉诗中的"林下""野菊"等归隐之心，以及"萧萧之秋意""瑟瑟之落日"等"闲愁"皆可言说，只是这些可以言说的"闲愁"比起难以言说的"暗愁"，也算不得什么了。

"暗愁"，到底指向何处？无疑，是在"闲愁"的背后与内部，是引发"闲愁"的那种力量，这种力量源自人生之根部，也源自人性的底部，而绝非是文字所能抵达之处吧。

突然想起宋释梵琮的诗句："寥寥今古无人共，一片断云天外飞。"

生而为人，是一件多么幸运的事，生而为人，是一件多么不幸的事。

九月四日其二

人間誰道別離難，百歲光陰指一彈。
只為桃紅訂旧好，莫令李白醉長安。
風吹遠樹南枝暖，浪撼高樓北斗寒。
天地有情春合識，今年今日又成歡。

训读：

人間　誰か道う　別離難しと
百歳の光陰　指一弾
只だ桃紅の為に　旧好を訂す
李白を令て長安に酔わしむる　莫れ
風は遠樹を吹きて　南枝暖かに
浪は高楼を撼がして　北斗寒し

读诗札记——夏目漱石的汉诗

<ruby>天地有情<rt>てんちうじょう</rt></ruby> <ruby>春合に識べし<rt>はるあい しる</rt></ruby>
<ruby>今年今日<rt>こんねんこんにち</rt></ruby> <ruby>又歓びを成す<rt>またよろこ な</rt></ruby>

这是夏目漱石在《明暗》期连续创作的第22首七律诗，落款同为9月4日的第2首汉诗。

平起入韵，订、令二字处平仄有误。华东师范大学出版社出版的《夏目漱石汉诗文集》（2009年），将"浪撼高楼北斗寒"之句的"寒"，误以为是"进"。概为原稿乃夏目漱石手写笔迹，誊抄之误，"进"则音、意皆不通，只是目前尚无法从日本东北大学图书馆窥见手稿，并藉此验明正身了。

昨日陪同儿子看了一集《熊出没》，动物们夜晚跳广场舞，让砍伐工人无法睡觉。砍伐工人白天在森林敲鼓，导致动物们无法休息，双方陷入争执。动物们说他们的广场舞是音乐、是一种美和享受，而砍伐工人的鼓声却是噪音。砍伐工人说广场舞对他来说不是享受而是遭受，双方陷入僵持。双方的矛盾到底源自审美的不同，还是出于利益的差别，抑或是审美之中自有其利害的心念，利益自会影响了审美的方向？抑或是审美仅作借口，实际上只是不同的立场和私欲的较量？

古人云，己所不欲勿施于人，然则，己所欲之也勿施于人也！从道理上讲，我们不能厚此非彼，以己所欲，责令对方之所为，以己之是非，断定他人之对错。也如众所知，以"己所不欲勿施于人"占据道德的制高点，表面上对他人横加指责，暗地里"以己之贪欲"，暗渡陈仓、中饱私囊之事例，无论个人还是团体，乃日常所见，不胜枚举。

其中状况，非是"乱花渐欲迷人眼"，实则与整个社会的气质有关。纵观人类的历史，所谓对错，多由胜利者所言说，"我们"总在胜利者及其簇拥者建构的概念及立场中存活，文字的书写（尤其是历史的书写和文献意义的读解），在此意义上无疑是带有超强的暴力和魔力的。而我们所能体味最悲哀的事情，或也莫过于在历史和日常之中，善恶对错，基本由胜利者——不论手段多么肮脏、无耻与卑鄙——所认定和裁决：既做运动员又做裁判。

随着时间的冲刷，真相或会露出水面，但历史的面孔虽然会见得几丝光明，却也只是片刻的暖意，正义和善良总被冰冷的现实欺压、威迫和踩躏，并无半点诗意，尤其我们这个民族的历史，难得真相，即便偶露真容，从中读出的也多半是悲剧，显现出一种悲凉的气质。

历史和现实的利害差异，各陈其词之事例，此处不容赘述，何况文学评论向来有"诗无达诂"之说。比之于前两者，文学上的审美及其差别，无论是阅读的接受还是作者的书写，都是其意义衍生的前提和基础，而且文学的审美在某种意义上实则有对现实利害的拒绝，其价值或也源于对现实的超越。因此，文学性尤其是所谓纯文学性（笔者本人并不认同现有纯文学概念之界定）的审美活动，是精神游戏中最纯粹也是最高级的一种。但有趣的是，从事这类活动的人群中，要么是生活于绝望和苦痛中的挣扎者和失败者，要么是生活优裕、甚而富贵的闲散绅士和贵族（对于物质匮乏、家境不富裕的人而言，文学及其审美实乃奢侈），前者是无力于人世抗争转由文字隐遁和抗争？后者是无心于世俗的卑微，而有所沉迷于内心世界的开拓，倦怠与超越也许是两者共同的心理特点。

而夏目漱石及其汉诗的情景，则既有内心世界开拓超越的一面，也有隐遁文字不满现实的倦怠之感。

就其9月4日的这首汉诗而言，虽然对此诗的解读并不存在明显的现实利害与利益的纠葛，也不存在历史解读的立场之差别，但现有的几种解释也充分表明"诗无达诂"问题的客观存在。亚历山大·蒲伯曾言：见解人人不同，恰如钟表，个人都相信自己，不差分毫。[蒲伯《论批评》（*Essay on Criticism*）]。人类对于事物的偏爱和理解的偏差或是一种必然——大脑并非对称，心脏总是长偏。

读诗札记——夏目漱石的汉诗

下面,我们就结合同日写的七律一起来解读此诗。

人間誰道別離難,百歲光陰指一彈。

在这人世间,谁说别离之苦呢?我们的一生也在弹指之间。

首联与上一首汉诗的起句"散来华发老魂惊"意思相仿,抑或是这一情绪的持续与延宕。不过,上一首起句还停留在感叹岁月的无情与匆匆,而这一首汉诗已经将此情绪疏离与开导——百岁光阴指一弹——经由理性的思辨。

人生之苦,莫过于生离与死别,而两者相近,都是对于人本能欲望的否定,也是在禅机之处,只是对于众生而言,两者都是单纯的否定,都是人生之所不欲。因此,"谁道"是指"谁不道",没有一个人不说之意。生离与死别已是痛苦,更何况生之短暂,犹在弹指之间,可谓苦短难言。

指一弹,化自"弹指"一语,今也常用"一指弹"是佛教常用语,比喻极短的时间。

《僧祇律》:"一刹那者为一念,二十念为一瞬,二十瞬为一弹指,二十弹指为一罗预,二十罗预为一须臾,一日一夜有三十须臾。"

弹指,梵语的意译。起源于印度,弹指原本有四种意思:(1)表示虔敬欢喜;(2)表示警告;(3)表示许诺;(4)时间单位,弹指所需之极短暂时间,也称为一弹指或一弹指顷。

只為桃紅訂舊好,莫令李白醉長安。

人生苦短,为欢几何?就努力去做有意义的事情,放弃颠倒梦想:勿忘初心,达成旧日桃红之约,不要让"李白"这样的天才诗人徒醉长安,无功而返,即尽量不要让人生留有遗憾吧。

此句不好理解,按照对仗的原则,此处的"李白"一语双关,非单指唐代诗人之李白,而且包含桃李满天下之"李"(すもも)之义。吉川幸次郎先生认为是借对的戏语,中村宏据此则进一步指出,此联之意义不好解读,但应是夏目漱石感慨和自己的弟子们之间长年的情义，也是对弟子们的一种劝解。

"桃红订旧好"之句，笔者首先联想到的却是桃园三结义的故事，以及唐代诗人崔护（772—846年）的《题都城南庄》：

> 去年今日此门中，人面桃花相映红；
> 人面不知何处去？桃花依旧笑春风。

桃园三结义，知己相逢，生死相托，让青春不辜负热血，让情义不辜负人生，比之于政治意味的联盟，民众更感动于这个故事所演绎的"义"的情怀。这也是《三国演义》比《三国志》更受大众读者喜爱的原因，也是文学的魅力所在。

在璀若星河的唐代诗人中间，崔护是不起眼的存在，但"人面不知何处去？桃花依旧笑春风"之句，却绝对是唐诗经典中的经典。看似朴素的诗句，却匠心独酿，寥寥数语，触及了人类的一种普遍的情感体验和生活经历。其怅然的诗意，可谓千年一叹，让人叹为观止。这也是唐诗的魅力，将人间的情感和生命的体验妙手化成诗句，让痛苦和不满、让失落与不安的灵魂，找到诗意的栖居之地。

因此，我们也可仿照中村宏自言大胆地推测，此联也应该是夏目漱石内心的自语，本质上是一种自我对话，一种诗歌为途的自我心境的梳理，而非仅仅是对其弟子门人的训诫与告言。

桃花不仅见证了男人之间的情义，也见证了男女之间的爱恨别离——只为桃红订旧好也。

李白醉长安，语出杜甫诗句："李白一斗诗百篇，长安市上酒家眠。天子呼来不上船，自称臣是酒中仙。"（《饮中醉八仙》）而李白之所以醉倒长安，除了诗人之风骨和喜酒之外，更多的是李白对于现实的失落与不满的表达。李白带着"愿为辅弼，使寰区大定，海县清一"的伟大抱负来到都城（政治上诗人的天真把自己害惨了），最后"安得摧眉折腰事权贵，使我不得开心颜"，无奈出走长安，以酒和诗来睥睨天下，独行天下河山。

读诗札记——夏目漱石的汉诗

因此,"只为桃红订旧好,莫令李白醉长安"之诗句,在笔者看来,更像是夏目漱石自我心理的疏解——这首汉诗和上一首汉诗的情绪出发点都是"散来华发老魂惊"。文字之内,既有夏目漱石内心隐蔽的私人情感世界的遗憾,也有对于将来的自己抑或是对于弟子们的一种劝诫。

風吹遠樹南枝暖,浪撼高樓北斗寒。

此处的风吹拂远方的树,树的南侧多有阳光,也自然会温暖一些,浪潮汹涌,撼动高楼,夜空的北斗星光,寒意依然。若以五言表述:暖风吹远树,寒浪撼高楼。

不过,笔者对于这样的读解也持有一些怀疑态度。依照作者的情感脉络——只为桃红订旧好,莫令李白醉长安——以及汉诗的起承转合的结构特点,此联应该是情绪在稍有起色之后的再次低转——自己年岁已老,似乎看不到未来,比之于南枝,自己尚在北侧,浪潮虽然撼不动高楼,但却感受到深夜北斗星光的寒意。因此,该诗句也可有如下不同的理解:春日回暖的风吹拂远方的树,但只有南侧的枝叶会繁茂一些;海浪拍击,涌向高层的楼阁,北斗的星光显得那么凄冷、寒彻。

"谁言造化没偏颇,半开何独南枝暖"(宋·张耒《踏莎行》),"南枝向暖北枝寒,一种春风有两般"(宋·释慧性《颂古七首》),天地虽自有公平之眼(1916年9月2日夏目漱石汉诗有句"诗人自有公平眼,春夏秋冬尽故乡"),站在个人的立场,历史、自然、社会的循环和平衡,却不一定是公平的。被历史大潮裹挟的普通人,唯有以宽余之心对待这个以万物为刍狗的"不仁不义"的天地。

"撼","撼,动也"——《广雅》,今为摇动抑或语言打动之意。"浪撼"之词,在汉语中极为少见,浪撼高楼之景对于生活在大陆的人来说也是极为罕见的画面吧。

九月四日其二

天地有情春合識，今年今日又成歡。

天地自有情怀，春日相知，待到万木初荣、百花竞放之时，今年今日又复去年欢乐此时。

年有四季，岁分寒暑，人自悲喜，生有哀荣。在作者同日所作汉诗中的"萧萧""瑟瑟"情绪之中，有所挣脱，但依凭的是作者自身未能开悟的禅理，可说是勉强为之。这样未能真正融通达观的思绪，也造成了遣词造句的生硬和审美的不足。这一点，也可从次日诗作首句"绝好文章天地大，四时寒暑不曾违"窥见一斑。

合识，用语生硬，但却非日语生造词语，即非"和习"之癖。在《全唐诗》中，也有几个为数不多的例子。如"相逢是遗人，当合识荣辱"（《喻旧部曲》元结）、"数树枯桑虽不语，思量应合识秦人"（《罗敷水》罗隐）。

九月五日

絕好文章天地大，四時寒暑不曾違。
夭夭正昼桃將發，歷歷晴空鶴始飛。
日月高懸何磊落，陰陽默照是靈威。
勿令碧眼知消息，欲弄言辞堕俗機。

训读：

絶好の文章　天地大に
四時の寒暑　曽て違わず
夭夭として　正昼桃将に発かんとし
歷々として　晴空　鶴始めて飛ぶ
日月高く懸かりて　何ぞ磊落たる
陰陽　黙し照らすぞ　是れ霊威

九月五日

<ruby>碧眼<rt>へきがん</rt></ruby>を<ruby>令<rt>し</rt></ruby>て　<ruby>消息<rt>しょうそく</rt></ruby>を<ruby>知<rt>し</rt></ruby>らしむる　<ruby>勿<rt>なか</rt></ruby>れ
<ruby>言辞<rt>げんじ</rt></ruby>を<ruby>弄<rt>ろう</rt></ruby>せんと　<ruby>欲<rt>ほっ</rt></ruby>すれば　<ruby>俗機<rt>ぞくき</rt></ruby>に<ruby>堕<rt>だ</rt></ruby>つ

　　落款为9月5日，是夏目漱石自1916年8月14日以来连续创作的第23首七律汉诗。

　　该诗有点不食人间烟火，情感的成分几近于无，唯剩理性的机辨。借天地日月和阴阳概念，即对天地之文章的思考，表达了夏目漱石对于自然之道的觉悟。中村宏特别指出此诗与之后的虚明、虚白等夏目漱石汉诗常用语一样，该诗中出现的"默照"一词，与其晚年关于自然之道的思考密切相关。该诗的主题即是首尾两句的合体"文章天地大，言辞坠俗机"，而其诗眼无疑为"默照"一词。

　　絶好文章天地大，四時寒暑不曾違。

　　最好的"文章"是放眼天地的精彩篇章，时间恒远，万物纷繁，而道在其中，时岁有序，春夏秋冬不曾违背。

　　首联两句，犹如骈体和现代文章，提纲挈领，引领主题。与9月2日所作汉诗中的"大地从来日月长，普天何处不文章"之句用法和意思相近，也说明了夏目漱石内心世界一种持续的思考和关注。

　　不过，很明显，用词生硬，近乎俗语，说理甚浓，而情趣寡淡。

　　关于诗歌的说理，叶嘉莹先生为顾随先生编辑出版的《中国古典诗词感发》（北京大学出版社，2012年，第85页）一书中，多次提及这一问题。顾先生虽不主张以诗说理，但也非一味地反对诗中言理，如其曾言："说理不该是征服，该是感化、感动；是说理，而理中要有情。"

　　夭夭正昼桃將發，歷歷晴空鶴始飛。

　　正午的桃树夭夭，花儿正在努力盛开，晴空远彻，（幼小的）白鹤开始振翅飞翔，此景历历在目。

　　夭夭，植物茂盛绚丽，抑或人的安舒、和悦，也有表示柔弱细嫩

读诗札记——夏目漱石的汉诗

之用法。

《诗经·周南·桃夭》:"桃之夭夭,灼灼其华。"清孔尚任《桃花扇·寄扇》:"补衬些翠枝青叶,分外夭夭。"乃是第一个用义。《论语·述而》:"子之燕居,申申如也,夭夭如也。"则是第二个用义。

正昼,此处训读为seityuu,但在日语中对应的日常词语是"真昼"(まひる)。或是出于平仄考虑,夏目漱石选择了汉语语境中也不大常用的词语"正昼"一词。正昼,是指大白天,而日语"真昼(まひる)"有白昼的意思,但多指正午。

夭夭正昼桃将发,按照意思语序为:正昼夭夭桃将发,夭夭应该是修饰桃树和桃花的。按照对仗的原则,下句的"历历"应该是修饰白鹤的,意思是:历历白鹤在晴空始飞。

历历,指(远处的景物)清楚明白。见《古诗十九首·明月皎夜光》:"玉衡指孟冬,众星何历历。"夏目漱石此处诗句,或是由崔颢(704?—754)《黄鹤楼》的诗句转化而来,但并非是单纯化自"晴川历历汉阳树,芳草萋萋鹦鹉洲"这一句,而是诗歌意象的整体转化和引用。

我们来欣赏一下被《沧浪诗话》誉为:"唐人七言律诗,当以崔颢《黄鹤楼》为第一"的《黄鹤楼》:

> 昔人已乘黄鹤去,此地空余黄鹤楼。
> 黄鹤一去不复返,白云千载空悠悠。
> 晴川历历汉阳树,芳草萋萋鹦鹉洲。
> 日暮乡关何处是?烟波江上使人愁。

其诗之美暂且不表,有意思的是,虽然该诗被历代的评论家所推崇,但按照七言律诗的规则来讲,崔颢此诗并不合乎格律。清代管世铭《读雪山房唐诗序例》曾言:"崔颢《黄鹤楼》,直以古歌行入律。"

如，颔联"黄鹤一去不复返，白云千载空悠悠"，除了"黄鹤"和"白云"外，均不相对。且出句的第四字改作平声才能合律。另外，出句以"三仄"收尾，对句以"三平"结束，也犯了诗律的大忌。

然而，谁又敢说这不是一首千古绝唱，其诗以"黄鹤"为中心意象，在无限的时空间里翱翔，气度超绝，意境深远，气色流转，圆润自然。而传闻李白与之争胜，完成《登金陵凤凰台》之名作，不仅步韵和诗，而且平仄无误，与之并称为古诗中的怀古双璧。两者实各有所长，但在笔者看来，崔诗超逸的气度，李诗却不能比。由此可见，平仄格律并非目的，也非主流，如若一味强调格律，以平仄为是，机械为文，削足适履，终会丧失审美的意志和精神而流于平庸之地。

这一点，之前就多次强调阅读夏目漱石汉诗应注意，即夏目漱石汉诗之缺陷也正在于此，概因其性格也是过于端正多疑，而缺乏洒脱磊落之胸襟也。

日月高懸何磊落，陰陽默照是靈威。

日月高悬，滋润万物，何其光明磊落。阴阳默照，在天地间，蕴藏着巨大的能量和威力。

尘缘默照透，始得观自在。"默照"之法为宋代宏智正觉禅师（1091—1157）首倡并弘扬，是一种同时运用静定与觉照的禅修方式。"默照禅"主要是通过时时关照自己的思想、念头和行为，每时每刻明了自己所思、所想、所作，从而体会道即自然的道理。据说，正觉禅师在39岁时，居于浙江天童山景德禅寺，传法近三十年，会下千余人，称为曹洞中兴。宋代，有日本留学僧道元来华，从智禅师学法，后得授记，回日本创建日本曹洞宗——弘传默照禅法。

何为默照禅？正觉禅师曾著《默照铭》，也有"孤禅恰恰如担板，默照明明似面墙"（《与观禅者》）、"默照佛灯寒不掉，对缘心鉴净无瑕"（《甲寅春之海山雨后访王渊明知县》）等诗句。通俗来讲，默，指不受自己内心以及环境的影响，让心保持安定的状态，

读诗札记——夏目漱石的汉诗

而照,则指清楚地觉知自己内心与周遭一切的变化。

日本的曹宗洞创世人道元禅师(1200—1253)以"只管打坐"来概括这种修行方式。日本2009年拍摄了一部电影《禅》,讲述了道元禅师远赴中国求法悟道,又返回日本开创禅脉曹宗一派的故事。整部影片简约清和,含蓄优美。于细节处精心描摹停顿,充满了生动与美。不仅讲述了历史的故事,更讲述了禅宗内外的人性和人心。比我们前几年拍摄的《玄奘》,从叙述到画面的细节,从演员的谈吐、礼仪、步伐,日本的电影更显得庄严朗然,符合僧人之形象。另外,片中大量的坐禅镜头,尤为让人感动。静坐之时,空气也显得静穆,初时大雨如注,清晰可闻,但随着画面的推进,渐渐地,于无知觉处,雨声便不可闻,天地回归静默,表现出了存心澄寂的默照之禅意。

不过,有的学者认为日本曹洞宗的只管打坐,和中国曹洞宗的默照禅,也是有差别的。宏智正觉的默照禅是开悟以后写的,它是从悟境中告诉我们什么是默照禅。

此外,日本现代有一新派,就是原田祖岳禅师的龙泽寺派,名义上属于曹洞宗,实际上是融会了曹洞、临济两宗之长,而创立一派生气蓬勃的禅佛教,成为今日日本向国内外传播禅法的主流之一,他没有用只管打坐或默照,而是教人数息、参公案。

勿令碧眼知消息,欲弄言辞堕俗机。

默照禅,并非我们所理解的只管打坐之意,世俗者往往依照世俗的逻辑和因果,思考禅机和佛理,因此,莫要对此开口随意言说,让菩提达摩祖师嘲笑。

碧眼,一般指西洋人,吉川幸次郎也这样注释,中村宏则指出也有胡人的可能。参照前后文意,以及夏目漱石在小说中曾表现出的戏谑幽默风格,此处应该指称达摩禅师。夏目漱石藏书《碧严录》中有"碧眼胡僧须甄别"之颂。

达摩大师,略称达摩或达磨,据《续高僧传》记述,达摩是南天竺人,属婆罗门种姓,通彻大乘佛法,为修习禅定者所推崇。北魏时,曾在洛阳、嵩山等地传授禅教。据《景德传灯录》在民间常称其为达摩祖师,即被认为是禅宗的创始人。

禅宗,其精义可用"教外别传,不立文字。直指人心,见性成佛"十六字概括。其中,不立文字,就是不依靠语言文字来解读、传授教义。学佛的人也不应该仅仅依靠文字的字面之意而求开悟之道。因为,禅宗一派认为语言在传递意义的同时又遮蔽了其本意,因此,佛之精义,在文字之外也。

默照禅,也延承和发扬了禅宗之立意,其最重要的原则和方法之一,是"无心合道"之正知正见,并与"一切现成、直下承当""休去歇去",构成了默照禅的三大理论依据。而夏目漱石1910年治愈胃病,曾去修善寺参禅一段时间,所行正是曹宗洞一派。

这些思想在夏目漱石晚年的汉诗内随处可寻,如"虚明如道夜如霜"(1916年9月6日)、"风月只须看直下,不依文字道初清"(1916年9月10日)、"道到无心天自合,时如有意节将迷"(1916年9月3日)等。

宗演曾如此评价夏目漱石:"原本出生于江户,有着清廉的气质,他天生具有禅味。但是,他的禅的修行并不是很了不起。虽然他的修行并不怎么样,但他的根性触及了佛教乃至东洋思想的根本,这是众所周知的。"[①]

[①] 今西顺吉:『漱石文学の思想(第一部)』,東京:筑摩書房,1988年,第340页。

九月六日

虛明如道夜如霜，沼遞證來天地蔵。
月向空階多作意，風從蘭渚遠吹香。
幽燈一點高人夢，茅屋三間處士郷。
彈罷素琴孤影白，還令鶴唳半宵長。

训读：

$\overset{きょめい}{虚明}\ \overset{どう}{道}の\overset{ごと}{如く}\ \ 夜\ \overset{しも}{霜}の\overset{ごと}{如し}$

$\overset{ちょうてい}{沼遞}として\ \ \overset{しょう}{証}し\overset{き}{来}たる\ \ \overset{てんち}{天地}の\overset{ぞう}{蔵}$

$\overset{つき}{月}は\overset{くうかい}{空階}に\overset{む}{向}かって\ \ \overset{おお}{多}く\overset{い}{意}を\overset{な}{作}し$

$\overset{かぜ}{風}は\overset{らんしょ}{蘭渚}\overset{よ}{従り}\ \ \overset{とお}{遠}く\overset{こう}{香}を\overset{ふ}{吹}く$

$\overset{ゆうとういってん}{幽燈一点}\ \ \overset{こうじん}{高人}の\overset{ゆめ}{夢}$

$\overset{ぼうおくさんげん}{茅屋三間}\ \ \overset{しょし}{処士}の\overset{きょう}{郷}$

九月六日

素琴(そきん)を弾(だん)じ罷(や)めて　孤影(こえいしろ)白し
還(ま)た鶴唳(かくれい)を令(し)て　半宵(はんしょう)に長(なが)からしむ

落款为9月6日的汉诗,是夏目漱石在《明暗》期连续创作的第24首七律。

水平阳韵,首联对句的"证"和"天"平仄有误。

"道"直接入题,但尘俗之情未去,尤其收尾之句,用以"孤影""鹤唳"言其孤独和寂寞,多少有些唏嘘。

虚明如道夜如霜,迢遞證來天地蔵。

虚明之物,犹如人间之路,而夜色如霜,"我"持此虚空透明之心,且看世事幽邈绵长,万物生息不绝,感受这博大的天地。

虚明,空明;清澈明亮;也指人的心境清虚纯澈。如"凉风起将夕,夜景湛虚明"(陶渊明《辛丑岁七月赴假还江陵夜行涂口》)、"盖其心地虚明,所以推得天地万物之理"(《朱子语类》卷六七)等。

这种虚明之意,也用以指称其他文艺之精义,并与古代道家养心之术相通。如《治心斋琴学练要》后记:心虚而明,乃得烛人之善恶。虚所以揣形,明所以辨色。形色幻也,虚明真也,变幻作真非至诚,其谁与归。

道,字源本义是头行走也。解释为意识带领身体(的走向),是万物万法之源,是创造一切的力量,是生命的本性。"天命之谓性;率性之谓道;修道之谓教"(《礼记·中庸》)、"人法地,地法天,天法道,道法自然"(《道德经》)。

中村宏解释此句:寒夜如霜,"我"入无我之境而与道合。将"虚明"看作夏目漱石实际的内心世界,并认为"虚明"即是领悟、抵达道之真义,进入"则天去私"即无我之状态。显然这样的解释不大符合夏目漱石的实际精神状况,也不符合汉诗作为一种高于生活的艺术追求和心理调节之途径的意义。

而吉川幸次郎则认为"虚明如道"与"夜如霜"之间是转折关系："我"内心如镜虚空明澈，但与此同时，暗夜如霜带来寒意。

迢递，日文亦作"迢遰""迢逷"。此词多义，并为文人所喜用。按照汉语词典所释，描述如下状态和样貌：遥远；思虑悠远；高峻；曲折；婉转；连绵不绝；时间久长。

迢递证来，意为迢递来证。天地藏，天地之藏，天地之藏纳，喻义天地之容量与胸怀。吉川幸次郎据《礼记·月令篇》："是月也，申严号令。命百官贵贱无不务内，以会天地之藏，无有宣出。"之句，将天地藏理解为自然之秘密。藏，秘密也。不过，多数学者还是主张"闭藏""藏纳"之意，而非秘密之解。

虚明一词，在其后9日的汉诗中再次出现："道到虚明长语绝"，并与"道"再次关联，中村宏上述理解或与此有关。

月向空階多作意，風從蘭渚遠吹香。

月亮有意照向无人的阶梯，风从遥远的长满芳草的河中小洲吹来，带来了草木的香气。

月向空阶，寂照无人，寂寞而清冷。风吹芳草，送香远途，此乃想象中的一种慰藉。

公孙乘《月赋》："鹍鸡舞于兰渚，蟋蟀鸣于西堂。"兰渚，即为渚的美称、渚名。又如，"朝发鸾台，夕宿兰渚"（《文选·曹植》）、"昨日发葱岭，今朝下兰渚"（李贺《嘲雪》）等。

另，兰渚，又被认为是绍兴府南二十五里之地名，即昔日王羲之等人曲水赋诗、雅集之处。若联系下联"幽灯一点高人梦"，或许夏目漱石正是据此缅怀中国文人最具气度与风趣的魏晋南北朝之状态与精神，而"兰渚"正是兰渚山下高人雅士之自由活泼的精神与情趣为代表的历史芳香之处。如此，今日之空阶寂寞，乃是当世无知己者的孤独，这份孤独又来自于遥远的岁月的深处。

幽燈一點高人夢，茅屋三間處士鄉。

九月六日

幽暗的灯火,是思考者的孤独写照,而他们在暗夜里的思考点亮了人世的未来之路。历史的进步和现实的繁华多在隐士情怀的英雄们默默的努力,而他们却并不渴求历史的荣光和现实的功名,茅屋三间,即是他们心灵的归宿。

幽灯,幽暗而寂寞的灯火。暗夜如漆,一灯如豆,这是寂寞和孤独者的不眠之夜,也是身经人世苦难、遍尝人性卑劣却依然以理想为灯火,在众人皆睡的暗夜选择清醒,承受煎熬和苦痛,独自前行。

夏目漱石在《明暗》的写作中,也以清醒而冷峻的眼光审视着社会的冷暖和人性的复杂。作家是痛苦的,他们对于现实和人性充满了怀疑;思考者是孤独的,他们在繁花似锦、盛世祥和中看到了腐朽和危机。在幽暗之夜,清冷的孤灯之下,他们冷峻的思考身影中有着超过常人的悲悯和情怀,非凡夫之俗欲所能比拟。鲁迅之悲剧的呐喊,顾准之绝世的孤独,夏目漱石之繁世的自语,都给他们所处的时代留下了最好的注释,也是人类不同于其他动物的最好证明。

人的一生,恰如友人所说,能够抵御时间的,或许唯在有生之日在雪地留下些爪泥,自寻一点情趣,虽待雪融,不复东西:

> 人生到处知何似,应似飞鸿踏雪泥。
> 泥上偶然留指爪,鸿飞那复计东西。
> 老僧已死成新塔,坏壁无由见旧题。
> 往日崎岖还记否,路长人困蹇驴嘶。
>
> ——苏轼《和子由渑池怀旧》

寄身于文字,隐遁于书籍,这是不得志的文人常见的选择之一,有时也是有理想的人不愿同流合污,不伤害他人,保留人格底线和尊严的唯一可能的道路。

刘岳兵先生在《夏目漱石晚年汉诗中的求"道"意识》(《日本研究》2006年第3期)一文中,不仅将下文的"鹤唳"理解为风声鹤唳之意,还将此句解读为接近仙风道骨之"高踏"与洒脱,在笔者

读诗札记——夏目漱石的汉诗

看来，其文字的背后更多的是高处不胜寒的寂寞以及思考者注定的孤独。

彈罷素琴孤影白，還令鶴唳半宵長。

孤独之夜，夜读无眠，唯秋风虫语相伴，流云静月，月照大空，亦在浮云间流动，无知音者相和，故而弹奏一首琴曲，抚慰自己的内心，曲罢却发现刚才月光下孤独的身影，已经是素白一片月光；未及感叹光阴流转无息，便闻夜空传来飞鹤之鸣，更加令人感慨劳思甚多而难眠之夜长。

罢，中村宏训读为"终止"之意，即"罷めて"，有弹奏半途而终止之意，更容易被习惯日语思维方式的读者所接受。而吉川幸次郎训读为完毕、完了，更接近汉文的原意，相当于"終える"，但较为生硬。

素琴，不加修饰的琴，抑或是空琴，没有琴弦的琴。概出陶渊明之典故。《宋书·陶潜传》记载说："潜不解音声，而畜素琴一张，无弦，每有酒适，辄抚弄以寄其意。"

《晋书·隐逸传·陶潜》也记载说陶渊明"性不解音，而畜素琴一张，弦徽不具，每朋酒之会，则抚而和之曰：'但识琴中趣，何劳弦上声。'"

由此可知，"素琴"实际上就是空琴，有名无实的琴，抚弄这样的琴，是古代文人的一种高雅之姿态的展示。

鹤唳，应为鹤之鸣，不同于"风声鹤唳"之哀鸣，但在汉语读者的惯性思维，也可作此解，似乎如此更能道出夏目漱石的不安与焦虑。

半宵，吉川幸次郎先生认为不同于日本人所理解的前半夜，而是汉语中的深夜之意。

一海知义将此句训读为"還た鶴唳をして、半宵に長から令む"。

在夏目漱石《我是猫》的第十一章，迷亭和独仙曾有如下对话：

九月六日

　　（独仙：）"那样一来，难得的一次高尚游戏，可就弄得俗了。醉心于打赌之类，多没意思。只有将胜败置之度外，如同'云无心以出岫'，悠然自得地下完一局，才能品尝到其中奥蕴！"

　　（迷亭：）"又来啦！棋逢如此仙骨，难免累煞人也，恰似《群仙列传》中的人物呢。"

　　（独仙：）"弹天弦之素琴嘛。"

　　……

　　素琴弹罢，孤影且没，又闻暗夜鸟之凄声（夜半之鸟，多为哀鸣），原本的孤独又陷入了无可解救的境地，犹如孤独无解的人生之困境。

　　但因怀有隐者之情怀，持有幽灯之高洁，即"幽灯一点高人梦，茅屋三间处士乡"，故，不为世人所理解和接受，也是早已明白的命运。作者也深知这一点，其痛苦和解脱的希望均源于此。因此，此种心情和思考尚可用律诗的写作来展现和缓解，完成自我内心的对话和梳理，也使得苦难成为笔下的诗句，从而在文学的意义上完成自我的救赎，挣脱现实的束缚。

　　也许所有有温度的文字，皆源于一颗受难而不屈服的自由之心；所有有力度的文字，皆起步于敏锐地感受到现实对于理想的远离和背弃。

九月九日

曾見人間今見天，醍醐上味色空辺。
白蓮暁破詩僧夢，翠柳長吹精舎縁。
道到虚明長語絕，煙帰靉靆妙香伝。
入門還愛無他事，手折幽花供仏前。

訓読：

　　かつ　　にんげん　　み　　いま　てん　み
曽ては人間を見　今は天を見る
　だいご　じょうみ　しきくう　へん
醍醐の上味　色空の辺
　びゃくれん　あかつき　やぶ　　しそう　ゆめ
白蓮　暁に破る　詩僧の夢
　すいりゅう　なが　ふ　　しょうじゃ　えん
翠柳　長く吹く　精舎の縁
　みち　きょめい　いた　　　ちょうごた
道は虚明に到りて　長語絶え
　けむり　あいたい　き　　　みょうこうつた
煙は靉靆に帰して　妙香伝う

九月九日

門に入りて　還た愛す　他事無きを
手ずから幽花を折て　仏前に供う

　　9月9日的诗作，《明暗》期连续创作的第25首七律。

　　此诗首句以超越凡尘、人世冷暖之姿态出现，似得道成仙之顿悟。吉川幸次郎先生也认为此句正是"则天去私"的主张。

　　9月3日有"道到无心天自合"，9月6日有"虚明如道夜如霜"，9月9日有"道到虚明长语绝"，9月10日有"不依文字道初清"……由此可知，"道"的意识在这段时间，较为凸显。

　　若比照夏目漱石青年时期的汉诗，现在的风格以及"道"心浓郁的特点则更为显著。在早期的诗作中，共计出现了二十余次的"功名"，体现了青年的壮志和理想，以及文以载道之汉诗传统的承接。中年的夏目漱石汉诗则在病患入院，体验临近死亡的契机之后，诗风开始变化，更多显示出了体验过生死之后的一份恬淡和温暖；而到了晚年，夏目漱石的内心世界又开始陷入一种力图超越现实困苦，特别是在精神之苦的挣扎之中，间或有着意显示出解脱，甚至是枯淡的一面，但整体而言，情感的基调是低微暗淡的。

　　曾見人間今見天，醍醐上味色空邊。

　　曾经只看到了人间凡尘之悲喜，如今超越了凡俗之界，看到了苍茫的天意，体悟到了佛的精义——色空之界。

　　人间和天，在此处皆为喻义。据南怀瑾（1918—2012）先生在《金刚经说什么》中讲到，在佛教中，有五眼之说，即肉眼、天眼、慧眼、法眼和佛眼。肉眼，指的是人眼，人眼只能看见宇宙里非常狭窄的一段，我们称它为"可见光带"。由于肉眼只能看到稍纵即逝的特定波段的"光"，所以就把"光"所呈现的东西当作事物的实相，而一切事物的存在是不需要"光"来证明的，所以佛教里面说肉眼虚而不实，是六根之首，无明之本。而我们基于肉身之欲，情感之苦，大部分来源于此中光色之中。

天眼，人类也能得到天眼，主要透过冥想（meditation）获得。

慧眼，当一个人修行到一定境界，对于宇宙万物，包括他自己在内，都成"空"观。所有人类的痛苦以及生死都消失了，亦不再执着。

法眼，一个人得到了慧眼之后，就可以不留恋在"空"的境界里，亦能体悟到：虽然他在不同的境界里所看到的都是虚妄不实的幻相，然而对那一个境界而言，这些幻相即是真的，这个人得到了法眼。

佛眼就是佛，而佛就是佛眼。简而言之，我们所能提到的任何相对观念，在佛眼下都不再存在。甚至"空"也不存在，因为"空"就是佛，而佛就是"空"。

见天，即开悟，领悟"道"之空性。

而醍醐，即佛法，上味，喻指佛法之精义和精神。其原义是从牛乳中反复提炼而得到的甘美食品，印度人将此视为"世间第一上味"，后来泛指美味，精美的食品。南朝梁萧衍（464—549）《断酒肉文》之一："此非正真道法，亦非甘露上味。"《楞严经》卷三："酥酪醍醐，名为上味。"

色空边，按照中村宏的说法，即是色之差别与空之平等之间的圆融无碍。玄奘译《般若波罗蜜多心经》："色不异空，空不异色；色即是空，空即是色。受想行识亦复如是。"据此确立了中国佛教的缘起学说，主张一切事物的"空相"，即空的体性。方立天（1933—2014）先生在《中国佛教哲学要义》（中国人民大学出版社，2012年），也曾指出龙树[①]（那伽曷树那，又称那伽阔剌树那），从空的视觉进行反思："以有空义故，一切法得成"。

醍醐上味色空边，就是说领悟到了佛家的精神就在于色与空之圆

[①] 大乘佛教导师，被誉为"第二代释迦"，大约活跃于公元150年至250年之间，他首先开创空性的中观学说，肇大乘佛教思想之先河。以《中论》及《大智度论》最为著称。

融与统一，就在于色空的相互依存。

白莲晓破诗僧梦，翠柳长吹精舍缘。

清晨白莲开放的声音惊醒了诗僧的梦，不息的风吹拂柳枝，其翠绿与精舍永恒。

此句以实体之虚——实体只是刹那间的存在和佛法之永恒相对比，暗藏作者内心的一份悲绪。言辞虽然自带理性规约，可以为内心和精神寻求一处安身之所，但这对于肉身个体也是暂时和不稳定的，因为肉身个体是无常而短暂的。小乘佛教本体论认为，人空法在，诸法空相，不生不灭。经量部也认为众生一切事物都是一瞬间一瞬间地转生，每一瞬间都以不同形态向前流转，恒常不变的本体是不存在。清晨莲花开放，是一种内在的动能和变化，诗僧的梦也是一种动能和变化，诗僧这个生命体亦复如是。

想起著名诗人博尔赫斯（1899—1986）的《你不是别人》的诗句：

> 命运之神没有怜悯之心
> 上帝的长夜没有尽期
> 你的肉体只是时光，不停流逝的时光
> 你不过是每一个孤独的瞬息

虽然大乘佛教认为人法两空，人和法，事物和精神，一切的存在都是因缘和合而生起，都无固定的自体、自性，这称为"空"。但是大乘与小乘之分，不在教派而在修行者的自身所抵达的境界，在夏目漱石顿悟的世界里，则应属于小乘佛教（被称为小乘佛教的东南亚教派并不接受相对于大乘佛教之称的"小乘"之称呼，而自称为上座部佛教）之层面，即断除自己的烦恼，以追求个人的自我解脱为主，从了生死出发，以离贪爱为根本，以灭尽身智为究竟，纯是出世的（所以也被大乘佛教讥讽为"自了汉"）。故而，此处我们可以理解为：诗僧梦破，而精舍即佛法长青。

读诗札记——夏目漱石的汉诗

精舍,"咸往东海,立精舍讲授"。在汉代又以学舍名为精庐,但其精舍精庐,都是精研学术的处所。中国佛教道场,以精舍为名的,是从晋代开始,"帝初奉佛法,立精舍于殿内,引诸沙门以居之"(《晋书孝武帝纪》)。

道到虛明長語絕,煙歸曖曃妙香伝。

体悟到道之虚明,自不必言辞解释,寺庙的香烟在缭绕昏暗之中散发着奇妙的香味。

此处之道,与首句之"天"意义相近,亦是作者悟道之"道"。6日汉诗有"虚明如道夜如霜"之首句。虚明以及道,都与6日的用法和意义相同。

"道"与"语"是相互矛盾的。道,是没有行迹,不可描述和解释的,正所谓"道可道,非常道"也,虚明,是"道"的存在状态和方法(与禅宗之不立文字,直指本心相通),因此,虚明之道,是不可以用语言去描述与接近的,道之体悟,也需要抛开文字的干扰和遮蔽,寻找一个本相的真实。

长语,多余的话和言辞。绝,消失,断绝。

一切事物的本相是超越思维和语言的,世间的赤裸的实相是不能被人们的思维和语言所界定和觉察甚而认知的。

维特根斯坦(1889—1951)在《逻辑哲学论》序言中说道:"凡是可以说的就必须说清楚,而对于不可说的则保持沉默。"。

为了强化该联出句的诗意,并以形象的方式诠释和传递此中意念,对句引入寺庙香烟缭绕、灯火幽明之中飘忽的香味,烘托和强化诗歌的意志和情感。

次日汉诗中"欲证无言观妙谛",其旨趣与此相通。

入門還愛無他事,手折幽花供佛前。

进得佛门,还喜欢无所事事的感觉,可以攀折幽暗之处生长的花朵,供奉在佛前。

不是临时抱佛脚,不是有事情才去寺庙烧香拜佛,而是带着闲散自由的心态,去寺庙感受禅意和体悟佛法,途中发现一朵幽暗之花,感受天地之不可精妙之意,或许将幽暗之花折断,供奉给诸佛,才能配得上如此放松的状态和心态吧。

此句从结构上和意义上与前三联有所脱离,在风格和情绪上有所上扬,有故作的痕迹,可能是夏目漱石想要借助汉诗疏散心境,却又陷入另外一种疲惫之中,故而有意地调整了写作的情绪,从而显现出了故作的洒脱与风流之姿态。

汉诗,尤其是近体格律诗的形式,在很大程度上规约了情感的力量和思考的深度,经过启蒙之后的人的情感和思考能力,也已经突破了格律诗体所能承载的限度,因此,仅以诗歌创作之途而言,格律诗虽依然具有不可替代的审美和价值,但是自现代诗歌兴起,现代白话文运动以降,其命运和位置也较为尴尬,事实上陷入了半地下半隐蔽的状态。

包括近代日本的汉诗在内的东亚汉诗之境遇大致相同,只是经过江户几百年的汉文学之普及,在明治初期,普遍兴起西化运动,欧美之风风靡日本之际,包括日本汉诗在内的日本汉文学在日本不意却迈入了历史上最隆盛之时期。日本著名的评论家、文人大町桂月(1868—1925)对此曾在《明治文坛之奇现象》中论及道:"明治时代,西洋文学、思想排山而至,是未足奇;新体诗勃兴,亦未足奇;吾所奇者,原以为势必衰亡的汉诗却意外地兴旺繁荣。汉籍传入两千年,从不及明治时代赋诗技巧之发达。"

然而,这也是日本汉文学和汉诗文落日之前最后的余晖,在这余晖之中,后人将夏目漱石的汉诗看作其中的佼佼者,只是在当时,他的绝大多数诗作并未公开,加之非专业汉诗诗人的身份,使得他的汉诗保留了诗歌的一个核心精神特质——遵循内心的真实,唯有建立在真实的人性和对此的自觉的基础上,才能有真正的善和美。人间的诸事皆是如此,如若一个社会建立在堆砌的谎言泡沫之内,甚至连被称作是社会的良心的知识分子也主动参与制造谎言,将政客之权谋卑劣

读诗札记——夏目漱石的汉诗

和商人之唯利是图带入学界，从中捞取名利、满足贪欲，不惜以伤害他人为手段，形成一个又一个利害江湖，此民族精神之糜烂也指日可待也。

　　回到此诗。按照夏目漱石之想法，为了调节写《明暗》小说时疲惫和绝望的心情，他原本想以写汉诗当做调节的手段和方式。在他看来，日本从中国学习到的东洋的精神，在文艺上不过是汉诗的风流而已。只是以实践的效果来看，汉诗除了风流之外，也承载了他无法回避的沉重，而这份思考的沉重，却也未能最终在汉诗中寻得最后的解脱和开悟。我们不能仅仅感叹夏目漱石思想之局限和终难开悟之命运，还应该看到他选择汉诗这种隐遁痛苦、化解不安和焦虑之途径的不足和局限。作为古典之情感抒发的手段，古典言志之载体，格律诗词也必然遭遇丧失神圣性、陷入现代人的孤独和痛苦的境地，这份孤独和痛苦，却并非古典诗词所能承载，这一点，唯有启蒙的理想主义者、唯有浸染于古典和现代诗歌之中的创作者才能体会和懂得。

九月十日

絹黄婦幼鬼神驚，饒舌何知遂八成。
欲證無言觀妙諦，休將作意促詩情。
孤雲白処遙秋色，芳草綠邊多雨聲。
風月只須看直下，不依文字道初清。

训读：

絹黄婦幼　鬼神驚く
饒舌　何ぞ知らん　遂に八成なるを
無言を証せんと欲して　妙諦を観
作意を将って　詩情を促す休かれ
孤雲白き処　秋色遙かに
芳草緑なる辺り　雨声多し

读诗札记——夏目漱石的汉诗

<ruby>風月<rt>ふうげつ</rt></ruby>　只　<ruby>須<rt>ただすべから</rt></ruby>く<ruby>直下<rt>ちょっか</rt></ruby>に<ruby>見<rt>み</rt></ruby>るべし
<ruby>文字<rt>もじ</rt></ruby>によらずして　<ruby>道初<rt>みちはじ</rt></ruby>めて<ruby>清<rt>きよ</rt></ruby>し

　　落款为9月10日的汉诗，是夏目漱石在《明暗》期连续创作的第26首七律。

　　"芳草绿边多雨声"一句，"绿"和"多"二字平仄有误。

　　本首诗基本放弃汉诗的抒情传统，而接近于禅语和说理为主的偈子，集中讲述了求道方法和手段的问题，集中于"言"与"道"的关系之阐释。

　　偈子，又名偈颂，因为大多是诗的形式，又名偈诗。偈，为梵文的音译"偈陀"，也有译"伽陀""伽他"的，简称"偈"，意为"颂""讽颂"。偈子是佛经体裁之一，主要有两种：一曰通偈，由梵文32个章节构成；二曰别偈，共四句，每句四至七言不定。僧人常用这种四句的韵文来阐发佛理。最著名的两首偈颂，莫过于传说中的神秀和慧能之作：

　　　　身是菩提树，心如明镜台，时时勤拂拭，莫使有尘埃。
　　　　菩提本无树，明镜亦非台；本来无一物，何处惹尘埃。

　　绢黄婦幼鬼神驚，饒舌何知遂八成。
　　绝妙的文章鬼神惊叹，但对于"道"而言，再好的文章也很难说得清楚和明白。

　　绢黄妇幼，原为黄娟妇幼，寓意绝妙文章和文辞。语出自《世说新语·捷悟》。东汉时有一个14岁的少女，名叫曹娥。她的父亲在江里淹死，曹娥投江寻觅父亲的尸体，最后也被淹死了。曹娥也因此成为封建社会"孝女"的典型。当地长官还为曹娥立了纪念碑——后世所传的名碑——《曹娥碑》。据传，长官首先让魏朗为之操笔，久而未出，遂命其弟子邯郸淳作碑文。邯郸淳时甫弱冠（13岁），只见他

> 九月十日

从容捉笔，少许构思，一挥而就，众人嗟叹不暇。碑以载孝，孝以文扬。蔡邕闻讯来观，手摸碑文而读，阅后书"黄绢幼妇，外孙齑臼"八字于碑阴，隐"绝妙好辞"四字。

一天，曹操和他的秘书杨修路过上虞，便一同去看《曹娥碑》。曹操指着蔡邕的题字，问杨修："这八个字的意思你知道吗？"杨修回答："知道。"曹操说："你先不要讲出来，让我想一想。"走了三十里路，曹操才明白过来，说："我也想出来了。咱们各自把自己的理解写出来吧。"杨修于是写道："黄绢，色丝也，这是一个'绝'字；幼妇，少女也，这是一个'妙'字；外孙，女之子也，这是个'好'字；臼，受辛也，这是一个'辞'（注：古体的'辞'）字。这八个字的意思是'绝妙好辞'！"曹操一看，跟自己写的完全一样，便十分感慨地对杨修说："我的才能不及你！"后来，人们便以"黄绢幼妇"或"绝妙好辞"作为文才高、诗词佳的赞语。

正如同杨修之聪明而缺乏智慧一样，绝妙好辞虽然可以让鬼神惊叹其才能，但再好的言辞文章也不能道尽"道"之玄妙，见《道德经》（帛本）：

> 道，可道也，非恒道也；名，可名也，非恒名也。
> 无名，万物之始也；有名，万物之母也。
> 故恒无欲也，以观其妙；恒有欲也，以观其所徼。
> 两者同出，异名同谓，玄之又玄，众妙之门。

欲證無言觀妙諦，休將作意促詩情。

想要以一般的逻辑和思维去证明难以用语言表述的"道"之玄妙，并认知其真谛，是不可能的；我们也不能以警觉于心的所缘境界——以警觉之心，集中神志运作而产生诗之禅意。

对于这一联的理解存在歧义。吉川幸次郎先生将出句训读为"無言を証せんと欲して妙諦を観"，认为"欲"只是"证"的谓语；而中村宏和一海知义先生将之训读为"無言を証して妙諦を観と欲

读诗札记——夏目漱石的汉诗

し",认为"欲"是整个句子的谓语,甚至他还主张"欲"一直关联着诗的最后一句。① 而在笔者看来,两者均可作为一种合理的解读而存在。从语感讲,笔者更接近吉川幸次郎先生的意见。此外中村宏的注解在揣摩意思之外还注意到了训读的押韵,即以"し"为韵,使训读本身具备了与汉诗本身相匹配的阅读的美感。

按照笔者的理解,尚可将这一联的出句训读为:無言に証せんと欲して妙諦を観,这样一来,意思就变成了:想要证明玄妙之"道"的存在,只能是以放弃语言(无言)的立场,以"风月只须看直下,不依文字道初清"的方式,进入"道"的体悟和领受。

不过如此一来,夏目漱石的此联就在意义上无法完成对仗的要求了。反过来讲,这倒也符合本诗中所提倡的"休将作意促诗情"。反观夏目漱石诗作,警觉于规则和恪守,也是"作意"的一种吧。

孤雲白処遙秋色,芳草綠邊多雨聲。

孤独的白云和蓝天交接之处高远而寂寥,让"我"感受一种秋之景致,淅淅沥沥的雨夜,在芳香的花草处且听连绵不断的雨声。

既然不可"作意",无法用语言直接描述"道"的玄妙,那么就放弃语言之途,用眼、耳、口、鼻、身,去看,去听,去感受四季的轮转、人世的孤独、自然的一切美好与不美好吧。

孤云,诗歌中的常用语,仅在《全唐诗》就出现了172次。孤云,其情感的色彩和意义只有放入整首诗中才能确定,这也是汉语诗歌的特色之一。据此立场,此处的"孤云"更接近"一片云",只是由于阅读者自身的理解和想象,理解成"孤独的云"也不为错。

白处,此语勉强和"绿边"在词性上对称,在理解上也有些费解,应是夏目漱石自创的词语,意思是白云和蓝天的交接之处,翻译成"云端"也好。如此也可与"绿边"构成对仗的关系了。

要之,本联诗意有了,结构也合理,只是用语还是有些生硬,其

---

① 『漱石全集第十八巻』,東京:岩波書店,1995年,第387頁。

九月十日

原因之一，或是夏目漱石先生在仓促的时间之内，在未能抵达李白之洒脱，王维之才华的状态下，过分恪守格律形式，造成了用语的捉襟见肘之印象吧。不过如此讲，许是过于苛刻了。

風月只須看直下，不依文字道初清。

在这个世界上生存，想要体悟和感受至上玄妙的真理，即"道"，只要我们直接面对自然和人生的种种，不依靠文字和内在的思维与逻辑去体悟和感受，道，自然就在那里，显现出它本来的面目。

直下，禅语。禅宗之主旨，就是"直指人心，见性成佛"，这也是最为直截了当的教法，不历时长久，当下即可开悟，一悟即悟，彻了自心，乃至大彻大悟。学此无上乘大禅，唯其根性之猛利，直下承当，无有推拖，干净利落，直契本源心地，得大自在，得大智慧。《王阳明学行》里有"此处直须直下肯定，直下承当，绝不能绕出去用任何曲说以拨无之。若说真实，这里就是真实。若说高明奥妙，这里就是高明奥妙。"将禅理与儒学之修身相结合，寻找到了一条人人皆可圣贤的普适之法，此亦"阳明心学"之精义也。

不依文字，应出自于禅宗"不立文字"之说，为了平仄而改为"不依文字"。不依文字，和"直下"意思相通，均是禅宗修行之妙谛。前文已经提及不立文字，不离文字；教外别传，教内真传——乃禅宗立宗之旨。然而也正是这几个字的理解的差异，疑煞世间无数人！

有人执着于这些文字的真意和本源，恪守自认为真理的某些规则，或者拘泥于某一个教派，却不知不觉违背了"不立文字"的精神，成为了概念和名词的奴隶。

文字和语言，先天于我们的存在，塑造着我们对于世界的感受和认知。6岁之前的孩子，在没有接触自身的母语之前，对于世界的体悟和感受是丰富多彩的，内心是纯澈和光明的，情感是单纯而直接的，在接触文字和语言的教育之后，依靠文字获取知识和逻辑之后，

读诗札记——夏目漱石的汉诗

也渐渐遮蔽和驯化了原有的丰富与想象，成为文字世界中的一个个囚徒，众多成名之后的艺术家一个共同的特点和倾向就是寻找一颗"童心"。

成年世界，梦想和理想逐步被"成功"和"幸福"等词语和概念束缚，多半难以认清其中狭隘的运作及伤害。在一个人的名片上印上教授和研究员，似乎就可以标榜其高尚的品格和地位，实则可能只是一种小资情怀和自欺欺人的证明罢了。

自然，禅宗和佛教本身也未能真正实践所倡议的"不立文字"和"平等自性"等观念，但意义和价值或就在于赶往理想的路上，怀揣一颗宽容和平淡的爱心，不依靠别人的观念和立场，与这个世界在困苦甚至无常和磨难中建立起一份属于自己的联系和理解。

此外，人类，或只是时间在无界中的某一种表现形式，却被人类反向的感受与认知，"我"成为中心和所有的归途与目的，造就妄想和偏执。但也由此开启了一段人类自我言说的历史，在这个相对封闭的世界里，历史流经速朽的肉身与永恒的文字，汇聚成某种主题的记忆，时间只是被淡化在背景里。其实，无论以有神论还是无神论为前提，时间才是我们最重要的媒介和内容，这也指向了我们存在的终极，只是这样的终极却又以点燃无数生命的个体为前提，时间这个主人在人类的生死轮回中，在前赴后继中，永恒不息。

一场生命，是一场相聚，也是一场告别，即便做不到超越人类自我中心主义的樊笼，也愿人类可以忽略肤色和语言，遗忘贫富和国别，以一个生命的立场平等、宽容地看待另外一个生命，超越当下的自我眼界内的小我，一起善待家人、他人和今日的世界。

九月十一日

東風送暖暖吹衣，獨出幽居望翠微。
幾抹桃花皆淡靄，三分野水入晴暉。
春畦有事渡橋過，閑草帶香穿徑歸。
自是田家人不到，村翁去後掩柴扉。

训读：

とうふう　　あたた　　　おく　　　あたた　　　ころも　ふ
東風は　暖かさを送り　暖かさは衣を吹く
ひと　　　ゆうきょ　い　　　　すいび　のぞ
独り　幽居を出でて　翠微を望む
いくまつ　　とうか　　みなたんあい
幾抹の　桃花　皆淡靄
さんぶん　　やすい　　せいき
三分の　野水　晴暉に入る
しゅんけい　ことあ　　　はし　わた　　　　す
春畦に事有り　橋を渡りて過ぎ
かんぐさかおり おび　　みち うが　　　　かえ
閑草香を帯　径を穿ちて帰る

读诗札记——夏目漱石的汉诗

自_おのずから　是田家人到らず_{これでんかひといた}
村翁去りし後_{そんおうさ　のち}　柴扉を掩う_{さいひ　おお}

落款为9月11日的汉诗，渡、带、穿三字平仄有误，基本符合七律规则。

这首《明暗》期连续创作的第27首七律，中国传统田园诗的印迹明显，整体平淡且较为粗糙，或此日创作不在状态，给人以仓促之感，甚而乱云堆砌的印象。

1916年，即夏目漱石汉诗创作生涯的最后一年，于求道主题之外，幽居的吟诵也较为明显，此诗便是其在求道心绪渐复之后幽居心理的复现。幽居和求道，两者又共同源于一种深刻的孤独，而正是这份孤独，让夏目漱石的目光越过人世的繁华和欲望，面向人生的幽暗和悲哀，并藉以汉诗与文字，踏上了内心的求道之路，寻找精神的幽居之处。

東風送暖暖吹衣，獨出幽居望翠微。

一个人走出僻静的居所，春风吹拂"我"的衣角，眼中一片翠绿。

东风，春风之意。幽居，乃僻静的居所，也是作者内心的精神状态和向往的境地。夏目漱石未曾在东京购置房子，一直租房为生，数度搬家，备尝迁移之苦。本乡西片町十番地就是夏目漱石曾经租住过的一处住址，后因房东涨钱而愤然离开。鲁迅、许寿裳、周作人等5人在日本留学期间还曾合租过此处，他们还戏称此处为"伍舍"。

可以说，除了修善寺之患的那段日子，夏目漱石的精神未曾有过较长时间的安适，甚至几度陷入精神抑郁的痛苦。而其诗歌的闲雅之风，也唯有在修善寺的那段时间才得以显现。其生涯最后一年的汉诗，虽然较多以幽居和求道为主题，但引发这些超脱性主题的恰恰是难以超越的现实的困苦和内心的不安、焦虑。

幾抹桃花皆淡靄，三分野水入晴暉。

昨夜桃花初开，似有人在天地间勾勒、涂抹春之画作，几抹浓淡，春色内外；郊外的流水也映出晴空的流云和色彩。

此联具体描述了"独出幽居望翠微"的具体内容，其景致与幽居相应，正是桃花初绽、野水闲风。

抹，涂抹，粉饰。此处是拟人作画的喻义手法，写早春桃花初开的景色，色调淡雅。但"几抹"的用法在唐诗内未见。

野水，指没有经过人工开凿的河流，多指野外、郊外的流水，可理解为幽居之所的小溪、小河等。

春畦有事渡橋過，閑草帶香穿徑歸。

早晨，忙于春日耕作的农夫渡桥而过，傍晚，穿过野草小径悠然归来。

此句也可以说是"幽居所望"的景象，不过这种景象是一种诗意的虚构和想象，整首诗就是基于内心渴求和文字建构起来的一个想象的世界。

春畦，春日的田园，唐诗中也数次出现，有的则指田园的蔬菜或药草。如"春畦生百药，花叶香初霁"（《蓝田溪杂咏二十二首·药圃》钱起）、"野寺垂杨里，春畦乱水间"（《奉陪郑驸马韦曲二首之二》杜甫）、"何年归故社，披雨翦春畦"（《潼关道中》郑谷）等。

有事，此词多义。变故或事端，惹事，工作，用兵等。此处应指农事，即农民的工作。如唐代诗人皮日休（约834—902）曾撰诗句"有事忘哀乐，有时忘显晦"（《酒中十咏之酒乡》）。

闲草，郊外的野草。杨巨源（755—833？）在《秋日题陈宗儒圃亭，凄然感旧》中有句"前山依旧碧，闲草经秋绿"。

自是田家人不到，村翁去後掩柴扉。

普通种田的人家，少有访客，一位村翁，即一家农户的主人离去

读诗札记——夏目漱石的汉诗

时就虚掩了柴门。

该联描写——想象和勾勒——出了农村和谐闲散的状态，这也正是夏目漱石所向往的幽居的生活状态吧。

这句诗有不同的解读，日本方面，包括吉川幸次郎等学者认为村翁就是访客，如果这样理解，此句或可做如下解读：农村的大门虚掩，偶然来访的村翁推门进入庭院，呼而无应，才意识到主人尚在田里劳作，仍未归来，于是又走出院子，并随手关上了大门。

柴扉，柴门，用树枝编成的简陋的门。以前的农村的庭院很简陋，大门多以木板制作。居住在山区的农舍，荆条和树枝搭建起院墙也是常见的情形。大门一般总是虚掩的，没有上锁。木心（1927—2011）有一首十分流行的现代诗《从前慢》：

> 从前的锁也好看，钥匙精美有样子，你锁了，人家就懂了。

实际上，在北方的农村，直到八九十年代很多家户的大门都是不上锁的，因为大家都穷得一塌糊涂，甚至连锁都买不起。由此也可知，北方和南方的差距是普遍的，且绝非一夕之遥，人们基于财产的增长和差距，衍生出观念的变化也是惊人的。

这首诗以中国传统田园诗的风格建构了他内心的渴望，比前几首寡淡求道的诗篇多了一些声色，不过，比之于中国经典的田园诗，其水平也停留在了仿写的层面，但其对于田园诗所代表的归隐精神的追慕，也足以让我们为之侧目。

另，窃以为在中国传统田园诗一脉，最好的还是陶渊明的诗作，后来者如王维、孟浩然和李白等著名诗人的作品，虽然在辞色上更胜一筹，却总让人感觉与田园诗的最根本的精神（类似于素朴的"真"与"拙"）隔了一层，概因陶渊明自己就是一名农耕的老叟和村翁，他写的就是他自己，更忠实于真实的自我，而李白、王维等毕竟是局外人的缘故（王维《渭川田家》"即此羡闲逸，怅然吟式微"）。夏目漱石的这首汉诗在艺术精神层面不足的根源也在于此。

从另一方面即从诗歌的形式上讲，陶渊明将田园的朴素和农事的清苦，以非格律化的、素朴的古体诗体的形式呈现，做到了形式与内涵、精神与审美的契合，这一点亦非包括夏目漱石等恪守于格律的后来者所能及的。

此外，我们虽不至于说一句"采菊东篱下，悠然见南山"便开启了中国传统文人追寻精神家园之旅，但田园诗的悠久传统多以陶渊明为祖的现象，也是不能忽略的重要事实。

最后，谨以陶渊明的《归园田居·其三》来结束此篇汉诗解读：

> 种豆南山下，草盛豆苗稀。
> 晨兴理荒秽，带月荷锄归。
> 道狭草木长，夕露沾我衣。
> 衣沾不足惜，但使愿无违。

九月十二日

我將帰処地無田，我未死時人有縁。
唧唧虫声皆月下，蕭蕭客影落燈前。
頭添野菊重陽節，市見鱸魚秋暮天。
明日送潮風復急，一帆去盡水如年。

训读：

われまさ かえ　　　　ところ　ち　　たな
我将に帰らんとする処　地に田無く
われいま し　　　とき　ひと　えんあ
我未だ死せざる時　人に縁有り
しょくしょく　　ちゅうせい　みなげつか
唧　唧たる　虫声　皆月下
しょうしょう　　きゃくえい　とうぜん　お
蕭　蕭たる　客影　燈前に落ち
かしら やきく そ　　　ちょうようせつ
頭に野菊を添う　重陽節
し　ろぎょ　み　　　しゅうぼ　てん
市に鱸魚を見る　秋暮の天

九月十二日

<ruby>明<rt>みょう</rt></ruby> <ruby>日<rt>にち</rt></ruby>　<ruby>潮<rt>うしお</rt></ruby>を<ruby>送<rt>おく</rt></ruby>りて　<ruby>風<rt>かぜ</rt></ruby><ruby>復<rt>また</rt></ruby><ruby>急<rt>きゅう</rt></ruby>に
<ruby>一帆<rt>いっぱん</rt></ruby><ruby>去<rt>さ</rt></ruby>り<ruby>尽<rt>つ</rt></ruby>くして　<ruby>水<rt>みず</rt></ruby>　<ruby>年<rt>とし</rt></ruby>の<ruby>如<rt>ごと</rt></ruby>し

　　落款为9月12日的汉诗，《明暗》期连续创作的第28首七律。就格律而言，基本合乎规则，首联对句中的"死"和"人"以及颈联对句中的"秋"字平仄有误，颔联对仗不工整，"皆"疑同"偕"。

　　上个月即8月23日的诗作中，有"春城日日东风好，欲赋归来未买田"之句，表达了作者欲意归隐的心情和事实上却不能超脱世俗的烦恼，两者皆有陶渊明《归去来辞》的影子。

　　我將帰処地無田，我未死時人有縁。

　　"我"想要归隐山林故土，但却没有购置养家的田地，只要活着，与他人的缘分就没有断绝。

　　人的自我意识，核心或是一种记忆。所谓"我"，不是拥有的名字、身份与地位，这些都是外在世界所赋予的，可以如云烟消逝。甚至"我"也不是自己的肉身，因为肢体也可更换，包括心脏在内的内脏和器官也可移植。造就现在的"我"，或在过去的经历与记忆，并在对过去的意念中构建了现在的"自我意识"的核心。人的痛苦也正在于"自我意识"渴望永恒的诉求不得不寄存在容易变换、损伤，且只有短暂有效期的身体之内。"我"的诉求更多的是生命内在的观照，超越短暂的悲喜和浮云般的功名利禄，寻求一份类似于永恒的体验和意义。因此，有生命自觉意识的人内心必然经历痛苦而分裂的过程，而能否从这样的精神困境中走出，也决定了一个人的思想层次与境界。在中国传统的文化中，很多人都有类似的心灵历程，年轻的时候抱有儒家的入世与进取，中年抱以道家，聊以慰藉挫折和伤害，晚年面对无常和生死，又对佛教感兴趣，概其一生的"自我意识"及流变就是如此。杜甫这类忠君爱国的人，一生都在儒家的圈子里打转；李白"海宇清定"的梦想破灭后，借助道家仰天大笑、睥睨世俗；而

读诗札记——夏目漱石的汉诗

苏轼更是参以佛家隐遁仕途，笑傲江湖。

夏目漱石则参禅修心，想要超越尘世的痛苦，但似乎未能如高飞之鲲鹏，翱翔宇内，甚而未能如眷恋家园之飞鸟，身心归还故土。因此，心生倦意，却尘缘未了，欲归而无处安身。

唧唧虫声皆月下，萧萧客影落灯前。

月下秋虫群集，鸣叫不息，灯光下是异乡人孤单的影子。

唧唧，一海知义训读为"しょくしょく"。

《文心雕龙·物色篇》："春秋代序，阴阳惨舒，物色之动，心亦摇焉。盖阳气萌而玄驹步，阴律凝而丹鸟羞，微虫犹或入感，四时之动物深矣。"

秋至，阴气上升，万物开始萧瑟，蝉声渐渐衰弱，但此时夜晚的秋虫却极为活泼，蟋蟀、金龟子、纺织娘、蚱蜢等，比人类更能感受秋日气息的来临，享受岁月美好的光景。在一个夜空如洗、月花盛开的夜晚，安定身心，聆听这天籁之声，你或可惊讶于他们的"群贤毕至"——其鸣叫犹如一场盛大的音乐会，秋月就是他们的总指挥。而相比这些热闹的景象，作为听众的那个不眠的人，却是孤独而可怜的。点亮内心唯有一盏孤独的灯火，灯火之下是萧瑟的影子，人生寄居天地，就是一个过客，而非天地的主人，想到此处，人之存在何其落寞！

可以说，颔联是首联意义的物化描写和情景衬托。一个"客"字，道出了作者的内心苦痛和孤独的根源。

此外，之所以说此联不对称，是因为"皆"与"落"词性不一致，且此处的"皆"应通假"偕"，偕同、一同、遍地之意。抑或是夏目漱石之笔误，将"偕"写为"皆"。

头添野菊重阳节，市见鲈鱼秋暮天。

人们开始在头上用野菊作为装饰，"我"才知道重阳节快要到了；在市场上看见贩卖的鲈鱼，"我"便知道已是深秋时节。

叶落而知秋，夜凉闻秋虫，虫鸣始秋声。本联承接颔联之秋夜景色的描述，又进一步深化了悲秋之意。

重阳节，又称重九节、晒秋节、"踏秋"，为每年的农历九月初九，中国传统节日。因为《易经》中把6定为阴数，9定为阳数，九月九日，日月并阳，两九相重，故而叫重阳，重阳节有登高、佩茱萸、饮菊酒、食莲耳、吃重阳糕等习俗。如王维之诗句"遥知兄弟登高处，遍插茱萸少一人"。唐代诗人李嘉祐也有诗句"惆怅重阳日，空山野菊新"（《九日》）。

日本的重阳节源自中国，也是每年的9月9日。日语叫做「重陽（ちょうよう）」，这一节日大约在日本的平安时代就已传入。在重阳当日饮用浸泡有菊花的"菊酒"，并且插茱萸、举办菊花宴用来驱除邪气，此外还会举办和菊花有关的咏歌会或是竞赛、鉴赏活动。日本古代有"五大节日"之说，即1月7日人日（喝七草粥），3月3日女儿节，5月5日端午节，7月7日七夕以及9月9日重阳节。这五大节日也被冠以与之相关的植物名字，3月3日又叫桃子节，5月5日是菖蒲，7月7日是细竹，而9月9日又被称为菊花节。

因此，重阳节与野菊的意象交合重叠，故而容易引发诗人和读者的联想。但"头添"之用法少见、生硬，也未闻重阳节有以野菊装饰发髻的风俗。

鲈鱼，此处指的是海鲈鱼，学名日本真鲈，又称花鲈、七星鲈、鲈鲛。主要分布于中国、朝鲜及日本的近岸浅海。

鲈鱼之句，涉及西晋文学家张翰的典故。据《晋书·文苑列传·张翰》记载："翰因见秋风起，乃思吴中菰菜、莼羹、鲈鱼脍，曰：'人生贵得适志，何能羁宦数千里，以要名爵乎？'遂命驾而归。"他想起了往昔的乡居生活与家乡风物，尤其思念起吴中特产、味道特别鲜美的菰菜、莼羹、鲈鱼脍，于是诗笔一挥，写下了著名的《思吴江歌》："秋风起兮木叶飞，吴江水兮鲈正肥。三千里兮家未归，恨难禁兮仰天悲。"当时张翰在洛阳为官，遂去官返乡，于是中国官场少了庸官一枚，文化史上多了一个"莼鲈之思"的典故。

读诗札记——夏目漱石的汉诗

此处以菊花——陶渊明、鲈鱼——张翰作为比照和暗喻,言说作者夏目漱石的归隐之心。

明日送潮風復急,一帆去盡水如年。

明日远行,岸边潮涌风急,一帆远去,直挂沧海,船帆于远方渐渐模糊,最终消失在海天之际,留给岸边送行人的是苍茫的大海,沉默如永恒的岁月。

此句承接张翰感秋风而思家乡美味鲈鱼之典故,将张翰乘船返回江南、孔子"道不行,乘桴浮于海"和李白"直挂云帆济沧海"之意象再现和融合,将自身的意念和想象投射到其中,并在诗歌中完成自我精神的远航——逃离现实苦境——获得想象的再生与新的思考。

换言之,尾联和颈联共同引用了莼鲈之思的典故。而最后一联的"急"和"尽"两字情感色彩鲜明,与归隐的恬淡和闲适不同,尤其值得注意。这也说明了夏目漱石十分熟悉张翰思鲈鱼而辞官返乡的现实寓意。

《晋书斠注》(清吴士鉴编著,民国嘉业堂本)卷九十一,有关此事的记载全文如下:

> 张翰,字季鹰,吴郡吴人也。父张俨,吴大鸿胪。翰有清才,善属文,而纵任不拘,时人号为"江东步兵"。会稽贺循赴命入洛,经吴阊门,于船中弹琴。翰初不相识,乃就循言谭,便大相钦悦。问循,知其入洛,翰曰:"吾亦有事北京。"便同载即去,而不告家人。齐王冏辟为大司马东曹掾。同时执权,翰谓同郡顾荣曰:"天下纷纷,祸难未已。夫有四海之名者,求退良难。吾本山林间人,无望于时。子善以明防前,以智虑后。"荣执其手,怆然曰:"吾亦与子采南山蕨,饮三江水耳。"翰因见秋风起,乃思吴中菰菜、莼羹、鲈鱼脍,曰:"人生贵得适志,何能羁宦数千里以要名爵乎!"遂命驾而归。

据此，我们就不能简单地将张翰戏称为中国历史上最有名的吃货，只是断章取义，看其雅趣和风流的一面。在中国历史上，魏晋南北朝时期的风流轶事多有所闻（概《世说新语》所赐），一方面我们为中国人活泼而自由的灵魂尚未远去而感动，另一方面我们也看到了造就雅趣和风流——被夏目漱石称之为东洋文化精彩之印迹的部分——背后现实的暗云汇聚，暴风即来的人性的悲鸣和历史的危机。

诸葛亮（181—234）面对千军万马，于大厦将倾之际，羽扇纶巾、空城弹琴的风流实乃一种巨大的隐喻，若果有其事，对面的那个司马懿（179—251）最是知己，当时一定体会到了琴声悠扬之中人性、历史和情感在那一刻的冲突而共存的和谐与张力。司马懿最终选择退兵，配合诸葛亮演出了一场千古剧目，懂得历史的人都明白，这场戏的主角并非诸葛亮，而是司马懿，这场戏的导演，更是藏匿于历史和人性的幽暗之处，难以一言明之。

永和九年（353）三月初三上巳日，王羲之偕亲朋谢安、孙绰等在兰亭修禊后，举行饮酒赋诗的"曲水流觞"活动，引为千古佳话。这一儒风雅俗，一直留传至今。王羲之等群贤汇聚，只是为了玩弄笔墨、俯仰天地？一大群身兼数职、作为社会名流的男人们——包括王羲之这位会稽内史在内共有42位全国军政高官——聚会是为了唱唱歌跳跳舞？

事实上，被称为阮籍第二的张翰，乃伪称思念家乡的鲈鱼之美味而辞官保命。夏目漱石是用自诩风流的汉诗来抵抗现实和内心的世俗和卑微。我们的人生何尝不是如此，虽然千疮百孔，早已面目全非，我们不也仅仅出于为自己找一个热爱甚至高尚的理由，继续活下去么？

九月十三日其一

　　　　掛劍微思不自知，誤為季子愧無期。
　　　　秋風破尽芭蕉夢，寒雨打成流落詩。
　　　　天下何狂投筆起，人間有道挺身之。
　　　　吾當死処吾當死，一日元來十二時。

　　训读：
　　　　剣を掛る微思　自ら知らず
　　　　誤って季子と為り　期無きを愧ず
　　　　秋風破り尽くす芭蕉の夢
　　　　寒雨打ちて成す流落の詩
　　　　天下何ぞ狂える　筆を投じて起ち
　　　　人間道有り身を挺して之く

九月十三日其一

我_{われまさ}当に死_しすべき処_{ところ}　吾_{われまさ}当に死_しすべきし
一日_{いちにち}　元来十二時_{がんらいじゅうにじ}

　　落款为9月13日的汉诗，《明暗》期连续创作的第29首七言律诗。基本合乎近体规则，颔联对句中的"打"字应平而仄。

　　此诗语调激越，愤然而决绝，不同于以往诗作，在夏目漱石的汉诗中显得风格迥然。不过，这样愤世嫉俗的情绪，在此后数日汉诗的创作中也得以延续。从思想上讲，这或是佛学和老庄难以慰藉或缓解夏目漱石对世俗的不满和对自己的悲哀，也可以说是源于作者功名之心和是非之心（儒学心态）思想在"作怪"，但详情我们不得而知，也难以在拙文中对此实证分析，况且本书的自序已经声明，笔者对此兴趣不大。而若从生命个体的整体立场观之，这无疑是一条名为"夏目漱石"之河川的一段湍流。

　　明治三十九年，即1906年夏目漱石在给铃木三重吉（1882—1936）的书信中曾经提及自己的内心渴望，一方面出入于俳谐的文学，一方面拥有像明治维新的志士们面对生死的壮烈情怀，并将之投入到学术之中。人性是复杂的，菩萨慈祥而金刚怒目，尤其是文学家，这首诗正是夏目漱石的思想激荡（依然没有超越不安和焦虑）之产物。只是语意隐晦，极为难解。

　　掛劍微思不自知，誤為季子愧無期。

　　对故友的酬谢的心情，虽不需要刻意铭记，内心自会留存，但有时候也会如季子那样留下无尽的遗恨，徒留遗恨，挂剑而去。

　　《史记》卷三十一《吴太伯世家》记："季札之初使，北过徐君。徐君好季札剑，口弗敢言。季札心知之，为使上国，未献。还至徐，徐君已死，于是乃解其宝剑，系之徐君冢树而去。从者曰：'徐君已死，尚谁予乎？'季子曰：'不然。始吾心已许之，岂以死倍吾心哉！'"

读诗札记——夏目漱石的汉诗

季札（前576—前484），吴王寿梦第四子，尊称为"公子札"，因封地延陵，又称延陵季子。和孔子同一时代，在世时就有"南季北孔"之说。其与孔子的关系至今未有定论，有的学者认为季札是孔子的老师，是与孔子一样的文化圣人。上博楚简《孔子诗论》中许多观点和"季札观周乐"时的论调一致，或也反映了两者思想的密切关系。

夏目漱石引用季札挂剑的典故，表达了对于未能回报故友恩情的遗憾和自责。这样的引用也颇有新意，迥异于中国传统诗文中对于这一典故的引用和固有的理解。

中国传统诗文中对于"季札挂剑"的关注，多在诚信和知音难觅的层面，而且多出现在悼念诗词之中。如"芜漫藏书壁，荒凉悬剑枝"（崔融《哭蒋詹事俨》）、"一朝宾客散，留剑在青松"（张说《崔尚书挽词》）、"欲挂留徐剑，犹回忆戴船"（杜甫《哭李尚书》）。

秋風破盡芭蕉夢，寒雨打成流落詩。

芭蕉在秋风中曼舞不停，寒雨泠泠，促成凄凉的诗句。

破尽，在阅读时的语意上，在吟诵时的语感上都会带来一种冲击感，破字就已决绝，附加一个尽字，更是不留余地，自有一种美学的力量。诗歌的不朽在于从后人反复的阅读中复活了作者精神和情感的生命，而吟诵则更能生发一种情景的复原，调动人的感官和情绪，让吟诵者的思绪与沉睡在诗词中的生命获得共感和共鸣。

"破尽"之词唐诗中也极为少见，仅数条目，如"破尽裁缝衣，忘收遗翰墨"（元稹《张旧蚊帱》）、"匈奴破尽人看归，金印酬功如斗大"（韩翃《送孙泼赴云中》）等。

打成，比之于"破尽"一词，虽然在语意上与"破尽"相对，极为工整，但在语感上稍逊，唐诗内亦未见。

天下何狂投筆起，人間有道挺身之。

天下有什么让人（愤然）发狂，拍案而起的事情，人间若有至真的真理,"我"愿为之献身!

此联的气息与颔联的"破尽"和"打成"相通相接,并有所强化。

何狂,有什么让人发狂之义,乃是反问。与"有道"——若是有至真的真理——相对而并列。

投笔,引用班超投笔从戎的典故。《后汉书·班超传》:"大丈夫无他志略,犹当效傅介子、张骞立功异域,以取封侯,安能久事笔砚间乎?"

班超,是徐县令班彪的小儿子。家贫但志向远大,不以劳动为耻辱,粗览历史典籍。永平五年。哥哥班固被征召去洛阳做校书郎,班超和母亲一起跟随。家里穷,常被官府雇佣抄书来养家。一天,班超停下抄书,扔笔而慨然:"大丈夫没有更好的志向谋略,应该模仿傅介子、张骞在异地立下大功,来得了封侯,怎么能长期在笔砚间忙碌呢?"旁边的人都嘲笑他。班超说:"小人物怎么能了解壮烈之士的志向呢?"后来他奉命出使西域,最终立下了功劳,被封侯授爵。

天下有道,是什么意思呢?

孔子说:"天下有道,则礼乐征伐自天子出……天下有道,则政不在大夫。天下有道,则庶人不议。"(《论语·第十六章·季氏篇》)

孔子还曾说道:"鸟兽不可与同群,吾非斯人之徒与而谁与?天下有道,丘不与易也。"(《论语·微子》)

老子说:"天下有道,却走马以粪;天下无道,戎马生于郊。"(《道德经》第四十六章)

庄子说:"天下有道,圣人成焉,天下无道,圣人生焉。"(《庄子·人世间》)

庄子还说:"夫圣人,天下有道,则与物皆昌;天下无道,则修德就闲。千岁厌世,去而上仙,乘彼白云,至于帝乡。"(《庄子·天地》)

读诗札记——夏目漱石的汉诗

孔子和老庄之"道"都是天下之"道",也就是说,是包含天地万物、人伦自然之道,正所谓:"此道冲,而用之或不盈。渊兮,似万物之宗;湛兮,似或存。吾不知谁之子,象帝之先。"(《道德经》第五章)

要言之,"道"与"理"相对,理是人类的知识和思维系统,而道则是整个世界内在的规律。

佛教也示人以"道"。慧能六祖在《坛经·般若品》里说:"若欲见真道,行正即是道。"马祖禅师云:"道不用修,但莫染污。何为染污?但有生死心,造作趋向,皆是染污。若欲直会其道,平常心是道。何为平常心?无造作、无是非、无取舍、无断常,平凡无圣。"《五灯会元》卷四记载,赵州从谂问南泉普愿:"什么是道?"南泉说:"平常心是道。"

可以说,儒家侧重人道,佛教侧重心道,道家侧重天地之道,但三者的"道"并不相互排斥而是相互融合,并统一于中华文明的血脉。宋仁宗曾著文《尊道赋》云"但观三教,惟道至尊",也反映了这样的历史事实。

那么,夏目漱石的"道"呢?这是一个带有挑战性的问题,此文难以处理,只是想在此处指出,夏目漱石的"道"是一个复杂而变化的过程,似在儒、佛、道之间游走,但联系本篇"挺身之"的诗句,即可为"道"而献身此道更接近于现实性的对抗,带有强烈的抵触世俗的信号,即便带有超脱凡尘的欲望,但这种欲望来自尘土,只能走向非道非佛的"吾当死处吾当死"的刚烈。

吾當死処吾當死,一日元來十二時。

"我"当死的时候就接受死亡,这是一个自然的过程,正如同一日有二十四个小时那样平常。

处,时候,在汉字系统内,时间和空间是相互转换的,也可以用一个词语来表达,在修辞学上或也有通感的意义。

元来,即原来。

九月十三日其一

十二时，古代的计时单位，即子、丑、寅、卯、辰、巳、午、未、申、酉、戌、亥十二时，一个时辰相当于我们现在的两个小时。

承接颈联"天下有道挺身之"的语意和语气，直接写到死亡，其决然和愤慨之状犹如在写一封绝命的遗书。在美学上，不仅违背了佛家的虚空、道家的自然之精神，也"僭越"了儒学之敦厚。

每一句话，每一个字我们都理解了，可这首诗具体指向是什么，我们依然不得而知，但有一条线索值得关注，此诗以"挂剑"开题，或是有深意的。据吉川幸次郎在《漱石诗注》中所述，夏目漱石在《文学论》中论及"情绪的固执"时引用了这一典故，并在1897年的一首俳句，即"春寒し墓に懸けたる季子の剣"中引用。此外，夏目漱石在《我是猫》的自序中再次使用了这个典故，并明确袒露对他一生挚友正冈子规的怀念："昔日有季子悬剑坟墓，以酬亡友之心意，我亦将《我是猫》奉送在子规的墓碑前……"

九月十三日其二

山居日日恰相同，出入無時西復東。
的皪梅花濃淡外，朦朧月色有無中。
人從屋後過橋去，水到蹊頭穿竹通。
最喜清宵燈一點，孤愁夢鶴在春空。

训读：

<ruby>山居<rt>さんきょ</rt></ruby> <ruby>日日<rt>にちにち</rt></ruby> <ruby>恰<rt>あたか</rt></ruby>も<ruby>相同<rt>あいおな</rt></ruby>じ
<ruby>出入<rt>しゅつにゅう</rt></ruby> <ruby>時無<rt>ときな</rt></ruby>く<ruby>西復東<rt>にしまたひがし</rt></ruby>
<ruby>的皪<rt>てきれき</rt></ruby>たる<ruby>梅花<rt>ばいか</rt></ruby> <ruby>濃淡<rt>のうたん</rt></ruby>の<ruby>外<rt>そと</rt></ruby>
<ruby>朦朧<rt>もうろう</rt></ruby>たる<ruby>月色<rt>げっしょく</rt></ruby> <ruby>有無<rt>うむ</rt></ruby>の<ruby>内<rt>うち</rt></ruby>
<ruby>人<rt>ひと</rt></ruby>は<ruby>屋後<rt>おくご</rt></ruby>より <ruby>橋<rt>はし</rt></ruby>を<ruby>過<rt>す</rt></ruby>ぎて去り
<ruby>水<rt>みず</rt></ruby>は<ruby>蹊頭<rt>けいとう</rt></ruby>に<ruby>到<rt>いた</rt></ruby>り <ruby>竹<rt>たけ</rt></ruby>を<ruby>穿<rt>うが</rt></ruby>ちて<ruby>通<rt>つう</rt></ruby>ず

九月十三日其二

最も喜ぶ　清宵の燈一点
孤愁　鶴を夢みて　春空に在り

落款为9月13日的第2首汉诗，《明暗》期连续创作的第30首七律。

这首诗除了首联之外，其余三联的六句话，每一句话都是一副独立的画面，时空感极强，虚实相间，最后以梦中飞鹤的意象结尾，言说不可说的孤愁。

山居日日恰相同，出入無時西複東。

在山中生活，日复一日。没有目的和规律地在山中散步而不辨方向。

这是作者将自己现实生活作了简约的描述，其状态可比拟在山中的隐居。诗中的生活是无时间和空间束缚的。换言之，描述的生活是没有目的和方向的。但现实中谁的生活是脱离方向和目的的呢？夏目漱石自己没有做到，他也在寻求脱离焦虑之路，渴望简单的生活。我们普通的人要朝九晚五、按部就班地工作，生活在帝都的人们（尤其是外地来京的青年）每日早晨更是要从遥远的郊区汹涌而来，夜晚又涌向郊外睡觉的地方，往返的路途需要几个小时不在话下，途中的拥挤、冲撞和奔跑，有时候近乎于一场"战斗"。因此，这两句话应是作者对于内心世界和状态的描述，是一种修辞而非实写。

在明治四十三年，即1910年9月25日和29日的汉诗中，夏目漱石对于日复一日的实际的生活状态进行了描述：

> 风流人未死，病里领清闲。
> 日日山中事，朝朝见碧山。
>
> 仰卧人如哑，默然见大空。
> 大空云不动，终日杳相同。

读诗札记——夏目漱石的汉诗

时日，夏目漱石在修善寺休养，面对有规律而简单的重复着的岁月，他写出上述文字，表述其心境。这份心境还是较为平静而素朴的。这份简单的心情，也产生了夏目漱石汉诗中少有的闲雅和清淡，且看当年10月1日的汉诗：

日似三春水，心随野水空。
床头花一片，闲落小眠中。

的皪梅花濃淡外，朦朧月色有無中。
光泽鲜亮的梅花渐次浓淡绽开，朦胧的月色倾泻于有无之间。
的皪，颜色鲜亮貌。或出司马相如之句"明月珠子，的皪江靡"（《上林赋》）。描写梅花之光泽的诗句，较为著名的有范成大《雨后田舍书事》"熟透晚梅红的皪，展开新箨翠扶疎"之句，以及苏轼《梅花二首》其一"春来空谷水潺潺，的皪梅花草棘间"之句。

此联"的皪"与"浓淡"似乎有些不洽，"朦胧"与"有无"的关系也有些不协调。这可以理解为现实生活中万般事物的融合，矛盾中的统一。也可以理解为这两句共有一个潜在的主语：我。的皪的梅花开在"我"浓淡的心情之外，而朦胧的月色倾泻于"我"内心的虚无。此联还可以理解为，梅花自身是光泽鲜亮的，但这个世界有明有暗，有黑夜有白天；流云不定，因此，月色时而光亮，时而朦胧。

无论哪种理解，此联的时间和空间是相对静谧而稳定的，其心情也是自然而平静的。

人從屋後過橋去，水到蹊頭穿竹通。
人们经过屋后的小路，穿过小桥而离去，去了哪里？水流到小路的尽头，穿越竹林通往大河，又奔往大海么？

如果说上一联的时空是相对静止的，那么，此联的画面则是流动的，而流动至何处是未知的，是需要想象去完成的。

这一联的描述语言是朴实的，甚至可以说有粗糙之嫌，但在这首诗的整体布局和结构上，却是相当合理的。

换言之，一首诗要求每一句每一个词都是惊艳的，都充满审美的力量，不仅是可遇不可求，而且也违背了审美张弛有道的规则。一首诗，能做到在结构完整的前提下，有一两句触及阅读者的内心就已经是成功的诗歌了。正如一个诗人，有一两句诗歌留存于世，便足以对得起诗人的称誉。

且看刘邦的《大风歌》：

大风起兮云飞扬。威加海内兮归故乡。安得猛士兮守四方！

此诗结构不完整，没有所谓的转承启合，也不符合所谓的平仄格律，但这也是诗的一种，因为从诗中我们可以感受到一个鲜活的生命。

最喜清宵燈一點，孤愁夢鶴在春空。

最喜爱的是夜深人静，"我"独坐书桌前，点燃一盏灯火；困在梦中，而梦中有仙鹤在春日的天空飞鸣。

尾联的目光由外转向内，由外物转向自我，由白描转向叙述，且与首联相呼应，以颔联和颈联为铺陈，递进到最爱的一个画面和场景，这也是夏目漱石自我精神的认知和人生的定位——独守孤灯的守夜人和思考者。

守夜人和思考者是一条孤独的路，而孤独中有灵魂的苦痛也有梦想的坚持。夏目漱石早已明白在人类的历史中，很多时候，自我的觉醒不仅意味着孤独，也意味着自我的牺牲和毁灭。这甚至与有无启蒙的社会无关，这只关乎于人悲哀的宿命。

1910年5月，发生了"幸德秋水事件"，日本社会全面走向专制法西斯化。受此影响，在此之后，夏目漱石也改变了社会批评的创作方向，接连创作了《过了秋分为止》《行人》《心》《道草》等小说，其风格转向内心深入的剖析和批评。

守夜人，有人说语出亚当·斯密的《国富论》，也有人说是奥地

读诗札记——夏目漱石的汉诗

利工人领袖拉萨尔在1863年2月发表的"公开信"宣言中提出的一个概念。但无论是谁提出的,他们似乎都忽略了政府也有动物性,正如人也有兽性一样,是为常识。

或许,守夜人,只存在于人类的理想中,只存在于乔治·马丁系列作品《冰与火之歌》(A Song of Ice and Fire)这样虚构的文学作品中。①

鹤,是夏目漱石汉诗中出现最多的动物形象之一,大约出现了四次,多与松树同时出现,寓意诗人向往的超然精神境界。而此处的"鹤"则更多的可能是指向作者内心的孤独和高洁。鹤鸣春空,无疑是祥和而高远的意象,但这却只是出现在梦中,这份梦中的喜悦,更加衬托了作者在现实的孤独和愁苦。

不过,夏目漱石的孤独并不狂野,没有唤醒暗夜的狼群,与狼群斗争或与之共舞,他的孤独虽不完全来自于世俗的挫折,但还是有些纤弱。而且,他最终也没能沿着这条孤独的路,抵达"则天去私"的彼岸,完成自我精神的救赎。

---

① 《冰与火之歌》,被改编成热播连续剧《权力的游戏》(Game of Thrones)。在此书中,守夜人是一个有组织的军团,原来是传说中高贵的黑衣军团,其职责是防御北方的野人和活死人,是整部书中与寒冷和暗夜共生的一个群体,也是书名中"冰"的代名词。

九月十五日

素秋搖落変山容，高臥掩門寒影重。
寂寂空舲横淺渚，疎疎細雨湿芙蓉。
愁前剔燭夜愈靜，詩後焚香字亦濃。
時望水雲無限処，蕭然獨聽隔林鐘。

训读：

素秋　搖落して　山容を変じ
高臥　門を掩えば　寒影重なる
寂々たる　空舲　浅渚に横たわり
疎疎たる　細雨　芙蓉を湿す
愁前　燭を剔れば　夜愈いよ静かに
詩後　香を焚けば　字も亦濃し

读诗札记——夏目漱石的汉诗

　　時に水雲限り無く　処を望み
　　蕭然として　独り聴く　隔林の鐘

　　落款为9月15日的七律。押冬韵，但最后一个字"钟"不在韵表中。另，首联的对句第三个字"掩"应平而仄，颈联第五个字"夜"和第六个字"愈"应平而仄。

　　秋色渐浓，寒气日增，而诗人的心也愈发孤寂，寂寂空舲，冷雨芙蓉，深夜孤灯，好不容易出现焚香之暖意，却又以云水缥缈，钟声萧然而结尾，可见，萧瑟的秋日对于诗人而言，是一份多么幸运的痛苦和孤独。

　　里尔克（Rainer Maria Rilke，1875—1926）曾说，这样的日子，适合写诗，写长长的信。且看里尔克的《秋日》（北岛译）：

　　　　主呵，是时候了。夏天盛极一时。
　　　　把你的阴影置于日晷上，
　　　　让风吹过牧场。

　　　　让枝头最后的果实饱满；
　　　　再给两天南方的好天气，
　　　　催它们成熟，把最后的甘甜压进浓酒。

　　　　谁此时没有房子，就不必建造，
　　　　谁此时孤独，就永远孤独，
　　　　就醒来，读书，写长长的信，
　　　　在林荫路上不停地，
　　　　徘徊，落叶纷飞。

　　北岛（1949—　）在《时间的玫瑰》（江苏文艺出版社，2009

年，第70页）一书中写道：

> 正是这首诗，让我犹豫再三，还是把里尔克放进二十世纪最伟大的诗人的行列。诗歌与小说的衡量尺度不同。若用刀子打比方，诗歌好在锋刃上，而小说好在质地重量造型等整体感上。一个诗人往往就靠那么几首好诗，数量并不重要。里尔克一生写了二千五百首诗，在我看来多是平庸之作，甚至连他后期的两首长诗《杜伊诺哀歌》和《献给奥尔甫斯十四行》也被西方世界捧得太高了。这一点，正如里尔克在他关于罗丹一书中所说的，"荣誉是所有误解的总和"。

之所以不厌其烦地摘引北岛的话，原因有四：

其一，诗歌的好坏在于锋刃，这主要是针对现代诗歌而言的，古典诗歌尤其是汉语诗歌则主要看有无诗眼抑或诗心，在笔者看来，夏目漱石汉诗中的优秀作品都有类似的东西存在，可以称之为诗。

其二，能否成为诗人，关键在于有无几首好诗，数量并不重要。夏目漱石汉诗中绝大多数都是一般之作，但确有几首不错的汉诗，由此我们或可称他为诗人。

其三，如今很多人开始关注和研究夏目漱石汉诗，赏析和批评应该是同步的，但在当下的研究者那里，要么回避审美的判断和赏析，要么缺乏批评的能力，似乎夏目漱石的汉诗作为一流的作品，是不言而喻的事实。

其四，我们选取不同的诗歌题材，也可基于形式、时代和诗人的差异比照"秋日"这一主题在不同诗歌中呈现出的方式和特点，从而让阅读者有机会体会审美的多元可能。

素秋搖落变山容，高臥掩門寒影重。

秋色渐深，草木枯黄，万物凋零，山林也改变了青葱的面容。"我"在家中闭门而居，也感到了秋日寒气逼近，一夜寒风便寥落的树影。

读诗札记——夏目漱石的汉诗

素秋。古代五行之说，秋属金，其色白，故称素秋。汉代的刘桢《鲁都赋》："及其素秋二七，天汉指隅，民胥被禊，国於水游。"杜甫也有诗句《秋兴》诗之六："瞿塘峡口曲江头，万里风烟接素秋。"

素秋，也比喻衰老、迟暮。或语出潘尼（约250—约311）《赠陆机出为吴王郎中令》之三："予涉素秋，子登青春；愧无老成，厕彼日新。"南朝的江淹（444—505）有诗《杂体诗·效潘岳》："青春速天机，素秋驰白日。"

高卧，即安卧，悠闲地躺着。也指隐居不仕。《晋书·隐逸传·陶潜》："尝言夏月虚闲，高卧北窗之下，清风飒至，自谓羲皇上人。"

掩门。闭门而居。陆游曾作《掩门》："身瘦不胜笏，官闲常掩门。"

寒影。秋色萧条，草色枯黄，树叶摇落之景象。

重，风吹而树影重叠的意象。

可以说，起句的"素秋"二字，不仅可以引领此联，也统摄和涵盖整个诗题，正是这首无题汉诗的名字。

寂寂空舲横淺渚，疎疎細雨湿芙蓉。

小舟无人，寂寞地停留在河边。秋雨淅沥，打湿了路边的芙蓉。

这一句的诗意或取材于唐代韦应物（737—792）的《滁州西涧》：

独怜幽草涧边生，上有黄鹂深树鸣。
春潮带雨晚来急，野渡无人舟自横。

即便不是取材于此，我们也可以从中感受到两者审美的相似。两者都没有写自己的孤愁和痛苦，不似里尔克在《秋日》中直抒胸臆：

谁此时没有房子，就不必建造，
谁此时孤独，就永远孤独，

九月十五日

……

在西方诗歌史中，里尔克是相当知道隐藏自己的诗人。奥地利作家茨威格（1881—1942）说里尔克是"一位悄然无声的人"。但即便这样一位在艺术上极为内敛而克制的人，在诗歌中也会使用"谁此时孤独，就永远孤独"的断语，直接冲撞而不是轻抚他人的心，呵斥而不是问询灵魂。由此也可见，古典诗歌之"古典"与现代诗歌之"现代"的区别，或就在于作者"我"——个人的位置，古典社会个体是隐藏的，现代的"我"却是凸显的。不过，古典的人，尚可将身心依托给法天法地之道抑或上帝，而"上帝死后"人类获得精神深度的解放，进入近代，却也走入了另外一个魔咒，各种欲望开始被释放，人随之成为欲望的奴隶，存活权力和资本制造的成功与幸福之幻想中。

不过，所谓古典，应该有一个历史分期，在缜密严格的律诗出现之前，人们的情感和思想还是比较奔放而自然的，汉民族尚未成熟也没有被权力和世俗的道德所驯化和捆绑，在爱情上还较为正常。如汉代的民谣诗歌《上邪》：

> 上邪，我欲与君相知，长命无绝衰。山无陵，江水为竭。冬雷震震，夏雨雪。天地合，乃敢与君绝。

这首诗的情感之迸发力度，超越一场人世预设的风暴，简直是天崩地裂！其震撼的张力，是一般意义上所谓现代诗歌都难以企及的。

愁前剔燭夜愈靜，詩後焚香字亦濃。

内心愁苦，深夜而无眠，书桌前独坐无语，只是看着烛火在风中摇曳，夜色更加安静而寂寞。写诗之后，点燃一炷香，刚才的文字也似乎多了一份味道。

时光日转，冷气逼窗，昼短而夜长，夜长而愁浓。何谓诗人，他们或是一群过分认真却又过分敏感的人，有时候像孩子一般天真，外在的世界极易触发他们的感动，尤其是四季交替之际，夏日盛极一

读诗札记——夏目漱石的汉诗

时,时而骄阳似火,时而暴风疾雨,世界生命充沛,自然万物繁盛。然而秋日忽来,天地为之一振,由阳气而阴,盛而衰也,诗人岂能没有察觉!且看宋玉的《楚辞·九辩》,夏目漱石首联的"摇落"之语,就出自这里:

> 悲哉,秋之为气也!
> 萧瑟兮草木摇落而变衰。
> 憭栗兮若在远行,登山临水兮送将归。
> 泬寥兮天高而气清,寂寥兮收潦而水清。
> 憯凄增欷兮,薄寒之中人。
> 怆怳懭悢兮,去故而就新。
> 坎廪兮贫士失职而志不平,
> 廓落兮羁旅而无友生,
> 惆怅兮而私自怜!

夏转入秋,也是人由青春步入中年的季节。人生过半,过了而立之年,便是不惑,但世事纷纭,人世艰辛。娑婆世界,意译"堪忍",为释迦牟尼佛教化的世界,也就是我们所处的这个人的世界,佛说:此界众生安于十恶,堪于忍受诸苦恼而不肯出离,为三恶五趣杂会之所,如今谓之现实世界。

"人的世界",是来来去去,皆为利往。人活在这娑婆世界中就要受苦,看得破却未必能忍得过,忍得过时却又放不下,放不下就是不自在。苦海无边,回头却是无岸!

知识分子希望借助读书和思考,慎独和著述之途径,寻得一方天地,立足人间。夏目漱石在23岁那年的秋天,创作了汉文文集《木屑录》,在序言中他写道:

> 余儿时诵唐宋数千言,喜作为文章,或极意雕琢,经旬而始成,或呫嗫冲口而发,自觉澹然有朴气。窃谓,古作者岂难臻

哉。遂有意于以文立身。①

可见，夏目漱石当时以文立身的人生志趣极其强烈。也可管窥传统文人安身立命于文字的一种宿命。时至今日，文人变成知识分子，但他们生存的空间也还是在方寸之间，过着暗夜灯一盏，躬耕于文字的日子。也必然面对所谓"文章千古事，得失寸心知"的孤独与寂寞。唯一能够慰藉自己的或许就是"诗后焚香字亦浓"的感觉吧。

時望水雲無限处，蕭然獨聽隔林鐘。

孤独愁苦不堪的时候，就想一下那云水漂流到天际的遥远和永恒，想想人世寂寥，而代谢万古，宇宙的时空无垠，这样也就可以暂时摆脱现实的苦痛了吧。不过"我"的心思总要回归到这尘世的，山林的深处传来的钟声，把"我"从漂游的神思中唤回，在这个无眠的秋夜，伴随着耳边回响的缥缈钟声，内心顿感萧然而落寞。

此处的"望"自然是虚拟的，非实写。云和水，都是流动的，而流向哪里，最终去向何处，却是难以了解和把握的。云聚云散，随风而来，又随风而逝，没有定所和归依，是自由也是痛苦；而溪水潺潺，泉水涓涓，大河时而奔腾，时而缓慢，但水一直在不息地奔走，蒸发成云朵还是汇入大海，每一滴水有它的命运和归宿，这里面有自然和人世的无常，也有时空的永恒和流动带来广阔的纵深感。

遥思在云水之外，而萧然于缥缈虚无、瞬间消散的钟声。

在寂静的暗夜，一个人面对自己，他才能看到距离自己有多远。孤独，并不是只有一个人的寂寞，诗人和哲学家的孤独有相近的地方，他们的孤独更多的是自己成长为一个独立的世界，与之对话的只有少数人，甚至只有他自己。

这样的世界是危险的，陷入一个独立的精神世界不是疯子就是哲学家抑或诗人。

再看里尔克的《秋日》中的诗句，他所刻画的不仅仅是秋日，而

---

① 『漱石全集第十八卷』，東京：岩波書店，1995年，第77頁。

读诗札记——夏目漱石的汉诗

是秋日所代表的整个时空轮转、人生繁密的世界,但风吹过了牧场,时间催熟了果实,果实酿造成了美酒,到最后却为了赞美"永远的孤独",欣赏叶落纷飞的林荫之路!所有的努力和热情被时间焚烧,被人世碾压,只剩下诗人世界里的萧瑟和虚无!

多么丰富而危险,多么危险而丰富!

夏目漱石也不敢在独自想象的世界过多地停留,赶紧回到现实的世界,而现实的世界是由无边的暗夜和山林深处传来的钟声组成,原来此岸世界,婆娑人间,有萧然落寞的心情,也有缥缈的诗意,甚至还带有神圣气息的寺庙的钟声。

善与恶,黑与白,正如暗夜与黎明,黄昏和白昼,也如人的欲望和善念,感恩与复仇,它们总是混沌交织、互生彼此。反之,世界的悲喜和风貌也总是随着自己的所见所思而改变,恰如夏目漱石在次日的汉诗中所言:思白云时心始降,顾虚影处意成双。

九月十六日

思白雲時心始降，顧虛影処意成双。
幽花独發涓涓水，細雨閑來寂寂窓。
欲倚孤筇看断碣，還驚小鳥過苔矼。
蕙蘭今尚在空谷，一脈風吹君子邦。

训读：

　　　はくうん　　　　　　　　　　くだ
　　白雲を思う時　心始めて降り
　　きょえい　かえり　　　　　そう
　　虚影を顧みる処　意は双を成す
　　ゆうか　ひと　ひら　　けんけん
　　幽花　独り発く　涓涓の水
　　さいう　　かん　　　　　せきせき
　　細雨　閑に来たる　寂寂の窓
　　こきょう　よ　　　　　　だんかつ
　　孤筇に倚りて　断碣を看んと欲し
　　また　しょうちょう　　　　たいこう
　　還　小鳥を驚かせて　苔虹を過ぐ

读诗札记——夏目漱石的汉诗

蕙蘭　今尚お空谷に在り
一脈　風は吹く　君子の邦

　　落款为9月16日，也是《明暗》期连续创作的第32首七律汉诗。
　　就平仄而言，首联出句第五个字"心"应仄为宜，颈联第二个字"倚"应仄而平，尾联出句第五个字"在"应平而仄，对句第五个字"君"字应仄而平。此外，颈联的押韵处的"矼"字，似不在韵表之内。
　　9月13日，夏目漱石还怀揣"天下何狂投笔起，人间有道挺身之"的愤慨和激越，以否定现实的姿态、睥睨身边的世界。到了今日诗作，内心的不平渐渐平息，基调开始柔和而自带暖意，虽然尚有挥之不去的孤独，但已经拒绝"孤愁""萧然"等情绪浓烈的字眼，最后以"一脉风吹君子邦"结句，让人联想到，夏目漱石在1910年10月27日的日记中写下的诗句：

　　　　马上青年老，镜中白发新。
　　　　幸生天子国，原作太平民。

　　此诗忠实地记录了经由病危而生还之后的心情和感受。这份平和的暖意，和今日的诗作有些近似。而之所以产生上述变化，其原因按照诗中所述，即是"思白云时心始降"。
　　思白雲時心始降，顧虛影处意成双。
　　看白云悠悠，想白云不惧悲喜和离散的洒脱和自由，内心的焦虑和不安开始平静而愉悦。看到自己模糊的影子而意念成双，又感到些许孤寂。
　　"思白云时心始降"，描写出了人们一般的心理经验和特征。眼界的高低和差异，决定了人们悲喜的层次与不同。若只是看到人世的沉落和荒诞，只是看到自己所遭受的不公和伤害，人们的内心永远无

九月十六日

法获得解脱和超越，唯有将眼光放大放远，思接千载、纵观整个宇宙和世界，看到人类的渺小，才能体会时空的浩渺和永恒，才能明白拘泥于一时得失的可笑，也才能理解人世的意义和价值在于其神圣一面的发现和坚持。

李银河先生是笔者尊敬的少数文化人之一，她也是国内为数不多的几个知识分子之一。她曾经在其博客中讲到：

> 唯有腾空而起，俯瞰人世，想想时间、空间和宇宙，为那一点蝇头小利定个位，把它们抛到可有可无、无足轻重的角落中去。

不过，夏目漱石的"思白云时心始降"，细细品味，与此还是有所不同，观察天上白云聚散自由，随风来去，无拘亦无束，无喜亦无忧的洒脱，毕竟还是人类的视角，只是不再纠缠于是非之间、深陷泥沼而不能自拔，目光和情怀已经投射到大自然，在与大自然的"对话"中，获得启发和灵感，这是佛家感化和启迪人心常用的路径，也是文人墨客惯用的借景抒情、以物言志的手法。

人与人心理的距离，其实不仅存在于观察者和被观察者之间，在两者之间，实际上还存在着一个第三者，它可以是无形的组织和事件，也可能是具体的人和物体，而观察自然，尤其是白云，总是能令人得到精神的慰藉，而观察者也多是具有浪漫情怀的理想主义者。记得顾城（1956—1993）有一首小诗《远和近》，在读中学时看到它就不曾忘记：

> 你，一会儿看我，一会儿看云。
> 我觉得，你看我时很远，你看云时很近。

顾虚影处意成双。中村宏联想到"顾影自怜"的成语，也联想到李白的《月下独酌》"花间一壶酒，独酌无相亲。举杯邀明月，对影成三人"。诚然如斯，夏目漱石终归是寂寞的，人世间已经没有对话

读诗札记——夏目漱石的汉诗

的知音和朋友，所以他才会在笔墨中思白云而顾虚影吧。

幽花独發涓涓水，細雨閑來寂寂窗。

涓涓流水，独自绽放着安静的花朵，寂静的窗台，守望着淅沥的秋雨。

首联对句中的寂寞，在此处得以更加详细陈述和具象描绘，一幅画面是想象中山涧流水之畔的幽静的花草，一幅画面是近在咫尺的窗台秋雨。色调幽暗、冷清。

两句原本应该对仗，但"独发"和"闲来"并未构成对应关系。

幽花，多为我国传统诗文所用。著名婉约词人晏殊（991—1055）的《踏莎行》就有"细草愁烟，幽花怯露，凭阑总是销魂处"之句。一代名相，号称政治家的男人竟然写得如此自然细腻而情深，比夏目漱石的汉诗，不知阴柔多少。自然，这也是词与诗的差别。此处让笔者联想到日本汉诗文中，汉诗的创作比词作更加突出一些，这倒是一个值得关注的事情。不过，据有的学者考证，嵯峨天皇于弘仁十四年（823）所作《渔歌子》五阕，乃模仿唐代宗大历九年（774）所作《渔父》词，前后相距不过49年，可见日本填词与写作汉诗一样也有一千多年的历史。与汉诗一样，日本也曾出现过一些词作名家，特别是明治时期，曾经是日本填词史上短暂的黄金时期。

欲倚孤筇看斷碣，還驚小鳥過苔矼。

手扶孤筇，独自行走，路遇断石残碑，仔细打量了一番。又经过长满苔藓的石桥，惊扰了栖息在旁边的小鸟。

此联对仗也不工整，但若将对句的"还"解读为转折词"却"则可完成结构的对仗，但这样一来语意就发生了变化。日文中的训读都是将"还"训读为"また"，即表示意思和内容的递增，翻译为"又、还"。

孤筇，一柄手杖，独自远行之意。清汤潜《衲子道明云滨川陶古石家菊甚好》诗："闻道陶家菊已开，乘闲踏过野桥来。秋山一路惟红叶，古迳孤筇半绿苔。"清龚自珍《附录某生与友人书》诗："拟

九月十六日

策孤筇避冶游，上方一塔俯清秋。"

断碣，断石残碑。清代的沈曰霖有《晋人麈·逸老堂诗》，诗云："自去招魂寻断碣，伤心半是为明霞。"纳兰性德（1655—1685）《满庭芳》词："剩得几行青史，斜阳下，断碣残碑。"

苔矼。长满苔藓的石桥，寓意幽僻。

作者看到白云，想到远方溪流河畔的幽暗的花，作者还不满足，他自己要经历一次更加深入的精神旅行，于是，在想象中，作者孤筇远走，一直走到人迹罕至、幽静偏远的山中——"断碣"之处，走过长满苔藓、栖息着小鸟的石桥。

这是对于现实的远离和自我的梳理，这是作者自我寻找的精神之旅，到底作者想要寻找什么呢？其目的地在何处？

蕙蘭今尚在空谷，一脈風吹君子邦。

蕙兰如今还生长在寂静无人的山谷，缕缕清风吹送到君子之邦。

原来，作者精神之旅的目的是寻找"幽花"，是来到深幽的山谷，亲自实证蕙兰这样高贵的花的存在，因为，蕙兰这样高贵而幽香的草木，可以随风吹拂远方，惠泽天下。

蕙兰，兰科地生草本植物。一茎多花。花期3—5月。蕙兰原生于海拔700—3000米，分布于中国大部分地区，尼泊尔、印度北部等地。日本并不是原产国，只是到了清末民初，才传至日本、韩国，因此，夏目漱石所言的"蕙兰"，不仅幽居独处，而且文化寓意高洁，可谓花中四君子之一。

四君子，即梅、兰、竹、菊，其文化品质分别是：傲、幽、坚、淡。可以说，兰花就是"幽"的代名词。

空谷幽兰，一直是中国文人心中的精神家园，是人格独立而自由的象征。中国文化之所以绵绵而不绝，生生而不息，伫立世界五千余年，至今仍然迸发着无穷的生命力和创造力，其原因有很多，但在笔者看来，其文化的融合与包容，乃是最主要的一个方面。我们既有儒家的君子持守，也有道家的隐居避世，还有佛家的出离和悲悯。这种

读诗札记——夏目漱石的汉诗

多元文化的融合,也体现在对兰花的热爱上,生于深山野谷,绮丽香泽、清婉素淡,长葆本性之美。不以无人观赏而不芳,既具有隐士的气质,也具有"人不知而不愠"的君子风格。

今尚,是一个日语词汇,在日语中读作:いまなお。也就是说,按照汉诗的节奏此诗应该读作:二、二、三的节奏,即蕙兰、今尚、在空谷,看似合乎规则,但实际上问题在于,汉诗的每一个字都是独立的,这是产生汉语诗歌独特结构的前提和基础,然而,"今尚"在空间上占用了两个汉字的位置,但在实际意义上却只相当于汉字的一个字。此句,我们可以删减"今"字直接改为:蕙兰尚在空谷,意义没有变化,只是律诗的空间规则并不允许,换言之,夏目漱石所用的"今"字并没有支撑起应有的诗意,而只是一具空壳的汉字,这也是一首合格的汉诗(不仅是律诗)所不允许的。这种现象也就是学界所说的"和习"吧。

一脉,有多种意思,有山脉河川之意,有一线、一缕之连续事物之意,也有文脉和血脉以及中医上的气脉之意。此处与"君子邦"相对,取"一缕"之意,则显得过于清浅柔弱,山脉之气象又不大吻合,但其意义却在两者之间,而且兼有"文脉""血脉"之喻义。

君子邦,吉川幸次郎先生解释为"日本"概没有错,与我们在此文开头提到的1910年10月27日汉诗中"天子国"的借代之法相似,只是内涵上还存在着差别。"天子国"之用法,是夏目漱石对于现实"国度"的感恩,"君子邦"之用法,则是夏目漱石的一种理想和自我慰藉。两者都关涉现实,一个是拥抱现实本身,一个则是对于现实的疏离。

最后,笔者想特别指出这首诗的汉字读音问题。汉字历经千年流变,其形体和发音以及意义都发了很多的变异,相比汉字的读音,我们在"看"古诗的时候,一般更关注字意,但若要完整地理解和把握一首诗歌的审美和内涵,汉字的读音问题也是应该予以明确的。下面,且以本诗的第一句"思白云时心始降"为例。

九月十六日

白，这里念"bò"。白，在古代，"白"是入声字，尾音短促下坠。今天长江中下游地区的方言以及民国期间北京话中还读"bò"。夏目漱石最后一首汉诗的最后一句"空中独唱白云吟"，其中的"白"，也是这个读音。

此外，降，发音为"xiáng"，意思是：悦服，平静。

《诗经·国风·召南》就有："喓喓草虫，趯趯阜螽。未见君子，忧心忡忡。亦既见止，亦既觏止，我心则降。"的句子。

《诗经·小雅·出车》又有："喓喓草虫，趯趯阜螽。未见君子，忧心忡忡。既见君子，我心则降。赫赫南仲，薄伐西戎。"的句子。

有意思的是，所引诗经的两处文字相差无几，但却分别出自"国风"和"小雅"两个部分。我们知道，《诗经》的风雅颂三者相互区别。风，即国风，相对于"王畿"而言的、地方性的乐调，十五"国风"就是十五个地方的民间歌谣。雅是"王畿"之乐，周人称之为"夏"，"雅"和"夏"古代通用。雅又有"正"的意思，当时把王畿之乐看作是正声——典范的音乐，其中又分"大雅"和"小雅"，前者是周王庭之乐，作于西周，后者是贵族私人之吟诵，作于东周。但由上面的举例观之，在区别之外，我们也看到了"风"和"雅"之间亲密的联系。

九月十七日

好焚香炷護清宵，不是枯禅愛寂寥。
月暖三更憐雨静，水閑半夜聽魚跳。
思詩恰似前程遠，記夢誰知去路遙。
独坐窈窕虚白裏，蘭釭照尽入明朝。

训读：

好し　香炷を焚いて　清宵を護らん
是れ　枯禅の寂寥を愛するならず
月暖かにして　三更　雨の静かなるを憐れみ
水閑かにして　半夜　魚の跳ぬるを聴く
詩を思えば　恰も似たり前程の遠きに
夢を記すれば　誰か知らん　去路の遥かなるを

九月十七日

独り坐す窈窕たる　虚白の裏
蘭釭 照らし尽くして　明朝に入る

　　夏目漱石在《明暗》期连续创作的第33首七律，落款为9月17日。按照近体格律的规则来说，这首诗的问题还比较严重，尾联出句和颈联对句之间有失粘的情况。同时，尾联内部的出句和对句之间存在失对之处，且尾联的第四个字"窕"应为平声。

　　律诗，有"失粘"和"失对"之说。凡律诗前一联的"对句"与下一联"出句"的第二个字平仄必须相同，称作"粘"，违者称作"失粘"。明代的徐师曾（1517—1580）在《文体明辨序说·拗体》中说："按律诗平顺稳帖者，每句皆以第二字为主，如首句第二字用平声，则二句、三句当用仄声，四句、五句当用平声，六句、七句当用仄声，八句当用平声；用仄反是。若一失粘，皆为拗体。"

　　也就是说，夏目漱石的这首汉诗尾联的第一句，在第2、4、6个字的位置上，其平仄没有和颈联第二句中完全一致。

　　所谓"失对"则是指律诗的首联、颔联、颈联以及尾联的内部，即同一联的出句和对句之间，在第2、4、6个字的平仄并不对应，即并非平对仄、仄对平的关系。据此，我们可以看到夏目漱石最后一联的出句和对句之间，窕和尽二字的平仄都是入声，没有构成"对"的关系。

　　自然，我们也不应该仅仅从格律上判断一首诗歌的好坏，李白的诗歌，尤其他的七律也有不少形式上的瑕疵。有的学者统计说，李白所写的七绝、五律、七律、五绝中，七绝292首中完全符合格律形式的作品有176首，占60%。换言之，李白近体格律诗歌中大约40%是不完全合格的。但"太白之作七律，多失粘，然其音响节奏不减杜律，盖得力于个性体之内节奏也"（林东海编著，《黄河之水天上来：李白卷》，河南文艺出版社，2003年）。况且，平仄的概念起自

读诗札记——夏目漱石的汉诗

元代，格律的规则也是一个长期演变的过程，直到宋代才定型至今。

抛开形式和规则，从内容上讲，这是一首无眠者的诗歌。清宵寂寞无人语，独燃烛火照不眠。这份寂寞具有开阔的一面，无论是在时间还是在空间上，作者都赋予了这份感觉以丰富的诗意，并在层层的渲染中将其耐心地呈现。

寂寞的清宵，孤独的诗人，两者相遇，虽相对无语，却成就彼此。夕阳沉落，暮色黄昏，不久，尘世的喧嚣也披上了一层夜的衣装，变得安静和内敛。秋虫低吟，暗夜幽深，晴时月色缭绕，星河遥寥，阴雨则雨打残桐，凉风袭人，外面的世界慢慢关闭，内心的世界开始觉醒，诗人浊酒一杯，燃灯独坐，虚影似真。因此，夜晚是诗人的幸运，夜色滋养了孤独的辽阔、爱情的深沉，夜的凄冷也让文字拥有了一颗温暖的心。

夏目漱石汉诗中多有夜色的描写，他所谓的每天下午作汉诗一首，很多时候是一直构思、写作到深夜的。因此他就不免触景生情，就地取材；另外一个方面还是因为他内心的孤独和爱。写作的人情感是丰富的，内心怯懦而狂野，这两份情怀冲突而融合，共存于一个活生生的生命体内——丰富而危险。

好焚香炷護清宵，不是枯禅愛寂寥。

喜欢点燃一炷香火，守护漫长而安静的夜晚。不是因为拜佛参禅打坐，把香火点燃，而是因为喜欢暗夜焚香的寂寥。

焚香，点燃香料抑或烧香，此文中之意是点燃香料做成的香炷。焚香，是传统生活习俗之一，古人为了驱走蚊虫，去除生活中的污浊气味，点燃一些有特殊气味、可以生发芳香的草木，这或许就是最初的焚香活动。后来，这样的活动成为一种习惯和习俗，被越来越多的人模仿和学习，从百姓日常到皇宫仪式，都开始出现焚香净化，在焚香的气氛中弹琴、吟诗作画和静坐修禅。诸葛亮风流倜傥，弹琴时不仅要有童子相伴左右，还需要设置香案，焚香助兴。诗人陆游在看书的时候，总是要在身边点燃香料。他曾在诗中曰："官身常欠读书债，禄米不供沽酒资，剩喜今朝寂无事，焚香闲看玉溪诗"。

枯禅，佛教徒称静坐参禅为枯禅。因其长坐不卧，呆若枯木，故又称枯木禅。有时也形容坐禅的老僧人。

枯木禅源出临济一脉。唐代黄檗希运教导学人"如枯木石头去，如寒灰死火去，方有少分相应"。这或许可以看作较早的有关枯木禅的文字。但枯木禅并不是教人成为"枯木寒石"的学问和修行，杀人刀、活人剑是枯木禅的两面。枯木禅，最根本的精神是通过止息妄念，恢复活泼的自性妙用，得大自在。正所谓"枯木里龙吟""骷髅里眼睛"（李满，《禅宗语用之道的终极解密》，《南昌师范学院学院学报》2017年第4期）。

有位老太婆建茅庵供养一位和尚修行二十年，平时都由一位二八佳人送饭服侍修行和尚。一次，老太婆对女子说："等一下你送饭去时，抱住他试试他修行的功夫。"女子送饭时依言抱住僧，问他感觉何如，那僧人说："枯木倚寒岩，三冬无暖意！"老太婆听了，非常生气地说："我二十年来供养的竟只是一个俗汉！"于是她赶走和尚，一把火把茅庵烧掉了。（张中行，《禅外说禅》，《东方艺术》1997年第4期）

夏目漱石此处所用"枯禅"应该是字面的意思而非真正的枯木禅意，或代之修禅的行为。此处"不是枯禅爱寂寥"一句，也可作为夏目漱石汉诗一个总体精神的写照，即看似入禅、道心甚浓的夏目漱石汉诗（尤其是晚年汉诗），实际上并非是真正的禅诗，也并非夏目漱石创作汉诗的目的。夏目漱石本质上是一个喜欢"寂寥"之韵味的文人骚客，一个身陷世俗苦恼的性情中人。他在明治四十三年，即1910年的汉诗中写道"圆觉曾参棒喝禅，瞎儿何处触机缘"。表明了他对自己参禅失败的自省和反思，明确承认了自己缺乏开悟的慧根和机缘的事实。

读诗札记——夏目漱石的汉诗

月暖三更憐雨靜，水閑半夜聽魚跳。

秋雨淅沥，下至夜半，"我"也熬夜到三更却无睡意，孤灯之外，唯有破云而出的明月与"我"相伴，庭院滴落的雨声也渐渐稀疏而迟缓，此刻，"我"甚至能听到鱼儿在水池里跳跃的声音。

月光是寒冷如霜的，在古诗词中的色调偏向于冷色调，广寒宫不就是月亮本身的代名词么？唐诗中未见"月暖"的字眼，宋词中也极为少见，不过，宋词中也有"琼姿夜月暖，玉唾春风香"（白玉蟾《琼姬曲》）的句子。此处的月暖，自然是作者内心的感受，秋雨淅沥，作者心事重重而不能眠，内心是愁苦不堪的，只能孤灯独坐，却也无人相诉，这是思考者的孤独，也是作家的命运。三更时分，夜已深沉，作者的心思也愈加沉郁，心中块垒堆积如山，压得他透不过气来，近乎于无望的挣扎和痛苦，甚至有一种临近死亡的虚无在内心弥漫。作者的精神世界似乎在暗夜的深海溺水，挣扎无望之后正在坠入冰冷彻骨的海洋……就在这时候，窗外的秋雨似乎停了，雨声稀疏。此刻，天空阴云散去，倾泻一段月华，光洁无比，犹如作者被黑暗侵袭的内心被照亮，犹如沉入大海、放弃无望的挣扎之后重新获得了一点希望和力量。

从快要窒息的海水和暗夜中探出身来，作者内心幽闭的世界开始敞开，开始关注窗外的世界。月华照耀下的庭院更加安静，庭院的水池内有鱼儿跃动的声音。原来沉寂的世界，开始变得活泼起来，死寂沉沉的暗夜也有了光和生命。

由于没有看到原典的文献，夏目漱石这一时期汉诗的手稿还被密闭保存在日本东北大学图书馆的漱石文库，所以，中村宏就此推测，此处或是出版者将"暗"误以为是"明"，因为这两个字的手写体字还较为相似。我想这也不啻为一种可能吧。

思诗恰似前程遠，記夢誰知去路遙。

暗夜无眠，"我"还在构思着诗篇，但诗意缥缈，难以捕捉，犹如"我"看不到的未来，前程尚不知何处。走过的路犹如梦一般虚无

九月十七日

轻盈，如今想来，过去离现在的"我"是那么遥远。

夏目漱石为何要写汉诗，自8月14日以来几乎每日一首，且多为格律繁密的七律？前面我们已经多次讨论这一问题，也给出了许多的理由，包括夏目漱石自己的说明和解释。此处，我们可以得到另外一个启示，这些汉诗无疑是不能给他带来现实的功名和好处的，至少作为一个作家而言，让他立身扬名、养家糊口的是他的小说创作而非其他。如果说小说创作是他的职业，是他经济的来源，作为一个丈夫，作为一家之主，作为几个孩子的父亲，他义无反顾地去工作，付出他的辛苦和血汗，这也无疑是他应该尽的责任和义务。但这些都是一个正常的社会人对于他人的责任，对于自己，我们每个人也有责任让自己身心得以平衡，痛苦和苦闷得以宣泄和疏通，让精神得以超脱和安静，这些无用的汉诗，恰恰是夏目漱石这类人孤独的庇护所吧，是他灵魂可以暂时安息的地方。正如梦对于一个正常的人而言，看似不重要，却是不可或缺的生活的一部分。在梦中，我们可以无比坦诚地面对自己，可以审视日常我们难以直视的复杂而危险的人性，通过梦，我们才能直面惨淡的人生，获得勇气并在苦痛中继续前行。梦，是温暖的；梦，是我们与自己相处的家园；梦，是灵魂可以栖息的港湾。当然，梦里有别，有好的梦，也有噩梦，让人夜半惊醒，感受暗夜无尽的虚空和虚实不定的人生。而汉诗则是可以被我们所理解和把握的一种人造的"梦"，将自己的愁苦和不安，将希望和感动，将若有似无的情绪或感受，经由独特的汉字——汉字自身就是一个有温度的完整的世界，风情万种，理智和情感交融——建构并展现，在此过程中，情绪和恐怖，被按照文字和汉诗的规则重新筛选和调整，删减或补充，原有爱恨和复杂的感受、流动而不易被捕捉和审察的情绪被约束，被疏解，也被提炼和升华，成为一个完整而独特的"梦"，我们的梦寄托于我们的身心，汉诗这个梦寄身于文字和结构。这个梦不是自私的，而是可以被他人曲解或误读，也可以被他人所理解和感悟。一个人的梦，触发了另外一个人的梦，这就是汉诗的魅力，这是文学

读诗札记——夏目漱石的汉诗

绵延不绝的生命，这也应该是夏目漱石汉诗最重要的精神品性。

独坐窈窕虚白裏，蘭釭照尽入明朝。

在构思诗句，回想往昔的时候，"我"的内心也渐渐变得平静，窗外夜色淡去，似乎已经快要天亮了，"我"的心也融入这闲适安宁的黎明。此刻，兰釭里的膏脂也快要燃烧完了，烛火摇曳，它最后摇曳的光色暖意而深情，"我"知道，不一会儿，伴随着它的熄灭，"我"也会迎来新的一天，迎来朝阳初升。

窈窕，语义甚多，此处笔者理解为安静闲适的情状。此意用法，可见《楚辞·九歌·山鬼》"既含睇兮又宜笑，子慕予兮善窈窕"。《汉书·杜钦传》也有如下的句子："必乡举求窈窕，不问华色，所以助德理内也。"

窈窕，也有幽深、深邃的意思。如东晋的诗人孙绰（314—371）写有《游天台山赋》，其中有句"邈彼绝域，幽邃窈窕"。白居易在《题西亭》一诗中，有"直廊抵曲房，窈窕深且虚"之句。此处之所以没有将"窈窕"理解为幽深和深邃，主要是源于对诗歌情绪状态结构平衡之理解——前面情绪基本是幽深而寂寥的，此处则应该有所缓解。

此外，上述理解也源于后面"虚白"二字的意义。

虚白，语出《庄子·人间世》"虚室生白，吉祥止止"，表达的是一种纯净和安静的情绪、状态。此处的"虚白"，表现了夏目漱石在经历内心空旷、寂寥堆积的压抑之后看到月华带来的一丝亮光，内心伴随着黎明的到来，最终抵达了一种相对安适的状况。

兰釭，本义是燃烧兰膏的灯，后来也指称精美的灯具。南朝王融（466—493）作有《咏幔》"但愿置尊酒，兰釭当夜明"的句子。

兰釭燃尽而灭，暗夜散去而明，一明一灭，是自然的规律，也是作者内心经过苦闷挣扎后获得一份安适吧。

九月十八日

　　　釘餖焚時大道安，天然景物自然觀。
　　　佳人不識虛心竹，君子曷思空谷蘭。
　　　黃耐霜來籬菊亂，白從月得野梅寒。
　　　勿拈華妄作微笑，雨打風翻任独看。

训读：
　　　釘餖を焼く時　大道　安し
　　　天然の景物を　自然に観る
　　　佳人は　識らず　虚心の竹
　　　君子は　曷んぞ思わん　空谷の蘭
　　　黄は霜に耐え来たりて　籬菊　乱れ
　　　白は月從りて得て　野梅　寒し

读诗札记——夏目漱石的汉诗

華を拈りて　妄りに微笑を作す勿れ
雨打ち　風翻して　独り看るに任す

　　落款为9月18日的汉诗，押冬韵，格律基本准确。按照广韵和平水韵，第二联的第十个字"曷"字是入声，此处应平而仄，不过，"曷"在当下读音为"hé"，却是合乎规则的。另外，最后一联的第五个字"作"是入声，按照格律规则应该是平声。尾联最后一句中的"看"读"kān"平声。

　　这首诗充满思辨的味道，近似一首禅偈。第一句统领全文，天然景物自然观。之后就以"自然的立场"把"梅兰竹菊"这些号称植物中四君子写了一遍，否定了人们妄自尊大、自以为是的认知与观点（包括夏目漱石自己前不久的立场），主张主客之间关系的疏离和不干预、不干涉的视角观察这个世界，最后以"勿拈华妄作微笑，雨打风翻任独看"这样近似"天地不仁，以万物为刍狗"之"道"的姿态结句，气势颇盛，颇有"无为"之风，遣词造句则较为生硬，由于理智的思辨过重，也造成整首诗在审美上流于粗浅。

　　在诗歌的理趣和内容上，都和9月10日所作的汉诗相近：

絹黃婦幼鬼神驚，饒舌何知遂八成。
欲證無言觀妙諦，休將作意促詩情。
孤雲白処遙秋色，芳草綠邊多雨聲。
風月只須看直下，不依文字道初清。

　　如我们所评述的那样：本诗基本放弃汉诗的抒情传统，而接近于禅语和说理为主的偈子，集中讲述了求道方法和手段的问题，集中于"言"与"道"的关系之阐释。而"风月只须看直下，不依文字道初清"之句恰可用于今日诗作的解读和说明。

九月十八日

飣餖焚時大道安，天然景物自然觀。

焚烧无用的、修饰性的诗文，便可看到大道的存在。天然的景物就应该用自然的眼光去观赏它。

飣餖，古人饮食，喜欢在餐桌上摆设许多形色感人的食品，俗称飣餖，又称飣坐、飣食，意在显示饮食的精美和食品的丰盛，同时又能够刺激食欲。隋人《食经》记载："五色小饼盛盒累积，日斗飣，今日春盛是也，因作餖飣。"成为飣餖的食品一般不直接食用，仅供观赏。（王赛时，《古代饮食中的飣餖》，《文史知识》1994年第10期）

在其本义上，又延伸出"堆砌，杂凑以及词句的安排罗列"等意思。

飣餖，在此处应是指修饰性的文字。意思相当于大正五年（1916）9月10日，夏目漱石汉诗中的"饶舌何知遂八成"之"饶舌"，而9月10日的汉诗中"不依文字道初清"之句，也可以对应说明"飣餖焚时大道安"之意。

而"风月只须看直下"与"天然景物自然观"的意思相通相近。《道德经》有言：人法地，地法天，天法道，道法自然。人是以地的法则运行，地是以天的法则运行，而天是以自然的法则来运行的。因此，以"自然"的立场观察，也就是以"道"的立场去看这个世界，包括看天地自然万物的景观。这样就需要人和这个被观察的世界保持距离，不被外在的世界所感染和侵袭，这种客观化的努力，按照吉川幸次郎的看法，这正是"则天去私"的思想。

"则天去私"曾作为一个重要的课题被提出，这也是学界关注夏目漱石的一个焦点，并且对其解读的立场出现两极化的现象。松冈让曾在《宗教性的问答》中提出这一问题，小宫丰隆（1884—1966）据此把夏目漱石捧为圣人。江藤淳（1932—1999）在1955年，尚在攻读大学期间发表论文《夏目漱石》，认为所谓"则天去私"只是夏目漱石的弟子们塑造的一个神话幻象，真实的夏目漱石是一个世俗的肉

读诗札记——夏目漱石的汉诗

身。"则天去私"也慢慢被人们所淡忘,但若从夏目漱石汉诗的创作尤其是《明暗》期的创作来看,"则天去私"也是一个存在的事实,只是我们应该如何去界定它的内涵和意义,并由此展开对于夏目漱石的认知则是另外一个问题。这也是前辈学者如揭侠、胡兴荣等仔细研读夏目漱石汉诗之后的共同感受。陈明顺在《漱石汉诗与禅的思想》一书中,也注意到了包括这一首汉诗在内,夏目漱石汉诗中存在的"则天去私"的思想和事实,只是他过分侧重以禅学思想解读所有问题,将其汉诗中复杂的思想和情感简单化了,不要忘记了夏目漱石曾有汉诗"非耶非佛又非儒,穷巷卖文聊自娱"(1916年10月6日),形象而又恰当地对自己的思想状态进行了界定和描述。

佳人不識虛心竹,君子曷思空谷蘭。

佳人不一定要懂得赏析虚竹之美,君子又何必挂念空谷的幽兰。

杜甫很少有写美人的诗篇,不过他有一首五言古诗名曰《佳人》,写得十分有味道。开头写"绝代有佳人,幽居在空谷",结尾是"天寒翠袖薄,日暮倚修竹"。全篇以采柏盈掬见其情操贞洁,日暮倚竹见其清高寂寞。尽得以物咏人手法之高妙,但以夏目漱石这首汉诗的观点看来,佳人和虚竹毫无必然的相似之处。

有意思的是,几日前还在写"蕙兰今尚在空谷,一脉风吹君子邦"的夏目漱石自己也此一时彼一时,在这里也否定了君子和幽兰之间的关联。

黃耐霜來籬菊亂,白從月得野梅寒。

篱下之菊开着黄灿灿的花,非常耐霜。郊野的梅花在月光的照耀下,光色寒冷如月。

诗人持"自然"之观念,采用没有温度的白描手法,客观地叙述看到的世界,近似于零度写生。前面否定了佳人与虚竹、君子与幽兰之间的关系和联想,此联承接上一联,亦主张减少人为情感的投射,按照世间万物本来的面目观察。

菊,清丽淡雅、芳香袭人,艳于百花凋后,不与群芳争艳,故历来被用来象征恬然自处、傲然不屈的高尚品格。这种文化品格正是人们将自身的情感寄托和移情的结果。朱光潜先生在《给青年的十二封信》中，曾有如下观点："移情作用"是把自己的情感移到外物身上，仿佛觉得外物也有同样的情感。这是一个极普遍的经验。基于这样的移情活动，我们往往从中也可以获得审美的美感经验，所谓美感经验，其实不过是在聚精会神之中，观察者的情趣和物的情趣往复回流而已。

篱菊，语出陶渊明"采菊东篱下，悠然见南山"。陶渊明何以爱菊呢？或是因为他在傲霜残枝中见出一种气节吧。夏目漱石此处写"篱菊乱"与"悠然傲霜的菊花形象"不相吻合，却同时存在秋菊身上。在夏目漱石看来菊花的金黄之色和凌乱之姿，都是一种客观的真实，并不因为它傲然之姿才耐寒，也不是它耐寒所以有傲然之姿。

白从月得野梅寒，亦可同解。梅，迎寒而开，美丽绝俗，而且具有傲霜斗雪的特征，是坚韧不拔的人格的象征。林和靖何以爱梅呢？概因他在暗香疏影中见出隐者的风骨。但在夏目漱石看来，梅花的色泽和月亮相关，与梅花的耐寒品格并无联系，将梅花的色泽和耐寒的品性相区别和疏离，人们追慕的菊的品格、梅的风骨就更加与其色泽毫无关联了。

可实际上，我们知道，人们肉眼所见的色彩，只不过是不同波长的可见光投射到物体上，有一部分波长的光被吸收，一部分波长的光被反射出来刺激人的眼睛，经过视神经传递到大脑，形成对物体的色彩信息，即人的色彩感觉。也就是说，无论是菊花的黄色，还是梅花的白色，实际上也可以说是人主观的一种感觉，因此，从这一点上说，夏目漱石认为菊花的黄和梅花的白与人无关也是不成立的。

勿拈華妄作微笑，雨打風翻任獨看。

不要轻易地拈花，也不要妄自微笑，且让花草在风雨中自由自在地生长吧，你需要做的只是在一旁静静地观察和欣赏。

华，通花。看，此处发音为"kān"，平声，在中原音韵中有去

读诗札记——夏目漱石的汉诗

声也有入声,意思都是观看。

拈花一笑,成语,原为佛教语,出自《五灯会元·七佛·释迦牟尼佛》:"世尊在灵山会上,拈花示众,是时众皆默然,唯迦叶尊者破颜微笑。"

有一天,释迦牟尼在灵鹫山顶给众弟子上课,大梵天王率众人把一朵金婆罗花献给佛祖,隆重行礼之后大家退坐一旁。佛祖拈起一朵金婆罗花,意态安详,却一句话也不说。大家都不明白他的意思,面面相觑,唯有摩诃迦叶破颜轻轻一笑。宗教堂会,戒律极严。可就在这鸦雀无声中,迦叶尊者竟然"扑哧"一笑,出乎常规。这就是"迦叶微笑"。这师徒两人的行为合在一起,就叫做"拈花一笑"。

这个时候,释迦牟尼佛讲话了:诸位同门,我有绝妙高招,可以直接悟道,刚才已经传授给迦叶了,你们也要好好学习呀。据说,这就是禅宗的起始。禅宗的特色就是:传道授学,讲求心领神会,无须文字言语表达。

不过,夏目漱石在此处却说"不要轻易拈花","也不要妄作微笑",彻底否定人对于自然万物的界定,而主张"天然景物自然观",以无为而自然的态度去看风雨中的花草,春生夏茂,秋日枯黄,冬日凋零。

根据人与观察的世界关系的不同,大致可以分为三种类型,即实用的立场和科学立场,以及审美的立场。朱光潜在《给青年的十二封信》中,讲到面对公园里的一棵古松时,木材商人、植物学家和画家朋友三种不同的态度和立场:商人知觉到的只是一棵做某事用值几多钱的木料。植物学家所知觉到的只是一棵叶为针状、果为球状、四季常青的显花植物。画家知觉到的只是一棵苍翠劲拔的古树。商人盘算它是宜于架屋或是制器,思量怎样去买它,砍它,运它。科学家把它归到某类某科里去,注意它和其他松树的异点,思量它何以活得这样老。画家只在聚精会神地观赏它的苍翠的颜色,它的盘屈如龙蛇的线纹以及它的昂然高举、不受屈挠的气概。

九月十八日

上述三种态度就是三种人生，第一是实用主义的立场，第二是科学主义的立场，第三则是审美主义的立场。按照以上三种立场距离观察的对象——古松——的远近，我们可以将前两种立场划分到现实主义立场上去，他们要么占有，要么将之进行学理性剖析，而审美则是不远不近，正可玩味其挺拔之姿，赏明月松风。此外，在上述三种立场之外，其实还有一种态度和立场，那就是哲学的方式，距离观察的松树更加远去，把审美中还存在的情感的投射也淡漠、移除，正所谓《道德经》在开头所言"常无欲以观其妙"也。

《道德经》从内容上讲无疑是一部哲学作品，只是形式上借用了文学的表现手法，骨子里是深刻而复杂的斗争艺术，是一位身经百战、历经江湖险恶、屡睹人性卑劣的智者的生存哲学。而所谓"道"就是教导人们从现实的矛盾和斗争对立中找到和谐，从死亡中找到希望的亮光，而其立论的前提之一，就是"天地不仁，以万物为刍狗。圣人不仁，以万物为刍狗"。而汉诗本质上是诗歌艺术，根底里讲是审美的艺术，追求人和观察的事物的相互融合：相看两不厌，唯有敬亭山。诗人和诗中表达的事物之间存在适当的距离可供审美。若是太近，就如同深陷现实的苦闷而不得解脱，也如朱光潜在《朱光潜全集第二卷》（安徽教育出版社，1987年，第19页）中所言，艺术必须和生活的现实保持距离：

> 蔡琰在丢开亲生子回国时决写不出《悲愤诗》，杜甫在"入门闻号咷，幼子饥已卒"时决写不出《自京赴奉先县咏怀五百字》。这两首诗都是"痛定思痛"的结果。艺术家在写切身的情感时，都不能同时在这种情感中过活，必定把它加以客观化，必定由站在主位的尝受者退为站在客位的观赏者。

但若距离太远，诗就会变成哲理的思索，玄妙的思辨，其审美也会大打折扣，丧失了艺术的效果。这也正是夏目漱石这首汉诗的根本问题所在。

读诗札记——夏目漱石的汉诗

　　从文学的创作心理角度来讲，这首汉诗中所呈现出来的情绪和思考，可以看作是夏目漱石在情绪和思想上对于"现实"的"反动"。对人性感到绝望、身陷现实苦恼却不得挣脱的夏目漱石，基本上以现实主义的立场去审视他的生活，创作他的小说，而汉诗的创作在一定程度上把他和现实拉开了距离，由此产生了审美的活动和心理。只是后来，当他感受自己身体日渐衰老，内有旧疾，生活犹如无法穿透的暗夜，有时候压迫得无法正常呼吸，创作也陷入无法推进的境地。于是，他对于现实的恐惧和否定导致了精神的过度不安和焦虑。而夏目漱石就在想要超越世俗现实的纠缠中，于激动处一下子逾越了审美的距离——矫枉过正、过犹不及也——在结果上接近和抵达了哲理思考的层次。作者之"我"被冷静地处理成为一个远远旁观的局外人，自然和人世，都被客观化了。虽然在心理效果上也部分疏解了内心的痛苦，减少了精神的不安和焦虑，但以汉诗审美的立场观之，却是对于汉诗审美的一次背离。

　　有意思的是，在不久前，夏目漱石吟还诵出了"入门还爱无他事，手折幽花供佛前"之类的诗句，今日却又提出"勿拈华妄作微笑"的主张。看来夏目漱石的思想和情绪还是有较大的起伏和变化的，这种前后矛盾的表述，也从一个侧面说明了夏目漱石心无定着、心存焦虑而未得解脱的客观事实。

　　在9月10日的汉诗中，有"欲证无言观妙谛，休将作意促诗情"的句子，同样也具有显著的哲理化倾向，将诗和所要表现的事物隐蔽——将观察世界的焦距调高到一定程度就会出现虚像——原因就在于将自己和世界的距离拉得太远。

　　此外，对于文字的遮蔽作用，夏目漱石早已有所察觉，早在明治二十二年，即1889年时年22岁的他就曾作诗：

　　　　脱却尘怀百事闲，尽游碧水白云间。
　　　　仙乡自古无文字，不见青编只见山。

九月十九日

截斷詩思君勿嫌，好詩長在眼中黏。
孤雲無影一帆去，殘雨有痕半榻濡。
欲為花明看遠樹，不令柳暗入疎簾。
年年妙味無聲句，又被春風錦上添。

訓読：
詩思を截断するを　君嫌う勿れ
好詩長しえに　眼中に在りて黏す
孤雲　影無くして　一帆去り
残雨　痕有りて　半榻濡う
花の明らかなる為に　遠き樹を看んと欲し
柳暗をて　疎簾に入ら令めず

读诗札记——夏目漱石的汉诗

<ruby>年々<rt>ねんねん</rt></ruby>の<ruby>妙味<rt>みょうみ</rt></ruby>　<ruby>無声<rt>むせい</rt></ruby>の<ruby>句<rt>く</rt></ruby>
又　春風に　<ruby>錦上<rt>きんじょう</rt></ruby>に<ruby>添<rt>そ</rt></ruby>え<ruby>被<rt>ら</rt></ruby>る

落款为9月19日的七律诗，押盐韵。第二联的"一"和"有"应平而仄。只是需要注意的是，此处"一"是去声，第三联的"令"作为使令、假定之意，读作"līng"，平声。第三联的"看"一般也读作平声。此外，第一联的第二个字"思"，一般"诗思"组词时读仄声，但也有少数读平声的情况。

总体而言，这首诗同样犯了说理过剩的毛病，在诗歌审美的意义上，只能称得上是一首游戏之作。

截斷詩思君勿嫌，好詩長在眼中黏。

正在构想诗句，若被打断思路，也不必恼怒。好的诗句——美丽的景物——经常在眼中出现。

夏目漱石在9月5日的诗中有"绝好文章天地大，四时寒暑不曾违"之句，说天地自然就是最好的文章和词句，于此处意义相通。

截断诗思，截断一词不太准确，用力过猛，与"诗思"的妙味和印象不符。

君勿嫌，应是作者自我慰藉的说法。

好诗长在眼中黏。黏，同粘，同样的，用词不准确，把包含内在精神世界灵动思维活力的诗歌，简化为"平面的图景"，可以粘贴的图片，这样的处理方式较为粗糙。

孤雲無影一帆去，殘雨有痕半榻霑。

孤独的云伴随着孤独的帆船远去，转眼就已看不到它们的影子。雨水尚未完全停歇，窗外还是雨中的世界，连日的阴雨，也使得室内的床榻有些潮湿。

此联和下一联都是第一联的对句"好诗长在眼中黏"的具体展开，一句一个画面，一个场景一首诗。

九月十九日

第一幅画面是"孤帆远影碧空尽，唯见长江天际流"，很明显改写了李白的名篇《黄鹤楼送孟浩然之广陵》。只是两者的遣词造景的能力，相差较远。李白的诗中，孤帆远去，而"远影"渐渐模糊，最后消失在天际。表面上写景，实际上是为了表现人的情感之深：孤帆，是李白将情感聚焦于友人乘坐的帆船；而帆船渐去渐远，愈来愈小，最后变得模糊，成为一个虚影，最后连模糊的虚影也消失在天河交接之处。在这个漫长的送别过程中，诗人久立岸边，思念着扬帆远去而不知何日再相遇的友人。此外，不要忘了，送别的双方是李白和孟浩然，而诗中的孤独感未曾展现，被潜藏字面之后，却又是何等的强烈。虽不在三公之列，但名满天下、蔑视权贵、"仰天大笑出门去，我辈岂是蓬蒿人"的诗仙李白，能看得上眼的人物，世上恐无几人，"相看两不厌，唯有敬亭山"。虽然他不怎么瞧得起杜甫，但他眼中的孟浩然却是个例外，"吾爱孟夫子，风流天下闻"。可以说，李白一直把孟浩然当做自己的挚友和老师。在熙熙攘攘、皆为利往的庸俗的世界，与这样的优秀人物结交并成为知音，在李白看来也是一件幸运的事，而短暂的相逢之后那长久甚至永远的别离，又是何等落寞和伤心。对于英雄而言，对于知己的渴望和深情程度，往往与其孤独成正比。

在夏目漱石这首汉诗中，笔者也体味出一种孤独感，也不由地联想起他一生的挚友正冈子规。可以说，正冈子规在夏目漱石内在精神世界的位置，不仅是排第一位的，而且是和自我融合为一体的一种存在，更是夏目漱石创作不得不面向的一个重大议题。因此，"孤云无影一帆去"也可作为两者关系的写照。只是在艺术表现手法上，比之于李白"孤帆远影碧空尽，唯见长江天际流"的情景交融，还是明显的处于下风。最主要的问题在于"无"和"去"这两个字，这两个字不恰当的使用，把岸边送别的心理过程、一个关乎情绪流动的完整性给"断然"切割了，而李白诗中的"远"和"尽"字，不仅还原了送别的现实画面，更是再现了作者内心的思绪和情感过程，空间

读诗札记——夏目漱石的汉诗

的"远",衬托情感的"亲近",时空的"尽",却是思念愈切的开始。

欲為花明看遠樹,不令柳暗入疏簾。

目光朝向远方,才能感知近处盛开着的鲜艳的花朵,为了能看清楚青黄相间的柳色,就卷起疏帘仔细赏析吧。

此联两句难解,不过确定好诗句描写的季节就好办了。"柳暗花明"无疑来自于陆游的诗句"山重水复疑无路,柳暗花明又一村"。而陆游的诗作描写的是春天,由此可推断夏目漱石在此处也是以春天为背景的。在确定季节之后,我们就可以较为贴近作者的原意和想象:初春时节,数日暖阳,几处早春的花儿初绽,只是如星点散落,还不到百花盛开满园春的景象,但若是极目远望,森林尚未完全复苏,大地还是一片苍茫。也正是远望所见,才显示出身边春色的可爱、几处花瓣的光亮。此刻,柳色尚浅,鹅黄带着一点绿色,隔着疏帘无法看清楚返青的草木,于是,收起窗帘,让目光直接问询春天。

欲为,不令,是夏目漱石汉诗中对仗使用的句法,在日语中分别为"の為に""をせしむ"(をしめず),这是日本人训读法创作汉诗的路径和方法及其留痕。日本人阅读汉诗使用训读之法,创作汉诗也是采用此法,只不过相对于阅读的训读法,写诗的时候采用的是逆向训读,即将训读的日语词汇和中介词按照日语的语法规则排序,并遵照律诗的格式要求填写格律。因此,日本人创作汉诗,并非是如我们一样直接按照汉字的读音(平仄)和意义直接构思、填词创作,需要经由"训读"之法则进行逆向创作和转译,最终合乎汉语近体诗的平仄格律等要求,但由于日本作者基本上都不会汉语,不懂汉字的发音,只能根据中日古代汉字的语意基本相同,运用训读法和反切的规则推测去声还是入声去判断和揣摩,因此,其创作近体格律的难度之大可想而知,这也造成了日本汉诗格律或可遵循,语意也可通畅,只是语音以及诗句的吟诵节奏不佳的现象。江户时代古文辞学派(又称萱园学派)的创始人荻生徂徕(1666—1728)也曾不满日本人的这种方法，提出过废止训读、采用唐音（汉语发音）直读法的倡议，只是古代中日交往不若今日如此频繁，日本也未有"孔子学院"这类的教授汉语的学校，其倡议也终究未能得以实践。

年年妙味無聲句，又被春風錦上添。

四季轮转，天地风情万种，时时刻刻都有如诗如画的妙境和滋味，今日春风拂面，掠过青草和花园，让世界充满光亮和温暖。

尾联两句，承接中间两联具体的描述，并以"年年妙味无声句"，回应首联的"好诗长在眼中黏"。窃以为，最后一句"又被春风锦上添"，犹如日常白话，莫如改为"今又春风锦上添"，语气和语意都更为合理和自然。但为何夏目漱石自己没有注意到这一点呢？其原因，不是笔者比夏目漱石的汉学修养更好，而是如我们刚才所述，夏目漱石不懂汉语，他作诗的方法是用反向的训读法，需要先创作出靠近汉诗近体的日语定型诗，然后再将日语定型诗按照汉语近体律诗进行逆向还原，因此，夏目漱石最终完成的近体律诗，或浅或深必然带有日语定型诗（合乎日语语法的训读诗句）的痕迹。此处的"又被"，就是夏目漱石在创作汉语律诗的过程中明显的留痕，即未能隐藏去的训读法的痕迹。

妙味，语或出《晋书·王接传》，中有"窃见处士王接，岐嶷俊异，十三而孤，居丧尽礼，学过目而知，义触类而长，斯玉铉之妙味，经世之徽猷也"之句。

九月二十日

作客誰知別路賖，思詩半睡隔窗紗。
逆追鶯語入殘夢，應抱春愁対晚花。
晏起牀頭新影到，曾遊壁上舊題斜。
欲將爛酔酬佳日，高揭青帘在酒家。

训读：
客と作りて　誰か知らん　別路の賖かなるを
詩を思いて　半睡し　窓紗を隔つ
逆じめ鶯語を追いて　残夢に入らしめ
応に春愁を抱いて　晩花に対すべし
晏起の牀頭　新影到り
曾遊の壁上　旧題斜めなり

九月二十日

爛酔を将って　佳日に酬いんと欲すれば
高く掲げし　青帘酒家に在り

落款为9月20日的汉诗，《明暗》期连续创作的第36首七律。押麻韵。平仄基本正确，第二联的"入"字应平声。

作客誰知別路賖，思詩半睡隔窗紗。

人生之旅，谁能在一开始就知道路途之遥远，依靠在窗前构思着诗句，一直到夜半，困意时现。

作客，作为天地之过客，比拟人生之旅。李白在《春夜宴桃李园序》中说："夫天地者，万物之逆旅也；光阴者，百代之过客也。而浮生若梦，为欢几何？"

"早岁那知世事艰。"没有谁在人生开始，就能想到岁月之艰难，有时候，这份艰难和孤独之路漫长得似乎还看不到边。

賖，有遥远、长久、松弛等多个意思。如，王勃（约650—约676）在《滕王阁序》中有"北海虽賖，扶摇可接"之句；骆宾王在《晚度天山有怀京邑》一诗中有"行叹戎麾远，坐怜衣带賖"之句。"賖"在第一个例句中是遥远之意，在第二个例句中是时间上的长久。另外，杜甫《喜晴》"且耕今未賖"中，"賖"的意思是迟缓。

在夏目漱石不久之后（9月18日）的汉诗中，又出现"别路遥"之词，用法和意义与这里的情况一样。南朝文学家庾肩吾（487—551）曾作《侍宴饯湘东王应令诗》一诗"念此离筵促，方愁别路賖"，迟至当时，就已出现"别路賖"之词。

逆追鶯語入殘夢，應抱春愁對晚花。

想着刚才黄莺的歌声，不知不觉中进入梦乡。"我"内心惆怅，原本应该怀抱春日的愁绪，观花赏月而不眠的。

中村宏认为"逆"字是校勘之误，应该是一个"还"。笔者未能看到原文，无从判断。不过，中村宏的理由是以前对此的注解不是

读诗札记——夏目漱石的汉诗

"アラカジメ",就是"サカシマニ",而这些译注都无法自圆其说,意义不够通达。且草书的手写体"还"和"逆"笔迹相近。对此,笔者持保留意见。窃以为,从语意的流畅角度来看,"逆"字比"还"字好。

"逆"字,是时间的追溯,是对转瞬即逝的鸟鸣、似真似幻美妙的啼声的喜爱与追思。美好总是短暂的、容易失去而不易被捕捉和获得的事物,容易让人产生爱恋和回想。而所谓"逆"字,本身包含有"不应该"之意,既然已经逝去,何必再去想呢?因此,对句中就出现了"应"之行为,而由转瞬即逝的黄莺的鸣啼带来的春愁,或许应该由春日夜晚的赏花之行为来抵消和化解吧。

中村宏将"晚花"理解为迟开的花朵,即晚春的花。如此一来,就造成该联出句在时间上无法与出句对应,也无法融入整首诗的时间层次和秩序。半睡——残梦——晏起——佳日,是这首诗整体的时间轴,具有明确的秩序感,是一个经由夜晚到次日白天的过程。残梦所对的"晚花",只能是夜晚(还在开放或已经闭合)的花朵,而非晚春之花。

晏起牀頭新影到,曾遊壁上舊題斜。

晚起的床头被暖暖的阳光照耀着,曾经在墙壁上写的诗文,以躺在床上的视角来看似乎有些倾斜。

晏起,晚起。《礼记·内则》:"孺子蚤寝晏起,唯所欲,食无时。"曾国藩(1811—1872)在给弟弟曾国荃的书信中,曾经说,想要戒掉懒惰的毛病,不贪懒觉是第一要义。不过,以"晏起"为主题的古诗也有不少,如唐代曾有《晏起》一诗,云:

> 日过辰时犹在梦,客来应笑也求名。
> 浮生自得长高枕,不向人间与命争。

此诗写的多少有些颓废,据此,曾国藩一定将该作者视之为不屑之辈。不过若是我们对该作者的身世有所了解,或许也能感受到表面

九月二十日

颓废背后的一个可爱生命的悲哀与无奈。

该诗的作者刘得仁,生卒年不详,字和名号等均不详,只是相传乃公主长子,出身高贵,少有诗名。可是,等到他的兄弟都以出身而加官进爵,唯独作为长子的他,参加科举三十余年,竟然一事无成,仅留百余篇诗文存世。唐末诗人贯休(832—912)写有《怀刘得仁》一诗:

> 诗名动帝畿,身谢亦因诗。
> 白日只如哭,皇天得不知。

曾游壁上旧题斜。此句不好理解,但我们也可很自然地联想到如下画面:赖在床上的诗人,被照射进来的阳光唤醒,在暖暖的光照中,还不想起床,还想在床上多躺一会儿。躺在床上的作者,懒得动弹,只是转动眼球,懒散地打量房间的景物。这时发现了之前留在墙上的笔墨,不过,以躺着的角度来看,原有的笔墨诗文,似乎变了模样,产生了倾斜的错觉。不过,即便这样解读,将其放入这首汉诗的整体之内,感觉多少还是有些游离。

壁上题诗,是古代文人墨客一种较为常见的行为,可称之为古代艺术的涂鸦文化。较有名的有崔颢的《黄鹤楼》、苏轼的《题西林壁》、陆游的《钗头凤》等,都是墙壁题词写诗中的经典之作。

唐宪宗时期,元稹、白居易诗歌名动天下,究其原因,除了内容接地气之外,其表达的形式和手段极为贴近老百姓的生活,壁上题诗也是一个不容小觑的方面,即便按照现代出版发行的观念来看,这也是十分前卫的销售和推销模式。据元稹《白氏长庆集序》记载:"二十年间,禁省、观寺、邮候墙壁之上无不书,王公、妾妇、牛童、马走之口无不道。"

欲将烂醉酬佳日,高揭青帘在酒家。

想要畅饮今朝,以酒慰藉艳阳高照的日子,若今日有事,就去酒馆里找"我"吧。

读诗札记——夏目漱石的汉诗

青帘。指以前酒店门口挂的青布幌子,借指酒店。杜甫有《送李八秘书赴杜相公幕》"青帘白舫益州来"之句,郑谷(约851—910)有《旅寓洛阳村舍》诗"白鸟窥鱼网,青帘认酒家",辛弃疾有《鹧鸪天·春日即事题毛村酒炉》词"多情白发春无奈,晚日青帘酒易赊"等。

该联甚至该诗的一个关键词是"佳日",何为佳日?在夏目漱石诗中,我们只是窥视到了睡个懒觉、阳光明媚这两点,难道仅仅是睡个自然醒,暖暖的阳光照在晚起的脸庞上,就是好日子?这样的日子就值得去豪饮烂醉?

既然是诗人的思维,我们就应该体味一下诗人的感受方式和表达手段。且来看看以下两则有关诗人之烂醉和佳日的事例。

南宋词人韩元吉(1118—1187)著有《满江红·自鹿田山桥祖》一词,上阕有句:

> 莫问花残风又雨,且须烂醉酬春色。叹使君、华发又重来,人应识。

韩元吉烂醉酬春色。何也?字面的原因是不日即来残风冷雨,要及时赏春行乐,在精神层面,无疑也反映了生活在偏安一隅的南宋臣子内心的担忧和焦虑。

再看苏轼的《别岁》一诗:

> 故人适千里,临别尚迟迟。人行犹可复,岁行那可追!
> 问岁安所之?远在天一涯。已逐东流水,赴海归无时。
> 东邻酒初熟,西舍豕亦肥。且为一日欢,慰此穷年悲。
> 勿嗟旧岁别,行与新岁辞。去去勿回顾,还君老与衰。

诗中有"且为一日欢,慰此穷年悲"之句,所为欢者,何也?人生之悲哀也。那段岁月对于苏轼来说,是其人生中极为艰难的一段时光,而相应的诗歌也是一首散发着生命之忧郁的悲歌。且为一日欢,

九月二十日

意思是今天是今年最后一天，即便内心藏有悲凉，也把今天当做是一个美好日子吧，且大碗吃酒，大口吃肉，与众人一起欢度除夕之夜，也算慰藉努力活到今天的自己吧。

无论是韩元吉还是苏东坡，将"今日"视为佳日的理由，不是因为春光满目，也非是因为良日佳节，而恰恰是源于现实生活的困境与苦难。佳日，对他们而言，是暗夜赶路时阴云透射出的一丝月光，是寒风数日后的一日暖阳，是孤独之时，一瓢浊酒，远慰风雨夕。夏目漱石诗中的"佳日"也有类似的喻义，只是联系对句"高揭青帘在酒家"——今日若是找我的话，就去附近那个酒馆吧——少有的诙谐与幽默，我们最好还是将此处的"佳日"视为夏目漱石的一种苦中作乐的精神和行为。

紧接着，他在下面的一首汉诗，即在9月22日的汉诗中，写有"闻说人生活计艰，曷知穷里道情闲"的句子，从一个侧面也证实了我们推测的合理性，并据此可看出，夏目漱石今日创作的心理状态也得以延续。

九月二十二日

聞說人生活計艱，曷知窮裡道情閑。
空看白髮如驚夢，獨役黃牛誰出関。
去路無痕何処到，來時有影幾朝還。
當年瞎漢今安在，長嘯前村後郭間。

訓読：

聞く説らく　人生活計難しと
曷ぞ知らん　窮裡に道情閑なるを
空しく白髪を看れば　夢の驚く如く
独り黄牛を役りて　誰か関を出でし
去路痕無く　何処にか到る
来時影有り　幾朝か帰る

九月二十二日

当年の瞎漢　今安くにか在る
長嘯す　前村後郭の間

落款为9月22日的七律汉诗。押删韵。

七律近体诗，有四种基本格式，本诗属于仄起首句不入韵式，基本格式参照如下（○表示可平可仄）：

○仄○平平仄仄，○平○仄仄平平。
○平○仄平平仄，○仄平平仄仄平。
○仄○平平仄仄，○平○仄仄平平。
○平○仄平平仄，○仄平平仄仄平。

据此，我们可以知道首联的第一句中，"说"为仄声，而"活"应平而仄（此处应该使用平声字，但却使用了仄声字），"艰"应仄而平（此处该用仄声字，但却使用了平声字）。此外，"艰"字虽然也在"删字韵"的韵表内，但在此处并非作为"韵脚"来使用的。

这首诗带有诙谐的风格，在艺术品格中基本属于游戏之作，结尾显示出作者内心复杂的心理状态：有自嘲、孤独，也有一份自信和自得。

聞說人生活計艱，曷知窮裡道情閑。

人们都知道为生计而奔波的艰辛，为什么却不懂得即便在穷困的日子里，也有安贫乐道、悠然自得的生活。

人活着最基本矛盾是肉身和精神的冲突与妥协。肉身是速朽与短暂的，而贪念永无止境，精神渴求永生。在神学和宗教的观念之外，两者似乎谁也无法脱离彼此，相互依存，对立并统一。

諾贝尔文学奖获得者莫言（1955—　）曾在2014年日本召开的东亚文学论坛的讲话中说，人类社会闹闹哄哄，乱七八糟，灯红酒绿，声色犬马，看上去无比的复杂，但认真一想，也不过是贫困者追求富贵，富贵者追求享乐和刺激——基本上就是这么一点事儿。这样的论点显然是把人类的精神世界过度的物质化、庸俗化了。不过，这倒也

229

读诗札记——夏目漱石的汉诗

符合莫言文学的起点——基于饥饿的恐惧——饱腹的欲求。只是按照我们推崇的儒家安贫乐道的思想,莫言的判断显然是有问题的。

孔子是举世公认的伟人。甚至以厌恶中国而昭著的平田笃胤(1776—1843)、桑原骘藏(1871-1931)等也对孔子推崇备至。那么,有无被孔子所推崇的人呢?答案也是肯定的,除了传说中的三代和周公,或许首推孔子门下七十二贤之首的颜回(公元前521—前481)。"用之则行,舍之则藏;惟我与尔有是夫!"(《论语·述而》)

那么,颜回何许人也?

贤哉,回也!一箪食,一瓢饮,在陋巷,人不堪其忧,回也不改其乐。贤哉,回也!(《论语·雍也》)

简言之,颜回的品格魅力就是"人不堪其忧,回也不改其乐",即安贫乐道也!

换言之,古代人并非只讲美丽的言辞,也要去躬行和实践的,颜回为了实践道的理想也付出了极大的代价:长年的营养不良,导致29岁头发尽白,32岁早逝!此外,孔子以及门徒们对于颜回的推崇也并非只是对死者出于忌讳和尊重而发表的虚妄言辞。孔子本人是十分疼爱颜回的,颜回死,主张哀而不伤的孔子竟然哭得像个孩子:"噫!天丧予,天丧予!"由此亦可推断,孔子及其门徒也多是安贫而乐道之人。试想,若是孔子及其弟子富余,怎么会不去接济救助一下颜回呢?

不过,值得注意的是,首联中的"道"显然也不尽然是儒家之道,也可以是老子之道,抑或是带有宗教气息的"道",在此也只能是一个抽象的概念[道情闲之语,也表明其"道"更多的是一种诗性的修辞,刘岳兵在《夏目漱石晚年汉诗中的求"道"意识》(《日本研究》2006年第3期)中,则将其"道"归结为道家思想和意识,显然是不符合事实的],但就其指向性而言,无疑是超越世俗贫富和物欲得失的。

空看白髮如驚夢，獨役黃牛誰出關。

看镜中生白发，惊起内心悲凉，感叹这转瞬即逝的一生，恍如梦中！谁看破了尘世的悲欢和人生的至境，骑着黄牛离开纷扰的世俗。

人生的所有故事和可能都在一定的时空内发生，这是我们目前所理解的所有生命的前提，包括精神和肉身这两大基本矛盾的冲突与融合，也都在这样的前提下进行。只是，在这样的时空维度中，相比于时间悄然的更迭和流变（也许，飞逝流逝的不是时间，而是我们生命自身），一般人似乎对空间的变化感觉更为直接和敏感。但对于有的人而言，对时间的变化和捕捉也是极为细微而敏锐的，这类人群中似乎以诗人居多。君不见流传千古的文字尤其是诗文之中，时间及其流逝带来的沧海桑田、世事变迁、岁月蹉跎之感叹占据着很大比重。其中，哀叹早生华发，容颜衰弛的更是不计其数。试问著名诗人，如李白、杜甫、苏轼等，谁没有写过类似于"不知明镜里，何处得秋霜"的诗句呢？

夏目漱石在上个月（1916年8月14日以来）就写了诸多类似的诗句，感慨流水如年，人生易老。如8月20日的汉诗中有"两鬓衰来白几经，年华始识一朝倾"的句子，这段时期的汉诗中，卧故丘、萧然之词多次出现也反映了他内心对于时间的敏感和由此带来的孤独感及不安。在接下来，即9月23日的汉诗中，又出现了"苦吟又见二毛斑，愁杀愁人始破颜"的哀伤。

按照律诗的要求，该联的出句和对句并没有完成对仗的要求，主要在于"如惊梦"和"谁出关"词性和语意结构不大吻合。

独役黄牛谁出关。此句显然化用老子出函谷关的典故。

据司马迁《史记》记载：老子姓李，名耳，字聃，因而人称老聃，曾做过周王室管理藏书的史官，后来隐居不仕，骑青牛西出函谷关后"莫知其所终"。

刘向《列仙传》记老子出关："后周德衰，乃乘青牛车去。入大

读诗札记——夏目漱石的汉诗

秦,过西关。关令尹喜待而迎之,知真人也。乃强使著书,作《道德经》上下二卷。"

去路無痕何處到,來時有影幾朝還。

离开的道路上不见踪迹,也不知道所行何处。归来的时候又怎么会被世人所了解和察觉呢?

接着老子出关的话题,夏目漱石做了进一步的探讨和论述。对句"来时有影几朝还"可以理解为:归来的身姿可以看到,可是什么时候能够回来呢?包括吉川幸次郎、中村宏等在内的几乎所有的译注者也是这样解读的。但根据对仗和互文的规则,窃以为还可以作上述现代版的译文。从逻辑上,做反向的推论也可知我们理解的合理性——既然没有归来,去时无痕,何以归来时候有踪迹?

司马迁在《史记》中,对于老子出关描写极为简略,也只是以老子骑青牛出关,"莫知所终"而结尾。给后世留下了太多可以想象的空间。

老子,被西方称之为"永不枯竭的井泉,满载宝藏"。而老子骑青牛出关堪称中国文化史上最著名的事件之一,也是最扑朔迷离的故事和传奇之一。但在这则谜一样的事件中,也藏匿了理解中国古代文化的一把金钥匙。这则谜语,不仅为中国文人们所津津乐道,在世界范围内也逐渐成为了一则具有哲学寓意的符号和话题。如,历代诸多知名画家,都尝试过"老子出关"为题的创作:如画圣吴道子(约680—759)的神态超然、富有仙气的《老子像碑》,宋代马远(约1140—1225)笔下沉静肃穆、意境古雅的《老子骑牛图》等都为世人所瞩目。到了近代,鲁迅还曾专门创作改写了《出关》的小说。德国剧作家、诗人布莱希特(1898—1956)还曾在流亡时期创作了诗歌《老子流亡路上著〈道德经〉的传奇》等。

老子出关之后去了哪里?后人附会甚多,然而基本上缺乏令人信服的实证和推论。其中,常见的说法之一,是西晋惠帝(290—300)时的道士王浮写下的《老子化胡经》。所谓的"化胡"就是老子出关

九月二十二日

（一说函谷关，一说散关）去了印度，并教出了佛祖释迦牟尼这样的大弟子。其论荒诞，不可信也。与西去之说不同，还有一种说法是老子东归说。《庄子·天道篇》有一段记载，就提到老子离开东周洛阳后便回归故土。孔子问礼，就发生在老子返乡之后——老子的老家河南鹿邑和孔子所在的山东曲阜空间距离还比较近。

据上述分析，若是夏目漱石也了解到了老子出关相关的不同传说，并主张老子东归之说。那么，这一联的对句也可做如下释读：归来留下了身影（如发生了"孔子问礼"等事件），却没有人知道具体是何时归来的。

當年瞎漢今安在，長嘯前村後郭間。

当年冥顽不灵的人今天去了哪里呢？他生活在红尘凡俗之中，吟啸且徐行。

尾联又把讲述的焦点对准自己，描述自己的精神状态和实际的生活，并呼应了首联的观点。而中间两联以老子出关为主线，放在明处，直接描述，而将对自己的描述降为次要的隐线。整体诗而论，就是以传说中的老子出关故事和自己在清贫艰辛的世俗中且歌且徐行的状况作对比，并以自嘲和诙谐的口吻，表明了作者内心的一份坚守和志趣。

夏目漱石之前曾有过几次参禅的经历，不过，均以失败而告终。所谓"瞎汉"，就是冥顽不灵、没有慧根的人。在此处应是作者的自嘲。1910年在"修善寺大患"之后，9月22日的汉诗中对"瞎汉"有更为确切的描述："圆觉曾参棒喝禅，瞎儿何处触机缘。青山不拒庸人骨，回首九原月在天。"

经历人生的诸多挫折和挣扎之后，在世俗和日常之中寻找到一份坚守，获得一份平淡的心境，长啸虽然显得有些孤独，但在前村后郭之间且歌且徐行，也不失为一种修行的境界吧。这种境界虽然比不上孔子及其门徒那样穷则安贫乐道、达则仁爱天下的情怀，但至少比莫言眼中熙熙攘攘、皆为利往的人类，要好了许多吧。

九月二十三日

苦吟又見二毛斑，愁殺愁人始破顔。
禪榻入秋憐寂寞，茶煙対月愛蕭閑。
門前暮色空明水，檻外晴容律崒山。
一味吾家清活計，黃花自發鳥知還。

訓読：
<ruby>苦吟<rt>くぎんまたみ</rt></ruby><ruby>又見る<rt></rt></ruby><ruby>二毛<rt>にもう</rt></ruby>の<ruby>斑<rt>まだら</rt></ruby>なるを
<ruby>愁人<rt>しゅうひと</rt></ruby>を<ruby>愁殺<rt>しゅうさつ</rt></ruby>して　<ruby>始<rt>はじ</rt></ruby>めて<ruby>破顔<rt>はがん</rt></ruby>す
<ruby>禅榻<rt>ぜんとう</rt></ruby><ruby>秋<rt>あき</rt></ruby>に入りて　<ruby>寂寞<rt>せきばく</rt></ruby>を<ruby>憐<rt>あわ</rt></ruby>れみ
<ruby>茶煙<rt>ちゃえん</rt></ruby><ruby>月<rt>つき</rt></ruby>に<ruby>対<rt>たい</rt></ruby>して　<ruby>蕭閑<rt>しょうかん</rt></ruby>を愛す
<ruby>門前<rt>もんぜん</rt></ruby>の<ruby>暮色<rt>ぼしょく</rt></ruby><ruby>空明<rt>くうめい</rt></ruby>の<ruby>水<rt>みず</rt></ruby>
<ruby>檻外<rt>らんがい</rt></ruby>の<ruby>晴容<rt>せいよう</rt></ruby><ruby>律崒<rt>りつそつ</rt></ruby>の<ruby>山<rt>さん</rt></ruby>

九月二十三日

一味吾が家の清活計
黄花自ずからと発き　鳥は帰るを知る

　　落款为9月23日的汉诗，《明暗》期连续创作的第38首七律。押删韵，平仄无误。

　　从内容上讲，以感伤的情绪开始，经由禅思和外在永恒性存在的观照，个人的悲喜化作平淡的烟云，成为自然整体循环中的一部分，诗歌开始的感伤也似乎消融在永恒的天地山水之间。在这个意义上观察，很容易让人联想到夏目漱石晚年提出的"则天去私"的思想。

　　诗中，夏目漱石将私人化的情感和欲望，参照天地自然"以万物为刍狗"的恒常，认识到自身的肉身、精神和情感自始至终都是自然整体循环中微不足道的一瞬间。将个人之得失成败，以及由此引发的焦虑和不安，放入一个更为宏大的时间和空间内，那么个人甚至人类的苦难又算得了什么呢？古代文人寄情托志于山水，道家也罢、佛家也罢，他们所注重的不仅是山水的巍峨抑或秀美，静穆抑或纯澈，从哲学上讲，更多的是源自山水自然对于时间和空间的呈现状态，山水自身所展示出的那种无垠和广袤所连结的永恒精神，给文人墨客带来了刺激和反思。

　　在此，我们不再围绕"则天去私"而讨论夏目漱石汉诗背后的思想和精神资源，笔者今日读诗尝试从方法论的角度，来关注夏目漱石汉诗中所呈现的时间和空间及其关系的问题。

　　苦吟又見二毛斑，愁殺愁人始破顔。

　　苦吟之时又看见了镜中斑白的双鬓，愁苦而至极的"我"（创作出汉诗）开始舒展容颜。

　　苦吟，原意是反复吟咏，用心推敲，言诗歌创作之艰苦。但此处是作者创作汉诗之苦？还是创作小说之苦？抑或是生活本身之艰辛？在此处应该都可以讲得通。不过更为恰当的是作者苦闷精神状态的真

读诗札记——夏目漱石的汉诗

实写照。

我们都知道唐代诗人卢延让（生卒年不详）的《苦吟》诗："吟安一个字，拈断数茎须。"其实在唐代还有很多类似的《苦吟》诗篇。如杜荀鹤（约846—907）的《苦吟》：

> 世间何事好，最好莫过诗。一句我自得，四方人已知。
> 生应无辍日，死是不吟时。始拟归山去，林泉道在兹。

又如生卒年不详的唐代诗人崔涂的《苦吟》：

> 朝吟复暮吟，只此望知音。举世轻孤立，何人念苦心。
> 他乡无旧识，落日羡归禽。况住寒江上，渔家似故林。

仔细体味，上述《苦吟》诗虽然也描写了创作诗歌的艰苦过程，但诗歌更多指向的却是"一句我自得，四方人已知"和"只此望知音"，是一种对于诗歌的热爱和认同。他们更看重创作过程中精神的愉悦和慰藉。这一点，杜诗说得最直接：世间何事好，最好莫过诗。

诗歌创作的过程是一个水与火冲突、交融、痛苦并愉悦的过程，唯有亲自体验方知其中的滋味杂陈、和谐与矛盾。诗歌是心有暗夜，却要咀嚼黑暗寻找黎明的过程，而这一过程犹如暗夜伴随着寒冷和孤独、绝望和苦痛侵入你的皮肤、呼吸和眼睛，甚至也会入侵、占有你全部的心灵，但理想和希望，爱和梦想也会给你强大的支撑，让你去面对人性的卑劣和天地的无常，最终战胜苦痛和绝望，寄托文字构建一个独特而温暖的精神家园，此刻创作者的紧张和不安以及之前过程的苦痛也会随之解脱，得以释放。这也是一切真正文艺作品的精神历程，因此，夏目漱石在首联的对句写道：愁杀愁人——愁苦抵达承受的极限——之际，诗歌创作出来——精神得以缓解和释放——开始舒展眉头——始破颜。

若站在时间与空间的关系去思考这两句，此处主要是体现了时间对于空间的压迫感，时间匆匆，并在中年以后猛然加速——身体衰老、精力消退，造成人们也开始过分敏感于自身消亡之走向的蛛丝马迹的猜测和想象之中，而镜中白发无疑是最常见的自我检测方式。很明显，作者也将这种惆怅和苦闷、紧张的情绪和体验投射并比拟到一首诗歌的创作中了。换言之，此联中，时间和空间的关系问题是以隐喻的方式呈现的，而两者关系正式的展开则是在下面的颔联和颈联。

此外，夏目漱石在晚年汉诗中对于岁月匆匆之感伤，体现的还是十分明显的：

8月14日汉诗以"幽居正解酒中忙，华发何须住醉乡"为首联；
8月15日汉诗以"双鬓有丝无限情，春秋几度读还耕"开篇；
8月16日的第二首汉诗以"行到天涯易白头"开始；
8月19日汉诗以"老去归来卧故丘"开头；
8月20日汉诗，以"两鬓衰来白几茎，年华始识一朝倾"开篇；
9月22日的汉诗中有句"空看白发如惊梦"
……

禪榻入秋憐寂寞，茶煙對月愛蕭閑。

萧瑟入秋，禅室和床榻都自带一份寂寥，"我"独居僻静之所，煮茶望月，享受着在秋的冷漠中寻找一份诗意。

此句或从唐代诗人杜牧诗《题禅院》而来："今日鬓丝禅榻畔，茶烟轻扬落花风。"

禅榻，禅床之意，也可指代禅修的行为和生活。禅榻是一个虚静的空间，在这个空间内时间与之和谐，平淡相处。入秋之后是寒冷、是落叶纷飞，是寂寞，也是孤独。接踵而来的是严寒和更深刻的孤独，但四季轮回，草木会再次复苏，并再次生机勃勃。这里的时空是循环而静止的。

茶烟，清茶和拜佛的香烟。和禅榻一样，以此指代一种清心寡欲、平淡自然的隐居生活。而个人的孤独和寂寞，唯有月光晓得！什么样的人才会煮茶、点香，独自望月呢？或许这样的生活唯有寄身禅院的修行者才能拥有吧。

读诗札记——夏目漱石的汉诗

而与"入秋"的循环四季相对应,下一句的"对月"也是一个自然循环往复的时间,有圆有缺,周而复始,另外一方面,它也如四季轮回、生生不息的岁月一般,成为天地恒常的象征之一。

京剧《霸王别姬》有虞姬望月的一段唱词:"看大王在帐中和衣睡稳,我这里出帐外且散愁情。轻移步走向前荒郊站定,猛抬头见碧落月色清明!"

虞姬预感失败的必然,也做好了结束生命的准备,但她抬头望着那一轮曾照古人之明月——在时空永恒的比照下——内心触摸到了身在永恒之外,作为人短暂生命之宿命的疼痛。

夏目漱石汉诗中的月亮意象,并没有上述时间与空间的紧张,更多的是一种寂寞的和谐,或许这与前文所述的日本现世主义文化心理有关。除此之外,也与时代和题材有着某种关联。现代性文学的一大突出特征就表现在对于时空的征服和野心,而作为传统文化载体的汉诗,则更多的是对于空间的放弃,注重人内心的省察和体验。在这一点上来看夏目漱石的汉诗,其现代性的因素还是缺乏的。

門前暮色空明水,檻外晴容崒嵂山。

门前的暮色安静而透明,映在水中,似乎水中的光影暗示着另外一个时空。栏杆远望苍穹之下的矗立的山脉,绵延不绝,似乎到了另外一个世界。

苏轼在《记承天寺夜游》的序文中写道:"庭下如积水空明,水中藻、荇交横,盖竹柏影也。"水中的光影,越是在光线暗处越有空明之感,一方面水色柔和沉静,另一方面映出的光线也在水色暗淡的映衬下显得强烈而分明。

暮色时分,登高远望,日落群山。在暮色之中,白天和暗夜交替,光色从柔和逐渐蜕变为黑白这样的冷色调,群山也愈发显得肃穆而耸立,时间在这两句诗中呈现出更迭和循环,并在水的光影中呈现出朦胧和虚幻的色彩,而空间则与时间相辅相成,似乎追随着日落,不仅色彩和温度改变,人们眼中的山水自然的形体也发生变形、延伸至无穷之处——想象的世界——空明水、崒嵂山。

崒嵂，耸峙貌。杜甫有诗《桥陵诗三十韵因呈县内诸官》："高岳前崒嵂，洪河左滢濙。"

此处的时间和空间亦是循环而自然的，两者关系和谐，构建了两幅秋日暮色的画卷，一幅聚焦于眼前空明虚幻，另一幅远焦于日落之后静穆的西山。

一味吾家清活計，黃花自發鳥知還。

"我"过的是清贫寡味的日子，平淡地面对花开花落、观察候鸟寒飞暖返。

一味，在汉语中多指不顾客观条件，盲目地做事，含有贬义。也有一种味道之本义的用法。日语中也有"一味"这个词，即"いちみ"，中村宏解释为"もっぱら"（中文为专门、专心致志、净等意思）。在这里，理解为一种味道—净之意为好，表示生活的清贫和单纯，也可表示作者在繁华落尽之后内心获得的一份安宁与平静。

最后一句，"黄花自发鸟知还"，似乎与前一句并无关系，但所谓关系在诗歌的层面我们应该侧重情感内在的逻辑。如上所述，清活计，不仅是作者现实的生活，也是作者内心所抵达的境地。"黄花自发鸟知还"，这样的发现和感受，是作者内心的一种关照和比拟。在修辞上讲，最后一句正是"一味吾家清活计"的形象表达和喻言。

尾联再次展现出了传统意义上的时间和空间——自然而循环，这样的审美和思考，是富有诗意的，不过这也只是传统意义上的一种朴素的判断和认知。

若是将文学（诗歌）中所呈现的时间和空间及其关系，放在"世界史""世界文学"的视野中，我们会发现更为有趣的东西。

众所周知，十七八世纪欧洲思想界出现了"古今之争"，与何谓现代的命题相伴随的重要议题就是关于时间和空间的体认和辨析，尤其是关于时间是"线性"还是"循环"的观念之争，反映了"古今之争"深层的本质和根本分歧。概言之，如上所述，古人的时间观念基

读诗札记——夏目漱石的汉诗

本上体现为一种静止循环的朴素自然意识,在他们眼中时间就是白天与黑夜,即便有死生,也是终归于自然的平静,形成一种整体性的循环,而未来也只是这种循环的再演。

学者耿传明曾著《时间意识·现代性与中国文学的古今之变》(《文艺争鸣》2015年第9期)一文,举出以下例证说明中国古代传统的静止时间观念。如董仲舒在《举贤良对策》中曾说:"道之大原出于天,天不变,道亦不变。"孔子曾言"逝者如斯夫!不舍昼夜",朱熹对此解读说:"天地之化,往者过,来者续,无一息之停,乃道体之本然也"。《心经》中有言真如之本相:"不生不灭,不增不减,不垢不净"。

不过,中国文学作品中最有名的例子,在庄周梦蝶之时间陷入循环的虚无之外,或许就是游离于历史和文学之间的《三国演义》了。《三国演义》开卷之语就点破主旨:"话说天下大事,合久必分,分久必合。周末七国分争,并入于秦。及秦灭之后,楚、汉分争,又并入于汉。汉朝自高祖斩白蛇而起义,一统天下,后来光武中兴,传至献帝,遂分为三国。"

明代文学家杨慎(1488—1559)曾作《临江仙》,在毛宗岗父子刻本的《三国演义》中被放在卷首。该词更为形象地反映了近代之前人们对待历史和世界的"时间观念":

> 滚滚长江东逝水,浪花淘尽英雄。
> 是非成败转头空。
> 青山依旧在,几度夕阳红。
> 白发渔樵江渚上,惯看秋月春风。
> 一壶浊酒喜相逢。
> 古今多少事,都付笑谈中。

加藤周一(1919—2008)曾著《日本文化的时间与空间》一书,提及日本古代文化中的时间观念时,主张是一种现世主义,即关注当下而忽视过去和未来的思维方式。文中他以日本独有的"连歌"为例进行说明：连歌的句子可长可短，由数人接续合作完成，创作者不必考虑此前所有的句子和整体结构等，也不必思考下一句如何完成，而只关注前一句，在前一句的基础上进行创作即可。与过去和未来并不产生紧密的关联性，是一种关注于眼前的思维形态。在加藤周一看来这就养成了日本人关注当下的现世主义立场和态度。这种态度和立场也是包括日本文学在内的古代文化精神意识的体现。这样的时间和空间观念，在时间上讲，其实是一种排除了循环的静止时间。当然，这只是日本古代本土的一种思维模式，后来随着佛、儒、道等思想的传入，其时间的认知上也带有了循环性的特色。

综上可知，在夏目漱石这首汉诗中的时间和空间及其关系还是传统意义上的审美和认知，人和时间、空间都在一个整体和谐循环的体系之内，人的生或死都是自然循环的一个环节，死亡也并非是完全意义上的终结。

经过之前对其《明暗》期将近四十首汉诗的逐一读解，我们也可以说，这样的时空观念和审美，也是他汉诗创作的整体风格。也唯有在这样的循环自然的时空关系中，夏目漱石在这首汉诗开头所表现出来的感伤情绪——苦吟又见二毛斑，才能经由观察山水自然而得以安置和疏解。

有人或许会问，诗歌的意义在哪里，它并不解决人生有关时间和空间的所有现实问题。或许它本质上就是一个谎言，有人偏偏喜欢用这样的谎言遮蔽和对抗时间带来的未知恐惧和不安。我们的人文学科在如今庞杂而繁衍，其内在的生命不也指向于假定之上的意义的建构吗？故，真诚的诗歌或也可以是人文学术整体的一种缩影和代言，昭示着真理和谎言其实并不遥远，而是在两极之间的若即若离、永恒相伴。

如果说人生是一场关于时间的游戏，我们无法左右开始和结束，我们只能在其过程中体味和描述时间的碎片，那些尝试用哲学、历史

读诗札记——夏目漱石的汉诗

等宏达立场贯通古今、穷究天人之际的努力，总被时间证明人的狭隘和无能为力。但即便如此，也有人选择诗歌为途，对抗这样存在的无力感。或许在他看来，时间，是上帝给人类的一封不可拆解的信件，让人类永远处于窥探的希望和自我否定的绝望之间，而诗歌，是展现这种希望和绝望最好的手段。

九月二十四日至三十日汉诗通读之一
——以"闲愁"为轴心的情绪变化及延续

九月二十四日
擬將蝶夢誘吟魂，且隔人生在畫村。
花影半簾來着靜，風蹤滿地去無痕。
小樓烹茗輕煙熟，午院曝書黃雀喧。
一榻清機閑日月，詩成默默对晴暄。

九月二十五日
孤臥獨行無友朋，又看雲樹影層層。
白浮薄暮三叉水，青破重陰一點燈。
入定誰聽風外磬，作詩時訪月前僧。
閑居近寺多幽意，礼佛只言最上乘。

读诗札记——夏目漱石的汉诗

九月二十六日
大道誰言絕聖凡，覺醒始恐石人讒。
空留殘夢託孤枕，遠送斜陽入片帆。
數卷唐詩茶後榻，幾聲幽鳥桂前巖。
門無過客今如古，獨對秋風着旧衫。

九月二十七日
欲求蕭散口須緘，為愛曠夷脱旧衫。
春尽天边人上塔，望窮空際水吞帆。
漸悲白髮親黃卷，既入青山見紫巖。
昨日孤雲東向去，今朝落影在溪杉。

九月二十九日
朝洗青研夕愛鶩，蓮池水靜接西坡。
委花細雨黃昏到，託竹光風綠影過。
一日清閒無債鬼，十年生計在詩魔。
興來題句春琴上，墨滴幽香道氣多。

九月三十日
閑窗睡覺影參差，機上猶余筆一枝。
多病売文秋入骨，細心構想寒砭肌。
紅塵堆裏聖賢道，碧落空中清淨詩。
描到西風辞不足，看雲採菊在東籬。

步履匆匆，不知觉间，我们已经把夏目漱石自1916年8月14日以来创作的汉诗，进行了将近四十回的解读和分析，在方法论上，秉持跨文化研究的视角，反对将之作为思想史的材料，而以汉诗的审美为前提，进行形式和内容多层次（兼顾直观审美感受和思想性）的赏析和诠释，基本上每日以一首汉诗为中心进行"句读"——以每一句诗为基本单位展开，细致到分析重要的词语，注重考察汉诗内部的节奏和布局。

而本篇，笔者尝试将文本细读更换为"通读"的方式——将每一首诗当作一个基本单位来进行汉诗与汉诗之间的对比分析，从而考察汉诗与汉诗之间整体性的变化和联系。方法和视角的变化，目的只有一个，就是尝试以不同的视角进入夏目漱石汉诗，从而较为全面地体味和考察其汉诗的丰富性及特色。

具体而言，在本篇中，我们将夏目漱石自1916年9月24日至30日之间连续创作的6首汉诗为对象进行整体考察和分析。首先对这6首汉诗进行直观的解读和赏析，侧重诗歌内在情绪的梳理，进而观察夏目漱石创作心态（以及审美风格）的变化与连续。其次，以小尾郊一（1913—2004）的《中国文学中所表现的自然与自然观》（邵毅平译，上海古籍出版社，1989年）、顾彬（Wolfgang Kubin，1945— ）的《中国文人的自然观》（马树德译，上海人民出版社，1990年）中所提示的方法和观点为参照，集中于夏目漱石汉诗中自然意象的分析和解读，寻找夏目漱石汉诗中的自然意象在方法论层面的位置和意义。

首先，我们进入对于这6首汉诗的情绪色彩（以及审美）的变化及连续性的考察。

理解诗歌的格调，体会作者的情绪，除了熟能生巧的大量阅读，以及加深陆游所说的"功夫在诗外"的人生阅历和体验之外，也是有技巧的。其中之一，就是我们之前已经多次提及的要抓"诗眼"和"诗心"——关注关键词语的设定和安排。

在24日的汉诗中，需要关注的词汇有：诱、静、轻、清、闲等；观察其位置和作用，我们基本可以判断该诗情感的倾向和色彩的浓淡，并以此推断作者创作时的心情。夏目漱石开篇就借用庄周梦蝶的典故，点明了创作的动机——受梦的引诱而诗心蠢蠢欲动，由此想要

读诗札记——夏目漱石的汉诗

创作一首诗,并将此刻似梦非梦的人生状态比作隔离于现实之外的如梦似画的桃源仙乡。其出发是轻松的无疑。而颔联"小楼烹茗轻烟熟,午院曝书黄雀喧"则悠闲自得、情趣盎然,作者愉悦的心情跃然纸上,描写得十分到位。这样的风格和姿态在其晚年的诗作中是少见的,这种轻闲的情绪和心态的稳定,也较为明显地延续在了稍后几日诗歌风格的连续性和统一性上。

25日的汉诗,虽然首句以"孤卧独行无友朋"开始,并以"又看云树影层层"作为对句出现,情绪似乎在首联内部就给人以"消极化"的印象。昨日,即24日汉诗中的悠然也似乎转向了阴郁和孤独,而此联的"薄暮"和"重阴"也的确加深了诗歌整体情绪向消极方向的趋势,但与此同时,青破重阴一点灯(此句甚妙,正确的语序应该是:青灯一点破重阴),一个"破"字,冲出沉重的暗夜和阴霾,给人带来希望的光亮。接下来,"入定"和"作诗"则点明了作者自我调节的途径和方式,到了最后一联,"闲居"和"幽意"表明了作者自我情绪调节之效果。情感色彩和审美的风格,比前日的"闲"多了一个"愁"字,故,本诗也可以"闲愁"概之。

26日的汉诗,诗思的切入点承接25日汉诗的尾联,一个以"礼佛"结尾,一个以"大道"开篇。颈联"空留残梦托孤枕,远送斜阳入片帆"极具"带入"感,犹如电影镜头的缓缓切入和蒙太奇切换,十分自然而富有诗意,也暗示了作者不可言说的孤独感。残梦代表过去和虚无的渴求,只好弃之于孤枕;斜阳代表眼前的光阴,片帆寓意寄托未来和前途的美好,这些也似乎不可挽留,年老之身再无希冀,自己只能是那个立在岸边,目送他人(年轻人)踏上征程,极目远眺的老者。颔联写作者克服内心的孤独,回归平静的生活——读读唐诗、喝喝茶,静闻幽鸟、闲听花落。这样的情绪在尾联得以延展——幽静安闲、门无过客的生活,不正是古代隐者"人闲桂花落,夜静春山空"的日子吗?只可惜,王维诗中的桂花是四季常青的春桂,而"我"眼前的桂花却是秋桂,身着夏日的单衣,立于转凉的秋风之中，花虽幽香，内心却也有一种凉意吧。"愁"绪未消，但"闲"情犹在。

27日的汉诗，不仅开篇承接"旧衫"的具体话题，整体上也是对26日的汉诗中所流露的低落情绪的一种"反动"和调节，可称之为26日汉诗的续篇。开篇就提出"欲求萧散口须缄"——"我"要学会闲散洒脱心态生活，不再写昨日那些低落的诗句，放弃之前的思考方式。

萧散。不仅是形容个人的举止、神情、风格等的潇洒以及个人生活的闲散舒适状态，也是一个极为重要的中国传统美学概念。语出《西京杂记》卷二："司马相如为《上林》《子虚》赋，意思萧散，不复与外事相关。"传统诗歌中多有这样的用法和意象，如"晨兴步北林，萧散一开襟""我亦本萧散，至此更怡然""世间萧散更何人，除非明月清风我"等，在学者朱良志看来崇尚萧散，也就意味着灵魂拯救的意思（《萧散之谓美》，《晋阳学刊》2010年第4期）。而这一美学风格后又被书法和绘画等其他的艺术领域所借鉴和发挥，成为中国传统美学公认的一种美学概念和境界。

"春尽天边人上塔，望穷天际水吞帆"所展现的广阔的时间和空间，以及"水吞帆"的气魄，"上塔"所意味的观察者上扬的姿态等，都表明了这首诗在风格和内在的情绪等方面在朝着既定的目标和方向——萧散（以及与之相应的近义词"旷夷"）而努力。

紫岩。紫色的山崖，多指隐者所居。王绩（约589—644）有《古意》诗："幽人在何所，紫岩有仙躅。"颈联"渐悲白发亲黄卷，既入青山见紫岩"可见其过程的波折以及归隐的选择，最后以昨日孤云，今朝落谷为杉的隐喻，暗示自己将安于这样——归隐——的生活。26日诗中的那份似乎无可救药的孤独感得以（暂时性的）消解。

29日所作汉诗，前面四句是基于"王羲之临池学书"之故事的场景再现，并添加了新的情节和想象，这些虚构的联想，都是为了说明"一日清闲无债鬼，十年生计在诗魔"。颈联的这两句既有清闲也有

读诗札记——夏目漱石的汉诗

自信的成分，透露出作者创作时"悠闲"的心理状态，与27日最后两句"昨日孤云东向去，今朝落影在溪杉"对应，说明了作者内心的平静和安详。尾联"兴来题句春琴上，墨滴幽香道气多"则又多了一份自持风雅的得意之姿。

30日的汉诗，基本延续着前日的悠闲心境和审美风格。以"闲"字开头，只是已经没有了"一日清闲无债鬼，十年生计在诗魔"的自信，开始转向对自己"卖文为生"的疑问，表达出这种生活所造成的精神和肉体的考验和伤害——多病卖文秋入骨，细心构想寒砭肌——的一种反省。接下来，夏目漱石又将自身以文字为伴的人生选择投放在更大的时空之中，寻找一种价值的坐标——红尘堆里圣贤道，碧落空中清净诗——以儒学功利主义和禅道之无为清净立场，来思考并肯定自己存在的意义和价值。只是，他觉得在这条以文字为伴的人生道路上，虽然取得了不少成绩，为世人所瞩目，但就他内心而言，也存在一种对更高境界的渴望和焦虑。因此，在这首诗中，"闲"的姿态依然存在，但"愁"的情绪又开始浓郁和抬头。

如若继续研读下去，将夏目漱石在此后数日创作的汉诗也纳入整体考察的视野，我们将会发现在相当长的一段时间内，"闲"的姿态逐渐退场，而"愁"的部分开始增多，而夏目漱石为了调节心理和情绪的平衡，也开始以"道"的理性和禅宗的虚无与之抗衡，消解内心的焦虑和不安，其汉诗的风格也逐步走向禅偈，而诗歌的抒情性呈现出渐次减弱的过程。

返过头来，我们再审视一下何谓"闲愁"。

人乃天地之心（《礼记·礼运》：人者，天地之心也），故而人极易因感物而动情。刘勰曾说："四时之动物深矣。"钟嵘在《诗品》也说"气之动物，物之感人，故摇荡性灵，行诸舞咏"。据此，我们很好理解"愁"字，见秋色萧瑟，草木摇落而感伤，无非是一种朴素自然的情绪反应。从字形上理解，即秋在心头也。

而"闲"字，繁体字多见两种写法，一个是"閒"，另一个是

"閒"。它们分别代表了两种姿态：门前看草木，隔窗望月怀远。

看草木之"閒"，最有名的是"人闲桂花落"：以人内心的寂静为前提，对身边的自然物进行耐心的观察，并由此建立起来人心和自然在精神上的契合。

举目望月怀远之"閒"，可举张若虚的《春江花月夜》为例："昨夜闲潭梦落花，可怜春半不还家。江水流春去欲尽，江潭落月复西斜。"此处的"閒"追随着月光之恒久和广袤，描写的对象不是指身边具体的自然界中细小的草木，而是具有整体意义的自然之山水——包含更加广袤的时间和空间——的自然意象。

在夏目漱石的这6首汉诗中，无论是"闲"还是"愁"，在诗歌中与之对应的都是自然意象，无论是草木风云，还是山水星空，都是诗人内心情感的投射和寄托，但具体到这些自然意象在夏目漱石汉诗中的特征和具体作用，是否具有独立的审美价值，则是我们下一篇要讨论的核心问题。

九月二十四日至三十日汉诗通读之二
——夏目漱石汉诗中的自然意象

九月二十四日
擬將蝶夢誘吟魂，且隔人生在畫村。
花影半簾來着靜，風蹤滿地去無痕。
小樓烹茗輕煙熟，午院曝書黃雀喧。
一榻清機閑日月，詩成默默对晴暄。

九月二十五日
孤臥獨行無友朋，又看雲樹影層層。
白浮薄暮三叉水，青破重陰一點燈。
入定誰聽風外磬，作詩時訪月前僧。
閑居近寺多幽意，礼佛只言最上乘。

九月二十四日至三十日汉诗通读之二

九月二十六日
大道誰言絕聖凡，覺醒始恐石人讒。
空留殘夢託孤枕，遠送斜陽入片帆。
數卷唐詩茶後榻，幾聲幽鳥桂前巖。
門無過客今如古，獨對秋風着旧衫。

九月二十七日
欲求蕭散口須緘，為愛曠夷脫旧衫。
春尽天边人上塔，望窮空際水吞帆。
漸悲白髮親黃卷，既入青山見紫巖。
昨日孤雲東向去，今朝落影在溪杉。

九月二十九日
朝洗青研夕愛鷔，蓮池水靜接西坡。
委花細雨黃昏到，託竹光風綠影過。
一日清閒無債鬼，十年生計在詩魔。
興來題句春琴上，墨滴幽香道氣多。

九月三十日
閑窗睡覺影參差，機上猶余筆一枝。
多病壳文秋入骨，細心構想寒砭肌。
紅塵堆裏聖賢道，碧落空中清淨詩。
描到西風辞不足，看雲採菊在東籬。

草木和明月，山川与流水，这些自然之意象，在文学作品中，往往具有摆脱人世纷扰和功利主义——人处于社会的人情和利益链条之中——的喻义。现实之中，受困于佛教所言的贪嗔痴，人不得以自由和解脱，但独与天地相往来的自由却也是人人都向往的。不过，脱离

读诗札记——夏目漱石的汉诗

世俗之苦，寄情山水，随之而来的也必然是另一方面的孤独和寂寞。换言之，与自然对话，实际上是自我内部对话的精神历程，这在人类的精神史上可粗略地被纳入自然主义的脉络：魏晋山水诗画、《瓦尔登湖》和卢梭。

通读夏目漱石上面的6首汉诗，从中也可以直观地感受到它们情感和风格的自然主义的特色。提取24日至30日的6首汉诗中以自然意象为中心的关键词或字，可以看到：

24日的汉诗中出现了：花、风、茗（茶）、黄雀、日月

25日的汉诗中出现了：云、树、水、风、月

26日的汉诗中出现了：（斜）阳、茶、（幽）鸟、桂、岩、（秋）风

27日的汉诗中出现了：天边、空际、水、青山、紫岩、孤云、溪谷、杉树（溪杉）

29日的汉诗中出现了：鹅、莲池、西坡、细雨、黄昏、竹

30日的汉诗中出现了：碧落（夜幕）、（天）空、西风、菊

很明显，夏目漱石汉诗中几乎每一个句子都会出现自然的意象，既有抽象意义的天空和山水，也有具体意义上的桂花和竹、菊。可以说，这些自然的风景和意象构成了夏目漱石汉诗的基本风貌。这一现象的出现并非偶然，也可扩展至夏目漱石汉诗的整体乃至千年以来整个东亚传统汉诗的世界之内在思考和观照。

无论东方还是西方，诗歌与自然之间就天然地存在着极为密切的关系，只不过在东亚，尤其在中国传统诗歌中这种关系表现得更为紧密。借用小尾郊一《中国文学中所表现的自然与自然观》（邵毅平译，上海古籍出版社，1989年）的说法：纵观整个中国文学，我们可以发现，中国人认为只有在自然中，才有安居之地；只有在自然中，才存在着真正的美。

不过，在笔者看来，上面的判断中也藏匿着一个容易忽略的重要问题，即小尾郊一在《中国文学中所表现的自然与自然观》中所表述

的"中国人认为只有在自然中,才有安居之地;只有在自然中才存在真正的美。"这句话实际上包含着两个方面和层次的内容:

第一个方面和层次:自然(自然物及其意象)在文学(诗歌)中作为精神寄托之所——安居之地;

第二个方面和层次:自然(自然物及其意象)在文学(诗歌)中被赋予审美的价值——存在真正的美。

实际上,就文学中的自然(自然物及其意象)而言,还有不同于上述两种功用和位置的情况,如按照小尾郊一的看法,《诗经》中的自然物是一种比兴式的自然,并不具有审美的价值。也就是说,自然物在当时的诗歌创作者眼中只是一个情感的衬托和铺垫,其目的只是为了后面情感的抒发。自然物本身的美,并没有引起当时诗人们的关注和重视。

德国汉学家顾彬在《中国文人的自然观》(马树德译,上海人民出版社,1990年,第245页)中更是直接将中国历代文人观念中的自然划分为三个阶段:

其一,自然作为标志物。以秦汉上古时期的文学作品为主。

其二,自然当作外在的世界。以魏晋南北朝的文学创作为主。

其三,自然作为人的内心世界。以唐代及其之后的文学作品为主。

他的著作是参考了包括小尾郊一、青木正儿、小川环树等诸多日本汉学家的成果之上的再创造,以黑格尔式的精神框架重新阐释了这一问题。但在有些观点上两者还是可以融通的。比如顾彬所言的第一个阶段,在文学作品中自然作为标志物出现,其实和小尾郊一所主张的——《诗经》中的自然物基本上是比兴式的,而不具有独立的审美价值——就是一致的。

不过,小尾郊一的书中,也有概念未能厘清的不足。如他将自然缩小到"山水"的概念,有偷换概念之嫌疑,且过分地主张人的主观对于观景的影响,而忽视了人与自然之间实乃交互之作用等重要问

读诗札记——夏目漱石的汉诗

题。而顾彬也有将文学中的自然意象过分概念化的危险,其所言的中国古代文人的自然观发展到第三个阶段,即自然作为人的内心世界,其中有一个部分即自然当作精神复归之所,包含着"自然当作象征"的段落标题。实际上在被顾彬判断为自然标志物的《诗经》作品中,自然(物)作为一种抽象意义的象征手法就已出现。比如"桃之夭夭,灼灼其华。之子于归,宜其室家"之句,"桃之夭夭"与其说是比喻不如说是象征:以具体示意抽象的情感和意义。春日之繁盛,桃树花叶在暖阳下之鲜艳,作者内心的喜悦和对未来的期待等情感和想法,都在植物生机勃勃的样态中得以展开(顾彬依照历史发展、今人一定比古人进步的发展史观、进化论及其变型的逻辑前提下,认为中国的自然观也是有一个发展的脉络,这是西方汉学家共有的倾向)。

回到夏目漱石的这6首汉诗中自然意象的呈现,参考小尾郊一和顾彬等人关于文学中自然观的分析和判断。我们发现以下特点:

第一,夏目漱石汉诗中的自然意象,在上述6首汉诗中共有34次,作为自然标志物出现12次,有特定修饰和象征意义的自然意象22次。夏目漱石的汉诗中既有抽象意义上——没有特定和修饰的自然意象,仅仅作为一种自然的标志物(借用和参考顾彬的定义)——日月山水,也有具有特定指向性的自然物,如桂花、斜阳、青山、秋风等带有象征意义,桂花代表幽静、斜阳代表衰落和迟暮之感、秋风意味着感伤等。比较而言,抽象意义上,作为自然标志物的自然意象一共出现12次,而作为特定指向性的自然意象出现22次。作为抽象意义的自然意象不具备小尾郊一所说的精神寄托之所的文学功能,这些自然意象也没有作为自然物审美的价值独立性,只是提供一种单纯的自然物的标志和符号。

第二,自然意象的重复率很高。其中风(4次)、天空(4次,含"碧落")、云(2次)、月(2次)、雨(1次)等。这些自然意象的重复,也是夏目漱石在这6首汉诗中情感和审美得以相对稳定和延续的具体途径和重要保障。换言之,夏目漱石上述6首汉诗中风格的相似和连续性,即以"闲愁"为轴心的审美和情绪得以展现和延续的一个重要原因,就是夏目漱石汉诗中反复、交叠出现的自然意象。

第三,上述自然意象,既有空间意义上的自然意象如山、天空、莲池和西坡,也有明显的时间意味的溪杉、秋风等。更多的是兼具时间和空间描述的自然意象,如碧落,不仅寓意时间意义上的黄昏日暮时分,也可以指向天空颜色上的变化。这一点深刻地体现了中国传统诗学中时间和空间不可分割的妙味,我们无法将"碧落"单纯地理解为时间上抑或空间上的呈现,以现代人的知性对其进行人为的分割。

叶维廉(1937—　)在《道家美学、中国诗与美国现代诗》(《中国诗歌研究》2004年第1期)等诸多论述中,提及汉诗语言建构中道家思想的影响,最为明显的就是道家的自然观念所提供的一种断弃私我名制的契道境界。在道家看来,人只是万物之中的一种存在,与其自然物相比并无特殊,更不能视为万物的主宰。因此,道家影响的中国传统诗学审美就比较注重人与自然的和谐,并不追求以人所谓的理性去分解和宰制自然界,而是让万物呈现出它的本来面目,还原自然,自我则隐退在万物之中。因此,用自然的意象去表达世界的原本面目,成为一种契合自然之道的诗学追求。不使用傍晚几点几分,而使用自然的意象如日落、碧落等包含时间和空间双重体验的词语去描述和呈现自然的状态,以及包含在自然之中、成为自然界内在的一部分的"我"的心理体验和情感状态。

要之,自然意象在夏目漱石汉诗中具有重要的意义,我们可以将之纳入人类精神史上的大自然主义文学(不同于近代西方和日本的自然主义文学,他们面向的是现实的人性,无论善恶)之内。不仅在呈现的手段和途径上,还是在表达的审美心理上,都是夏目漱石汉诗的重要组成部分。其自然意象作为时间和空间的标志物抑或象征物,甚至作为时间和空间存在的场域——如青山等,都体现了道家的自然观和审美意识(其间也包含了受道家影响的禅宗的世界观念)。

只是,夏目漱石并未完成思想上彻底的自然主义转变,这也导致

读诗札记——夏目漱石的汉诗

了其审美上的未完成状态。

反顾上述6首汉诗的精神旨趣，我们或可用其（1910年）9月29日汉诗的诗句"一日清闲无债身，十年生计在诗魔"来概括和说明。因为，其汉诗中的自然意象，并没有出现小尾郊一所说的成为精神的安居之地，也没有出现顾彬所说的自然成为精神复归之所的现象，其自然意象也只不过是作为自然的标志物和象征物，作为一种途径和手段，来表达夏目漱石内心的"闲愁"罢了。

其实，上述道家所提供的一种断弃私我名制的契道境界，与夏目漱石自身所提出的"则天去私"内有暗合。由此可见，人的境界并不能单纯以他的主张和宣言来判定，还要看他做了什么，做到哪一个层面来说明。站在这样的视角上，我们也可看到夏目漱石生前最后一首汉诗中"碧水碧山何有我，盖天盖地是无心"也只是让人回归到自然、消除人自以为是的欲望的"理性"辨识，而"欲抱虚怀步古今"之句，则表明了"我"的位置的凸显与"去私"之间的矛盾以及由此带来的焦虑和痛苦。

十月一日

誰道蓬萊隔万濤，于今仙境在春醪。
風吹靺鞨虜塵尽，雨洗滄溟天日高。
大岳無雲輝積雪，碧空有影映紅桃。
擬將好謔消佳節，直下長幹釣巨鼇。

訓読：

誰か道う　蓬萊は　万濤を隔つと
今に于て　仙境は　春醪に在り
風は靺鞨を吹いて　虜塵尽き
雨は滄溟を洗いて　天日高し
大岳　雲無くして　積雪に輝き
碧空　影有りて　紅桃に映ず

读诗札记——夏目漱石的汉诗

好謔を将って　佳節を消さんと擬し
直ちに　長竿を下して　巨鼇を釣る

这首诗无疑是独特的，无论从风格上还是内容上，既不同于青年时代汉诗中清新自然的表达，也不同于夏目漱石晚年汉诗中的"伤感"和"道思"。

誰道蓬莱隔万濤，于今仙境在春醪。

谁说我们所追求的仙境遥不可及，在万里海涛之外的蓬莱呢？在"我"看来，这样的仙境在春日的美酒之中。

蓬莱，又称蓬壶。神话中，渤海里仙人居住的三座神山之一（另两座为方丈、瀛洲）。古人追求长生的幸福，不外乎两种手段：一种是内修。如内服仙丹之类的不死之药，抑或追求修道成仙、锻造长生之身。另一种是逃避到仙境，避免岁月的流逝和时间的伤害。蓬莱，就是第二种路径的渴望在人们内心的折射。此外，自圣德太子的《宪法十七条》以来，道家文化对古代日本的影响不亚于儒学在日本的意义，如此处作为道家文化符号的"蓬莱"，俨然已是东亚地区人们共同的文化心理表征。

春醪，即春酒。冬天酿造，春日醉饮。好酒之诗人陶渊明曾作诗"谷风转凄薄，春醪解饥劬"（《和刘柴桑》）、"春醪生浮蚁，何时更能尝"（《拟挽歌辞三首》）。

夏目漱石在8月14日《明暗》期汉诗创作的第一首汉诗，开篇就说"幽居正解酒中忙，华发何须住醉乡"。8月21日，作汉诗"寻仙未向碧山行，住在人间足道情"。9月1日有诗句："不入青山亦故乡"以及"石门路远不容寻"等，都反映了夏目漱石内心的求索和观念立场，这也和他选择作家职业、以文立身，并且晚年选择汉诗的创作、选择以格律最严格的七律为主要文体等，都有着内在的精神关联和立场的一致性——追求外在的功利，还是追求内在的丰富和自由？

对于每一个人来说，也是一个极其严肃的人生问题。

風吹靺鞨虜塵尽，雨洗滄溟天日高。

大风吹兮，战尘尽被吹散，靺鞨的反叛已被平息。大雨飘兮，洗去天空的乌云，晴空高远，日光高悬。

靺鞨，中国古代东北少数民族之一，又称黑水靺鞨。其渊源可追溯到商周时期的肃慎，北魏称"勿吉"，隋唐时写作"靺鞨"。辽宋时代恢复"肃慎"之名，汉语中常称其为"女真"或"女直"。

虏尘，指平定周边的叛乱。

滄溟，即苍天。

此句关涉现实，用意深刻。吉川幸次郎认为这一句与1905年的日俄战争有关，而中村宏也指出此句与特定的事实相关，但具体指涉却未有详论。

大岳無雲輝積雪，碧空有影映紅桃。

雄壮的山脉巍峨耸立，阳光从山顶照射下来，可以看到山顶耀眼的积雪。晴空历历之下，是春桃灼灼其华。

大岳，吉川幸次郎和中村宏等诸多学者都认为应该是日本的富士山。在日本，或许也只有富士山才被称为大岳。笔者曾在江户川的入海口居住过半年的时间，沿着河川散步，傍晚时分也可远眺白雪皑皑的富士山。

上一联，夏目漱石以"靺鞨"代喻日本殖民入侵的中国东北，其手法如安西冬卫的"一只蝴蝶飞越鞑靼海峡"中的"鞑靼"的用法一样，隐喻日本和俄罗斯的对抗和超越以及日本面向中国乃至东亚的殖民立场：

鞑靼海峡，因鞑靼族而得名。鞑靼是俄罗斯人对中亚、北亚等许多游牧民族的统称。日本人则将之称为间宫海峡。根据《尼布楚条约》，该海峡是中国的内海。但在第二次鸦片战争期间，俄国逼迫中国签订中俄《北京条约》，将该海峡据为己有。日俄战争后，俄国将南萨哈林地区割让给日本，该海峡南部成为两国边界。第二次世界大

读诗札记——夏目漱石的汉诗

战之后，该海峡又被纳入苏俄的领土范围。

上一联的时间和空间借助夏目漱石醉饮春醪后的想象，跨越海峡，聚焦于中国的"东北"，而这一联与之对应，诗歌的目光转向了日本国内：巍峨的富士山（远景），灼灼其华的桃花（近景）。

内外远近的视域的统合，一起构建起了夏目漱石在第一联所说的"仙境"。蓬莱何须远处寻觅，"我"就生活在"天子之国"，岂不幸哉！——"幸生天子国，愿作天平民"（见夏目漱石明治四十三年10月27日汉诗）。

这也与他被抬高到"国民作家"的位置，与他的头像被印刻到84年版1000日元之上等都是有内在的历史逻辑的吧。

擬將好謔消佳節，直下長幹釣巨鰲。

想要轻松愉快地度过这美好的一天。若是可以拿起长长的鱼竿，去海边钓一只巨大的鳌就好了。

好谑。谈吐风趣，善开玩笑。《诗经·卫风·淇奥》里有这么一句诗，"善戏谑兮，不为虐兮"，赞美君子为人霁月光风，平易近人，而其中"善戏谑"三字，就是这平易近人的显著特征。

鳌，古代传说中海里的大龟或大鳖。第一联中出现的"蓬莱"，据《淮南子·览冥》所记，就是东海中的巨鳌驮着的三座仙山之一。

尾联风格有所变化，如句中"好谑"所提示的那样，夏目漱石的写作向着诙谐的方向努力，但似乎这样的"诙谐"与整首诗的格调不和谐。但也如毛泽东"可上九天揽月，可下五洋捉鳖"所展现的豪情和视野，唯天空和大海才能安放得下，唯有"钓巨鳌"之行为才能释放作者的激越和诙谐吧。

对这首诗的解读，原本是想要放弃实证性的解读，避免将诗歌研究做成历史学研究，但看来还是未能完全幸免。不过，笔者也在尝试使用诗歌的特质、文学性和审美性的分析，辨别夏目漱石这首汉诗中的用语和隐喻，观察文字中的时间和空间视野，体味诗歌中的情感表达等，在此基础上，结合实证性的材料进行尝试性的推论，进而认为：这首汉诗中，夏目漱石的情感和视野超出了以往汉诗中个人的、内向的方式，也不再渴求缥缈的"仙境蓬莱"，而是描绘了一个"现实"的"乌托邦"和王道乐土。只是诗中描述的"现实"的"乌托邦"，是在醉酒之后的想象中完成的，带有极大的欺骗性和虚幻性。在此之后，夏目漱石汉诗中再也没有出现类似风格和内容的诗句，因此，在这一点上，对这首汉诗的研究和把握无疑有待持续地关注和挖掘。

十月二日

不愛紅塵不愛林，蕭然淨室是知音。
獨摩拳石摸雲意，時対盆梅見蘚心。
塵尾氅毫朱幾側，蠅頭細字紫研陰。
閑中有事喫茶後，復賃晴暄照苦吟。

訓读：

紅塵を愛せず　林を愛せず
蕭然たる浄室　是知音
独り拳石を摩して　雲意を摸し
時に盆梅に対して　蘚心を見る
塵尾の氅毫は　朱几の側
蠅頭の細字は　紫研の陰

> 十月二日
>
> 閑中　事有り　喫茶(きっさ)の後
> 復晴暄(またせいけん)を貰(やと)いて　苦吟(くぎん)を照さしむ

　　这首诗落款为1916年10月2日，依然没有题目，但并不能说这与中国传统诗歌中的"无题诗"相同或近似。在中国古代传统诗歌中，有一种诗歌类型可称之为"无题诗"，这类诗歌往往是作者有意为之，一方面源自诗歌本身不是论述性文字非得冠以名目和意义的总结，另一方面则是作者自身也不想直白地显露自己的内心想法和情感，借之"无题"表达难以言表的思绪和隐秘的情怀。其中，对于大多数读者而言，最有名的或许就是李商隐的无题诗了。

　　夏目漱石的"无题"诗在形式上的意义和他在晚年《明暗》期创作汉诗的动机一致，主要不是为了刊印发表，也不是为了追求审美（考虑到读者阅读，也就会在创作时想到读者的审美接受，两者相互关联），在当时汉诗丧失读者群和文学史意义的年代，其意义更多的是一种私人化创作，即汉诗是夏目漱石内心的思考和对话，是一种心理和思维的自我调整和内省，可作为日记观之。

　　回到本诗。这是《明暗》期连续创作的第46首七律汉诗。七律，仄起入韵，压十二侵韵，"喫"的中古发音（广韵）为入声，故平仄有误，其余平仄准确（"摸"字此处按照广韵应为平声），第二、三联对仗较为工整。

　　正如笔者多次强调的那样，夏目漱石在汉诗丧失阅读群体和文学史意义的时代，在晚年的《明暗》期，几乎每日创作一首规则较为严格的七律汉诗，而且格律基本正确（追求格律的完整和正确），暂且不考虑审美的完成，其文体选择、行为本身就具有一种象征性意义，其间也不无夏目漱石性格和命运中的狂狷和孤独。

不愛紅塵不愛林，蕭然淨室是知音。

　　不喜欢都市的繁华和喧闹，也不爱居住在幽僻的山林。空寂安静

读诗札记——夏目漱石的汉诗

的房间才是"我"的理想所在。

不爱红尘,这是我们可以理解的,这也是夏目漱石选择汉诗的方法论和基本前提。但是他说"不爱林"如何理解呢?"林"字在夏目漱石汉诗中多次出现,如:

1912年夏目漱石作有一首汉诗《戏画竹加赞》:"二十年来爱碧琳,山人续解友虚心。"1916年8月19日有诗:"林塘日日教吾乐,富贵功名曷肯留。"1916年9月4日有诗:"散来华发老魂惊,林下何曾赋不平。"以及1916年11月1日有诗:"勿言不会禅,元是山林客"等。

林,有山野之林,也有村舍之林,也有都市之绿荫。亦如陶渊明在《归园田居其一》中所言"羁鸟恋旧林,池鱼思故渊"。人类从森林中走出,面对将人束缚老死在狭小土地的农业文明以及近代工业化以来塑造"单向度"生命的都市文明,或许意识深处一直渴望作为动物在丛林中自由奔跑的远古时代。只是在单向的时间河流之内,岁月去而不返,人类也只有在文艺的领域才能窥探到人类某些精神的原点。只是这一点,无论是陶渊明还是夏目漱石,都没有对此的自觉而只是作为艺术家的敏感无意触及到了人类内心深处的那个梦幻森林吧。

本诗中的"林",应该解释为山野之林,含有离群隐居之意,而这样的思绪在夏目漱石内心是徘徊和犹豫的,借用现代社会学的一句名言表达夏目漱石的困境:厌恶的城市,回不去的乡村。于是,夏目漱石面对现实,所能做的也只能是在都市中寻找一个安静的角落,独自品味人生吧。

獨摩拳石摸雲意, 時对盆梅見蘚心。

独自抚摸小小的石块,感受天空流动的云。偶尔面对盆景的梅花,想到的却是山中苔藓生处的遒劲松木。

拳石。第一种意思是园中的假山。如白居易有诗《过骆山人野居小池》"拳石苍苔翠,尺波烟杳眇"。还有一种意思是小小的石头。

如陆游有诗《老学庵笔记》卷七："剑门关皆石无寸土，潼关皆土无拳石。"此处两者意思都有可能，读者可以想象成任何一种：

其一，夏目漱石在庭院中漫步，手扶假山的石头，仰望流动的云朵，想象着石头也曾住在云雾缭绕的山中，抑或在渺无人烟的海滩仰望天空。想来，坚硬无法移动的石头和幻灭无常随风游走的云朵命运交叠共生此世，是一件多么奇妙的事情。

其二，夏目漱石在书房中静思，手握一块小小的石头，虽然冰冷似无生命，但石头形状、花纹和裂痕，构成了一个独特的存在，独具其美，自有与飘逸的云朵相媲美的诗意。

诗歌的产生，源自对熟视无睹的日常事物中诗意的发现，这不仅需要一种艺术的修养，更多的是需要一颗天真的心和诗人的眼睛。每个人的一生都是独特的，但大多数的生命生下来都被"有用"的思维所驯化，成为一个功利毫无诗意情趣的人（从思想史的意义上讲，都是被用来构建现实的，本身丧失生命的自主性，成为他者存在的工具和手段）。在被驯化的人们的眼中一块石头就是一块石头，他们看不到这颗石头的内在美和由审美引发的联想和感动。前些日子，笔者携子一起去海滩。最大的乐趣就是在那里寻找经历千万次冲刷和磨砺的美丽的鹅卵石。我们在海浪声中捡起"一场风暴""一场战争""一座城堡""两个交叠的梦"……

对句"时对盆梅见藓心"解读思路亦复如此。室内的梅花也生长着一颗苍老如山中古木一般的心。

麈尾氀毫朱幾側，蠅頭細字紫研陰。

红色的茶几一侧放着麈尾。紫色的砚台研磨出的墨汁变成了纸张上密密麻麻的蝇头细字。

麈尾，念"zhǔwěi"，非"尘尾"。麈，麈尾的省称。麈尾，即偶蹄目鹿科动物麋鹿和驼鹿的统称；用麋鹿或驼鹿尾巴在细长的木条上端或两边插设麈毛，闲谈时执以掸尘驱蝇蚊或是身份、地位象征的名流雅器，故称"麈谈"。"麈尾"起始东汉、流行于魏晋，因"道

读诗札记——夏目漱石的汉诗

同器殊"为儒、释、道三家常用器具。如今在影视、戏曲中仍然见到太监、菩萨、道人、长老、尼姑等手执这种拂尘的道具。在1916年8月22日的汉诗中,有"欲拂胡床遗麈尾,上堂回首复呼童"之句,就使用了"麈尾"之词。用意和用法相似,都具有象征意义。在此主要用以描述和说明夏目漱石在汉诗第一联中出现的"萧然净室"。

蝇头细字,又写作蝇头小字。据《南史》卷四十一《齐宗室列传·衡阳元王道度》记载,齐高帝的第十一个儿子萧钧(473—494)自己手抄五经,为了便于携带,写得如蝇头般细小,放在巾箱之中。后来被同事发现,问他原因。他说这样做既方便查阅,也便于永记不忘。于是诸王闻而争效为巾箱五经,巾箱五经自此始也。吉川幸次郎在解读该诗时,提及夏目漱石在《文学论》的序言中,有这么一句:

> 留学中に余が蒐めたるノートは蝿頭の細字にて五、六寸の高さに達したり。余は此のノートを唯一の財産として帰朝したり。

閑中有事喫茶後,復賃晴暄照苦吟。

忙里偷闲,"我"所喜欢做的事情就是上面所述的那样——在茶饭之后,借用老天的好意,在一个晴朗温暖的日子,让"我"在人间苦吟几句诗句。

闲中有事,目前的解读都认为是:在清闲之中。但根据夏目漱石上午在苦闷中创作《明暗》小说的实际情况以及汉诗对于正常语法的"破坏性"揣之,这里解读为忙里偷闲或许更好一些。

这首诗整体写得比较平稳,甚至有些柔和和暖意。少了很多如前一首诗(10月1日诗作)中的戏谑和时空的流转,而是把目光集中于内在的精神世界;若是将之与其后的汉诗比较,这样柔和的诗句以及背后张弛有度的情绪,也是较为少见的。

不过,从诗歌的艺术创作水准来看,这首诗也只能算中规中矩,用词和意象也较为平淡,缺乏一流诗人用词的风流和妙笔生花(夏目

十月二日

漱石原本就是将之当作日记记录内心的情思所用，不过，这也不同于一般的日记，侧重如实记录人物、时间、地点，而汉诗的方式和立场，淡化生活的细节，而更忠实于作者的内心情感和所思）。而究其原因，除了之前我们提及的律诗的规则造成域外人士创作的困难之外，还与日本人创作汉诗的具体过程有关。按照刘德润教授以及宇野哲人先生在《汉诗事典》[①]所言，日本人创作汉诗，是有参考书的。而参考书中，根据格律和声韵，划分并集合了"平平""仄仄""平仄""仄平"等两个字的组合。日本人根据这些分类的词语，寻找合适的词组，将之与内心的情思比照、贴合，而非如中国人创作时那样，可以直接根据汉语语感选择与内心吻合的词语，抒发胸怀、表露情绪。懂得汉语和平仄的人与不懂得汉语的人，在创作出的诗意上将会产生差异，主要是大多日本人的汉诗难以抵达情景交融的境地，绝大多数的汉诗总给人一种间隔的感觉；即便有时在创作汉诗的结果中看不出来，但在朗读的时候，诗情的呈现也还是有所差别的。不过，值得注意的是，以上也只是泛泛而论，具体问题还需要具体论说。夏目漱石的有些汉诗，即便有意站在中国传统汉诗的美学立场上观察和诵读，还是很有味道的。这也是我们今日在他逝世一百多年后，依然将之汉诗作为思考的坐标反省自身的原因之一。

[①] 松浦友久編：『漢詩の事典』，大修館書店，1999年。

十月三日

逐蝶尋花忽失蹤，晚帰林下幾人逢。
朱評古聖空靈句，青隔時流偃蹇松。
機外蕭風吹落寞，靜中凝露向芙蓉。
山高日短秋將尽，復擁寒衾獨入冬。

训读：

蝶を逐い　花を尋ねて　忽ち蹤を失い
晚に林下に帰れば　幾人にか逢う
朱もて評す　古聖空霊の句
青は時流を隔つ　偃蹇の松
機外の蕭風　落寞を吹き
静中の凝露　芙蓉に向かう

十月三日

<ruby>山<rt>やまたか</rt></ruby>高く　<ruby>日短<rt>ひみじか</rt></ruby>くして　<ruby>秋将<rt>あきまさ</rt></ruby>に<ruby>尽<rt>つ</rt></ruby>きんとし
<ruby>復寒衾<rt>またかんきん</rt></ruby>を<ruby>擁<rt>よう</rt></ruby>して　<ruby>独<rt>ひと</rt></ruby>り<ruby>冬<rt>ふゆ</rt></ruby>に<ruby>入<rt>い</rt></ruby>る

　　落款为10月3日的七律汉诗。仄起首句入韵，押二冬韵，平仄正确。只是今天我们诵读时要注意今古音的差别，如第一句应该是"仄仄平平仄仄平（韵）"。其中，第一个字的位置可则可平，此外，颔联对句的"隔"应该是入声。

　　对这一首诗的解读，吉川幸次郎先生的点评很到位，抓到了这首诗的诗心。这样高明的解读笔者称之为"以心传心"。

　　众所周知，在日语和汉语中，有一个共通的成语叫做"以心传心"（以心伝心）。就其词源有好几种说法，最令人信服的是源自禅宗的教义经典。目前，无论是日本还是中国的辞书，皆将"以心传心"的词源指为唐代宗密《禅源诸诠集都序》中"法是我心，故但以心传心，不立文字"。这种说法的严谨性虽有欠缺，但将"以心传心"作为对话的一种至高境界是毋庸置疑的。这样的境界往往发生在智者之间，无需太多话，甚至以超越话语的方式，抵达一种心灵的和谐和精神的共鸣。

　　吉川幸次郎先生在《漱石诗注》一书中，说到："最近的汉诗，夏目漱石似乎在吟咏自己的孤独以及孤独中的自负。这一首即是如此。"[①]

　　中村宏先生则指出了夏目漱石在这首诗中表现的怅然若失的迷茫感。可以说，以上两位先生对此诗的读解还是比较到位的。

　　总之，该诗的情感较为复杂且丰富，除了上面的情感之外，还流露出了面对岁月流逝的自怜、无奈和悲哀。通过此诗，我们似乎也看到了一位历经沧桑、情绪内敛的老者夜深无眠、寒窗独坐的形象。

---

① 吉川幸次郎：『漱石詩注』，東京：岩波書店，1967年，第176頁。

读诗札记——夏目漱石的汉诗

逐蝶尋花忽失蹤，晚歸林下幾人逢。

年轻时成群结队去追逐、喜好美丽的蝴蝶和花朵，却往往在寻找的路途中迷失了路途（自己）。岁月无情，转眼已经苍老，人生的路越走越孤单，夕阳之下，萧瑟林中，已经没有人与"我"相伴而行了。

首联无疑是象征性的手法。将年轻和年老对比，以现在审读过去，并以过去反思现在。为何年轻的时候会成群结队，对光彩华丽的事物感兴趣，并投入狂热的情感，又在迷恋当中丧失了自己。而随着人生渐远，相伴而行的人日渐稀少，志同道合者所剩无几，往日如火的热情、深切的渴望也都一一消失了，而知音更是稀疏，甚至连一个说知心话的人都找不到了。这是所有人的命运抑或只是部分不幸者的悲哀？

上个月即9月3日汉诗首联"独往孤来俗不齐，山居悠久没东西"中的孤独还是比较潇洒的，次日（9月4日）汉诗首联写道"散来华发老魂惊，林下何曾赋不平"之叹，就变得有些凄凉了！

朱評古聖空靈句，青隔時流偃蹇松。

"我"将空灵的句子以红色之笔批注古代典籍，耸立苍劲之松的青色隔断了世俗的污染。

颔联对仗，其句子的颠倒结构也是对称的。如在第一句中，"朱"和"空灵句"共同作为副词修饰动词"评"；第二句中"青"和"偃蹇松"一起修饰动词"隔"。

空灵，一般是指灵活而无法捕捉。但在美学的意义上，则有两个基本的含义。第一种含义是指透明澄澈。第二种含义与第一种含义相通，主要是指宗白华先生所提倡的"空灵的意境"。此处的空灵，修饰的是名词"句"，结合语境，应该是透彻之意。夏目漱石面对知音稀少的世界，并没有一味地哀叹和自怜，而是以遒劲的青松自况，对现实冷漠的同时，将所剩的热情投入到阅读圣贤之书中了。其中，自有夏目漱石的自负和特立独行。

时流，世俗之流，世俗之辈。如《晋书·阮裕传》："诸人相与追之，裕亦审时流必当逐己，而疾去。"

偃蹇，意义多种，此处应该是高耸之貌。如《楚辞·离骚》："望瑶台之偃蹇兮，见有娀之佚女。"王逸注："偃蹇，高貌。"又如，唐代诗人杨炯的《青苔赋》："借如灵山偃蹇，巨壁崔巍，画千峰而锦照，图万壑而霞开。"

機外蕭風吹落寞，靜中凝露向芙蓉。

在禅的世界之外，"我"现实的生活有些萧瑟和落寞，而得道者的眼中或许会穿越现实的萧瑟，看到夏日凝露汇聚在芙蓉叶上，盎然的生机和诗意吧。

机外，此语不好理解。吉川幸次郎先生推测为"禅家所言的常识之外的世界"（常識世界の外という意味の禅語であろう）。中村宏先生则认为是"超越世俗之情的场所"（俗情を超越したところ）。在笔者看来，可以理解为夏目漱石未能抵达的开悟之境。

据说，得道者不受时间和世俗所干扰和伤害，时间对他来说是可快可慢的，沧海桑田之中也有不变的东西，我们可称之为"永恒"，得道者，在禅机之中，也能从凄惨的现实中看出生机。而对于现实中焦虑不安的人而言，修身养性、得以静处，才能靠近"真境"，才能看到时间之露凝聚并滋润万物的盛景。

山高日短秋將盡，復擁寒衾獨入冬。

夕阳很快沉落，群山显得冷峻高远，寒气袭来，秋日即将走到尽头。"我"又将拥抱着寒冷的被褥独自度过这个冬天。

承接颈联中自己作为参禅失败者在萧风中的落寞，尾联再一次回归悲伤的现实，并呼应了首联的"晚归"之喻义。

实际上，看到夏目漱石作为"东漂"之东京高等游民（夏目漱石租房终生，以高等游民自居）写的这首汉诗，作为北漂一族的笔者，亦曾作《无题》汉诗一首：

读诗札记——夏目漱石的汉诗

云开梦泽笑无语,日落三山泪有声。
京城多少繁华事,草庐独醉冷月松。
真纯何时曾初见,浪迹此身风雨中。
强筋炼骨在今日,挨得人间又一冬。

十月四日

百年功過有吾知，百殺百愁亡了期。
作意西風吹短髮，無端北斗落長眉。
室中仰毒真人死，門外追仇賊子飢。
誰道閑庭秋索寞，忙看黃葉自離枝。

訓読：

百年の功過　吾の知る有り
百殺百愁　了期亡し
意を作して　西風は短髪を吹き
無端　北斗　長眉に落つ
室中に毒を仰いで　真人　死し
門外に仇を追いて　賊子　飢う

读诗札记——夏目漱石的汉诗

誰か道う　閑庭　秋　索漠たりと
忙しく看る　黄葉の自ずから枝を離るるを

（たれ　い　かんてい　あき　さくばく）
（あわただ　み　こうよう　お　えだ　はな）

10月4日的七律汉诗，平起首句押韵，支韵。首联对句第三个字"百"应平而仄，该句的"亡"应为仄声。

正如吉川幸次郎先生所指出的那样，夏目漱石为了逃避上午写小说时坠入现实利害、人情纠葛的状态，下午开始创作汉诗，追求一种超脱和闲适的世界，由此诗看来，现实的纠葛和纷争还是渗入了汉诗的世界。

我们通过下面的词句分析及阅读，也能直观地感受到夏目漱石的愤怒和不满，痛苦和戏谑式的嘲讽。但吉川幸次郎、中村宏、一海知义等前辈学者也都指出了该诗与现实的关涉以及指涉的不明确性。

要之，这个汉诗内在思想和情感是复杂而丰富的，似乎抵达了旧体诗七律所能容纳的临界点，因此在这样的视角下，笔者认为胡兴荣先生在《夏目漱石的<明暗>和当时的汉诗》（上海交通大学出版社，2016）一书中，对此诗的解读虽有过度阐释的嫌疑，但也值得借鉴。如他将"百杀百愁"，理解为人世间的争夺厮杀：

生きている間に、色々の、様々な悩みや、生きる為の、争いと戦いは結局終わることがないのだ。

并进一步解释说：

何処でも人間らしい人間がいない代わりに、盗賊や小人が横行しているように、世の中は弱肉強食の修羅場で、生存競争の「乱世」になっている。

不过，今日笔者要着重说明的却是下面的一点发现和体会：
夏目漱石汉诗的创作本身最重要的意义，或许就是他在现代性主导的价值观大潮中，保持独特的精神和个性，以旧体格律诗歌的形式，尝试并努力表达出了近代人的精神和情感的复杂性，这是超越时代和民族的。在这一点上，夏目漱石汉诗无疑也是我们今日中国文化的某种坐标和参照。

百年功过有吾知，百杀百愁亡了期。

对于一生的功过，"我"是知道的。各种烦恼和忧愁接踵而至，应接不暇，却似乎没有尽头。

百年，人的一生，在古典诗词中多以百年指称人的一生一世。这是大多数学者的判断，胡兴荣先生则认为不仅是自己的人生，也是整个世纪的关照，指出该诗写的是人类的厮杀和痛苦的世纪命运。笔者认为两种意思都有，与之对应的意念结构是：颔联描写指向自己睥睨天下（众人皆醉我独醒）的立场，颈联指向世间的怪相乱象。

明治三十一年，即1898年的3月夏目漱石创作了《春日静坐》（十首），其中有"会得一日静，正知百年忙"的句子，其中"百年"乃是人生之意。1916年8月30日汉诗有"谁道文章千古事，曾思质素百年谋"，此"百年"则是兼而有之，既有人生一世之意，也有百年之味。

百杀百愁，按照一海知义先生的说法，乃是因平仄的规则将"百愁百杀"颠倒词序而使用（"百愁百杀"在日语中是"百たび愁殺すという意"）。此言有可信之处，"杀"此处为仄声，"愁"为平声，两者替换的确符合平仄要求，但依照平水韵的规则，"百杀百愁"中的"百"应平而仄，依然不够严格。

在9月23日的汉诗中，夏目漱石有这样的句子：苦吟又见二毛斑，愁杀愁人始破颜。

亡了期，吉川幸次郎先生认为"亡"通"无"，表示没有结束的时候。1897年，夏目漱石在一首汉诗中写道："生死姻缘无了期，色相世界现狂痴。"

读诗札记——夏目漱石的汉诗

作意西風吹短髮，無端北斗落長眉。

瑟瑟秋风似乎有意吹乱"我"日益稀疏的头发，遥远而寂寥的北斗星辰似乎也故意落入"我"的眼帘——秋夜无眠！

作意，故意。在同年9月6日有句汉诗"月向空阶多作意，风从兰渚远吹香"。

西风，即秋风。之前我们讲过东风是春风，同样的，在中国诗歌中西风就是秋风。如马致远（约1250—1321至1324）的《天净沙秋思》：

> 枯藤老树昏鸦，小桥流水人家，古道西风瘦马。
> 夕阳西下，断肠人在天涯。

夏目漱石在9月30日的汉诗中有句"描到西风辞不足，看云採菊在东篱"。我们将之也解读为秋风。也有学者认为此处为西风，是指西洋文明、西洋文学的意思。依此说明夏目漱石在东西文化文学的交汇点上徘徊，并最终选择东方文化为最后的依托之事实。此说并非毫无道理，在政治思维的影响下，我们还曾一度将西风解读为西方帝国主义势力呢。

无端，吉川幸次郎先生解读为"没有任何预兆，突然"（何ということはなく突然に）。中村宏、胡兴荣先生对此没有注解，一海知义先生解读为"没想到"（図らずも。思いがけなく）。此外，前两者训读为"無端"（むたん），后两者训读为"端（はし）なくも"。

此联写得极为有趣，非常识性的人与自然的关系。也显示出了夏目漱石的汉字表现力及其性格层面戏谑和自负的一面。

若是结合汉诗的结构：整体的起承转合与呼应以及第二、三联的对仗要求，我们可以发现"作意"和"无端"意义接近，且以拟人的手法描写了自己在一个愁苦未眠之夜，独立窗台遥望星空至深夜的场景。

表面上是自然的风和星辰有意捉弄作者，实际上是作者自己因为想到身处（下一联所描写到的）丑陋世界，痛苦而难眠的事实。

室中仰毒真人死，門外追仇賊子飢。

修炼之中有喝毒药而死去的得道真人，世俗之内更是秩序混乱：人们按照自己的欲念报仇，追求个人的公平和正义，或许正因为这样恶人们也会失去了当下这般猖獗的勇气。

此联难解，致使很多译注采取回避的态度去处理，面对意义暧昧、句式和风格有些突兀、突变的表述，已有的解读也显得有些力不从心。

室中，已有的注释本大多认同吉川幸次郎先生的意见，将之解释为禅室之中。吉川幸次郎先生举出夏目漱石小说《门》的第19章中的主人公宗助参禅，去老师房间使用了"走入室内""退出室内"的表述。吉川先生还提到在同一时期夏目漱石的书信中也出现过"室内"一词。除此之外，一海知义先生举出了佛家典籍《室中家训》的例子来证明。

仰毒，即仰药，服毒自尽的意思。源出《汉书·息夫躬传》："小夫憪臣之徒，惯眊不知所为，其有犬马之决者，仰药而伏刃。"又如，南朝谢灵运《庐陵王诔》："事非淮南，而痛深於中雾；迹非任城，而暴甚於仰毒。"

真人，指洞悉宇宙和人生本原，真真正正觉醒或觉悟的人称之为真人。这是道家的一般说法，此处指得道的高僧。不过，佛道交融，且两者与积极参与现实建构的基督教和儒学相比，都是避世的思想流派，故，在此处也有否定道家的意味。

无论是看破红尘、得道的高僧还是洞悉本原的真人，都与"服毒自杀"构成了对立和矛盾，包含着强烈的否定性。

若是从对仗的结构和诗歌的整体去把握，我们发现：与室内——避世修行的佛门和道观——相对照的空间是世俗的现实世界，而现实世界大行其道的是儒学和基督教——与避世修行、讲求超脱的佛教和

读诗札记——夏目漱石的汉诗

道家形成了鲜明的参照和关联。

这个现实的世界又是如何呢？"门外追仇贼子饥"的景象无疑也是令人绝望和悲伤的。

在10月6日的汉诗中，我们注意到，夏目漱石继续这个话题和思路，其情感稍显平稳，但依然在调侃和戏谑中保持愤世嫉俗的愤怒和自负。

> 非耶非仏又非儒，窮巷壳文聊自娛。
> 採撷何香過芸苑，徘徊幾碧在詩蕪。
> 焚書灰裏書知活，無法界中法解蘇。
> 打殺神人亡影処，虛空歷歷現賢愚。

此诗第一句实则是对"室中仰毒真人死，门外追仇贼子饥"的一种回答和再次审读。我们也可以理解为：夏目漱石写了今日的汉诗之后还不"解气"，又做了一首诗，并在开篇就亮出自己的立场和态度，后面我们会详细讲到，实际上这是夏目漱石在理性层面的一种再思考。

此外，10月6日汉诗的颈联也正是对于今日汉诗颈联在这一充满思辨和哲学命题上的深化：没有法度和戒律以及所谓的真理，或许才能出现真正意义上的真理。

誰道閑庭秋索寞，忙看黃葉自離枝。

谁说秋日的庭院只有萧索和寂寞呢？黄叶在风中完成最后的颤抖，自行离开枝头的场景，一直挂念在"我"心头。

此句译文借鉴了中村宏等诸位先生的译注同时，笔者采用意译的手法，又做了加工，这也是笔者作此书的原则之一：在解释词句的时候严格遵循汉字在各自文化语境中的含义，在诗歌整体理解的基础上具体分析，而诗歌的译注则在不改变诗歌基本精神的前提下尽量做个性化的意译。

尾联第一句表面上回应颔联作者独立秋夜而未眠，写秋之萧瑟，

十月四日

实则也是在回应颈联中夏目漱石思想中的"萧瑟之景象"。真人之死，寓意着禅学和道家的局限和狭隘，现实追仇，又意味着儒学和基督教的虚伪和失败，人生和现实如此惨淡悲凉，"我"应该寻找到怎样的理由去活下去呢？

黄叶自离枝，是一种纯粹自然的景象，在这样的景象中也有着一种"美"和"道"。其中第一个层面的"美"即审美的感性、直观的自然，暂时缓解了夏目漱石内在的紧张和不安，在诗歌的结构上也缓解了诗歌前面的冷峻和愤怒的情感与思绪。而第二个层面的"道"的解答，则未能出现在今日的诗中。在后日的汉诗中，夏目漱石才给出了一个经过苦思的、理性的答案。而这一答案，却也并非是最终的结果。1916年11月20日他在最后一首汉诗中，为这个世界、为他自己寻找一个关于人生的相对终极性回答是"眼耳双忘①身亦失，空中独唱白云吟"②。

① "眼耳双忘身亦失，空中独唱白云吟"中的"忘"应平而仄，不过若是将之看作是"亡"的通假字，则音韵合乎规则，而且意义更为流畅，"忘"与"失"是两个意向的动词，第一个动词带有主体性的主动和欲念，而"失"则有客观描述的意味，两者在此难以调和。但若是上述假定成立，则"亡"与"失"在情感和意义的指向性上和谐一致。
② 若非天命，这也并非是夏目漱石关于人生最后的感悟和答案，但是夏目漱石面对人生和苦难是勇敢的，与森鸥外的汉诗具有的与现实的贴合性相比（可以称之为世俗性的特质，这与他一生处于官方体制之中的现实形成对应和互文），夏目漱石一生都在路上，这种"在路上"的精神造成他一生的焦虑和苦难，也成就了他的不平凡的一面。

十月六日

非耶非仏又非儒，窮巷売文聊自娯。
採擷何香過芸苑，徘徊幾碧在詩蕪。
焚書灰裏書知活，無法界中法解蘇。
打殺神人亡影処，虚空歴歴現賢愚。

训读：

耶に非ず仏に非ず又儒に非ず
窮巷に文を売りて聊か自ら娯しむ
何の香を採擷して芸苑を過ぎ
幾碧に徘徊して詩蕪に在り
焚書灰裏書は活くるを知る
無法界中法は蘇るを解す

十月六日

神人(しんじん)を打殺(ださつ)して影亡(な)き処
虚空歴々(こくうれきれき)として賢愚(けんぐ)を現(げん)ず

　　如我们在10月4日的汉诗解读中所述，在落款为10月6日的汉诗中，夏目漱石继续前一日的话题和思路，其情感稍显平稳，但依然在调侃和戏谑中保持着内心的愤怒和自负。而诗中的思辨精神和意识，依然是夏目漱石汉诗最具近代性的标志之一，也是其汉诗的魅力之一。

　　陈明顺则认为该诗表达出的禅意，即天道，近似于"则天去私"，是夏目漱石以汉诗的形式作为独特的悟道方式。这种观点虽有些偏颇，但也从一个侧面指出了夏目漱石汉诗的思想性特质。

　　非耶非仏又非儒，窮巷売文聊自娯。

　　"我"既不是基督教徒，也不是佛教和儒学的信徒及实践者。"我"只是一个在街头陋巷以写字为生计和趣味的普通人。

　　夏目漱石在前日的汉诗中有句"室中仰毒真人死，门外逐仇贼子饥"，描写了一个内在的信仰精神和外在的社会秩序都混乱的世界。夏目漱石对此感到失望甚至悲愤。过了两日，夏目漱石依然关注这个问题，并在这首汉诗的首句就提供了新的回答，只是不再像前日那样愤慨了。

　　一海知义先生在《漱石全集第十八卷》的汉诗注解中，提及白居易的《池上闲吟》有句"非道非僧非俗吏，褐裘乌帽闭门居"。日本东北大学附属图书馆夏目漱石文库所藏的《板桥集》，有诗《偶然之作》"不仙不佛不圣贤，笔墨之外有主张"之句。江户时代的诗僧卖茶翁（翁者，黄檗宗万福寺的禅师高游外。夏目漱石曾有俳句"売茶翁花に隠るる身なりけり"）有诗句"非僧非道又非儒"。

　　对于一个思考者而言，绝不会困窘于某一种权威的思想，抑或绝不会将自己生命托付给外在的某一种固化的信仰和道德，这自然也带来了某些不安定的因素，可以说这个世界的丰富和危险都由此而来。夏目漱石在著名的《我的个人主义》之讲演文中，也曾说过自己既非个人主义者，亦非国家主义者。

在某种意义上，我们的生命之旅就在于不断地摆脱外在的世界要求我们所要成为的某种概念化的样子，在此抗争中，产生文艺和思想，产生人的价值，也产生人的悲剧和痛苦。

当然，联系"穷巷卖文聊自娱"——将自己的姿态由信仰者降低为匍匐地面、为生计而奔波的穷困潦倒的文人——之句，此诗首句也存在另外一种解读。即，"我"并非是为某种理想而生的不平凡的信徒或殉道者，"我"只是一个平凡的人。

採擷何香過芸苑，徘徊幾碧在詩蕪。

"我"虽然辛苦如蜜蜂采花，但却没有什么收获。"我"努力创作文学，却也没有抵达很高的境界，取得什么成绩。

这句诗让笔者想起了杜甫的诗句"名岂文章著，官应老病休。飘飘何所似，天地一沙鸥"（《旅夜书怀》）。流露出来的自嘲和感伤有很多相似的地方。

据一海知义先生所言，该句的原稿是：採擷何香过后圃，徘徊一日在平芜。

艺苑，文艺之园地、文艺之世界。而后圃，则是后面的菜园、园圃之意。

芜，汉语词典之解释：1.草长得杂乱；2.乱草丛生的地方；3.喻杂乱（多指文辞）。

诗芜，初稿是"平芜"，即指草木丛生的平旷原野。南朝江淹有诗《去故乡赋》："穷阴匝海，平芜带天。"北宋欧阳修有名词《踏莎行》有句："平芜尽处是春山，行人更在春山外。"

夏目漱石将常用的词汇"后圃"和"平芜"，修改为"艺苑"和自造的词语"诗芜"，其用意十分明显，更切合描述（调侃和自嘲）自身的"穷巷卖文聊自娱"的状态。

而将"一日"修改为显得生硬的自造词语"几碧",除了对仗的工整所需之外,更突出了作者曲折而复杂的文学之途和心路历程吧。

吉川幸次郎先生说,这一句是作者自身对于文学创作和学习的经历回顾,而且似乎是对于西欧文学的研究和学习的一种反思。

焚書灰裏書知活,無法界中法解蘇。

在焚烧书的灰烬里书的意义才能呈现出来,在无法的世界中法才能复苏。

此句犯孤平,即韵句中除韵之外只有一个平声字("中"字)。

如果说前面的诗句还有一种感怀的情绪,那么此句的思想之雾开始弥漫开来:充满了否定之否定的矛盾和思辨的力量。

焚书,很自然让人想到焚书坑儒的历史事件。焚书之后,对于儒学的发展是一种打击,但是秦王暴政,二世而亡,取而代之的是"独尊儒术"的汉朝,儒学思想和书籍受到重视和保护,经学的意义也开始确立。不过,值得注意的是,此时的"儒"已非孔子之"儒",这无疑也充满了历史的辩证法。

夏目漱石9月10日亦曾作有汉诗"风月只须看直下,不依文字道初清"(一海知义认为是"不立文字道初清")。

无法,借用释迦牟尼涅槃的典故。据说释迦牟尼即将归去,传法曰:法本法无法,无法法亦法。今付无法时,法法何曾法?

二祖阿难尊者传法偈:本来付有法,付了言无法。各各须自悟,悟了无无法。

三祖商那和修尊者传法偈:非法亦非心,无心亦无法。说是心法时,是法非心法。

四祖优波鞠多尊者传法偈:心自本来心,本心非有法。有法有本心,非心非本法。

五祖提多迦尊者传法偈:通达本法心,无法无非法。悟了同未悟,无心亦无法。

……

读诗札记——夏目漱石的汉诗

惠能也有一个著名的偈子：菩提本无树，明镜亦非台，本来无一物，何处惹尘埃。

一切诸法皆空，万法空性。只有体悟到这一点，才算参透世界万象，入了法门。我们平常的人亦是如此，面对喧嚣纷扰的现实世界，也只有认识到它原本的无目的性和无意义性，认识到世界本来面目的"空"，才能有所感悟，有所获得。

且看《心经》所言：

> 观自在菩萨，行深般若波罗蜜多时，照见五蕴皆空，度一切苦厄。舍利子！色不异空，空不异色；色即是空，空即是色；受想行识，亦复如是。舍利子！是诸法空相，不生不灭，不垢不净，不增不减。是故空中无色，无受想行识，无眼耳鼻舌身意，无色声香味触法，无眼界，乃至无意识界。无无明，亦无无明尽，乃至无老死，亦无老死尽，无苦集灭道。无智亦无得……

打殺神人亡影処，虛空歷歷現賢愚。

消除权威和圣贤带来的障碍，在虚空之处才能看清楚真正的善与恶、好与坏。

打杀，消灭，消除。此处指破除固有的概念带来的迷信和障碍。

神人，大多数解释为权威和圣贤。吉川幸次郎读之，认为或语出《庄子·逍遥游》："藐姑射之山，有神人居焉，肌肤若冰雪，淖（绰）约若处子。不食五谷，吸风饮露。乘云气，御飞龙，而游乎四海之外。其神凝，使物不疵疠而年谷熟。"

陈明顺将之解释为神和人："神と人間という名字と形象が「空」そのものであることを知得すると、それが正に打っ殺神人であることであるという意趣であろう。"[①]

此句接续颈联，进一步说明了"虚空"的重要性，也呼应了首句

[①] 陳明順：『漱石漢詩と禅の思想』，東京：勉誠社，1997年，第302頁。

十月六日

自己"非耶非佛又非儒"的立场。正因为世人固执于一念,如信基督者信仰唯一的上帝,信佛者遵从佛祖的教诲,而儒家盲目信奉儒家典籍等等一般,偏执一种神圣化、权威化的立场来看丰富多彩的世界,并由此造成了观念的纷争和对立,也造成了人们的偏见、蔑视、愤怒等不良的心态和情绪,甚至由此导致社会的分化和人心的瓦解,以及世代的仇恨和战争吧。

我们也只有放下内心固有的偏见和头脑中被灌入的概念,我们才能看到社会和人生的真相。

或许,也只有放弃内心和眼前所拥有的一切,我们才能拥有整个世界。

但放弃已有的观念和惰性、习惯,认识到更真实更深刻的自己和周围世界的真实,也无疑是一条反省而痛苦的路。但我们知道一个真正的善人,一个真正的善的社会,是以真实为前提的,否则就是一个"楚门"的世界。

想起著名的伊朗电影导演兼诗人阿巴斯·基阿鲁斯达米的诗句:

> 在善与恶之间,
> 我选择了善。
> 它是一条充满恶的道路。

十月七日

宵長日短惜年華，白首回來笑語譁。
潮滿大江秋已到，雲随片帆望將賖。
高翼会風霜雁苦，小心吠月老獒誇。
楚人賣劍吳人玉，市上相逢顧眒斜。

训读：

宵長く　日短くして　年華を惜しみ
白首　回らし来たれば　笑語　譁し
潮は大江に満ちて　秋已に到り
雲は片帆に随いて　望み将に賖かならんとす
高翼　風に會て　霜雁苦しみ
小心月に吠えて　老獒誇る

十月七日

楚人は劍を売り呉人は玉
市上に相い逢うて顧眄斜めなり

吉川幸次郎先生说这是夏目漱石在《明暗》期连续创作的第50首七律汉诗。但依照格律来看，此诗并不是一首严格的律诗，平仄错讹多达十余处。且从诗歌呈现出的状态而言，这首诗写得比较仓促，近乎"日课"的完成。就诗歌的审美而言，并无太多可取之处，只是作为夏目漱石研究资料而言尚有一些价值。不过，通过这些文字，我们也还是可以感受到夏目漱石沉默的呼吸、睥睨的微笑，以及50岁男人面对这个世界刻意压抑的温暖和孤独。

宵長日短惜年華，白首回來笑語譁。

白昼渐短，而夜色漫长，让人感到季节的更迭，而在漫无边际的暗夜里长坐，也容易让人想到生命的垂暮，怀念那些逝去的时光。如今青春早已不在，白发苍苍，举目四下望去，人间冷漠依然。

据一海知义言之，宵长，初稿中夏目漱石作"江湖"，让人联想到"人生日短"之意，而"江湖"这一词语本身预示着空间上对于繁华都会的疏离，又和"白首"应和，并与世俗偏见的"笑语哗"对立，彰显出其精神世界中的隐退江湖、闲云野鹤的独立与自觉意识。故，窃以为，初稿中的"江湖"似乎比"宵长"更好一些。

诗人对于时间的感受是敏锐的，而敏感于时光流逝的人也容易感到生的悲哀。或许，在本质上，诗人就是对于时光过敏的人。进入深秋，夜色渐长，白昼忽冥，日常漠然于光阴流逝的人也会觉察到光阴和岁月的变化和推移，毋庸提及惯于在暗夜无眠的诗人了。人类，虽然在多维空间内存在，但却只能物理地存在于三维空间，而第四个维度即时间的参与，才使人生的意义得以展开，否则我们也只能是一个物理的存在之"物体"，换言之，有了时间，人类才有了生命，也才有了意义。因此，在这个意义上讲，我们人类所有的意义和价值都依

读诗札记——夏目漱石的汉诗

赖于时间（以及死亡）。

白首，是时间留给人类的痕迹，属于诗人自己。

回来，日语中无此用法，按照汉语似乎也讲不通。应是后来学者认读之误，只是不见原稿无法证实。据一海知义先生讲是"环顾四周"（あたりを見まわしてみると）[①]之意。笔者认为应是诗人抵达人生的晚年，回首往事之叹。这一点，中村宏先生亦作此理解，只是没有单独对"回来"一词作解：

> 白髪頭を振り返ってみれば、世人は何か笑いさざめている様子だ。

潮满大江秋已到，云随片帆望将赊。

大江潮涌，提示人们深秋已到，云随帆影消逝在远方。

这两句无疑是首联在意义与情感层面进一步的诗化演绎。第一句是时间的变化，虚实之间，既是写秋季的景象，也有时间如潮，无可抗拒的人生迟暮之感。第二句则侧重空间的无际高远，隐喻天地无垠而人生有限。如果说人的本质在于时空的限定，那么人的悲哀就在于对无限时空中生命有限的一种敏感。

受太阳和月球引力的影响，地球上的大海和江河涨潮是一种周期性现象。到了秋季，月亮离地球较近，引力变大，从而使水位大幅度上升，因此，秋潮最为显著。国内著名的钱塘江潮水也是秋季最为壮观。古人也留有诸多有关秋潮之记述，如唐骆宾王《冬日野望》诗："灵岩闻晓籁，洞浦涨秋潮。"《元史·河渠志二》："八月以来，秋潮汹涌。"

片帆，一片帆影或半片帆影。片帆，是人们的寄望，这种寄望，或是友情或是爱情，或是功名或是理想，总之，片帆寄托着人们的情感和希望，是人生之别称。帆影消隐在白云之下，随之白云也消散在

[①] 『漱石全集第十八卷』，東京：岩波書店，1995年，第437頁。

遥远的天际，站在岸边的送别者抑或游客，用不同的姿态和心情观察着有限性在无限世界中的隐退和消融。倘如是一份执着，那么这样的景象带来的就可能是伤感，甚而是痛苦的。

赊，遥远。如"北海虽赊，扶摇可接"（王勃《滕王阁序》）、"坐到三更尽，归仍万里赊"（戎昱《桂州腊夜》）、"奉法西来道路赊，秋风淅淅落霜花。乖猿牢锁绳休解，劣马勤兜鞭莫加"（吴承恩《西游记》）。

赊，还有时间上的长久之意。如"古木卧平沙，摧残岁月赊"（王泠然《古木卧平沙》）。

高翼會風霜雁苦，小心吠月老獒誇。

秋雁高飞，尝尽风霜之苦，老獒低声吠月，尽显沉稳的性情。

颈联这两句寓意不同的人生境遇与情形，万物参差，各有其态。有每年都要冒着霜寒和风雨万里迁徙的候鸟，也有被人圈养、生活在一个固定的地方直到老死的家犬。

人生之苦，是每个人必然的生命之途，无关你的出生以及后来的事业与地位，生而为人，必然要面对作为人的欢乐和痛苦，金钱和权力以及他人的关照和关心，也都不能消除和替代我们自己的困惑、苦恼和喜悦。正如孙悟空不能背着唐僧一个筋斗云飞到西天取得经卷。没有现实生活中的跌跌撞撞、甚至头破血流，没有丰富的情感体验和内化的人生感悟，一个人不会认识到生而为人的幸福和价值。

中国有"蜀犬吠日"之说。是指四川地区多雾气，阴多晴少，幼小的犬类见到太阳会受到刺激和惊吓，因而吠叫不止。人们以此表示少见多怪。

夏目漱石此处活用此语——老獒吠月——年老的狗、性情沉稳的獒见到月亮并无惊奇，而是低声吠鸣。

"夸（誇）"，注假名为"誇る"，这是比较合适的。但日本的学者如一海知义等认为应理解为：威风凛凛（威張ってみせる），窃以为这样的看法多少有些偏离。

读诗札记——夏目漱石的汉诗

楚人賣劍吳人玉，市上相逢顧眄斜。

热闹的市场上，楚国人叫卖他的剑，吴国人推销他的玉石，彼此碰面却都斜眼观之，不以正眼打量对方。

颈联两句以秋雁和老葵作比，寓意不同的人生和境遇。尾联两句直接描写了人间的另一番景象：人们自我设限，以个人的利益为牢笼，自以为是，以否定对方为前提，划分派系和领地。人类的纷争甚至杀戮正是在这样的思维下展开的。

夏目漱石是一位具有深度思考力的作家，不同于玩弄文字的畅销书作者和商人，而且他还是一个具有独特性格的学者，因此，具有反世俗的性情，他的一生也有数次惊世骇俗的举动：拒绝《太阳》杂志授奖、拒绝文部省授予博士称号、辞去即将到手的东京帝国大学教授职位而全职加入报社等……不过在笔者看来，最让人吃惊的是1895年（明治二十八年），28岁的他辞去东京的高校教职离开亲朋，远赴偏远的爱知县松山中学工作之事件。

夏目漱石在赴任松山中学之际，给病休在神户县立医院的正冈子规的书信中，曾附四首汉诗，均是无题之作，其中也出现了今日汉诗首联中的"笑语哗"之词"快刀斩断两头蛇，不顾人间笑语哗"。

时至今日，在日本，进入东京大学学习，成为东大生的一员，也就意味着你将可能拥有普通人难以奢望的锦绣前程，是真正的天之骄子。在一百多年以前，作为日本第一所也是当时唯一一所国立帝国大学英语专业的研究生，夏目决然放弃在东京高等师范学校的教职穿越大半个日本去了偏远的一所普通中学任教，让人大跌眼镜，匪夷所思。有人考证是夏目漱石在和好友大塚保治（1863—1931，おおつかほうじ，原名小屋保治，和大塚楠绪子结婚后入赘其家，改姓大塚，后成为东京帝国大学教授、日本美学的奠基人之一）争夺文艺美少女大塚楠绪子（おおつかくすおこ/なおこ，1875—1910，才色兼备的女歌人、作家）的"战役"中失败而大受刺激，故而做出过度的反应所致。且不论及此言是否属实，"快刀斩断两头蛇，不顾人间笑语哗"之句，也的确表达了夏目漱石当时想要与所处的世界决绝的心情。

想起了《平凡之路》的歌词：

> 我曾经毁了我的一切
> 只想永远地离开
> 我曾经堕入无边黑暗
> 想挣扎无法自拔
> 我曾经像你像他像那野草野花
> 绝望着也渴望着也哭也笑平凡着
> 我曾经跨过山和大海
> 也穿过人山人海
> 我曾经问遍整个世界
> 从来没得到答案
> ……

夏目漱石的恋爱至今是一个谜，更多学者也从开始基于作品内在的情感世界来分析夏目漱石现实的情感历程。事实如何，夏目漱石只是暗恋楠绪子，楠绪子的作品是否对夏目漱石的作品产生影响和刺激，这些成为疑云，难以实证。去年根据夏目漱石的妻子镜子的回想录拍摄的电视剧《夏目漱石之妻》也对这一话题采取了暧昧的态度。斯人远去，更多的所谓事实已经没有了追问的必要，所谓事实也不过是一种并非最靠近意义的答案。更何况人之可贵，恰恰在于对简单事实的某种超越，且在传统东方美学伦理看来，人格之美，不恰在于情感的丰富与内敛吗？

楠绪子35岁染疾突然病逝，香消玉殒，令人惋惜。夏目漱石惊闻噩耗，在日记中作俳句缅怀：

读诗札记——夏目漱石的汉诗

  所有的菊花，尽悉抛入棺木中，难慰哀悼情。
  （有る程の菊抛げ入れよ棺の中。）

  俳句中的温柔与哀伤，在这首汉诗中难觅其踪，由此也可粗略地看出汉诗和俳句的审美风格的差异。对于日本人而言，或许俳句就相当于婉约的宋词，而汉诗则更多地肩负了男性审美的一面吧。

十月九日

詩人面目不嫌工，誰道眼前好惡同。
岸樹倒枝皆入水，野花傾蕚尽迎風。
霜燃爛葉寒暉外，客送殘鴉夕照中。
古寺尋來無古仏，倚筇獨立斷橋東。

训读：
詩人の面目は　工を嫌わず
誰か道う　眼前の好悪同じと
岸樹　枝を倒にして　皆　水に入り
野花　蕚を傾けて　尽く風を迎う
霜は爛葉を燃やす　寒暉の外
客は残鴉を送る　夕照の中

读诗札记——夏目漱石的汉诗

古寺(こじ)　尋ね来たるも　古仏(こぶつ)無く
筇(きょう)に倚りて　独り立つ　断橋(だんきょう)の東

　　落款为10月9日的七律。平仄基本正确，首联第二句的"眼"字应平而仄。
　　诗歌意义的延伸和魅力取决于多个层面，作者本身的修养和意图以及写诗的"技巧"、汉语语言的特性，以及读者自身的接受状态等。因此诗歌的创作和接受也是一种往复的对话过程，其意义的射程取决于多个因素。而对话产生的契机——那一点"灵犀"，犹如自己创作诗歌之时，往往带有不确定的突发性和偶然性，似乎带有某种神秘的气息。
　　古人说书读百遍，其义自现。这首汉诗笔者揣摩久日，在年假之后，辗转三地之余暇，也读了不下数遍，并又先后参照了日本和韩国多位学者的解读，但总感觉难解其意，而先辈们的解释给笔者不得要领的感觉。直至今日观看一部关于佛陀诞生的纪录片时，才突生"醒悟"之感。
　　纪录片讲到传说中，佛陀诞生的场景：释迦太子一出生便会走路说话，他朝着东南西北四个方向各走七步，然后一手指天、一手指地，作狮子吼。故而，佛陀诞生，是以天地之间，唯我独尊的形象出现的，并辅以独立者的宣言："我从今日不复更受母人之胎，此即是我最后边身，从是已去，我当作佛。"
　　以后的佛教中的开悟者，也多以"独立"——不依附于外物，从尘世中解脱出来——的形象出现，而反观夏目漱石的这首汉诗，恰恰也是以"倚筇独立"的形象出现，再联系整首诗的语意和结构，尤其是与其对应的诗句"古寺寻来无古佛"之语，更是明白无误地表明了夏目漱石的心迹，即我自成佛，我已得道之喻义。
　　受到上述推论的刺激，再读此诗，窗前遥思、几案伏笔的夏目漱石似在眼前，而平和自得、孤独中带有一丝睥睨之意的夏目漱石之眼神似乎也投入笔者的眼里。

詩人面目不嫌工，誰道眼前好惡同。

诗人并不否定和拒绝"工"，诗人有此"工"，才能辨别出世界上的好与坏，美与丑。

诗人应该是以怎样的姿态面对这个世界？或许诗人的本来面目不厌弃文学上的技巧和修辞，但真正努力的方向却是诗歌之外的、在实际生活和研读书卷过程中内心的修行，善于观察并发现这个世界丰富的诗意，追寻真正的美和善，而不是困顿于世俗之见，不辨美丑与善恶。

首联的这两句诗统领整首诗的诗意和旨趣，因此，对这两句诗的理解也就决定了整首诗解读的方向和差异。而这两句诗理解的关键又在于对"工"字的解读上。

吉川幸次郎先生、中村宏先生以及一海知义先生等先辈，都将"工"理解为文学层面的技巧、写诗的技术，训读为"たくみ"，而"たくみ"对应的汉字还有："匠"与"巧"，此意与"工"意义也十分接近。

因此，前辈学者们就此指出"たくみ"是文学的本意，文学应该追求修辞和技巧，将这两句诗理解为诗人并不逃避技巧。中村宏先生还进一步指出该诗的颔联和颈联正是表现了自然界的造化自然之"工"（実は第三句以下の造化自然の「工」をいわんがための導入部である）[①]。

如若按照上述的解读，那么首联内部的第一句和第二句以及首联和下面三联的语意和结构之间就出现了难以消弭的裂痕。如首联内部，倘若按照上述意见，则解读如下："诗人的本来面目并不逃避技巧，谁说眼前的好坏都一样呢？"

[①] 『漱石漢詩の世界』，東京：第一書店，1983年，第302頁。

读诗札记——夏目漱石的汉诗

无疑,这样解读只是字面的理解和生硬的现代文翻译。文学艺术尤其是诗歌,最本质的部分往往是未能直接言说(勾勒)的话语和意味,有时候甚至是无法用言辞(线条和色彩等)表达的某种情感和可能。现代文论中所说的"语言的间隙""语言的空白"以及传统美学中的"余韵"和"留白"等都是这一问题衍生出的讨论。

这个问题在哲学上也以别样的方式存在。路德维希·维特根斯坦有一句广为流传的名言:凡不能谈论的,就应该保持沉默。

不过,从逻辑上讲,将"工"字解释为一种言辞之外的,在实际生活中的"善于观察的修行",还需要一些训诂和实证的材料来支持以上我们的推论。

"工",据《康熙词典》及《诗经》中的相关说法,我们可以知道,"工"的本义或为手持(架)曲尺之类工具的一种古老的官职,其职责近似于"巫",后来成为社会职业所属。并衍化为"善其事为工",以及技巧和能力等。

孔子在《论语·第二章·为政篇》说"七十而从心所欲不逾矩",也就是说一生讲求修身养性的孔子,所追求的境界之一,就是"遵规矩、法度,然后为工"。因此,在古代汉语的语境之中,"工"字本身就有超越文辞的修饰,而指代在现实社会中的修行。

岸樹倒枝皆入水,野花傾萼尽迎風。

生长在河岸的树木(柳树?)倒垂下来的枝条,皆入水中。田野山坡上满开的花朵压低了枝头,舞在风中。

对于"工"字的读解,决定了我们对于首联的解释以及整首汉诗的理解和把握。

当然,我们也必须注意到首联中的"好恶"是好与坏、善与恶,也泛指世界万物存在的参差不齐和丰富性等,其中也包含了这种参差不齐和丰富多彩在世界万物每个个体中的具体展现,正如岸边的树木和山野盛开的花:岸边的树木向上生长,但却长出柔弱的倒垂枝条伸入水中;山野的花朵盛开,花香诱惑着蜂蝶,为之传粉授精,而那些

十月九日

没有花香的娇小花朵,无法吸引蜂蝶的注意,借助风力在风中尽情舞蹈,散播着下一代生的希望。

霜燃爛葉寒暉外,客送殘鴉夕照中。

深秋之际,红叶愈发灿烂,似火般燃烧,只是这时也接近了红叶生命的终点,明日或就是寒霜来袭,红叶也即将开启一段飘落的旅程。送客远行,帆影隐遁天际,但送者举目远眺,不忍归去。鸟鹊归巢,飞掠头顶,夕阳晚照,翅羽尚有一丝暖阳之光。

古寺尋來無古佛,倚筇獨立斷橋東。

古寺之中寻找不到古佛,而"我"倚仗独立断桥之东(欣赏风景)。

古寺,没有异议。古佛,却有两种可能的解释。其一是指古时的佛。即指古时之佛、过去七佛,或指辟支佛、释迦、卢舍那佛等。其二是禅林中对有德高僧之尊称。此诗,当指后者,乃是泛称开悟者抑或得道者。

莫要去古寺之中寻求安心解脱之道,那里并不是开悟者的居所,古寺也并非修行的必然地方。"我"也曾追求在寺庙中参悟佛道,但如今,"我"已到了衰老之年,备受无数次困苦和伤痛,历经一生的磨砺和修行,如今才算明白修行的真正目的是为了学会耐心赏析世界的风暴和其中的诗意,学会感受和认可世界丰富与变化甚至是残缺的本相,而真正的修行就在日常之中发现自己的本心,在面对混乱和痛苦、在坠入悲哀和愤怒时,将自己拯救于淡泊与平静。因为,在开悟者那里,残缺和苦难,丰富和差异的意义指向于我们内心的安定和善于发现美的智慧,而这一开悟之道就是日常生活中的修行。

最后两句诗,在结构上是一个结语,并呼应首联"诗人面目不嫌工,谁道眼前好恶同"。

走过霜雪和雷暴,阅尽各色人等,经历离别和生死,你获得的是一种面对无常的平静及包容,而这种平静也是开悟者的一种证明。倚筇而独立,且独立于断桥之侧(欣赏风景),无疑就是这样一个历尽

读诗札记——夏目漱石的汉诗

沧桑而自得的开悟者的形象。

夏目漱石的这一形象,让笔者想起了中国文化史上有名的开悟者苏东坡。记得他的《临江仙·夜饮东坡醒复醉》,描述如下:

> 夜饮东坡醒复醉,归来仿佛三更。家童鼻息已雷鸣。敲门都不应,倚杖听江声。
>
> 长恨此身非我有,何时忘却营营。夜阑风静縠纹平。小舟从此逝,江海寄余生。

苏轼"倚仗听江声"的形象和夏目漱石"倚筇独立"味道近似,只是苏轼的词在开悟之余略带伤感(上阕洒脱,下阕引入无限之时间,导致感伤的色彩),而夏目漱石树立起"倚筇独立"的形象便结束了,两者的情感色调毕竟不同。苏轼"倚仗"之动作更多的是为了"听江声",从而自然而然地牵引出象征永恒的时间之江海,并比照人生的有限性:长恨此身非我有,何时忘却营营。也就是说,苏轼"倚仗"的形象是手段而非目的,而夏目漱石"倚筇"的形象则是目的而非手段。

关于这夏目漱石这首诗的解读,除了日本学者的观点之外,值得注意的是韩国学者陈明顺对于本诗的看法。他指出"工"不仅是文学和修辞学意义上的"巧",而且指向了夏目漱石在禅学层面的思考:

> 第一句では、詩人漱石の面目は、扮装と技巧を嫌うことなく、拒否する拒否する必要もないという意であり、第二句で、誰か眼前の好と悪が同じこと事だと言ったのか、といって扮装と技巧を「妙用」として受容するのが当然であることを表現している。[①]

陈明顺的解读有一定的合理性,超越了日本学者对于"工"字于

[①] 陳明順:『漱石漢詩と禅の思想』,東京:勉誠社,1997年,第305頁。

十月九日

文学和诗歌层面的限定。只是其解读是以"夏目漱石已经完全顿悟"为前提的,而这一前提却是一种过度诠释的表现。夏目漱石的汉诗是诗人自身寻求心安的手段和过程,只是就其结果而言,夏目漱石以诗为途,寻求开悟的道路是以失败告终的。这一观点,笔者在多篇文章中均有提及并展开论述。具体到这首汉诗而言,首联和尾联的理辨性语句,倚筇而独立的形象,无不透露着一种经由理性思辨而得来的自信与肯定,"古寺寻来无古佛,倚筇独立断桥东"的结尾,不仅显得自信,还有些"我就是佛,我已得道而睥睨人间"的意识。而这仍是自我意识过度造成的结果,未能放下"我执"的念想,在此处便也成为真正开悟者所具备的圆融自由状态的一种阻碍吧。

十月十日

忽怪空中躍百愁，百愁躍処主人休。
点春成仏江梅柳，食草訂交風馬牛。
途上相逢忘旧識，天涯遠別報深仇。
長磨一劍劍將尽，獨使龍鳴復入秋。

训读：

<ruby>忽<rt>たちま</rt></ruby>ち<ruby>怪<rt>あや</rt></ruby>しむ　<ruby>空中<rt>くうちゅう</rt></ruby>に<ruby>百愁<rt>ひゃくしゅう</rt></ruby><ruby>踊<rt>おど</rt></ruby>るを
<ruby>百愁<rt>ひゃくしゅうおど</rt></ruby><ruby>踊る<rt></rt></ruby><ruby>処<rt>ところ</rt></ruby>　<ruby>主人<rt>しゅじんきゅう</rt></ruby>休す
<ruby>春<rt>はる</rt></ruby>を<ruby>点<rt>てん</rt></ruby>じて　<ruby>仏<rt>ほとけ</rt></ruby>と<ruby>成<rt>な</rt></ruby>す　<ruby>紅梅柳<rt>こうばいりゅう</rt></ruby>
<ruby>草<rt>くさ</rt></ruby>を<ruby>食<rt>は</rt></ruby>みて　<ruby>交<rt>まじ</rt></ruby>わりを<ruby>訂<rt>てい</rt></ruby>す　<ruby>風馬牛<rt>ふうばぎゅう</rt></ruby>
<ruby>途上<rt>とじょう</rt></ruby>に　<ruby>相<rt>あ</rt></ruby>い<ruby>逢<rt>あ</rt></ruby>うて　<ruby>旧識<rt>きゅうしき</rt></ruby>を<ruby>忘<rt>わす</rt></ruby>れ
<ruby>天涯<rt>てんがい</rt></ruby>に<ruby>遠<rt>とお</rt></ruby>く<ruby>別<rt>わか</rt></ruby>れて　<ruby>新仇<rt>しんきゅう</rt></ruby>に<ruby>報<rt>ほう</rt></ruby>ず

十月十日

<ruby>長<rt>なが</rt></ruby>く<ruby>一剣<rt>いちけん</rt></ruby>を<ruby>磨<rt>ま</rt></ruby>して　<ruby>剣将<rt>けんまさ</rt></ruby>に<ruby>尽<rt>つ</rt></ruby>きんとし
<ruby>独<rt>ひと</rt></ruby>り<ruby>龍鳴<rt>りゅうめい</rt></ruby>を<ruby>使<rt>し</rt></ruby>て　<ruby>復秋<rt>またあき</rt></ruby>に<ruby>入<rt>い</rt></ruby>らしむ

　　落款为10月10日的诗作,是一首不完整的七律。百、愁、跃、剑等字重复,第24字"订"、第47字"剑"应平而仄,第26个字"风"应仄而平。

　　对此诗的解读呈现出不同的向度,除了汉诗本身的多意性与丰富性之外,夏目漱石这首汉诗里禅意甚浓,又较为隐晦,难以解读。不仅以明喻的方式呈现,还以隐喻的方式寓意,不仅写了内心之"愁",也写了"愁"之消融和转化,内心意识和活动复杂。简言之,以隐晦的方式呈现复杂的内心世界,其难解也是题中之义了。

　　与上一首的情状相似,首联第二句的"休"字是解读这首诗的一个关键。而"休"字的意味在这首诗中至少存在两种可能,这首诗的解读也就存在至少两种不同的方向。

　　此外,"休"字的读解,又和对"主人"一词的所指联系在一起。

　　主人,几乎所有的学者都认为是生百愁者,即诗人自己。但此处的主人公,或许更应该理解为一种禅学意义上的"觉性"。

　　如佛家所言,人的身心犹如城池,眼耳鼻舌身意,分别为内五、外一之门。六识如同六路,客人由此进入六门。我们通常把念头(意识)当作主人,却忽略了城池真正的主人,乃是一种"觉性"。若要开悟,就必须从自己的身和心出发,寻找自己修道之"觉性"。

　　据传,唐代的大珠慧海禅师在修行时,每天都会自问自答:

　　"主人公?"

　　"在!"

　　"警醒着点!"

　　"是!"

读诗札记——夏目漱石的汉诗

禅师以此方法，警醒自己，保持觉性，莫要被欲念杂思所困扰。

在佛家看来，人生来就带着慧根，但慧根寄存俗世肉身，熏染于婆娑世界，内心欲望纷纷，一不小心，我们就成为这些欲望和念想的奴隶，臣服于分别妄想：贪、嗔、痴等。此刻，人自身这座城池真正的主人——觉性，却沉睡于梦中。因此，人类为了抵达真如之境界，就必须通过修行和禅定等方式的训练，保持关照，唤醒内心的觉性，让觉性当家作主。唯有如此，人生之欲念才会消退，愁苦才会罢休。亦如虚云和尚所云"外舍六尘，中舍六根，内舍六识，名曰放下"也。

《指月录·卷四·六祖》中云：

> 善知识！真如自性起念，六根虽有见闻觉知，不染万境，而真性常自在。故经云，能善分别诸法相，于第一义而不动。

因此，"主人"后边的"休"字，正是禅学之意"不动"也。可以理解为一种觉性之定力。也惟其如此，将"主人"理解为人真正的主人"觉性"，将"休"字理解为一种基于"觉性"的"放下"和"不动"，在语法意义上，是"使……休了"之构造，即"使百愁休了"。此诗歌的结构和意义才最为合理。

不过，上述观点，却并非唯一可能正确的理解。如若将"主人"理解为诗人自身，而"休"字理解为"不动和放下"抑或"不知如何是好"，此诗也可以讲通。

忽怪空中跃百愁，百愁跃处主人休。

不知为何，诸多愁苦一时涌上心头，唯在此刻，安定心神，开悟觉性，以雷打不动之定力迎之，让百种分别妄想休了。

忽，忽然，不知为何。怪，奇怪，あやしむ。

空中，无须解释，但需要注意的是该词内含视角的隐喻：仰天长叹与仰天问道相互交叠的形象。如在次日（10月11日）的诗中出现了"空中耳语啾啾鬼"一句，其意义正接近于本诗中的"空中跃百

十月十日

愁",在这一点上,也可作为夏目漱石内心并未真正寻找到修行的"觉性",依然被空中(身边日常)的百愁、啾啾鬼所困扰之例证。而这样仰天问道的姿态,在后来更加清晰。如最后两首汉诗中,都出现了类似"仰天"的视角和追问,最后一首汉诗的最后一句为:空中独唱白云吟。

空中跃百愁,就其手法而言,无疑是寓意的一种,犹如次日之"空中耳语啾啾鬼"之用。只是就诗歌而言,有些生硬和唐突,且不够形象化。

百愁,在《全唐诗》中仅出现2次,如张正元《临川羡鱼》:"有客百愁侵,求鱼正在今。"在全宋诗中则出现了10次,在夏目漱石汉诗中则不止一次出现,如我们已经解读过的10月4号的汉诗:百杀百愁亡了期。

主人,如上所述,大多学者将之理解为诗人自身,如一海知义先生对此注解为"主人",家之主人,即自己。[①]中村宏先生、吉川幸次郎先生等都持类似的看法。陈明顺先生则认为是"本来的主人公,即真我"[②]。

休,乃是禅学常用语。如上所说,对于"主人"的理解决定了"休"的解读,而对于"休"字的解读又规定了整首诗的理解向度和可能。日本学者多将"休"理解为"万事皆休"之"休",表示一种自我的否定和事态的完了。而韩国学者陈明顺基于夏目漱石参禅开悟之判断,主张"休"字乃是觉悟者的寂静,是一种肯定。而在笔者看来,夏目漱石这首汉诗中包含了至少以上的两种可能(休,无论是肯定的寂静抑或否定的完了,其意义都跟人在树下休息之本意有关,两种意义看似矛盾,实则相通)。

[①]『漱石全集第十八卷』,東京:岩波書店,1995年,第442頁。
[②]『漱石漢詩と禅の思想』(東京:勉誠社,1997年,第308頁)原文:本来の主人公である「真我」は何等の揺れもなく静かで、寂寂で、不動状態であるのを吟じている。

读诗札记——夏目漱石的汉诗

换言之，夏目漱石汉诗在字面意义上呈现出的是一条开悟者之轨迹，诚如陈明顺先生之所见；但其实他的开悟是不彻底的，抑或是不诚实的，安稳的字面（如用词的雅韵和格律的工整等）背后是一颗尚未安定下来的心，此亦如吉川幸次郎、一海知义等先生之所见，如最后一联"长磨一剑剑将尽，独使龙鸣复入秋"中的"气势"和"姿态"充分表露了他字面之理性也无法掩盖的"情绪"之内心。

有意思的是，以抒情志为主要脉络的唐诗中，"休"字出现了一千多次，而禅学说理之风日盛的宋代诗歌中"休"字出现了九千多次。

如杨万里著名的《竹枝歌七首》（其六）：

月子弯弯照几州，几家骊乐几家愁。
愁杀人来关月事，得休休处且休休。

要之，首联之后，下面的句子就好解读了。如果我们将"休"字理解为一种肯定意义的"使百愁休了"，那么，后面三联即可作如下读解。

点春成佛江梅柳，食草訂交風馬牛。

觉性之醒来，消除百愁和纷纷欲望，春日江边的梅花和柳树，夏日在风中各自食草的牛和马，在"我"眼中也具有了一种禅意：

在乍暖还寒的清晨，江边的梅柳，探出头来，点缀枯黄的大地，将初春的寒冷和冬日的暗夜，在一丝暖阳中绽放成花。春日之后的夏季，一群牛马在草木丰盛、枝繁叶茂的草原（抑或堤岸）安静地吃草，一片祥和。世界就是这样矛盾又和谐地统一在一起。"我"内心中忽然而至的愁苦，以及愁苦之处觉性的醒悟，这两种相互矛盾的状态不正构成了"我"这样一个完整的人么。人有肉身，自然有世俗之见，有尘世的欲望和苦恼；而人又是精神和灵魂之物，以自身的理性和修行去克制和导引内心的情绪和不安。或许将内心的欲望和愁苦，锻造成笔下的诗句，正如江边的梅柳把那冬日的暗夜、根下的泥土、初春的寒冷，修炼成一朵朵花、绽放成一点点的枝丫吧。

值得一提的是，或是受到"风马牛不相及"之语的误导，吉川幸次郎先生认为此句有嘲讽之意。不过，这也非吉川先生一人之见。不过，真正的"风马牛不相及"似另有寓意。

"风马牛不相及"的典故出自《左传·僖公四年》："君处北海，寡人处南海，唯是风马牛不相及也，不虞君涉吾地，何故？"

公元前656年，齐桓公会盟七国，拟攻楚国。楚国大夫屈完奉命质问齐国，于是说出了上面一番话。

"风马牛不相及"这句话本身就有很多理解，但绝非我们一般注解为"毫不相干"这么简单。所谓"风"在此处可通"疯"（"风"在古汉语里有"疯"之意，在中医中，风为阳邪，疯乃阳症），乃是发疯的牛和马，有一种观点认为马和牛发情（发疯）之时，相互追逐，奔跑甚远，以求交欢。因此，在此处，应该是楚国大臣对于齐国等联军的挖苦和嘲讽：发疯、发情的牛和马（畜生）还不至于跑这么远，你们为何从北方不远千里到我楚国来呀？

因此，后人包括夏目漱石以及注解夏目漱石汉诗的学者，对"风马牛"似乎都是一种想当然的理解。只是，在大家都不太正确的事实面前，我们也只好将错就错，尝试揣摩并判断夏目漱石正确的用意吧。

途上相逢忘旧識，天涯遠別報深仇。

觉悟之后，眼前的世界已不再是以前所认知的那个世界，不再纠结、受困于过去的恩与仇，天涯远别，选择遗忘和开启新的人生，也是一种报仇雪恨的路途。

一海知义、吉川幸次郎等诸先生皆认为"旧识"，是老朋友的意思。如此，报深仇，也只能理解成"报仇雪恨"之意了。在此处，学者们都忽略了夏目漱石汉诗，尤其是其晚年汉诗禅理之味甚浓的事实。这也就意味着我们不能按照其字面之表层那样去理解，更何况汉诗本身就不可依照日常语言的方式去体悟和感受。用意之深，在方法

读诗札记——夏目漱石的汉诗

上就意味着隐喻和明喻、象征手法的使用是为常态。这样的情况,在禅学的著作中,尤其是以文学的样态出现的禅诗中很是常见。

众所周知,偈子,又名偈颂,因为大多是诗的形式,又名偈诗。其常用的手段就是以日常的物象暗示、比拟、象征、寓意一种普遍性、深刻的禅机和佛理。如流传甚广的慧能之偈:"菩提本无树,明镜亦非台,本来无一物,何处惹尘埃!"

再举一例,宋代诗僧慈受怀深有一首无题之诗:

> 万事无如退步休,本来无证亦无修。
> 明窗高挂菩提月,净莲深栽浊世中。

两者都是借助诗歌的外形,以日常之物如菩提、明镜、明月、莲花等印证得道之开悟。

長磨一劍劍將尽,獨使龍鳴復入秋。

时间消磨,年轻的梦想和抱负似乎荡然无存,但由此消磨之修行的过程中,"我"已不再炫耀有形的、夺目的宝剑,内心的热望转化成了一种沉静和成熟的意志。"我"也将以此心态和念想,步入晚年的岁月。

前面提及了春日江畔的梅柳,夏日草原的牛马,此句在季节上与之呼应,写到了秋之季候。

剑,乃是志向(抑或复仇:匡扶正义)之寓意,象征年轻的抱负和理想。李白27岁,仗剑去国,辞亲远游,为伟业青名,来到唐都长安——世界梦想的中心,写下来诸多带有"剑气"的诗篇,后来人生不得意,开始散意山水,"酒气"渐多,而剑气也慢慢被消磨殆尽。

夏目漱石的剑气,在此诗中没有变成带有颓废之美的"酒气",而是将有形之剑消磨,锻造"龙鸣"之无形之"剑气",抖擞精神,砥砺前行,步入人生之深秋,迎接更多的"忽跃之百愁"。

龙鸣,既可以理解为悲鸣,也可理解为豪情。有意思的是,或是忌惮于真龙天子之恩威,此词在唐诗和宋诗中绝少用到,两者相加也不过数例。更有趣的是,《全唐诗》中出现"龙鸣"又出现"剑"的似乎唯有那个气吞半个盛唐的狂生李白,在《独漉篇》中,李白吟道:

> 明月直入,无心可猜。
> 雄剑挂壁,时时龙鸣。
> 不断犀象,绣涩苔生。
> 国耻未雪,何由成名。
> 神鹰梦泽,不顾鸱鸢。
> 为君一击,鹏抟九天。

"仰天大笑出门去,我辈岂是蓬蒿人"的李白,岂能摧眉折腰事权贵的李白,其宝剑龙鸣,也只能和为国争光、报答帝王联系起来。人生价值的实现,人生梦想的追求,最终还要依赖于帝王——权力,此乃李白一生最大的悲哀也!

夏目漱石在《我的个人主义》这篇著名的演说文中,也提到了个人和国家的对立与矛盾,遗憾的是,却未能给出一个完整的答案。就他自身而言,其一生也在个人和国家之间抉择与苦斗:拒绝过官方的博士学位,也以小说表达过对于国家的不满;但他也写过"幸生天子国,原作太平民"之诗句。

无论是唐代的李白还是大正时代的夏目漱石,无论是古人还是今天的我们,对于每个人而言,如何摆脱权力(金钱)实现人生之青春、梦想(宝剑),都是一个极为重大的命题。古代的老子和庄子代表的道、释迦牟尼的佛陀开悟以及现代的自由主义、存在主义等,都是探讨这一带有生命本质性的追问而产生的思想,这一追问,并没有随着娱乐消费时代的到来而消退,若是我们对此没有察觉,那只是源于我们忽视了自己的内心,忽视了我们作为人的尊贵。而这一问题的忽略,或许,除了个体缺乏人性之觉性之外,权力和资本日益精细化的运作,消磨个体之理性与情感,也是一个十分有趣而又沉重的

读诗札记——夏目漱石的汉诗

话题。

如前所述，该诗的读解具有多个向度和可能。基于首联内在结构的唐突，即刚写出百愁忽跃，便说"百愁跃处主人休"——百愁尽消，我们也可以将首联的"主人"理解为诗人自身，将"休"理解为消极和否定意义的"休了"，表示诗人自己困顿于忽然而来的百种愁苦，不知如何是好。在此前提下，该诗就可以如下理解：

忽然百种愁苦袭来，犹如黑云压顶，让"我"不知所措。

愁苦中的"我"，想到江边早春的梅花和柳树，还有春日之后，夏季在草原饮水食草的牛马，无论是江边的柳树还是梅花，无论是食草的牛群还是马匹，它们都在各自的世界中，遵照自然的枯荣秩序自然而然地活着，朴素中蕴藏着天地的"道"、成佛之意。

要之，梅花和柳树，风中的牛和马，本身均无关系，但有一种共同的命运将之联系在了一起，万物参差背后是一种共同的命运。

而上述共同的命运，似乎难以言说，正如同人生之旅，途中有新友结识，也有旧情的忘却，有天涯之伤心远别，也有不远千里而觅仇寻恨。

但是，为了报仇雪恨，为了一生的志向和抱负，"我"耗尽了一生的时间和努力，如今青春的豪情消磨殆尽，有形的剑已不复存在，唯留在时间的消磨中锻造的无形的意志，伴随着"我"走完剩余的人生之路。

中村宏先生就此指出，最后一句，流露出夏目漱石修道未竟，仍需努力的一种悲哀之情绪。[①]

概言之，日本学者大都没有体会到夏目漱石字面背后深刻的禅意，而韩国学者陈明顺先生，虽以禅理切入，但却没能体会到汉字、汉诗的多义性和丰富性。一方面未能感受到人之复杂，另一方面隔阂于汉诗的表达，实乃憾矣。

[①]『漱石漢詩の世界』（東京：第一書店，1983年，第304頁）原文：この句で求道の志の成らぬままに老いて行く悲哀を象徴した。

代　跋

　　截至目前，对夏目漱石汉诗的研究在立场和方向上普遍存在两个重要的困境，即文学（汉诗）审美性之忽视与文学属性之困惑。

　　就第二个问题而言，即日本汉诗的性质或归属之争，历来已久。作为汉文学的一脉，汉诗在日本历史上曾经盛极一时。但明治以来，西方文化大举进入，日本原有的传统文学文化式微，各个领域都面临时代的变革，近代的民族国家意识在江户时代民族自我觉醒的基础上，在外来的压迫和内在危机意识之下急剧爆发。作为日本传统文学文化一部分的汉诗、汉文学，开始被"日本"这样的意识剔除在"日本文学""日本文化"之外。日本的知识分子们开始立于当下的立场和需要，参照西方的民族化样态，对原有的文学、文化进行筛选编排、重新组装，改头换面，于是，一种似乎是有历史继承性、自然而言的且具有与日本（天皇）历史相一致（至少不矛盾）的纯粹的"日本文学"与"日本文化"崭新出炉、闪亮登场了。其间虽也经历了曲

读诗札记——夏目漱石的汉诗

折而复杂的操作过程，但其方向和目的是毋庸置疑的。

汉诗、汉文学开始在上述编撰的"日本近代神话的故事"中，日渐衰退、受到冷落。此时日本汉文学本身的归属成为了一个很大的问题，日本汉文学甚至都没有进入某些日本文学史的视野。[①]

于是，在日本文学研究者尤其是当下的日本文学研究者看来日本汉诗、汉文学缺乏"日本"性格，加之研究者也缺乏相应的能力和素养，对汉诗、汉文学缺乏研究的意愿和热情。

中国当下的文学研究界情况也较为近似。日本文学研究界对日本汉诗、汉文学感兴趣者寥寥，也缺乏相应的汉文学素养和准备。而中国文学研究者，虽然欣喜于域外汉籍、汉文学的发现，但多将之当作中国传统文化甚至是中国文化、文明域外传播的证据和材料来看待，选取为当下的中国文化对外"传播"寻找历史的依据和理论的佐证之态度与立场。

中日学界的夏目漱石汉诗研究，亦在上述摇摆中进行，其立场难以定着。且还普遍存在着上述第一种研究的错位或误区，即更多地把夏目漱石的汉诗当做实证性的思想史材料进行注释和解读。

回顾学术史我们发现，中日学者在第二次世界大战之前鲜有人提及夏目漱石的汉诗[②]，此后情况略有改变，但对其研究基本上还是以注解为主。20世纪八九十年代，学者们开始逐渐将夏目漱石汉诗纳入其文学思想的范畴，比附于对其小说的研究，抑或是作为一种实证性研究的思想材料来使用。此期间，台湾学者郑清茂著《中国文学在日本》（纯文学月刊社，1969年）一书，内含《夏目漱石的汉诗》一文，相对深入而值得关注。该文在研究意识上虽然没有区分夏目漱石汉诗与中国汉诗概念之别，而直接将其纳入中国文学的范畴，但是郑先生基于自身传统文化的根底，对夏目漱石汉诗有着文学性的体认和

[①] 蔡毅：《日本汉诗论稿》，北京：中华书局，2007年，第166页。
[②] 夏目漱石的弟子兼女婿松冈让在1941年出版了《漱石之汉诗》，但其认知和判断带有明显的个人情感因素。

解读，这是同期的日本学者及中国大陆学者所不能及的。

近年来，随着对夏目漱石汉诗研究的深入，也似乎呈现出了众声喧哗的状况。或以新的理论和方法夺人耳目，或以新的材料迂回论证，而在众声喧哗的背后，夏目漱石汉诗本身，却有一种渐行渐远、被有意无意疏离的感觉。

当然，我们并非是仅仅回归到诗歌本身，以禅观之，或以"山水"喻之。目前学界对夏目漱石汉诗的研究状态，或大致粗略可分为三个方面与阶段，即"见山是山，见水是水""见山不是山，见水不是水"以及"见山还是山，见水还是水"。初见时感其文字、体会其情，诗也；后以史学的思维抑或引入西方的理论观之察之，将之解构、剖析，自其汉诗中读出许多"禅意"和"道理"，汉诗面目全非也；而后以其文学性入之，更多关注诗歌本身，幸而以诗心与之对话，还原他本来面目，或别有风味也。而其本来面目，除了作为一般意义的汉语诗歌（形式、语言、结构和审美意境等）之外，尚需注意摒弃简单的中国文学还是日本文学之间的观念与立场，以历史的思维和跨文化的视角切入，更多地关注和考察夏目漱石汉诗作为域外汉诗的独特性，即文学变异体①的之特征。

故，本文以夏目漱石汉诗为例，尝试从——作为一般意义诗歌（汉诗）本身的审美以及其文学变异体之特征——这两个方面入手，进行解读和分析。

---

① 本文的"变异体"概念，来自严绍璗自1985年以来在论述中日古代文学文化关系以及跨文化研究（包括国际中国文化研究等领域）之论说。按照笔者今日的观念，或许"文学（文化）的内共生学说"与"变异体学说"结合，可以更清晰完整地描述日本汉诗这样一种文学（文化）融合现象，"变异"侧重过程，"内共生学说"侧重现存的状态，只是"内共生学说"在人文学术界尚未得到相应的认知，受喜朝兄的启发，且提供这样的思路于此，我们将在今后持续关注比较文学与比较文化领域内此种思路和方法的应用和阐发。

读诗札记——夏目漱石的汉诗

一、汉诗的美学——审美性的方向

本文无意在古今中外的坐标轴上考察和探讨诗歌的区别与联系、诗歌的美学差异与统一等概念的界定与区分,并就汉语诗歌另做详尽的讨论。汉诗的美学,就其构成而言,大致也在于格律、词语、结构和意境等层面,而对其汉诗美学的研究,也就需要基于这些层面对考察对象进行汉诗审美完成度的评判。本文限于夏目漱石汉诗的诗歌美学之考察,指出以往研究不足的同时,尝试做出新的解读与分析。

汉诗审美的第一要素是汉字,是语言。但汉诗的研究,在国内依然以所谓的背景分析为主要批评导向,以所谓反映生活的艺术作为文学研究的基本理念,将诗歌牵强扯进研究者对于历史的揣测和考证之中。国内尚且如此,汉诗研究在日本学界更是被忽略语言的分析,多半直接将之作为文学思想的实证材料,在出典论和影响论的范式下进行细微而实证性的"科学"操作。

夏目漱石汉诗的研究亦作如是观。众所周知,夏目漱石汉诗,尤其是最后75首创作于《明暗》期的汉诗,可谓其汉诗创作的高峰和精华之所在。对其汉诗的分析与观察固不可忽视与其小说创作、人生经历、时代背景的关照互证,也不可遗忘将之放在明治汉诗乃至日本汉诗整体的脉络中进行观察,抑或是轻视西方符号学、形象学等理论和框架,但于诗歌的研究而言,首先还是要回归诗歌本身,从其语言、格律和内在结构等层面入手。

如夏目漱石最后一首汉诗,即"真踪寂寞杳难寻"这首诗。虽然是夏目漱石汉诗中被引用和注解最多的。但目前的解读,基本上将这首汉诗放在了夏目漱石思想(史)的框架内进行解读和分析:或将之与晚年"则天去私"的思想联系在一起,或将之与其《明暗》小说之创作思想进行比照分析,但却少有语言、格律和内在结构以及在此之上的意境和审美完成度的批评,即便有的关注了语言的层面,却也出现了不少的错误和纰漏。

代 跋

　　真蹤寂寞杳難尋，虛懷欲抱步古今。
　　碧水碧山何有我，蓋天蓋地是無心。
　　依稀暮色月離草，錯落秋声風在林。
　　眼耳雙忘身亦失，空中獨唱白雲吟。

《漱石汉诗与禅的思想》序言第一句即说"本论文第一次对夏目漱石汉诗做了恰当的解读"。①就夏目漱石最后的汉诗而言，陈文认为，第一句的"真踪"，与大正五年10月10日的汉诗中出现的"龙"意趣相同，表达"本来面目"。第二句"虚怀欲抱步古今"的"虚怀"是指心中没有一个念头的"无心"，持心无一念之心步古今之意。"步古今"不是指古今的书和道都阅历和经过之意，而是指在这个世界上生活下去……②在陈文看来，该诗即是夏目漱石的临终偈诗，吟诵了圆熟的禅境。③

就目前来看，加藤二郎（1925—2015）对该诗的解读相对较为成熟。加藤氏不满足于训读进入的方式，尝试结合夏目漱石晚年汉诗的特点与变化，指出了晚秋景象的诗化特征及人生体验的复杂性。但其研究在方法和内容层面依然没有超出实证性与思想史的范畴，最后还是将该诗归为对西方近代性"知"的回应。④而松冈让（1891—1969），作为较早出版夏目漱石汉诗注释专著的学者，认为该诗"澄澈高远，集漱石全诗精髓之大成"⑤，但其作为夏目漱石的门生兼女婿，这样的评论受到了很多人的批评。⑥

若是将眼光放到国内，则可以看到，国内的相关研究才刚刚起步，且对于日本的研究多为沿袭，侧重于夏目漱石汉诗中的中国文化

---

① 陈明顺：『漱石漢詩と禅の思想』，東京：勉誠社，1997年，序，第1頁。
② 同上书，第349页。
③ 同上。
④ 加藤二郎：『漱石と漢詩——近代への視線』，東京：翰林書房，2004年，第266頁。
⑤ 郑清茂：《中国文学在日本》，台北：纯文学月刊社，1969年，第70页。
⑥ 如江藤淳等对于夏目漱石的弟子在相关研究中出现的"夏目漱石"崇拜予以的批评。

读诗札记——夏目漱石的汉诗

因素之分析。操作上依然将之作为实证材料，论述其汉诗，尤其是晚年汉诗中的"求道"与"禅思"。①

在上述的研究观念和操作下，夏目漱石最后的一首汉诗，无疑失去了作为汉诗本身的文学审美性，仅仅成为研究者用来灌自己酒水的瓶子，而原装的夏目漱石汉诗之酒，早已被研究者有意无意地泼洒于尘土里。

若是站在文学审美性的视角出发，我们关注其用词、格律、结构及意境，则会发现，夏目漱石这首汉诗从形式到内容完整而统一的价值与意义，也会发现该诗上述逐字逐句解读所不能发现的内部思想的紧张感与张力。

首联"真踪寂寞杳难寻，虚怀欲抱步古今"，"真踪"之词，未见唐诗，颇为生涩，且并未产生陌生化的效果。尤其是"真"字，在崇尚自然、主张感官直觉的诗歌审美中，属于较为做作的字眼。"真"字背后过于暴露的理性和判断，也损害了诗歌自身的美学表达，不符合夏目漱石所崇尚的"禅"的精神和"道"的审美。"寂寞"二字无论是直接还是间接修饰"真踪"，都与其后"杳难寻"未构成语意的递进关系，造成本诗第一句话内在语感和语意的分裂。

"虚怀欲抱步古今"一句，在笔者看来语意模糊，"我"的欲念彰显过于直接。"虚怀"，加藤二郎解释成"无我之心"②，这也是多数学者的观点，却是一种过度的阐释和理解。如若解释成"无我之心"，那么，"无我"何须"我"抱，既然"我"抱，那一定是以存在为前提的，这样的"虚怀"也必定不是真正的"虚"，而是掺杂了

---

① 如《夏目漱石的汉诗和中国文化思想》（祝振媛，北京：中国书籍出版社，2003年），《例说夏目漱石汉诗中的中国典故》（赵海涛、赖晶玲，《文学界（理论版）》2012年第9期），《中国古代文学观照下的夏目漱石汉诗解读》（赵海涛，《甘肃联合大学学报（社会科学版）》2013年第1期），《论夏目漱石晚年汉诗中的求"道"意识》（刘岳兵，《日本研究》2006年第3期），以及《论夏目漱石晚年汉诗》（王成，《日本教育与日本研究论丛》，北京：民族出版社，2003年）等相关论述。

② 加藤二郎：『漱石と漢詩——近代への視線』，東京：翰林書房，2004年，第265頁。

个人欲念之"心",尚未通彻透明的开悟之"心"。"步古今"之语,更显得粗糙而着力不足。"碧水碧山""盖天盖地"之语也非高水平的汉诗表述,而"依稀暮色月离草,错落秋声风在林"一句,基本完成了对仗,但却未有一流诗所应有的通透与明澈,尤其是在"月"入禅诗的传统脉络里,其意象和导向的意境都是明亮透彻,以喻禅心之明洁。该句虽然较为出色,但是其色泽晦涩,渗透着一种隐而不去的孤独感。按照吉川幸次郎的话,这一联甚至有些阴气。①

最后一联,"眼耳双忘身亦失,空中独唱白云吟",被很多学者认为是夏目漱石晚年提出的"则天去私"思想的充分诗化表达。②"眼耳双忘"虽然在逻辑上承接"暮色"与"秋声"之句,但该句本身表达过于直白,过分暴露了作者基于理性和思考的内在理性,与"空中独唱白云吟"的悠然与"天地无心"形成了矛盾和冲突。

总之,夏目漱石最后一首汉诗追求形式的正确(七律规则),用语相对文雅,且有生硬的情况,造成了诗歌整体意境受损,就审美的完成度而言实有不足。实际上,这也是夏目漱石汉诗的整体特色,只不过在他晚年诗歌中,上述特点更加明显和突出。而从上述文学审美即格律、用词和结构、意境等层面考察下的夏目漱石汉诗,所呈现出的特点实与其思想上未能抵达"开悟与超脱"相一致,而夏目漱石汉诗形式与内容、文体与思想的统一与完整,也正是在上述文学审美性的视角下操作才得以完成的。

二、文学变异体——跨文化的立场

---

① 吉川幸次郎:『漱石詩注』,東京:岩波書店,1967年,第207頁。
② 韩国学者陈明顺(『漱石漢詩と禅の思想』,東京:勉誠社,1997年,第351頁)以及台湾学者郑清茂(《中国文学在日本》,台北:纯文学月刊社,1969年,第75页)就持有此观点。

读诗札记——夏目漱石的汉诗

以往的研究，除了在研究方向上文学审美性视角的缺失，在夏目漱石汉诗的解读立场上也存在着重大的困惑和不足。

夏目漱石的汉诗在跨文化的视野下，是一种典型的文学变异体，其审美具有中日美学的复合性特征，在夏目漱石的文学体系内处于独特而又重要的位置，是夏目漱石的灵魂之书。故，对夏目漱石汉诗做出既不脱离思想史的参照，也不放弃文学性的考察与分析，进而在跨文化的视野中理解和把握夏目漱石汉诗的灵魂与形体的冲突与融合，这样的思路与方法虽带来了研究的困难，却也应该是今后夏目漱石汉诗研究所选择的研究立场之一。

本书尝试站在上述跨文化研究的立场，初步将夏目漱石的汉诗，在原典实证的路径和操作下，在日本汉文学的脉络和近代东亚文化转型的历史维度中，基于文本细读和文学审美的考察，还原至三个层面，即中国文化的影响与因素、日本文学文化特征的显现和作为汉诗的共通性特质。

就第一个层面而言，目前中日两国的学者研究基本都可纳入其中。从夏目漱石汉诗中寻找到中国文化尤其是陶渊明、王维、李白等诗人遗风，在思想层面则多处可见老庄、禅宗等的影子。

如台湾学者郑清茂在《中国文学在日本》（纯文学月刊社，1969年）一书中，撰写"夏目漱石的汉诗"之章节，对夏目漱石的汉诗做了精辟而深入的分析和解读，认为夏目漱石的汉诗就是"中国文学"在域外的自然延伸，这一点从其书名中就可管窥。而大陆仅有的几种论著中，如《夏目漱石的汉诗和中国文化思想》（祝振媛，中国书籍出版社，2003年），《例说夏目漱石汉诗中的中国典故》（赵海涛、赖晶玲，《文学界（理论版）》2012年第9期），《中国古代文学观照下的夏目漱石汉诗解读》（赵海涛，《甘肃联合大学学报（社会科学版）》2013年第1期）等，更是从题名中即知其研究的立场与倾向。

以夏目漱石明治四十三年，即1910年10月11日所做汉诗为例：

代 跋

遺卻新詩無處尋，嗒然隔牖對遙林。
斜陽滿徑照僧遠，黃葉一村藏寺深。
懸偈壁間焚佛意，見雲天上抱琴心。
人間至樂江湖老，吠犬雞鳴共好音。

安勇花在《夏目漱石的汉诗世界》（延边大学出版社，2010年）一书中，引用日本学者一海知义的观点，指出该诗的第一句"遗却"与唐崔国辅的《少年行》"遗却珊瑚鞭，白马骄不行"中的用法相通。第二句，"嗒然"一词，曾在苏轼的《书晁补之所藏与可画竹》诗文"与可画竹时，见竹不见人。岂独不见人，嗒然遗其身"中出现，而"抱琴"之词，亦曾出现在李白诗歌《山中与幽人对酌》"我醉欲眠卿且去，明朝有意抱琴来"之中。最后一句"吠犬鸡鸣共好音"则似乎受到陶渊明《桃花源记》"阡陌交通，鸡犬相闻"和《归园田居》"狗吠深巷中，鸡鸣桑树颠"的影响。诸如此类的读解方法，以影响研究或比较研究之名出现，却少有实证之过程，故其研究也缺乏合理性。如"遗却"二字在唐诗中出现数次，且意义和用法基本相同，孟郊就有《赠城郭道士》"望里失却山，听中遗却泉"和《答昼上人止谗作》"子野真遗却，浮浅藏渊深"两首诗中出现"遗却"之词。单独指出崔国辅的诗歌用之，意义似乎不大。而"琴"之寓意与风雅，在古代诗歌的世界中具有普遍性和通融性价值，况且，李白诗歌中就多次出现"琴"之意象，更无须提及夏目漱石汉诗中的"琴"与李白此诗中的"琴"风姿之别，恰如两者诗歌风姿之不同。独以李白一首诗歌论之无益。

而夏目漱石受到陶渊明的影响无疑，在其诗歌中有明确的表达。[1]但是具体到"吠犬鸡鸣共好音"之句是否受到陶渊明的影响却需要打个问号。唐代诗人皇甫冉就有《送郑二之茅山》一诗：

---

[1] 大正五年9月30日，夏目漱石曾作一首七律汉诗，结句写道："描到西风辞不足，看云采菊在东篱"，明白地表露了夏目漱石对以陶渊明为代表的传统汉诗的追慕情怀与在此参照下自感惭愧的艺术自觉。

读诗札记——夏目漱石的汉诗

水流绝涧终日，草长深山暮春。
犬吠鸡鸣几处，条桑种杏何人。

"吠犬鸡鸣共好音"之句，无论是用词方法还是风格和审美取向等方面，似乎更可比拟于皇甫冉之诗。

且皆言夏目漱石受到陶渊明、王维、李白等影响，其表述的内在逻辑即有问题：其一，陶渊明之文不仅有田园冲淡，更有其冲淡背后体味出来的时代悲哀，言之受陶影响，实则是研究者看到了夏目漱石汉诗风格有冲淡的一面而已，影响关系则不宜妄下断语。其二，阮籍诗歌的影子也多在夏目漱石汉诗中出现，尤其是咏怀诗，但尚未有人对此做出实证性的分析。要之，从根本上讲，单纯的"甲对乙的影响"是少有的，除非是明确的师承等关系；所谓影响关系和作用，往往是复杂而隐藏的，甚至是"逆反"的立场观察的结果，因为判断其是否存在影响的主体之立场与视野，更值得深思与辨别。①

由上观之，无论是以转述日本学者的观点为途，还是以上述读解和注释为径，既有的研究大多乏善可陈，少有反思。②

今后研究者要做的应该回归到诗歌本身，并在跨文化的视野和立场下，进行文本的赏析和读解。于此，我们就不得不重视夏目漱石的汉诗作为变异体的第二个层面，即作为夏目漱石个性或日本文学审美特征的层面。

仍以夏目漱石最后一首汉诗为例。该诗的颈联"依稀暮色月离草，错落秋声风在林"一句中，"错落"一词，在中国传统诗歌之中出现的频率极高。李白、杜甫、王维、白居易、韦庄、李贺、李商隐等名家皆有作品。

---

① 如有人指出夏目漱石汉诗中散发着阮籍诗歌的味道，就实际而言，更多是阅读者或研究者一种主观心理的审美性投射，找到了两者的某些层面相似性罢了，据此以影响而立论求证或多少有些乖离。
② 以汉诗为代表的中国文化在日本近代文化转型中的作用和位置，如对日本近代诗歌和日语近代转型的影响，也是我们应该考虑的问题之一，而不应该仅仅考察日本明治时期汉诗所受到的中国文化之具体影响等。

如，李白在《赠宣城赵太守悦》有"错落千丈松，虬龙盘古根"之句；杜甫在《海棕行》中有"龙鳞犀甲相错落，苍棱白皮十抱文"之句；白居易在《奉和思黯相公以李苏州所寄太湖石奇状绝伦因题二十韵见示兼呈梦得》中有"错落复崔嵬，苍然玉一堆"之句；岑参在《武威送刘单判官赴安西行营，便呈高开府》中有"甲兵二百万，错落黄金光"之句；韦庄在《病中闻相府夜宴戏赠集贤卢学士》中有"花里乱飞金错落，月中争认绣连乾"之句；李贺在《春归昌谷》中有"宫台光错落，装尽遍峰峤"之句；李商隐在《富平少侯》一诗中有"彩树转灯珠错落，绣檀回枕玉雕锼"之句等等，以上诸多出处，其"错落"之意和用法也概分三种：一是空间意义上的交错、不规则、参差和交叉等。二是指光泽的闪烁。三是酒器名。然而，夏目漱石此诗中的"错落"却是听觉意义上形容秋风之声音的张弛和变化。

虽然晚唐诗人黄滔曾作《魏侍中谏猎赋》"错落清唱"之句，以"错落"形容声音时高时低、时强时弱。但即便"错落"一词的用意非是夏目漱石独创，但从数种用法上选择传统诗词中极少的表述方法，却也运用得十分妥当，也算是夏目漱石汉诗独特的地方之一。

再看夏目漱石在大正五年（1916）11月19日的诗作：

> 大愚難到志難成，五十春秋瞬息程。
> 觀道無言只入靜，拈詩有句獨求清。
> 迢迢天外去雲影，籟籟風中落葉聲。
> 忽見閑窗虛白上，東山月出半江明。

该诗除了"只"应平而仄，"去"应平而仄之外，基本合乎七律规则。首联也出现了最后一首汉诗的"问题"，即用词生硬，造句不自然等不足。① 但之后的三联，用词造句、景致临摹、意象塑造、意

---

① 在优秀的禅诗如王维、陶渊明以及良宽的诗歌比照下，用词造句生硬的背后是思想的不纯澈、内心世界尚未入道以及审美缺乏高度的自觉之表现。

读诗札记——夏目漱石的汉诗

境营造等方面都体现出了较高的水准和修养。而且,诗歌整体起承转合、较为自然,结句结尾意犹未尽,富有余韵,极具中国禅诗的特色与风姿。不过,仔细体会,还是可以感受到有别于传统中国禅诗而显现日本特有的审美心理在内。

苍山空寂,明月清朗。在中国禅诗传统之内,月亮之形象往往借以表述和象征禅者的心怀和佛性。五代名僧贯休法号即为"禅月",其诗集名为《禅月集》,即取此意。唐代以白话俗语写诗、弘扬佛法的寒山和尚,写过《秋月》一诗,以月表心,诗曰:

吾心似秋月,碧潭清皎洁。无物堪比伦,教我如何说?

禅意里的月亮,也常常指向透彻开悟的过程或是愉悦的心境。唐代禅僧玄觉法师有一首《证道歌》,其中写道:

一月普现一切水,一切水月一月摄。诸佛法身入我性,我性同共如来合。

中唐诗人于良史的《春山夜月》之中则曰:

掬水月在手,弄花香满衣。

王维《山居秋暝》诗云:

明月松间照,清泉石上流。

以上诗句,无不散发着空灵通彻、自得自在的禅意和情怀。

反观夏目漱石的汉诗,尤其是最后两联,与尚未开悟的心境、犹在焦虑的灵魂相一致,显现出一种幽明微暗的氛围和意境。或许这也应该算作日本汉诗用语中常出现的"语言遮断"现象,作为承载原有文化信息传统的"月"之意象,在夏目漱石汉诗这里则发生了剥离和变异。即原有中国传统文学中的空灵通彻之境,变成了日本文学中的阴柔幽玄之风。

代 跋

夏目漱石的汉诗也有着一般日本汉诗特有的"和习"之癖，对于日本化汉字和词语的使用以及对于格律平仄的不熟稔，也造成了其汉诗写作于汉诗吟诵传统的偏离。概言之，夏目漱石汉诗在继承中国[①]传统诗歌之外，也有日本汉诗和个人的特色与风格。

在此之外，我们还必须面对夏目漱石汉诗中所包含的变异体文学的第三个问题，即夏目漱石汉诗所具有的包括传统中国汉诗在内的东亚汉诗的通融性特征，而且这一视角的观察还需要引入东亚之外的立场和参照系加以论述。

就中日汉诗而言，其最显著的通融性或许就在于语言学视角下的"汉字"，汉字的单音节、音意结合（视觉与听觉的统一）的特点，加上近体诗形式上的格律和结构上的节奏，成为理解东亚汉诗相较于西方等其他大多数地区诗歌的关键因素。而其审美趣味上则也有相对于西方而为中日汉诗所共同拥有的方向和味道。按照夏目漱石自己的话来说，就是"风流"和"清闲"的情趣与意境。[②]

结语

以上，分别从夏目漱石汉诗研究的现状及不足、夏目漱石汉诗的审美考察以及跨文化视角下作为文学变异体的汉诗这三个方面，对夏目漱石汉诗及相关研究做了粗略的考察和分析，并明确了今后研究的方向和立场。

将夏目漱石的汉诗看成一种变异体的文学现象，在看到中日汉诗之间的差异与共通之外，还应该有世界文学的眼光，这样才能做到真正的跨文化立场之研究。如此就需要我们在西方诗歌美学的参照下，在中日汉诗接受与变异之外，找到东西诗歌美学的差异与共通性

[①] 此处"中国"应是一个历史的文化概念，也是一个流动的范畴。在以当下立场观察历史之外，尚需以历史之眼，审视我们的当下。如，汉诗，以历史的立场观之，其实应该涵盖东亚地区整个汉字文明圈的文化概念，而不应困步于以往的王朝和当下的政治状态。

[②] 『漱石全集第十七卷』，東京：岩波書店，1967年，第16頁。

特质。钱锺书先生在《谈艺录》中曾说："东海西海，心理攸同；南学北学，道术未裂。"这或许也可以作为中日诗歌研究的预设之前提吧。

夏目漱石在以小说描述人世纷争、情欲纠葛，面向市民而创作之外，还要面对自我内心的世界，放置他孤苦的灵魂，以接近于宗教审美的艺术形态，想要抵达一种类似于超越性的彼岸的存在，即心灵的故乡，汉诗也就产生了。而近代西方的美学，实际上也脱胎于哲学领域。自康德（Kant，1724—1804）以来，很多哲学家把研究概念、名理的一部分哲学划分到名学和知识论，而将研究直觉的部分划分为美学（aesthetic），即审美。[①]而无论西方近代以来的审美，还是汉诗文化中的审美，在某种意义上，其实都在追求一种"物我两忘"的境界。

管中窥豹，略见一斑。我们不应只注意到夏目漱石汉诗中禅和道的旨趣，抑或将之纳入中国文化思想影响的框架中去理解，却忘却了夏目漱石汉诗在本体论层面，与西方近代审美经验的相通之处。

换言之，站在古今中外诗歌的视野中，其本体上都是追求一种摆脱和超越日常繁杂的实用世界，所获取的是单纯意象的世界。

而要获取这样一个审美的意象世界，"用志不分，乃凝于神"，物我两忘，物我相融，既是途径亦成为目的。

对于此问题，叔本华在《意志世界与意象世界》里有一段很有名的话："如果一个人凭心的力量，丢开寻常看待事物的方法，不受充足理由律（the law of sufficient reason）控制去推求诸事物中的关系条理，——这种推求的最后目的总不免在效用于意志，——如果他能这样地不理会事物的'何地''何时''何故'以及'何自来'（where，when，why，whence）只专心观照'何'（what）的本身；如果他不让抽象的思考和理智的概念去盘踞意识……忘去他自

[①] 朱光潜：《文艺心理学》，上海：复旦大学出版社，2009年。

己的个性和意志，专过'纯粹自我'（puresubject）的生活，成为该事物的明镜，好像只有它在那里，并没有人在知觉它，好像他不把知觉者和所觉物分开，以至二者融为一体，全部意识和一个具体的图画（即意象——引者）恰相迭合；如果事物这样地和它本身以外的一切关系绝缘，而同时自我也和自己的意志绝缘——那么，所觉物便非某某物而是'意象'（idea）或亘古常存的形象……而沉没在这所觉物之中的人也不复是某某人（因为他已把自己'失落'在这所觉物里面）而是一个无意志，无痛苦，无时间的纯粹的知识主宰（puresubject of knowledge）了。"①

---

① 转引自朱光潜：《文艺心理学》，上海：复旦大学出版社，2009年。

后　记

　　此书缘于我困苦时光，也缘于我在暗夜里对黎明的渴望。历时四年，终将完稿。今日想来，诚实，抑或真诚，不仅是一个人最基本的品格，也应该是诗歌抑或文学最重要的品质。当然，对于诗歌抑或文学而言，这种诚实，至少包含了三个层面：对自己内心的诚实、对世界和他人的诚实，以及对于诗歌抑或文学的诚实。

　　就文学中的诚实而言，要求文学关注作为人的本质，而人的本质是孤独和虚无。我们来到这个世界，纵有父母油然的喜悦，总是孤单一人；我们的离开，虽有亲人的断肠之哀，也总是孑然一身。生在这个世界，来得寂寞，死得悄然，但我们总有不甘，总在有生之日，在荒原中寻找意义和幸福。因此，唯有敢于面对自己的内心，面对现实生活的磨难和矛盾，面对作为人的悲哀和局限，才能引发读者认真的思考和深刻的共鸣。

　　据此观之，夏目漱石的汉诗，最重要的品质即是一种诚实。夏目

后　记

漱石诗歌的诚实，首先是诗人诚实的内心。在晚年的夏目漱石看来，我们的启程，不由我们自己决定（碧水碧山何有我，盖天盖地是无心），陪伴我们行走一生的唯有我们内心持有的"觉醒"（眼耳双忘身亦失，空中独唱白云吟）。在他的诗句中，我们看到了男人冷峻的面孔下，对人生、对灵魂执拗且温柔的探问。

在他的汉诗中：

有他的愤怒（天下何狂投筆起，人間有道挺身之；吾當死处吾當死，一日元來十二時）；

有他的寂寞（忽見閑窗虛白上，東山月出半江明）；

有他的孤单（門無過客今如古，獨对秋風着旧衫）；

有他的愁苦（苦吟又見二毛斑，愁殺愁人始破顏）；

有他的艰难（多病壳文秋入骨，細心構想寒砭肌）；

有他细小的温柔（前塘昨夜蕭蕭雨，促得細鱗入小園）；

有他的不安（漸悲白髮親黃卷，既入青山見紫巖）

……

夏目漱石的汉诗，不仅在于情感层面的真实和丰富，也在于他直面孤独和死亡的勇气。死亡的本质，在某种意义上就是孤独，反过来讲，对孤独的逃离其本质，正是源于对死亡的恐惧。

真正的诗歌所要面对的是你我相同或相似的命运，是你我相同或相似的人生，是如何在白茫茫的大地上寻找幸福，如何在无尽的暗夜守护黎明，如何在谎言的天空下捕获隐约的雷鸣和雨声。

晚年的夏目漱石，在时间的压迫中，在生计的苦闷中，以文字和诗歌（尤其是七律）探问生的荒诞和死的恐惧，并以人道主义的精神和温度，反思人性的灰暗和贪欲，在情感之外，辅以禅思，在理性的思辨和情感的兴发中"日做一课"，日日修行，践行日省吾身的生活。

读诗札记——夏目漱石的汉诗

在他的汉诗中,他关心花草鱼虫,关心春日和风,关心日落月明,并在自然的意象中反照自身的愤怒、孤独和苦痛。

以自然为法度,晚年的夏目漱石还提出了"则天去私"的著名思想课题。这样的思想也充分地体现在他晚年的汉诗和绘画作品之中。这样思考的诚实以及由此带来的理性的光辉,也是他晚年汉诗的特色之一。

不过,值得注意的是,夏目漱石汉诗最大的不足,也正在于感性和理性思辨的失衡,诗思的倚重造成了诗意的沉重。然而,在夏目漱石有些坚硬的文字之中,我们尚可闻其叹息,步履如梦。

最后,感谢北京外国语大学中国文化走出去协同创新中心对本书的资助,感谢北京大学出版社外语编辑室张冰女士的协助和兰婷女士勘校工作,感谢这个世界所给予的疼痛和温暖。